本书是教育部人文社科研究青年基金项目(11YJC751071)
及中国博士后科学基金第五十批面上资助项目
(2011M501224)研究成果，得到武汉大学文学院
“双一流”学科建设经费资助

北宋士人师承与文学

汪超 著

中华书局

图书在版编目(CIP)数据

北宋士人师承与文学/汪超著. —北京:中华书局,2022.10
ISBN 978-7-101-15888-5

Ⅰ.北… Ⅱ.汪… Ⅲ.中国文学-古典文学研究-北宋
Ⅳ.I206.441

中国版本图书馆 CIP 数据核字(2022)第 169234 号

书　　名	北宋士人师承与文学
著　　者	汪　超
责任编辑	吴爱兰
责任印制	管　斌
出版发行	中华书局
	(北京市丰台区太平桥西里 38 号　100073)
	http://www.zhbc.com.cn
	E-mail:zhbc@zhbc.com.cn
印　　刷	三河市中晟雅豪印务有限公司
版　　次	2022 年 10 月第 1 版
	2022 年 10 月第 1 次印刷
规　　格	开本/920×1250 毫米　1/32
	印张 9¾　插页 2　字数 225 千字
国际书号	ISBN 978-7-101-15888-5
定　　价	58.00 元

目　录

序………………………………………………………… 王兆鹏 1

绪　言………………………………………………………………………… 1
　第一节　师承谱系的研究解题与理路 ………………………… 1
　第二节　师承与其周边概念关系 ……………………………… 7

第一章　北宋文坛师承谱系观念………………………………… 23
　第一节　宋前士人的师法观念 …………………………………… 23
　第二节　北宋士人重视师承关系 ……………………………… 32

第二章　北宋师承关系的确立及其演变……………………… 46
　第一节　师承关系建构的幕后力量 ………………………… 46
　第二节　师承关系流变类型及其聚散因由 ……………… 66

第三章　地方文人与文坛中心的互动…………………………… 97
　第一节　执文就谒与文人的上行流动 ………………………… 97
　第二节　文人流动与地方文士问学 ……………………… 131

第四章　师承谱系拓展的社会网络 …………………………… 149
　第一节　师承谱系与文人社会资本的获取 …………… 149
　第二节　师门姻亲关系与文学传承 …………………… 171

第五章　师生日常活动与师门交流 ……………………………… 193
　第一节　赠诗馈物与师门日常交往 …………………… 193
　第二节　同题创作与师门群体的文学交流 …………… 225

第六章　忆昔述古与师门统序的延绵 ………………………… 247
　第一节　师友写真、真赞与其怀思书写 ……………… 247
　第二节　师门祭悼文与追思的书写策略 ……………… 269

结束语 ………………………………………………………… 287

参考文献 ……………………………………………………… 291

序

王兆鹏

这是一部真正具有创新性的学术著作。

首先是选题新、研究领域新。我们都知道北宋文坛上有欧门、苏门,欧阳修门下有曾巩、苏轼等名流,苏轼门下有苏门四学士等高足,黄庭坚门下又有陈师道、王观复、范寥等门生,薪火相传,代不乏人。然北宋文坛上,除欧、苏、黄门之外还有哪些师门?每一门又各有哪些生徒?我们并不了解。尽管我们知道欧、苏、黄三大师门名贤辈出,但每门究竟有多少门人,其实我们也不了解。虽然黄宗羲在《宋元学案》里给我们提供了一部分名单,但他是着眼于理学、道学,而不是文学的师承。更何况,北宋人凭什么当老师?在哪里当老师?是“来学”还是“往教”?北宋人为什么好为人师,乐于奖掖后进?是个人的品性使然,还是社会风气如此?后辈学生是怎样拜师求学的?为什么要拜师求学?仅仅是因为求知问道还是别有所求?师承的风气与文化传播、文学发展有哪些关联?这些问题,很少有人关注过,至少是没人做过系统的探讨和解答。所以,这些问题至今仍然是问题。直到本书的问世,才给出了答案。这些答案,或许不是标准答案、最佳答案,但可说是前所未见的有据可依的答案。当我们带着好奇心打开此书寻求这些问题的答案时，作者没有让我们失望，开卷有得，如行山阴道上，精彩应接不暇。

除了得到上述问题的答案，读罢还有意外的收获。意外收获之一是从中了解了宋代士人的日常生活。他们的求学过程、求学生活的诸多细节、场景，书中都有具体生动的呈现，甚至于日常交际，彼此之间赠送什么礼物、怎样的礼尚往来，都有详细的叙述。收获之二是熟悉了北宋士人的人际关系、社会网络。书中陈述的不止是师生关系，还有姻亲关系和其他亲戚关系、社会关系。师门之间常常结成儿女亲家，如苏轼之子娶了欧阳修的孙女，苏辙之女嫁给曾巩之侄等，亲上加亲。至于同学、同年之间结亲的就更多。了解这些人际关系，对于深入认识宋人的社会关系、婚姻观念都有助益。收获之三是知悉了北宋文坛生态。文人之间的互动往来、文士进入文坛的过程、文士在地方文坛与中心文坛之间的流动等等，都有了新的认识。过去，我们在文学史里，看到的都是文坛名家大家的高光时刻，本书看到的却是一群群、一代代菜鸟雏鹰们的学步历程。如果说文学史展现的是文坛的终极状态，那么，本书展现的则是文坛的起点初阶。以前，我们也关注古代作家的成长历程，但很少关注作家如何进入文学场域、通过什么途径获取进入文坛的资本、怎样获得文坛的认可。本书用一个个鲜活的案例，对此做了解答分析。文坛生态、文学背景，得到一幕幕的呈现，虽然是剪影式、碎片化的，但拼合起来，还是能得到比较完整的印象。

其次，是资料新。作者是花了真功夫、苦功夫的。不是凭聪明巧慧，先拟定个理论框架，然后随便找几个例子予以证实了事，而是遍阅《全宋词》《全宋文》《全宋诗》《全宋笔记》和《宋会要辑稿》《续资治通鉴长编》《续资治通鉴长编纪事本末》《续资治通鉴长编拾补》《宋元方志丛刊》《宋元珍稀地方志丛刊》《宋人年谱丛刊》等总集和史书方志文献，一条条地从中寻检出北宋文人师承交往的文献史料。经过披沙淘金式的汰选，择用最能说明问题的史料，拼合成一幅幅有机的图景。

书中的资料，绝大多数是第一手资料，很少被人使用过或关注过。这些资料未见得多么珍稀，但新颖鲜活，至少本人以前没有留意过。试举两例。苏轼《书黄泥坂词后》说："余在黄州，大醉中作此词，小儿辈藏去稿，醒后不复见也。前夜与黄鲁直、张文潜、晁无咎夜坐。三客翻倒几案，搜索箧笥，偶得之。字半不可读，以意寻究，乃得其全。文潜喜甚，手录一本遗余，持元本去。"此跋说的是，苏轼在黄州大醉时写的词稿，原本是被儿子们收藏的，后来有次黄庭坚、张耒、晁补之三人到苏轼家夜坐，翻箱倒柜，找出手稿，张耒喜不自胜，抄录一份留给苏轼，将原稿拿走。门生居然在老师家里翻箱倒柜找手稿，找到后据为己有，可以想见苏门师生之间亲密无间的关系。苏轼又有《记夺鲁直墨》说："黄鲁直学吾书，辄以书名于时，好事者争以精纸妙墨求之。常携古锦囊，满中皆是物也。一日见过，探之，得承晏墨半挺。鲁直甚惜之，曰：'群儿贱家鸡，嗜野鹜。'遂夺之，此墨是也。"这是说，黄庭坚一次去见苏轼，带着锦囊，内装别人赠送的好墨，其中有"半挺"李承晏墨，甚是爱惜。苏轼见后，不由分说，夺而有之，还公开写文章记下此事。学生无意奉送，老师出手强夺，读来令人忍俊不禁，也足见苏、黄两人亦师亦友，关系平等融洽！这类资料，文学史研究者一般不会关注，引用者少，但很能说明宋人的师友关系和师友活动。

其实，任何一则史料，可从不同的角度解读。苏轼《水调歌头》（明月几时有）词序说："丙辰中秋，欢饮达旦，大醉作此篇。"大醉作词，让人怀疑是不是一种说辞。一般人大醉，东西南北都分不清，哪能写词！读了《书黄泥坂词后》，我们确信，苏轼大醉后真能作词。大醉时写的词,“字半不可读”,连他本人也不认得了,师生在一起按语境词意上下推究,才全部认出写的是什么字。《书黄泥坂词后》对我们了解苏轼醉中作词的精神状态和文本样态很有帮助。苏轼曾醉中草书《念奴娇·赤壁怀古》,词后跋云:“久不作草书,适乘醉走笔,觉酒气勃勃从指端出也。东坡醉笔。”因为其草书赤壁词与他别的书法风格不同,所以,有人怀疑是伪作。怀疑者没有注意到这是苏轼的“醉笔”。试想,苏轼醉中作词,写的字连自己都不认识了,那么醉中所书,自然会发生字形的变化、风格的变形。醉中所草赤壁词,与平日常态下的书法自然有差异。所以,仅凭风格不同就怀疑苏轼草书赤壁词是伪作,证据不足。一则材料,有多种用途,能说明多种问题。不同的读者,都能从本书找到对自己有用的材料。

本书挖掘汰选的材料,不仅丰富翔实,而且剪辑到位,运用得宜。该详则详,该略则略,或全引,或摘引,或酌述,灵活变化。故全书史料虽多,全凭史料说话,却不显得堆砌,读来通达顺畅。虽是纯学术著作,却有趣味性、可读性。

再次是观点新、结论新。本书的观点不是观念先行、理论先行,不是先有结论,后予论证,而是广泛阅读文献、充分占有材料,从材料中抽绎、提炼、概括出观点,故其观点、结论都坚实可信。诸如“学道与艺,必出于师:重视学有师承”“受其师道,传无穷已:艳称前贤师承”“术不可不慎,此亦可喻大:恪守师徒名分”等重视师承的观念,都不是从既有理论中推导出来,而是从众多史料中提纯凝炼出来。以宋证宋,用宋人的话语证明宋人的观念,让人觉得新鲜又可信。书中前五章论证分析的北宋文坛师承谱系观念、北宋师承关系的确立及其演变、地方文人与文坛中心的互动、师承谱系拓展的社会网络、师生日常活动与师门交流等,都是前贤时彦很少关注的话题，所得结论当然也是未经人道。第六章讨论宋人的画像赞、写真赞，这个题材时贤早有关注，台湾大学谢佩芬教授的《自我观看的影像——宋代自赞文研究》和新加坡南洋理工大学衣若芬教授的《北宋题人像画诗析论》两篇大作，让我印象深刻。本书却从"忆昔述古与师门统序的延绵"的视角考察写真赞，又别具胜解。书中总结师门写真的意义说："写真及题咏写真的文学作品，是师门怀思的触发与表达。通过具象化、仪式化，师门长辈的写真成为触动师门怀思琴弦的金手指。门生对师长写真的仪式化祭祀，成为了他们对师长尊崇心态的外化。而真赞中体现出的对师长之评价，对师门之自豪，在在成为凝聚师门、宣扬师德的路径。"从写真赞中挖掘出尊师观念和师门意识，让人耳目一新。

本书不仅建构出北宋士人的师承谱系，也呈现了北宋士人的日常生活细节、社会关系网络和文坛运行生态，丰富了宋代文学史的图景，深化了宋代文学发展过程的认识。

本书作者汪超博士，从我问学已十有五年。他是我在上海大学任特聘教授时指导的第一届也是最后一届博士生。三年顺利获得博士学位后，2010 年又进入武汉大学博士后流动站，跟我合作研究宋代士人的师承谱系。我一直对这个问题感兴趣，但无暇顾及。之前曾让门下硕士研究生郭君明玉以此为题写毕业论文，硕士论文答辩时，颇获好评。这让我确信此题不仅值得做，而且大有拓展的空间，于是请汪超专门研究这个课题。2011 年，他以"北宋文坛师承谱系研究"为题，分别申报了中国博士后科学基金面上资助项目和教育部人文社会科学研究青年基金项目，结果双双中标立项。此后，他又一鼓作气，先后申报国家社会科学基金青年项目"南宋文坛师承谱系研究"和教育部人文社会科学研究项目"南宋士人的苏门典范重构及其影响研究"，又都一举中的，成功立项。"南宋文坛师承谱系研究”的结项成果还被评为优秀等级。这些项目的成功立项,表明宋代士人师承谱系的选题,得到众多同行专家的认可。

他的项目申报连战连捷,固然让我终日喜,但更让我欣慰的是他的成长进步。当年初读博士时,虽然文献功夫稍显硬朗,但理论概括能力弱,文笔稚嫩。博士后出站,留在武汉大学任教。经过十来年的历练,文献考据与理论阐释能力齐涨,文字表述与提炼概括能力同升。这为今后的发展打下了坚实的基础。所以,我不仅为他出版新著而高兴,也为他的发展潜力而喜悦。相信他日后会不断拿出让我们惊喜的成果。故乐为序。

2022 年 8 月 16 日酷热加腿伤

绪 言

第一节 师承谱系的研究解题与理路

文人之间交叉错综的关系构成了文坛，其中的行动者具有相同或相近的公共知识体系，认同相似的话语范型、学理规则等。文坛通过一次次文学活动或因循或出新，文坛中的行动者通过互相的交流、辩难推动文学的延续与发展。而行动者的公共知识体系、话语范型、学理规则却是依靠学习来传承的。师承谱系就是行动者知识传播的流向图。知识传播的双方构成师弟关系。师承谱系是师弟关系的图示，而师弟关系是师承谱系的绘制基础。本书的主要目的是研究师承谱系中的行动者，环绕师弟关系的活动及其文学呈现。

一 研究缘起与对象

知识承传的途径，在古代中国主要有家学与师承两种方式。家学传承的双方具有明确血缘关系，人们通常称连续数世文人层出不穷的家族为“文学世家”。文学世家就是同一家族若干代文人构成的文学家群体，“这种文学家群体明显区别于别种文学家群体，而成为一种特殊的文学家群体。也就是说其在文脉之外还存在着血缘纽带，这种血缘纽带与家族在文化上形成的文化链密切关连，使作家彼此间有一种无法割断的联系”[①]。这里谈到的传承有“血缘”与“文脉”两部分，血缘是建立在生物属性上的“遗传”，而文脉则体现在知识传承层面。世家大族的文学传承，依仗文化积累和家族凝聚力得到有效保障，所以延续的时间较长，有时其绵远甚至是超越朝代更迭的。有些文学世家的文学史地位举足轻重，例如汉魏之世扶风班氏有班婕妤、班彪、班固、班昭；汝南应氏有应顺、应奉、应劭、应玚、应璩，大多在文学史上享有盛誉。宋代南丰曾氏、临川王氏、澶州晁氏等家族也都是著名的文学家族。这些家族的凝聚力来源之一，即家族谱系的建构。郑樵《通志·氏族志》称：“自隋、唐而上，官有簿状，家有谱系，官之选举必由于簿状，家之婚姻必由于谱系。”[②]《隋书·经籍志》还专列“谱系”一类，并云：“氏姓之书，其所由来远矣。《书》称：‘别生分类。’《传》曰：‘天子建德，因生以赐姓。’周家小史定系世，辨昭穆，则亦史之职也。”[③]本书所谓“谱系”者，亦源出家族谱系，其不同者则在入谱之对象不一定要有血缘关系，而以知识传承（即所谓“文脉”）为标准。

佛教信众修纂有法派谱系，就是非血缘关系的谱系。北宋真宗、仁宗时期，道原的《景德传灯录》、杨亿等人的《大中祥符法宝录》、李遵勖的《天圣广灯录》皆是其例。而道教徒则潜心编制神仙谱系，王钦若的《列宿万灵朝真图》就为道教神系的确立起到至关重要的作用。相对而言，宋代士人的师承谱系则较为散乱。虽

① 李真瑜《文学世家的文化意涵与中国特色——以明清吴江沈氏文学世家个案为例》，《社会科学辑刊》2004年第1期。

② 郑樵《通志》卷二五，中华书局1987年版，第439页。

③ 魏徵、令狐德棻《隋书》卷三三《经籍志》，中华书局1973年版，第990页。

然受释道灯录的影响，宋代文人也为建构具体谱系做过一些工作，例如欧阳修《传易图序》、苏辙《古史》、金君卿《传易之家》、晁说之《传易堂记》等皆备述《易》之师徒传授谱系。且有好事者修筑祠堂供奉易学传承谱系中的前辈，“华山旧有希夷先生祠堂，而种征君实关辅之望，后之好事者并以绘征君之像，山中有隐者又知传《易》之所自，而并康节先生之像绘焉，榜之曰传易堂”①。南北宋之交，吕本中写定《江西诗社宗派图》，第一次由派中人自行撰写了文学师承的谱系。而江西诗派中人关于“一祖三宗”的追认，显然是以“文脉”为皈依，却未从现实师授的角度讨论。宋人涉及士子的师承，多一笔带过，诸如施彦执说“江浙间治《诗》者，多出家兄门，前后登第者数十人”②；郭印称杨损之“讲授诸生，四方从学者不下数百人”③；杨时说翁彦约“公再举，皆中首选。从而受业者常数十百人”④，此类约略叙述甚多，具体谈到从学、从游之人又难以一一考索。

难以追索宋代士人门生的现象，或许与当时“士”阶层的开放性不无关系。柳永所谓“学则庶人之子为公卿，不学则公卿之子为庶人”⑤，正说明宋代士人阶层的不稳定性。士庶之间的身份变更显得寻常，而其区隔标准又以“学”为要宗。学从名师，也难免

---

① 晁说之《传易堂记》，曾枣庄、刘琳主编《全宋文》，上海辞书出版社、安徽教育出版社 2006 年版，第 130 册，第 264 页。本文引《全宋文》均据该版，为省篇幅，下文不再详注。

② 施彦执搜证、补正《北窗炙輠录》卷下，《丛书集成新编》本，新文丰出版公司 1985 年版，第 87 册，第 247 页。

③ 郭印《浣花四老堂记》，《全宋文》第 145 册，第 330 页。

④ 杨时《翁行简墓志铭》，杨时撰，林海权校理《杨时集》，中华书局 2018 年版，第 819—820 页。

⑤ 柳永《劝学文》，《全宋文》第 27 册，第 242 页。

散处四方,而非各个都能冠多士,朱衣紫。胡瑗弟子“其高第者知名当时,或取甲科,居显仕,其余散在四方,随其人贤愚,皆循循雅饬”①。散处四方则难以遍载,这也是为什么胡瑗门下弟子数以千计,而后人编《宋元学案》时能称道其名者不过数十人。这说明师承关系并不像血缘关系那样容易追索,又由于相关文献数量巨大,不耗费相当的时间、精力,材料难以勾稽齐备。因此,学界对该问题的讨论远不如宋代文学家族的研究那样深入、细致。但是文人的师承关系与文学流派兴衰、文学思潮起伏、文学传播接受、文人流动迁徙、各级文坛建构、文人群体演进、公共知识体系等问题都有所牵涉。可以说是一个涉及面广、较有讨论价值的重要话题。故而笔者欲以其为研究对象,做一通观考察,为使研究更加深入,我们主要探讨北宋的相关情况。同时,为照应源流、方便比较,亦间涉五代与南宋的个别人、事。

本书将研究对象设定为现实生活中,具有知识传播之实的士人关系。不论其人所传授的是启蒙知识,还是点拨早已形成自己风格的成熟文人;亦不论这种接触是通过当面的人际交往,还是经由笔墨信件进行的知识传授,只要双方有师授之实,且授受双方均对其师弟关系有所认同,就归属本书研究的对象——师承关系。

准此以绳,王庠虽未面见苏轼,他仍然是苏轼的弟子;陈师道虽然长期接受苏轼沾溉,却仍然不能算苏轼的弟子,反而是他与黄庭坚之间双方认同的诗歌授受关系,确立了后山与黄山谷在诗学方面的师弟子关系。同样,不论是为谭氏兄弟启蒙的黄庭坚,还是

① 欧阳修《胡先生墓表》,欧阳修著,李逸安点校《欧阳修全集》,中华书局2001年版,第389页。

令陈师道焚稿从学的黄庭坚,都是授受关系中"授业"的"师"。而不论是受苏轼发蒙的孙志康,还是与苏轼亦师亦友的秦观,都是授受关系中"受业"的"弟子"。

我们讨论文坛师承谱系,事实上也涉及传统学术领域的师承关系。例如胡瑗门下、二程弟子等士人之师从胡瑗、程氏昆仲,学其经术的成分应该是大于学文学创作的。可是他们也是士大夫的一员,他们的师承关系同样对文学的发展发生过影响。理学师门的学术取向必然影响到其文学态度,进而影响到文坛生态。程颐便以学诗妨道的负面态度看待诗歌写作,他说:

> 或问:"诗可学否?"曰:"既学时,须是用功,方合诗人格。既用功,甚妨事。古人诗云'吟成五个字,用破一生心';又谓'可惜一生心,用在五字上'。此言甚当。"先生尝说:"王子真曾寄药来,某无以答他,某素不作诗,亦非是禁止不作,但不欲为此闲言语。且如今言能诗无如杜甫,如云:'穿花蛱蝶深深见,点水蜻蜓款款飞',如此闲言语,道出做甚?"①

这种排斥诗歌的态度对其门下诸生及再传弟子应该都不无影响。

二　研究思路与视角

本书是对北宋师承关系进行的整体研究,而非某个个案的讨论。选取北宋为研究的重点时段,主要基于文献、研究基础等方面

① 程颢、程颐撰,潘富恩导读《二程遗书》卷一八,上海古籍出版社2000年版,第291页。

的考量。

从文献方面说，关于宋代的全集型总集如《全宋词》《全宋诗》《全宋文》均已编纂完成，并陆续有辑佚成果出现。《全宋笔记》《唐宋史料笔记丛刊》《丛书集成》各编等大型丛书收录的宋人撰述众多。《宋元方志丛刊》《宋元珍稀地方志丛刊》及其配套的《宋元方志传记索引》《宋元方志人物传记资料丛刊》等其他索引资料多已出版。《宋会要辑稿》《宋大诏令集》《续资治通鉴长编》《续资治通鉴长编纪事本末》《续资治通鉴长编拾补》《宋人年谱丛刊》等其他材料亦触目琳琅。近年来，学界还推出了众多经过整理的编年笺注别集，宋代文学研究的基础文献可谓坚实可靠。虽然在研究的过程中，难以穷尽上述史料，然为本书的撰写及后续研究提供了坚实的基础和保证。

从研究基础而言，宋代文学研究领域曾一度呈现“重北宋轻南宋”的倾向，北宋文学领域得到深耕细作。大量北宋作家个案研究成果积累丰硕，北宋文学的整体研究成果也令人目不暇接。一些有代表性的文人群体如西昆文人群体、钱惟演洛阳幕府文人群体、欧门文人群体、苏门文人群体等研究均细致而深入，这为本书的撰写提供了可资参考的前行成果。而这些成果恰恰较少从师门的角度进行分析，即便有所讨论，也多半集中于追述个体文人之间的行迹、交游，属于师承研究的表层。本书则结合具体个案，抽绎大多数师承关系中共通的内容。当然，本书也在不少篇幅中以苏门文人的表现作为例证讨论相关问题，这是因为苏轼及其门生是北宋中晚期最重要的文人集团。苏门文人构成了元祐文学的高峰，对后世影响深远，最具代表性。

本书的研究是以文学的“外部研究”为切入点的，而最终落实到文学的“本体研究”目标之上。在对基础文献的整理之上，通过初步梳理文人社会关系，藉以分析文人日常生活中师承关系的存在状态，并讨论这种状态对文学的影响。师承关系是一种人际关系，这种关系必然在文学中有所呈现。虽然文学具有相对的独立性，但本质上是“人学”。作家的家族渊源、师友交游、处事心态、生活环境、学术观念、人生信仰等等都将影响其创作。围绕师友交游的话题，作家在师承谱系中的位置、师门学风趣尚、师友政治处境、师长人格魅力等等对作家创作的心态、观念等均有所影响。因此，过分强调文本本身的语词形式，或许同样会失去发现文本意蕴的机会。而从师承关系背景下，士子的种种表现入手，将文学置于作家的人际关系、生活环境等现实处境中考察，恐怕更易于发现文本语词形式之外的意义。

正如前文所述，讨论谱系中师弟关系的不同侧面对文学的影响是本书研究的目的，故而本书的立足点仍然是建立在文学基础之上，“文学外部”的切入点最终是要落实到“文学本体”。基于以上理念，本书讨论家庭因素、社会网络、文人流动、性格特征、日常生活等问题都是切入作家生存状态、创作心态等话题的手段。同样，本书借用的社会学的布尔迪厄理论、心理学的荣格学说、传播学的有关视点都只是用于说明以上问题的助力工具。通过多视角的选择，结合文本细读，我们可以更好地了解宋人师承关系对文学的影响。

第二节 师承与其周边概念关系

人非生而知之者，生而有惑，理所当然。因此人们不断在家庭熏陶、师长教诲、任职实践中掌握各项技能。周人教子弟以六艺，孔门立四科之学①。六艺、四科辗转演进，而后有经、史、文、玄、书、画、律、算、医等专门学问的区别。凡此，均需传习、实践，以使知识得到延续与拓展，技艺得到提高与进步。传习、实践之主体，经此过程，形成各种相对的社会关系。师承、家族、主客关系是其中较为重要的社会关系，三者之间息息相关，都在知识传承的过程中起到了特定的作用。我们讨论文学的师承谱系，也需对其周边的家学、主客关系加以说明。

一 家学渊源与师承之异同关系

家学与师承均着眼于知识的传承，其主要区别在于传授者与学习者之间的关系。何谓家学？简单说即家传的学问。家学是具有血缘关系的家族亲眷经过代传创立、发展起来的某些技艺。传受者之间具有血缘、眷属关联，是家学最重要的特点。家学授受的远源可以追溯到先秦时代，董建和先生对此曾详加探索，他认为：

> 氏族公社末期，从群婚向对偶婚、单偶婚过渡。由婚姻的结合，血缘的亲疏，直接和间接而形成不同的家学结构和多种层次。其中以男性为主体，向纵向上下延伸的血缘家学关系为直系家学，如祖、父、子、孙等。向左右延伸而形成的血

① 周人“养国子以道，乃教之六艺：一曰五礼，二曰六乐，三曰五射，四曰五驭，五曰六书，六曰九数”（郑玄注，贾公彦疏《周礼注疏》卷一四《地官司徒·保氏》，阮元《十三经注疏》本，上海古籍出版社1997年版，第731页）。孔门四科者，曰德行、言语、政事、文学。《论语·先进》即云：“德行：颜渊、闵子骞、冉伯牛、仲弓；言语：宰我、子贡；政事：冉有、季路；文学：子游、子夏。”（何晏等注，邢昺疏《论语注疏》卷一一《先进》，阮元《十三经注疏》本，上海古籍出版社1997年版，第2498页）

> 缘家学关系为旁系家学。直、旁两系同时交叉出现的，为混合家学。不同的结构，产生不同层次和称谓各别的家学，其中以“父子”、“兄弟”层次为最典型和常见。①

此类学问传承，便形成其家族之文化传统。故而齐崔杼弑君，太史一门前赴后继，必秉笔直书乃止②。“秉笔直书”是齐太史的家族传统，也是其“家学”的组成部分。汉魏六朝之家学，时人也称之为“家业”。其例如司马褧“父燮，善《三礼》，仕齐官至国子博士。褧少传家业，强力专精，手不释卷，其礼文所涉书，略皆遍睹”③。徐熙有异遇，得医书，子孙传习，至其曾孙，“文伯亦精其业，兼有学行，倜傥不屈意于公卿，不以医自业”，“子雄亦传家业，尤工诊察”④。前者所习为三礼，而后者家业为医术，要在皆于家族内部传习，且后嗣继承并发扬其业。

克绍箕裘，受到文人重视，其中为保证家门不坠，兰蕙齐芳的功利目的是最为直接的，而其手段不外占据要路津。晋人云：“金张藉旧业，七世珥汉貂。”⑤“旧业”固然有宗族门庭的保证，但“所谓士族者，其初并不专用其先代之高官厚禄为其唯一之表征，而实

---

① 董建和《先秦家学探微》，《浙江师大学报》1993年第6期。

② 齐崔杼弑其君庄公，“太史书曰：‘崔杼弑其君。’崔子杀之。其弟嗣书，而死者二人。其弟又书，乃舍之”（杜预注，孔颖达等正义《春秋左传正义》卷三六《襄公二十五年》，阮元《十三经注疏》本，上海古籍出版社1997年版，第1984页）。

③ 姚思廉《梁书》卷四〇，中华书局1973年版，第567页。

④ 李延寿《南史》卷三二，中华书局1975年版，第838—839页。

⑤ 左思《咏史》之二，萧统编，李善等注《六臣注文选》卷二一《咏史》，中华书局2012年版，第387页。

以家学及礼法等标异于其他诸姓”[①]。大约家学经术、礼法可竞得一官，而后可保障宗族长盛不衰。因此，汉人有“遗子黄金满籯，不如一经”的说法[②]。文学也是家学授受的重要方面，如吴郡张氏、吴兴沈氏皆以文采风流著称。

延及唐宋，家学渊源仍为人艳称。杜甫训子云：“诗是吾家事，人传世上情。熟精文选理，休觅彩衣轻。”[③]前一联自傲家学，后一联则点拨子弟习诗之法。唐时《文选》正是科举的重要参考书，而科举又特重诗赋。杜家的诗歌，前有杜审言，后有老杜青出于蓝。宋代眉山苏氏也以家学见称，李希运、马斗成先生曾有专文论述[④]。其文主要论述三苏后嗣的家学传承，就三苏自身而言，老泉对苏轼文风自有影响，东坡对子由亦有师授之实。辙自称“少而无师，子瞻既冠而学成，先君命辙师焉。子瞻尝称辙诗有古人之风，自以为不若也”[⑤]。苏轼称许子由诗有古人之风，其评点论学之意了然。而苏轼之策论绝类苏洵，“东坡中制科，王荆公问吕申公：‘见苏轼制

① 陈寅恪《唐代政治史述论稿》中篇《政治革命及党派分野》，上海古籍出版社1982年版，第71页。

② 班固《汉书》卷七三，中华书局1962年版，第3107页。

③ 杜甫《宗武生日》，杜甫著，钱谦益笺注《钱注杜诗》，上海古籍出版社2009年版，第559页。

④ 李希运、马斗成《略论宋代眉山苏氏家学》，《聊城师范学院学报》1999年第4期。21世纪以来研究宋代家学及相关问题的成果众多，较有代表性的如张剑《宋代家族与文学——以澶州晁氏为中心》（北京出版社2006年版）、张剑等《宋代家族与文学研究》（中国社会科学出版社2009年版）、刘学《词人家庭与宋词传承——以父子词人为中心》（百花洲文艺出版社2008年版）等，《宋代家族与文学》以单个家族为中心，《宋代家族与文学研究》俯瞰通代，《词人家庭与宋词传承》以文体为视点，体现出不同的研究路径。

⑤ 苏辙《子瞻和陶渊明诗集引》，苏辙著，陈宏天、高秀芳点校《苏辙集》，中华书局1990年版，第1111页。

策否？’申公称之。荆公曰：‘全类战国文章，若安石为考官，必黜之。’故荆公修《英宗实录》，谓苏明允为战国纵横之学云”①。苏洵策论有纵横家之风，而其教子，亦使苏轼之文“以粲花之舌，运捭阖之词，往复舒卷，一如意中所欲出，而属词比事，翻空易奇，纵横家之文也”②。

宋人的家学，不仅仅拘泥于能守一经、专一艺，有些例子更偏向于家庭教育。例如源崇“谓衣食可以聚人，课童仆厚生之业；唯文艺可以干禄，教儿侄进德之方”③；王钦若“教于家庭，不就外傅。道艺兼该，辞笔赡逸”④；蔡钦“七岁而孤……其兄如晦为之教育，而君能承其训。好学，善为诗”⑤。

老杜、老泉、大苏皆以文学教子弟，其虽无师尊之名分，而有师相传授之实。源崇等人也有教育子弟的活动。在类似例子中，家学的传承都与师承谱系有所交叉。授受双方的血缘、姻亲关系是认定家学的主要杠杆。家庭教育讲究的“艺”“诗”均不免“文艺干禄”的目的，眉山苏氏的制科策论又何尝不是针对科举的训练？而那些若有宿慧的稚龄子弟，更每因诗文老成，而令长辈老怀畅慰，发出“是可大吾门”的欣喜赞叹。至若早夭的聪慧子弟，则无不令长辈顿足抚膺。蔡襄长子蔡匀病故，他悲述道：“资性孝悌而

---

① 邵博撰，刘德雄、李剑雄点校《邵氏闻见后录》卷一四，中华书局 1983 年版，第 111 页。

② 刘师培著，舒芜校点《论文杂记》，人民文学出版社 1959 年版，第 122 页。

③ 李乾贞《宋赠殿中丞河南源府君墓志铭》，《全宋文》第 8 册，第 407 页。

④ 夏竦《故守司徒兼门下侍郎同中书门下平章事充玉清昭应宫使昭文馆大学士监修国史冀国公赠太师中书令谥文穆王公墓志铭》，《全宋文》第 17 册，第 238 页。

⑤ 朱长文《宋故将仕郎守秘书省正字蔡君墓志铭》，《全宋文》第 93 册，第 177 页。

沉厚兮，谓大吾门者必汝之由。”① 程颢次子程端悫辞世后，他沉痛写道：“吾儿之资乃成于生之初……吾弟颐亦以斯文为己任，尝意是儿当世吾兄弟之学。”② 蔡匀被视为光大门户之由，程端悫为其叔看作继承二程之学的子弟，当中均有家学传承的意味，而其着眼点莫不在光大门庭，维系宗族。

二 幕府主客与师生的相似关系

幕府主客关系与师生关系的差异，见者可知，而其相似之处，则需略为条析。主客关系与师生关系不但有相似性，且可以互相转换。因此，谈师生关系不能忽视幕僚与幕主的师生之谊。

幕府是我国古代一项重要的政治制度，是文人重要的活动场域。戴伟华先生的成果无疑是唐代幕府研究绕不开的标杆，此外关于幕府与文学的关系、幕府制度本身的研究都有一系列论文、论著讨论③。然而本书并无描述宋代幕府活动状况的任务。需要指出的是，幕府的幕客、僚佐对幕主所执之礼也是门人之礼，宋代幕客

---

① 蔡襄《长子将作监主簿哀词》其一，《全宋文》第 47 册，第 286 页。

② 程颢《程邵公墓志》，《二程全书 · 明道文集》卷四，《四部备要》本，中华书局、中国书店 1989 年影印中华书局 1936 年版，第 56 册，第 220 页。

③ 戴伟华《幕府与文学》（现代出版社 1990 年版），《唐方镇文职僚佐考》（天津古籍出版社 1994 年版），《唐代使府与文学研究（修订本）》（广西师范大学出版社 2007 年版）。单篇论文重要者如严耕望《唐代方镇使府僚佐考》与《唐代州府僚佐考》（《唐史研究丛稿》，新亚研究所 1969 年版）、郭润涛《中国幕府制度的特征、形态和变迁》（《中国史研究》1997 年第 1 期）、李志茗《离异与回归——中国幕府制度的嬗变》（《史林》2008 年第 5 期）等。宋代幕府制度则邓小南《宋代文官选任制度诸层面》（河北教育出版社 1993 年版）针对宋代辟署、铨选等问题时有所讨论，而周国平《宋代幕府研究》（河北大学 2003 年硕士学位论文）则更是专力讨论。

也多有“门生”“门人”“门下士”之类的自称、他称[①]。由于幕府主客与师承关系之间具有相互涵括的部分，且二者在特定条件下可以相互转换，本书对二者亦不完全析言之。

宋代以前门客就一直活跃在历史舞台，先秦时期孟尝君门客三千，吕不韦门客撰写《吕氏春秋》，两汉淮南王刘安之客编撰《淮南鸿烈》，魏晋谋士那些鲜活的面容，隋唐文人入幕参赞军务乃有边塞诗的兴盛。凡此之属，均不过是幕府门客制度的一些侧面。宋代幕僚门客的存在，从某种程度上说是得到宋代中央政府认可的：

> 母后之家，十年一奏门客，而太妃未有法。绍圣初，诏皇太妃用兴龙节奏亲属恩，回授门客。自是，太后每及八年、太妃十年，奏门客一名，与假承务郎，许参选。[②]
>
> 太师至开府仪同三司：子，承事郎；孙及期亲，承奉郎；大功以下及异姓亲，登仕郎；门客，登仕郎（不理选限）。[③]

---

① 宋人似并未严格区别“门客”“门人”“门生”等概念，如陈师道《答李端叔书》称：“两公之门，有客四人，黄鲁直、秦少游、晁无咎，长公之客也；张文潜，少公之客也。”（《后山先生集》卷九，《宋集珍本丛刊》本，线装书局2004年版，第136页）《秦少游字序》又说：“熙宁元丰之间，眉苏公之守徐，余以民事太守，间见如客。扬秦子过焉，置醴备乐，如师弟子。”（《后山先生集》卷一一，《宋集珍本丛刊》本，线装书局2004年版，第150页）其称鲁直等为“长公之客”，而鲁直终身未曾入苏轼之幕府；其称少游师事东坡，又以之为东坡之客，后山浑言师弟子、主客关系，以此可知。又如赵鼎臣《书杨子耕所藏李端叔帖》云：“东坡先生既谪儋耳，平日门下客皆讳而自匿，惟恐人知之，如端叔之徒，终始不负公者，盖不过三数人。”（《全宋文》第138册，第215页）赵氏亦浑称之。

② 脱脱等《宋史》卷一五九《选举五》，中华书局1977年版，第3731页。

③ 脱脱等《宋史》卷一七〇《职官志》，中华书局1977年版，第4096页。

> 牒试者，旧制，以守、倅及考试官同异姓有服亲、大功以上婚姻之家与守、倅门客皆引嫌，赴本路转运司别试。若帅臣、部使者与亲属、门客则赴邻路，率七人而取一人。①

内至后宫，外及帅臣部使，上起太师、开府仪同三司，下到太守、小倅，均可置门客，且其客都享受入仕、科考之优惠政策。后妃、太师等所恩荫之门客，有登仕郎等散官官职，即已释褐为官。而守、倅应牒试者，七人而取一人，较一般解额宽，更易中第。亲属、门客同赴牒试，可见门客与主家多半关系亲近。周国平先生曾对宋代幕府门客的来源、身份、职责等问题做过初步的研究，虽然他主要是就帅府军幕展开讨论，但宰执、使守等文职幕僚的情况与之相差不大②。幕府主客与师生之间有一定的近似性：

其一，幕僚与执文就谒的门生均有一定的学养，能代幕主、师长完成文字工作。幕僚在“幕府优游兼吏隐”③，其重要职司便是掌文牍公函，出谋划策。强至感喟“幕府文书日日同，愧无长策议平戎”④，陆佃则说“萱堂帐幄闲仍出，幕府文书了即休”⑤。这对门客的文字功夫有最基础的要求。强至在韩琦幕府，“魏公每上奏天子，以岁时庆贺候问，及为书记通四方之好，几圣（按：强至字）为属稿草，必声比字属，曲当绳墨，然气质浑浑，不见刻画，远近多称诵

① 李心传撰，徐规点校《建炎以来朝野杂记》，中华书局 2000 年版，第 266 页。

② 周国平《宋代幕府研究》，河北大学 2003 年硕士学位论文。

③ 洪刍《次顾子美韵》，傅璇琮、孙钦善、倪其心、陈新、许逸民主编《全宋诗》，北京大学出版社 1995 年版，第 22 册，第 14487 页。本书引《全宋诗》均据该版，为省篇幅，下文不再详注。

④ 强至《经春长在幕府今日偶出见花》，《全宋诗》第 10 册，第 7008 页。

⑤ 陆佃《依韵和毅夫即事五首》其二，《全宋诗》第 16 册，第 10670 页。

之”[①]。有一次,神宗阅过韩琦上书后说:“此必强至之文也。”[②]门客的代笔文字竟让皇帝印象深刻,可见其才具。同样,师承关系中,门生为师长代笔的现象也时常可见。苏轼曾对韩琦说:“轼受知门下,似稍异于寻常人。”七年后韩入枢密院,“门前书生为作贺启数百言。轼辄裂去,曰:‘明公岂少此哉!……’”[③]苏门弟子为苏轼代笔,作应酬文字似寻常事。晁补之就经常为苏轼代笔。仅《全宋文》卷二七一五所收就有晁补之《代苏翰林为皇弟诸王贺冬至表》《代苏翰林为皇弟诸王冬至贺太皇太后表》《代苏翰林为皇弟诸王冬至贺皇太后表》等12首为苏轼捉刀的官样文字。

应酬文字、官样文章之外,攻讦政敌也是幕客需要处理的文字事项。如欧阳修为范仲淹撰写神道碑,其文“累年未成。范丞相(按:即范仲淹子纯仁)兄弟数趣之,文忠以书报曰:‘此文极难作,敌兵尚强,须字字与之对垒。’盖是时吕许公(按:即夷简)客尚众也”[④]。吕夷简与范仲淹不谐,欧阳修担心其门客有所动作,故而落笔行文时,小心谨慎,字字以吕氏门客为假想敌。

幕主如果有风雅之心,时相谈论掌故,有门客还会记录幕中所得闻见。这与师承谱系中的师生关系又有相同之处。如杨亿“文辞之外,其博物殚见又绝人甚远。故常时与其游者,辄获异闻奇

① 曾巩《强几圣文集序》,曾巩撰,陈杏珍、晁继周点校《曾巩集》,中华书局1984年版,第202—203页。

② 潜说友《咸淳临安志》卷之六六,《宋元方志丛刊》本,中华书局1990年版,第3958页。

③ 苏轼《上韩枢密书》,苏轼著,孔凡礼点校《苏轼文集》,中华书局1986年版,第1382页。

④ 叶梦得《避暑录话》卷上,《全宋笔记》第2编第10册,大象出版社2006年版,第260页。

说。门生故人,往往削牍藏弆,以为谈助"①。杨亿的门人黄鉴就是其中之一,他记录杨亿平日言谈所及的近世五十四位诗人,就纂成《杨文公谈苑》。故而黄庭坚"幕府从容理文史"之说②,大抵也是有所依凭的。师生关系中,也有类似的例子,如李廌的《师友谈记》就记录苏轼、黄庭坚、秦观、晁说之、张耒等师长、同门所谈。吕本中的《东莱紫微师友杂记》《师友杂志》,其中也多有得诸师友言谈议论者。

其二,若幕主通达文学,幕僚也会相与论文。而师生之间的谈文论诗更是必不可少的活动。此类活动对文人切磋技艺、提高创作能力有一定的影响。杨亿"常戒其门人,为文宜避俗语。既而公因作表云'伏惟陛下德迈九皇',门人郑戬遽请于公曰'未审何时得卖生菜?'于是公为之大笑而易之"③。郑戬或以"九皇"语近俗,且音类"韭黄",于表文中不甚适宜,故而戏谑之。强至"最为相国韩魏公所知……魏公喜为诗,每合属士大夫、宾客与游,多赋诗以自见"④。晏殊"惟喜宾客,未尝一日不燕饮,而盘馔皆不预办。客至,旋营之。顷有苏丞相子容尝在公幕府,见每有嘉客必留,但人设一空案、一杯。既即命酒,果实蔬茹渐至,亦必歌乐相佐,谈笑杂出。数行之后,案上已灿然矣。稍阑,即罢,遣歌乐曰:'汝曹呈艺已遍,吾当呈艺。'乃具笔札相与赋诗,率以为常。前辈风流,未之有比

① 宋庠《谈苑序》,《全宋文》第20册,第420页。

② 黄庭坚《药名诗奉送杨十三子问省亲清江》,黄庭坚撰,任渊、史容、史季温注,刘尚荣点校《黄庭坚诗集注》,中华书局2003年版,第1619页。

③ 欧阳修《归田录》卷一,欧阳修著,李逸安点校《欧阳修全集》,中华书局2001年版,第1922页。

④ 曾巩《强几圣文集序》,曾巩撰,陈杏珍、晁继周点校《曾巩集》,中华书局1984年版,第202页。

也”[1]。此类活动之中,未始没有点拨学问、师相授受之实。

幕主雅好文学,往往也令幕友之间的文学活动兴盛而多彩。欧阳修对西京留守钱惟演的幕府就怀念不已,他回忆当时生活说:“我昔初官便伊、洛,当时意气尤骄矜。主人乐士喜文学,幕府最盛多交朋。园林相映花百种,都邑四顾山千层。朝行绿槐听流水,夜饮翠幕张红灯。”[2]钱惟演乐交士人,雅好文学,幕中多俊杰,使得欧阳修如鱼得水。不但在洛阳多交朋友,还朝暮游冶燕饮创作。而这一切的前提,乃是“主人乐士喜文学”。这些文艺活动,加深了幕僚与幕主间的翰墨情缘。至于师生之间的相与论文,则不可枚举,兹请从略。

其三,幕职提供了特殊的人际关系场,文人在此相与切磋,多亲师友,也有文人通过此类场域获得拜师的机缘。薛季宣师事袁溉便是显例。薛氏岳父荆南帅孙汝翼辟其为书写机宜文字,“孙氏藏书多,公一意讲说紬绎,绝不治科举业。有隐君子袁溉道洁,少学于河南程先生”,“公师事焉,繇是益务自敛制充养”[3]。薛氏正是入荆南幕府之后,才有机缘获知隐居于此的二程弟子袁溉,从而有师事之可能。又如辛有终被“姊夫翰林承旨中山刘公筠留置门下,将推任子恩荐之,公力辞……中山公一代文宗,门人宾客皆当时豪儁之士,居其间相与讲学,切劘浸渍,遂至于大成”[4]。师承关系中类

① 叶梦得《避暑录话》卷上,《全宋笔记》第2编第10册,大象出版社2006年版,第267页。

② 欧阳修《送徐生之渑池》,欧阳修著,李逸安点校《欧阳修全集》,中华书局2001年版,第85页。

③ 陈傅良《右奉议郎新权发遣常州借紫薛公行状》,《全宋文》第268册,第248页。

④ 苏颂《职方郎中辛公墓志铭》,《全宋文》第62册,第111页。

似情况也不乏其例，在地方学校形成的师友渊源也为学子接受新的师友关系铺设捷径。张耒早年“游学于陈，学官苏辙爱之，因得从轼游”[①]。正是通过老师苏辙的关系，张耒得从东坡问学，并成为苏门的重要弟子。

回到幕府主客关系，如果幕主本身就是文坛耆宿，门客即有可能成为他的记名弟子，如陈师道在苏轼幕中，苏轼数度欲以弟子待之，而师道虽敬慕东坡却终未改门庭。可是，通过苏轼的渠道，后山得以亲近苏门弟子，名列苏门六君子。而南宋王埜入理学名宿真德秀幕府正是执弟子礼的。

幕客具备一定的文学修养，能为幕主处理文字、整理文史；在与幕主、同僚的迭相唱和中，提升创作才能；在幕府的特殊人际场域得到从学、切磋的机会。而师生之间的相互关系也有类似之处。

三　师承、家学与幕府的公约数

师承、家学与幕府是基于不同前提条件产生的社会关系，本身具有较大的差异，但三者之间在现实利益、文化传播以及情感上又有一定的相通之处。古人论事，常以其中二者对举，如“勉勖之辞，温乎如父师之诏子弟”[②]，此以父亲、师长对举；“子弟门人次其诗为若干卷”[③]，此以子弟与门下士对举；“可以尽门生故吏之分”[④]，此以门生与门客对举；“其家世门生故吏类皆闻人，后多至公卿而未

① 脱脱等《宋史》卷四四四《张耒传》，中华书局1977年版，第13113页。
② 强至《谢提刑司封书》，《全宋文》第66册，第304页。
③ 黄庭坚《胡宗元诗集序》，黄庭坚著，郑永晓整理《黄庭坚全集辑校编年》，江西人民出版社2008年版，第304页。
④ 欧阳修《再与杜䜣论祁公墓志书》，欧阳修著，李逸安点校《欧阳修全集》，中华书局2001年版，第1021页。

尝一挽手,公亦未尝以此望之”①,此处更以家世、门生、故吏三者并称。在前贤的观念中,师承、家学与幕府主客等诸多关系之间又或有其共性。我们略加分析,其共性或许就在以下三端:

其一,荣辱与共的处境。不论是师承、家学还是幕府,三者在现实利益的层面都是一荣俱荣、一损俱损的。在政治活动中,由血缘、姻亲组成的家族关系之荣辱与共,似乎是不需说明的常识。因此,李清照在赵挺之拒绝对李格非施以援手时,写诗对公爹不以姻亲关系驰救自己父亲表示不满。元祐党争中苏门弟子的处境则是师弟子荣辱与共最好的注脚。而门客也因幕主的升迁、贬谪与之同进退。故而,欧阳修撰写范仲淹墓志铭时才担忧吕夷简的门客寻衅生事。同样,绍兴前后,赵鼎、张浚交攻,“浚在则鼎去,鼎之门人亦去;鼎入则浚去,浚之门人亦去”②。

其二,相亲相近的情感。师承、家学、幕府,三种社会关系中的活动对象都因朝夕对处而相知相亲。亲情是文学家最常讴歌的情感之一,其血肉相亲何必细论。而师生、主客之间,处之越久,情感也就越深。我们经常看到门生故吏回忆与师长接触时,“平日蒙被教育为最厚,侍先生几杖最亲最久”③,其中谈到的就是师生之间历久弥坚的情谊。苏轼也说:“余出入文忠门最久,故见其欲释位归田,可谓切矣。”④因捧砚侍侧,故而能知师长心事。师长们也对培育日久的门生爱护有加,情深义重,如郑褒、郑云就深受陆佃喜

---

① 毕仲游《判西京国子监宋公墓志铭》,《全宋文》第 111 册,第 143 页。

② 徐梦莘《三朝北盟会编》卷一九三,上海古籍出版社 1987 年影印本,第 1393 页。

③ 李良臣《九峰先生文集序》,《全宋文》第 146 册,第 48 页。

④ 苏轼《跋欧阳文忠公书》,苏轼著,孔凡礼点校《苏轼文集》,中华书局 1986 年版,第 2204 页。

欢。陆氏说："褒、云游吾门，其文行皆可喜。而云从予最久，爱其进学骎骎如骤，有足以起予者。元丰二年，佃承乏资善，招之使游阙下。"[①] 居官迁任，还特地招学生同往，此等情谊又非一朝一夕能积累的。

门客也是如此，陈师道说"士有登门之峻，宠深入幕之亲"[②]，入幕是幕客与府主间"亲"的体现。有幕客离幕之后，依旧与幕主维持良好的关系。毕仲游《上范尧夫相公》其一二云："比人还，伏蒙远赐永䌷、柳布各一端，谨已拜领。然相公方此燕居之际，犹念及门下吏，有所沾赉，则感激之私，倍百于常品。"[③] 毕氏已离了范纯仁幕府，相互之间犹有往还馈赠，情谊绵久。又如强至曾在韩琦幕府，韩琦长子忠彦编《考德集》之后就"以属公之故吏强某而序之……公之门人多一时豪杰之士，而其孤乃独以此属于某，岂以某从公为最久，识公行事为最详"[④]。强氏虽有谦逊的意思，但字里行间流露出他从韩琦"最久"，故了解韩琦行事，由此能得韩氏家人认可的骄傲。

其三，交互传播的文化。师承等三种社会关系是由文人构成的，其场域特质决定了它们都离不开文化传播。在我们印象中，文化的传播似乎总是由较高水准者对相对低位者的下行传播，事实上，这种常态之外，也会出现交互传播的现象。幕主对幕客的要求有时是比较严苛的，如范仲淹就认为"幕府辟客，须可为已师者乃

---

① 陆佃《郑君夫人王氏墓志铭》，《全宋文》第 101 册，第 257 页。

② 陈师道《判官推官》，《后山先生集》卷十，《宋集珍本丛刊》本，线装书局 2004 年版，第 147 页。按：《全宋文》题作《与棣州幕职启》（第 123 册，第 316 页）。

③ 毕仲游《上范尧夫相公》其一二，《全宋文》第 111 册，第 10—11 页。

④ 强至《考德集序》，《全宋文》第 67 册，第 148—149 页。

可辟之；虽朋友亦不可辟。盖为我敬之为师，则心怀尊奉，每事取法，庶于我有益耳”[①]。范氏要求门客能站在高出幕主的层面，为之经营谋划。这种经营谋划，有时是借诗歌的形式表达的。如文莹所载寇准事云：

> 寇忠愍罢相，移镇长安，悰悦牢落，有恋阙之兴，无阶而入。忽天书降于乾祐县，指使朱能传意密谕之，俾公保明入奏，欲取信于天下。公损节遂成其事，物议已讥之。未几，果自秦川再召入相。将行，有门生者忘其名请独见，公召之，其生曰：“某愚贱，有三策辄渎钧重。”公曰：“试陈之。”生曰：“第一、莫若至河阳称疾免觐，求外补以远害。第二、陛觐日，便以乾祐之事露诚奏之，可少救平生公直之名。第三、不过入中书为宰相尔。”公不悦，揖起之。后诗人魏野以诗送行，中有“好去上天辞将相，归来平地作神仙”之句，盖亦警之为赤松之游。竟不悟，至有海康之往。[②]

其佚名门人是直接呈上计策，而魏野则是以诗为谏。实际上，他们都有为寇准避祸的目的，而魏野的信息并未起到警示作用。但幕府的文化传播，此亦其例。

文化传播的活动在幕府中甚多，正如前文所说，这些文化活动中也存在文艺授受的现象。而家学传承中，文化的代代相传，对保障宗门的意义前文也已经提及。要在文化传播是师承等三种社会

① 周煇撰，刘永翔校注《清波杂志校注》卷四，中华书局1994年版，第178页。

② 文莹撰，郑世刚、杨立扬点校《湘山野录》卷中，中华书局1984年版，第27页。

关系均具备的。

考虑到三者的相通之处，本书在行文中并未刻意区分，尤其未曾特地剖白师承关系中的“门人”与幕府场域中的“门人”。家世、门生、故吏三者之所以能并举，是因其具有相似之处。宋人虽知其自有差异，却常模糊其边界，故而本书也将基于此展开论述。不过我们仍需指出，尽管三者之间的差异是显而易见的，但在特定情况下，三者之间可以相互转换。如王庠娶于苏氏，而后贽文成为苏轼的学生，由苏门戚属变而为苏门弟子。王适则是由苏门弟子变身为苏门女婿的，且为二苏教育子弟。又如富弼原为晏殊门人，后成晏家乘龙快婿。有时，学生也被师长辟为幕僚，欧阳修就曾“以门下生，为幕中吏”，且称“私愿以释，不胜荣辉”①。李之仪“元祐末，东坡老人自礼部尚书，以端明殿学士加翰林院侍读学士，为定州安抚使。开府延辟，多取其气类，故之仪以门生从辟”②。亲戚、门生、僚属，三者的身份并非一成不变。所以冯山说：“门生变交游，故旧成姻亲。”③犹可见时人交往中的身份变化。

① 欧阳修《答李内翰一通》，欧阳修著，李逸安点校《欧阳修全集》，中华书局2001年版，第2441页。

② 李之仪《跋戚氏》，《全宋文》第112册，第127页。

③ 冯山《送张子立龙图知凤翔》，《全宋诗》第13册，第8629页。

第一章　北宋文坛师承谱系观念

师承观念、师法实践都非无源之水、无本之末，其渊源有自。宋前士人的师法观念，时人对师承的重视程度，日常生活中各项技艺之师承谱系、释道统序等都会对北宋文坛的师承谱系发生影响。本章主要讨论以上内容对北宋文坛师承关系的启示作用。

第一节　宋前士人的师法观念

史称孔子门徒三千，贤者七十二。前四史以降，诸正史列传，有不称传主家世而备述其师承者。如《晋书·许孜传》载："许孜，字季义，东阳吴宁人也。孝友恭让，敏而好学。年二十，师事豫章太守会稽孔冲，受《诗》、《书》、《礼》、《易》及《孝经》、《论语》。"①《梁书·孔佥传》载："孔佥，会稽山阴人。少师事何胤，通《五经》，尤明《三礼》、《孝经》、《论语》，讲说并数十遍，生徒亦数百人。"②《魏书·范绍传》载："范绍，字始孙，敦煌龙勒人。少而聪敏。年十二，父命就学，师事崔光。"③类似例子不胜枚举，此尤见其时对师承之重视。宋前士人从恪守师道尊严到认为闻道有先后，其师法

---

① 房玄龄等《晋书》卷八八《许孜传》，中华书局1974年版，第2279页。

② 姚思廉《梁书》卷四八，中华书局1973年版，第677页。

③ 魏收《魏书》卷七九《范绍传》，中华书局1974年版，第1755页。

观念在不断变化，但尊师重教是主流。我们试从其“礼闻来学，不闻往教”的师授尊严、“专相传祖，莫或讹杂”的师法与家法等问题略述宋前士人的师法观念。

一 “礼闻来学，不闻往教”的师授尊严

《礼记·曲礼》曾谈及先秦时代“礼闻来学，不闻往教”的师授原则[①]，规定学者登门拜师求教，要求老师不得屈尊受求学者之召上门传道。在时人看来，师、道是合一的。韩愈《师说》所谓“道之所存，师之所存也”，其秉持的也是此观念[②]。《吕氏春秋·劝学》对此专门分析道：

> 故师之教也，不争轻重尊卑贫富，而争于道。其人苟可，其事无不可，所求尽得，所欲尽成，此生于得圣人。圣人生于疾学。不疾学而能为魁士名人者，未之尝有也。疾学在于尊师，师尊则言信矣，道论矣。故往教者不化，召师者不化，自卑者不听，卑师者不听。师操不化不听之术而以强教之，欲道之行、身之尊也，不亦远乎？[③]

这里强调了尊师与重道的统一，强调求学者本身对“道”的向往与追求。客观上，确立了师道尊严，另一方面也让更多的求学者能接

① 郑玄注，孔颖达等正义《礼记正义》卷一《曲礼》上，阮元《十三经注疏》本，上海古籍出版社 1997 年版，第 1231 页。

② 韩愈《师说》，韩愈著，刘真伦、岳珍校注《韩愈文集汇校笺注》，中华书局 2010 年版，第 139 页。

③ 吕不韦著，陈奇猷校释《吕氏春秋新校释》，上海古籍出版社 2002 年版，第 198 页。

受名师的教导。宋前士人更多地偏向于前者，这一观点被他们反复强调并实践。而自《礼记》以至韩愈，皆对师道尊严有所阐述，亦可知该观念流传不绝。

《韩诗外传》记载孟尝君曾请学于闵子，使车往迎闵子。闵子不应，对道："礼有来学无往教。致师而学不能学，往教则不能化君也。君所谓不能学者也，臣所谓不能化者也。"① 他所演绎的正是前引《吕氏春秋·劝学》的内容。东汉时，会稽人包咸习《鲁诗》《论语》，"因住东海，立精舍讲授。光武即位，乃归乡里。太守黄谠署户曹史，欲召咸入授其子。咸曰：'礼有来学，而无往教。' 谠遂遣子师之"②。包咸传授学问，也是专立精舍，以候来学者，而太守征其为属官，召其授子，包氏就以师道尊严之礼坚拒。

若有师长不守此原则，门下弟子亦尽力规劝。王莽为大司马，召王仲子，仲子欲往。他的学生郭宪谏阻曰："礼有来学，无有往教之义。今君贱道畏贵，窃所不取。" 仲子曰："王公至重，不敢违之。" ③ 郭宪谏阻其师的理由也是强调 "道" 之不可轻贱，亦即认为 "师道同一"，王仲子若应召前往授道，就自行降低了 "道" 的地位。这种观念甚至影响到了看空一切的佛门。刘宋时，彭城王义康请释慧睿法师 "入第受戒。睿曰：'礼闻来学。' 义康大惭。乃入寺虔礼以奉戒法" ④。

正因为 "有来学，无往教" 的师授观念，当时马融、郑玄、陈寔、包咸、李充等一大批儒者经师居家或立精舍传道。至于宋代，该观念仍然受到人们的认可，"庆历中，石介在太学，四方诸生来学者数

① 韩婴撰，许维遹校释《韩诗外传集释》卷三，中华书局 1980 年版，第 98 页。

② 范晔《后汉书》卷七九下《包咸传》，中华书局 1965 年版，第 2570 页。

③ 范晔《后汉书》卷八二上《郭宪传》，中华书局 1965 年版，第 2708 页。

④ 陈舜俞《庐山记》卷第三，东方学会 1928 年重刊日本元禄本，第 9 页。

千人,群亦自蜀至。方讲官会诸生讲,介曰:'生等知何群乎?群日思为仁义而已,不知饥寒之切己也。'众皆注仰之。介因馆群于其家,使弟子推以为学长"[①]。石介在京师,何群与诸生不远千里而来求学。石介虽馆何群于其家,仍使诸弟子推群为学长,何群作为弟子依然是到老师所在处求教,此即"来学"。宋初著名的胡氏华林书院,四方之士来此游学者常数百人,一时吟颂其学堂之朝臣三十有几,"纷纷游客豫章回,俱道华林就学来"即当时景象[②]。"就学来",亦即"来学"的直接陈述。

只是除去"来学","往教"亦屡见不鲜。如王向,曾在滁州管理某镇事务。有书生教学生,未能收到薪酬,便"自往诣之,学子闭门不接,书生讼于向,向判其牒曰:'礼闻来学,不闻往教。先生既已自屈,弟子宁不少高?盍二物以收威,岂两辞而造狱。'书生不直向判,径持牒以见欧公,公一阅,大称其才,遂为之延誉奖进,成就美名,卒为闻人"[③]。该例说明,宋人依旧推崇尊重师道,主张先生不屈就,但先生往教已非新鲜事,王向、欧阳修则站在师道尊严的角度,皆认可"有来学,无往教"观念。

"礼闻来学,不闻往教"的原则,确立了师授的基本模式,进而影响士人求学、师说传授等诸多问题。到宋代,士人们依然执文就谒,向执牛耳的名师巨匠请益问学,不能不说是这一传统的延续。

二 "专相传祖,莫或讹杂"的师法与家法

两汉经学,恪守"师法""家法"。"师法"这一概念首见于《荀

---

① 脱脱等《宋史》卷四五七《何群传》,中华书局 1977 年版,第 13435—13436 页。

② 宋湜《题义门胡氏华林书院》,《全宋诗》第 1 册,第 596 页。

③ 沈括著,胡道静校证《梦溪笔谈校证》,上海古籍出版社 1987 年版,第 529 页。

子》，荀子对师法之要求可谓严苛，他说："言而不称师谓之畔，教而不称师谓之倍。倍畔之人，明君不内，朝士大夫遇诸途不与言。"①在荀子看来，对师法不称不传，即为背叛，而背叛之人将遭受世人唾弃。荀子的观点在《吕氏春秋》中得到延续，其文云："听从不尽力，命之曰背；说义不称师，命之曰叛；背叛之人，贤主弗内之于朝，君子不与交友。"②

至于两汉经学，"师法"与"家法"便是一对极为重要的概念，受到学者们的重视。丁进先生、蒋国保教授均对这两个概念作出细致的分析③，笔者自认在该问题上不能有更多发明，故撮其文之要，兼以拙见，略述如下：

汉儒所谓"家法"之"家"非有血缘关系才称之，而是"诸子百家"之"家"。故而李零先生说："一师数传，可以有很多家。本来，诸子分宗立派，不止儒家，墨家也有很多派，但汉代，唯独经学讲家法，迥然不同于诸子和其他书。"④清人王鸣盛提出"盖前汉多言师法，而后汉多言家法""守其一家之法，即师法也""不改师法则能修家法矣"等说⑤。

---

① 王先谦撰，沈啸寰、王星贤点校《荀子集解》卷一九，中华书局 1988 年版，第 598 页。

② 吕不韦著，陈奇猷校释《吕氏春秋新校释》，上海古籍出版社 2002 年版，第 209 页。

③ 蒋国保《汉儒之"师法"、"家法"考》（《中山大学学报》2011 年第 3 期）、丁进《汉代经学中的家法和师法辨析》（《湖南大学学报》2011 年第 5 期）、《经学师法、家法与〈汉志·六艺略〉的家数问题》（《中国哲学史》2012 年第 1 期）。

④ 李零《兰台万卷：读〈汉书·艺文志〉》，生活·读书·新知三联书店 2011 年版，第 10 页。

⑤ 王鸣盛著，黄曙晖点校《十七史商榷》，上海书店出版社 2005 年版，第 190—191 页。

丁进先生通过对《后汉书》关于“师法”“家法”的运用实例分析认为：师法主要流行于西汉中后期，侧重指五经博士的学说，也可指与五经博士有直接关系的博士先师之说；后人在原有师法基础上可以扩充，但不可改；在一定时期、特定条件下，学者可以自创师法，另立门户。“家法”称呼起于东汉中后期，而大盛于魏晋南北朝时期；大多数情况下指五经博士的学说，具体指称五经博士章句、经和其他解说文字；家法指某经有某氏之学，不指某氏之下复有某氏之学。后汉学术语境中，师法、家法两词可以混用①。

师法、家法多指五经博士的学说，但也可用于天文、历算等专门之学的师承。如：“前郎中冯光、司徒掾陈晃各讼历，故议郎蔡邕共补续其志。今洪其诣修，与汉相参，推元课分，考校月食。审已巳元密近，有师法”②，“河平疏阔，史官已废之，而汉以去事分争，殆非其意。虽有师法，与无同。课又不近密。其说蕃数，术家所共知，无所采取”③。但不论所习是何种学问，汉人都强调对师说的追随、恪守。孟喜改易师法，“博士缺，众人荐喜。上闻喜改师法，遂不用喜”④。有人“颠倒《五经》，毁师法，令学士疑惑”，甚至被认为“宜诛此数子以慰天下！”⑤可见，在当时的语境下，师法、家法承传之严。

汉武帝立五经博士，本来就是选取师承有序、学术影响较大的

① 丁进《汉代经学中的家法和师法辨析》，《湖南大学学报》2011年第5期。

② 司马彪撰，刘昭注补《后汉书志》卷二《律历志中》，中华书局1965年版，第3042页。

③ 司马彪撰，刘昭注补《后汉书志》卷二《律历志中》，中华书局1965年版，第3043页。

④ 班固《汉书》卷八八，中华书局1962年版，第3599页。

⑤ 班固《汉书》卷九九，中华书局1962年版，第4170页。

派别。五经博士中又以《易》的师承渊源最为久远。《汉书》记载商瞿子木受《易》于孔子，以授桥庇子庸，至于汉初田何授王同、周王孙、丁宽、服生，而丁宽又授田王孙[①]。此种见诸载籍的师承谱系，说明汉人对师承有着与家谱类似的执着，而后汉尤甚。自光武中年以后，"专事经学，自是其风世笃焉。其服儒衣，称先王，游庠序，聚横塾者，盖布之于邦域矣。若乃经生所处，不远万里之路，精庐暂建，赢粮动有千百，其耆名高义开门受徒者，编牒不下万人，皆专相传祖，莫或讹杂"[②]。此段文字中，"编牒不下万人，皆专相传祖，莫或讹杂"一句特别值得注意。编牒的出现，说明当时对师承已经有相对严格的管理，人或从学，必入师承之谱牒。师生传承，不会出现冒名之事。这种万人系牒的师承盛况，在北宋极为罕见。胡瑗号称弟子数千，能追索名姓者不过寥寥。

那么，汉人何以如此坚持师法、家法呢？蒋国保先生认为：

> 从"师法"之不排斥兼(本门)诸师说到"家法"之排斥兼(本门)诸师说，说穿了就是"家法"较之"师法"是更为严格的身份认同。其目的就是杜绝不具备这一身份的人担任某名分下的博士官，而将担任某名分下博士官的权利只给予某博士亲授的弟子。[③]

说到底，汉人师承谱系的严格、恪守师说之执着背后，藏着一个大大的"利"字。至魏晋玄学兴起，五经博士官不再如此重要，人们

---

① 班固《汉书》卷八八，中华书局1962年版，第3597页。

② 范晔撰，李贤等注《后汉书》卷七九下《蔡玄传》，中华书局1965年版，第2588页。

③ 蒋国保《汉儒之"师法"、"家法"考》，《中山大学学报》2011年第3期。

对师说也就不再苛求。郑玄之所以能成为经学大宗师,实际上是兼收别家、融合众长所致。故而隋唐时,师法观念又有新的变化。

三 “学不常师,志在遐远”的师道新说

韩愈说出了唐人的师道新主张。他在《师说》中认为:“圣人无常师……孔子曰:‘三人行,则必有我师。’是故弟子不必不如师,师不必贤于弟子。闻道有先后,术业有专攻,如是而已。”[①] 道与师是合一的,道之所存,师之所存也。所以他主张:“师者,所以传道受业解惑也。”[②] 言辞之中标举着不专师一人的旗帜。老师有传道的天职,而弟子学问精进后不必不如师。继续推论,则学问精进后的弟子,若要更上一层楼,显然就要再拜新的老师,因此转益多师才能有所成就。

老杜“别裁伪体亲风雅,转益多师是汝师”的句子,道出了唐人的师法观念。转益多师,亦即学不专主一家,兼采众家之长。该观点在唐初即得到人们称许,陈子昂《昭夷子赵氏碑》就赞赵元亮“元精冲懿,有英雄之姿。学不常师。志在遐远”[③]。学不常师,在陈子昂笔下是值得与英雄气质、远大抱负一样赞颂的精神。不专奉一师,也就有更多的学习机会,在此过程中,师承更不如血缘家谱一般能逐一按索。师授关系也出现了新气象。

至中唐,白居易、韩愈诸人更是倡言转益多师,不主一家之说。韩愈认为“圣人无常师,孔子师郯子、苌弘、师襄、老聃。郯子之徒,

① 韩愈《师说》,韩愈著,刘真伦、岳珍校注《韩愈文集汇校笺注》,中华书局2010年版,第140页。

② 韩愈《师说》,韩愈著,刘真伦、岳珍校注《韩愈文集汇校笺注》,中华书局2010年版,第139页。

③ 陈子昂著,徐鹏校《陈子昂集》,中华书局1960年版,第91页。

其贤不及孔子"[①]。他从先圣处寻找立论依据,指出无常师才是确切的求学态度。而柳宗元则主张,以五经为取道之原,但"参之穀梁氏以厉其气,参之《孟》、《荀》以畅其支,参之《庄》、《老》以肆其端,参之《国语》以博其趣,参之《离骚》以致其幽,参之太史公以著其洁,此吾所以旁推交通而以为之文也"[②]。这里更是以前贤遗编为师,学其长处,采其精华。不但学术、文学要学不常师,一些在当时看来是技艺的行当,也需不主常师。白居易《记画》说:

> 张氏子得天之和,心之术,积为行,发为艺。艺尤者其画欤?画无常工,以似为工。学无常师,以真为师。故其措一意,状一物,往往运思,中与神会,仿佛焉若驱和役灵于其间者。[③]

绘画不从常师学工,而是师其心、师万物。这里虽然离开了师承的话题,但其不主常师的精神依旧是相通的。

不主常师的主张,在现实世界的实践即体现在学者不远万里追寻明师,以求学问。卢照邻叙述自己求学历程说:"遂阅礼而闻诗。于是裹粮寻师,褰裳访古,探旧篆于南越,得遗书于东鲁,意有缺而必刊,简无文而咸补。入陈适卫,百舍不厌其栖遑;累蠒重胝,千里不辞于劳苦。"[④]南至越,北之鲁,寻师探古,可见诗人求师之艰

① 韩愈《师说》,韩愈著,刘真伦、岳珍校注《韩愈文集汇校笺注》,中华书局2010年版,第140页。

② 柳宗元《答韦中立论师道书》,柳宗元撰,尹占华、韩文奇校注《柳宗元集校注》,中华书局2013年版,第2178页。

③ 白居易《记画》,白居易著,谢思炜校注《白居易文集校注》,中华书局2011年版,第265页。

④ 卢照邻《释疾文》,《卢照邻集校注》卷五,中华书局1998年版,第246页。

辛。而其所到处之广，亦足证其无常师。

“学不常师，志在遐远”的观点在宋代也得到认可，晁补之有“窃以治非一道，三代之所同功；学非一师，百圣之所并宇”的说法①。至于其实践，我们翻阅《宋元学案》时遇到的那众多分立于不同学案的士人，便是转益多师的典范，文士兼师数人者亦属常见。

第二节　北宋士人重视师承关系

事事皆有专门之学问，学问经由传授，便形成特定的师承关系。北宋人重视师承，他们对前贤的师承关系极口称扬，对于学术与各项技艺多求学有师承，在确定师徒关系时，也主张恪守师徒之礼。

一　学道与艺，必出于师：重视学有师承

学有师承似乎总比自修得道的“野狐禅”更容易受到人们的认可。沈遘说：“古之学者，学道与艺；道与艺必出于师，而师在庠序，故学者亦必在焉。”② 黄庭坚也称：“天下之学，要之有所宗师，然后可臻微入妙。”③ 宋代士人对师承甚是关注，从与入仕相关的经学到被视作“小道”的书、画、医等技艺，有无师承都会被放大。

经学是北宋士人的晋身之资，故为时人所重。论及前代经学，宋祁就有“王弼注《易》，直发胸臆，不如郑康成（按：指郑玄）等师

① 晁补之《谢解启》，《全宋文》第 126 册，第 89 页。
② 沈遘《丹州新学记》，《全宋文》第 74 册，第 338 页。
③ 黄庭坚《杨子建通神论序》，黄庭坚著，郑永晓整理《黄庭坚全集辑校编年》，江西人民出版社 2008 年版，第 937 页。

承有自也”的感慨[1]。时人对《易》经传授的师承谱系津津乐道，如欧阳修《传易图序》、苏辙《古史》、金君卿《传易之家》、晁说之《传易堂记》等皆备述《易》之师徒传授谱系。汉人田何善《易》，而宋人沈作喆谈到他时说：“(田)何以齐诸田徙杜陵，号‘杜田生’。今之俚谚谓白撰无所本者为‘杜田’，或曰‘杜园’者，语转而然也。岂当时亦讥何之《易》学师承无所自耶？”[2]说起具“杜撰”之意的俚语，首先想到其人之无所师承，亦足证其对师承之重视。

学有师法，在选才用人时也颇得重视。举主举荐时，也会作为一项重要优势提出。苏辙举荐刘攽，称其：“多闻直谅，文有师法，才力通敏，所至称治，流落外官，众所嗟叹。”[3]绍圣四年(1097)五月，新授试吏部侍郎叶祖洽举方蒙自代，奏道：“伏见屯田员外郎方蒙学有师法，趣守刚正。”[4]选官晋职的制诰也以“学有师法”为可称道的优点，欧阳修被称为：“学有师法，言无畏避。辍辞翰于西掖，董赋舆于北道。”[5]曾巩试作诰书，也有“某纯明修洁，秉谊不回。学有本原，可以图治体；文有师法，可以代予言。是用擢于右

① 吴曾《能改斋漫录》卷一〇《论易》，《全宋笔记》第5编第4册，大象出版社2012年版，第28页。

② 沈作喆《寓简》卷一，《全宋笔记》第4编第5册，大象出版社2008年版，第11页。

③ 苏辙《乞擢任刘攽状》，苏辙著，陈宏天、高秀芳点校《苏辙集》，中华书局1990年版，第648—649页。

④ 李焘《续资治通鉴长编》卷四〇二《哲宗元祐二年六月戊申》，中华书局2004年版，第9791页。

⑤ 胡柯编《欧阳修年谱》引孙抃庆历四年(1044)所行制，文载《欧阳修全集》附录一(中华书局2001年版，第2603页)，《全宋文》据《欧阳文忠公集》卷首《欧阳文忠公年谱》收录该制。

垣,使就兹位”的句子①。这种现象到南宋犹然,王蘋少师事龟山,高宗用为正字中秘,其制有云:

> 尔学有师承,亲闻道要。蕴椟既久,声实自彰。行谊克修,溢于朕听。延见访问,辞约而指深。师友渊源,朕所嘉尚。赐之高第,职是校雠。岂特为儒者一时之荣,盖将使国人皆有所矜式。勉行而志,毋负师言。②

所称“学有师承”“师友渊源”云云,皆重师承之谓也。

文人对于师法之重视,也有自身的表达方式。晏殊说到《文选》,特地提到钱熙自谓“予于此书特经师授,皆有训说”③。陈师道也对人称自己“惟于修文,略有师法”颇为自得④。他还以“师法时难得,亲年富有余”赞许秦觏⑤。黄庭坚最有意思,他说“我学少师承,坎井可窥底”⑥,又说“吾言有师承,可信如斗杓。诗以解子忧,亦用当子招”⑦。直让人搞不清他到底有无师承,但其中对师承的

① 曾巩《试中书舍人制诏三道》之《中书舍人除翰林学士制》,曾巩撰,陈杏珍、晁继周点校《曾巩集》,中华书局1984年版,第320页。

② 叶绍翁撰,沈锡麟、冯惠民点校《四朝闻见录》甲集《布衣入馆》,中华书局1989年版,第10页。

③ 晏殊《答枢密范给事书》,《全宋文》第19册,第220页。

④ 陈师道《答江端礼书》,《全宋文》第123册,第285页。按:《后山先生集》卷九该句作“惟于修文,略无师法”(《宋集珍本丛刊》本,线装书局2004年版,第138页),然味其前后文则不通,今从《全宋文》。

⑤ 陈师道《送秦觏二首》其二,陈师道撰,任渊注,冒广生补笺,冒怀辛整理《后山诗注补笺》,中华书局1995年版,第72页。

⑥ 黄庭坚《次韵秦觏过陈无已书院观鄗句之作》,黄庭坚撰,任渊、史容、史季温注,刘尚荣点校《黄庭坚诗集注》,中华书局2003年版,第229页。

⑦ 黄庭坚《招子高二十二韵兼简常甫世弼》,黄庭坚撰,任渊、史容、史季温注,刘尚荣点校《黄庭坚诗集注》,中华书局2003年版,第795页。

重视岂非一目了然？他对师承之重视，还体现在择人交往上，洪刍给他引荐景云和尚，黄庭坚问："景云又不知是禅是律，有师承无师承。"①

北宋士人不独重文事之师承，毛滂说："经术文艺固有师，吏亦有师，无不可学者。"②不唯经术、文艺，没有什么是不可以学的。而书、画、医、歌舞者，虽称小道，亦重师承。黄休复《益州名画录》除记载画家之家学传承之外，特别提到一些画家的师承。如蒲延昌学于蒲师训，"笔力遒健，甚得师法"；"道士陈若愚者，左蜀人也。师张素卿画，遂衣道士服，师事素卿，受其笔法"；麻居礼"幼师张南本笔法，亲得其诀"③。对画家师承渊源记述详细，不也正说明时人极为看重此事么？因为"凡画入门，必须名家指点"④。书法一道，情况与此类似。朱长文论古今书坛人物，亦不忘指明师承。如"初，浮屠智永学逸少书精极，名重于陈。世南从学焉，尽得其法而有以过之"⑤。此其一例。书、画之学如此，娱人耳目的歌舞亦复如斯。时人称说："今时舞者，曲折益尽奇妙，非有师授，皆不可观，故士大夫不复起舞矣。"⑥

---

① 黄庭坚《答洪驹父书三首》其一，黄庭坚著，郑永晓整理《黄庭坚全集辑校编年》，江西人民出版社 2008 年版，第 733 页。

② 毛滂《重上时相书》其三，《全宋文》第 132 册，第 272 页。

③ 于安澜编《画史丛书》，上海人民美术出版社 1963 年版，第 4 册，第 28 页、第 33 页、第 33 页。

④ 唐志契《绘事微言》卷下，影印文渊阁《四库全书》本，台湾商务印书馆 1985 年版，第 816 册，第 225 页。

⑤ 朱长文《墨池编》卷三《续书断》上，影印文渊阁《四库全书》本，台湾商务印书馆 1985 年版，第 812 册，第 736 页。

⑥ 江少虞《宋朝事实类苑》卷一九《歌舞》，上海古籍出版社 1981 年版，第 233 页。

医学授受也同样重视师法、师承。北宋医疗条件不甚发达,“要藩大郡或罕良医,偏州下邑,遐方远俗,死生之命委之巫祝。纵有医者,莫非强名,一切穿凿,无所师法,夭枉之苦,何可胜言?”① 范仲淹认为:“今京师生人百万,医者千数,率多道听,不经师授,其误伤人命者日日有之。”京师的医者尚且如此,偏州下邑就更不必说了。有鉴于此,他建议“召京城习医生徒听学,并教脉候及修合药饵,其针灸亦别立科教授”,“今后不由师学,不得入翰林院”②。若得名医相授,其人也不乏自陈师门渊源,并推尊恩师者。邵雍曾说:

> 昔居卫之共城,有赵及谏议者,自三司副使以疾乞知卫州,以卫多名医故也。有申受者善医,自言得术于高若讷参政,得脉于郝氏老。其说谓高参政医学甚高,既贵,诊脉少,故不及郝老。郝老名充,居郑州,今谏议之疾非郝老不可治。③

申受是高若讷、郝充的弟子,既受医术于高,又得脉法于郝。郝充声名不如高若讷显赫,申受便自陈师法,并推尊恩师。高氏既贵,临床经验不如郝充并不影响高氏的声望。

北宋士人认识到师相授受的重要作用,在社会生活的不同层面反复提及师承、师法,强调师授、师学,都从不同程度上体现了时人对师承的关注。尽管北宋士子汲汲奔竞于文坛宗匠之门,背

① 李焘《续资治通鉴长编》卷四七二《哲宗元祐七年四月丙子》,中华书局2004年版,第11272页。

② 范仲淹《奏乞在京并诸道医学教授生徒》,《全宋文》第18册,第197页。

③ 邵伯温撰,李剑雄、刘德雄点校《邵氏闻见录》卷一七,中华书局1983年版,第184页。

后有特定的功利目的，但重视师承的观念所起到的影响，同样不言而喻。

二　受其师道，传无穷已：艳称前贤师承

宋人既重视师承，对前贤的师承也多艳羡不已。汉代以降，经过改造的儒家思想被统治者选为治国之道。士人求学，多从儒经开始，孔门也因此成为最得宋代士人歌颂的楷模。同时，一些专门技艺的师承也为宋人称述不已。

元人评价“宋之君臣，于二帝、三王、周公、孔子之道，讲之甚明。至其规模制度，饰为声明，已足粲然，虽不能尽合古制，而于后代庶无愧焉”[①]。仁宗封孔子为“帝”，历代宋君崇祀不已。当时，“孔子庙自颜回以降，皆爵命于朝，冠冕居正”[②]。真宗大中祥符二年(1009)，诏追封孔子及其弟子等，命宰相以下群臣撰赞。朝臣们奉诏分任其事，如杨亿《司马耕字子牛宋人赠向伯今进封楚丘侯赞》、张齐贤《曾参字子舆鲁人赠郕伯今进封瑕丘侯赞》、王嗣宗《公西赤字子华鲁人赠部伯今进封巨野侯赞》、温仲舒《澹台灭明字子羽武城人赠江伯今进封金乡侯赞》等。宋人对于孔门的师承，也每见称述，程颐说：“孔子没，曾子之道日益光大。孔子没，传孔子之道者，曾子而已。曾子传之子思，子思传之孟子，孟子死，不得其传，至孟子而圣人之道益尊。”[③]程颐是就孔子门人曾子的学脉而言。但也有为孔门弟子作传者，苏轼在海南就曾命苏过撰写《孔子弟子别

① 脱脱等《宋史》卷一四九《舆服志》，中华书局1977年版，第3478页。

② 脱脱等《宋史》卷二八一《毕士安传附毕仲游传》，中华书局1977年版，第9524页。

③ 程颢、程颐撰，潘富恩导读《二程遗书》卷二五，上海古籍出版社2000年，第384页。

传》。在文章中提及孔门弟子的情况就更不胜枚举。我们随意列两条：

> 夫子历谈其门人，如子贡、子路之高弟，皆不得与，独一颜渊庶几不违而已。[①]
>
> 棋局字定方……与孔子高弟漆雕开游……[②]

对孔子学脉的称述可能是基于一种集体无意识，官方长期宣扬孔门学术，孔门高弟自然成为士人心中的贤人。而对隋唐以来古文运动的师承之艳羡，则可能有倡导本派学说的意义。

北宋士人以文艺干禄，多奔走于公卿之门。"以禄学为心也"，"大之以蕃其族，小之以贵其身"，这在意欲恢复古之道统的柳开看来，颇为揪心，他认为"古之志为学也，不期利于道，则不学矣。今之志为学也，不期利于身，则不学矣"[③]。为恢复古道，柳开、石介倡言继承唐代古文运动，恢复文以载道的"道统"。石介称先贤之师承关系道："门人之高弟者，孟则有万章、公孙丑、乐克之徒；扬则有侯芭、刘棻之徒；文中子则有董常、程元、薛收、李靖、杜如晦、房、魏之徒；吏部则有李观、李翱、李汉、张籍、皇甫湜之徒。"[④] 孟子至韩愈，正是柳开、石介认定的道统传人。故而石介羡慕地说："孟轲则有公孙丑、万章之徒，扬雄则有侯芭之徒，文中子则有程元、薛收、

---

① 张耒《说道》，张耒撰，李逸安、孙通海、傅信点校《张耒集》，中华书局 1990 年版，第 733 页。

② 曹勋《棋局传》，《全宋文》第 191 册，第 117 页。

③ 柳开《续师说》，《全宋文》第 6 册，第 371 页。

④ 石介《泰山书院记》，石介《徂徕文集》卷十九，《宋集珍本丛刊》本，线装书局 2004 年版，第 327 页。

房、魏之徒，韩吏部则有皇甫湜、孟郊、张籍、李翱之徒随之，而师皆能授其师之道，传无穷已。”① 能受师学而传之，自然是石介所期待的。

对先贤师承的艳羡不仅仅体现在追溯其师长弟子上，更有比附前贤的意思。石介写诗送高拱辰称：

> 韩门有李汉，柳氏得晦之。其道卒无患，二子为藩篱。吾才诚驽弱，十年空孜孜。韩阃与柳阈，岂敢辄潜窥。②

高氏是石介的弟子，又是石氏女婿，石介对他期许甚高。而弟子也有借前贤师承，称颂师长的。如魏衍就说：

> 衍尝谓唐韩愈文冠当代，其传门人李汉所编。衍从先生学者七年，所得为多。今又受其所遗甲、乙、丙稿，皆先生亲笔。③

魏衍从陈师道学，师道过世后，魏衍受其遗稿编次遗集。魏衍称及李汉编先生著述，用以方诸自身编陈师道之集。陈师道自己也有艳称王通、扬雄弟子以自方的例子，其《南丰先生挽词二首》云：

> 早弃人间事，真从地下游。邱原无起日，江汉有东流。身

---

① 石介《上孙少傅书》，石介《徂徕文集》卷十五，《宋集珍本丛刊》本，线装书局 2004 年版，第 288 页。

② 石介《送进士高枢拱辰》，石介《徂徕文集》卷三，《宋集珍本丛刊》本，线装书局 2004 年版，第 186 页。

③ 魏衍《后山集记跋》，《全宋文》第 133 册，第 217 页。

世从违里，功言取次休。不应须礼乐，始作后程仇。

精爽回长夜，衣冠出广庭。勋庸留琬琰，形像付丹青。道丧余篇翰，人亡更典刑。侯芭才一足，白首《太玄经》。[①]

前首“始作后程仇”的“程仇”就是指王通的弟子程元和仇璋。王通曾说魏征等弟子遭遇明主，能有所作为，但不如程元、仇璋能守礼乐。此处陈师道是自谦，说自己才不足匹配程、仇，自不需先论礼乐而后知不如。但点出程、仇，就俨然有以王通喻曾巩的意思，而陈为曾氏弟子，程、仇又如何会用以喻曾巩的其他门人呢？后一首，侯芭是扬雄的弟子，以其“白首《太玄经》”，称许其传师说之苦勤。个中也不乏以专心师学的侯芭自喻之意。

还有人以前贤师承关系赞美时人，如梅尧臣说：“退之于今可以当吾永叔，其李翱、皇甫湜、柳子厚，未能当吾永叔之门人也。足下亦在其门人之列。”[②]此处称许王补之，也是通过点定前贤师承关系，称对方超过韩门弟子达到揄扬目的。晁说之则说：“虽东坡、南丰二公杰然名一世，而振耸九州之牧者，而自欧阳公视之，则皆其门人之文也。曾参、有若不足以继夫子之席，则他人孰可以俪吾欧阳公哉？”[③]此系借孔门弟子赞欧阳修师生。

对前贤师承关系的关注，本身也说明宋人重视师承关系。在这种重视师承的氛围下，宋人对师承关系才会认真而坚持。在恪守师徒之礼方面，也能持之不已。

---

① 陈师道《南丰先生挽词二首》，陈师道撰，任渊注，冒广生补笺，冒怀辛整理《后山诗注补笺》，中华书局 1995 年版，第 27—28 页。

② 梅尧臣《答王补之书》，《全宋文》第 28 册，第 159 页。

③ 晁说之《与三泉李奉议书》，《全宋文》第 130 册，第 51 页。

三　术不可不慎，此亦可喻大：恪守师徒名分

行动是人们内心思想的呈现，艳称前人师承是宋人重视师承之表达，恪守师徒名分，遵循师徒之礼也是宋人重视师承的体现。尽管恪守师徒名分的观念、遵循师徒之礼的行动，并非宋人所独有，然而有此观念则必然影响到其对师承关系之理解。

首先，对宋人而言，师长与君父具有相近地位。君、父、师的并列，在宋人文章中绝不罕见。蔡襄说："弟子于其师，子于其父，臣于其君，不自嫌于不让而辩之，惟道故也。故其师也，父也，君也，亦惟道之恤，闻其不让而辩之，必以为当然。"[①] 蔡襄心中有一个更高的准绳，即"道"。认为为了"道"的缘故，可以与师、父、君相辩言，此处之重点在师、父、君之并举。

父师并称，一方面是强调师徒名份，另一方面也是说在名分之下，师长所承担的责任。北宋士人的诗歌每每以父、师并称。父、师之教诲谨严，让苏舜钦、苏轼印象深刻，苏舜钦说："诲束俨父师，寒暑布儿妾。"[②] 苏轼甚至到晚年贬谪海南之后，还在梦中记起童年嬉戏，父亲、老师检查课业的情况。他咏诗道："夜梦嬉游童子如，父师检责惊走书。"[③] 韩琦"中人无贤愚，在禀父师教"[④] 之句则认为，中等智力之人，本无贤不肖，关键在于是否能听从父亲、师长的教诲。韩琦所言，指出父、师有教育之责。南宋包恢亦云："君子以人治人，治此人也；人其父生而师教之，教此人也；学所以明人伦，

① 蔡襄《再答谢景山书》，《全宋文》第 47 册，第 27 页。

② 苏舜钦《检书》，苏舜钦著，沈文倬校点《苏舜钦集》，上海古籍出版社 2011 年版，第 20 页。

③ 苏轼《夜梦》，苏轼著，王文诰辑注，孔凡礼点校《苏轼诗集》，中华书局 1982 年版，第 2251 页。

④ 韩琦《示直彦》，《全宋诗》第 6 册，第 3972 页。

明此人也。"[①] 所谓父生师教，强调的也是师生名分下，师长所承担的责任。

"先生""门生"的称呼在宋人看来也不可轻用、轻受。陈渊对范益谦说："来教以先生见称，先生盖弟子谓其师之词，或齿德俱尊，然后可以称之，不然，无实之毁随之矣。"[②] 陈氏特别指出"先生"的称呼适用于弟子称呼老师等少数场合，否则就有随意之嫌疑。苏轼对张方平自称"门生"，也吃了闭门羹。张方平说："又'门生'二字，尤是过言。早以一日之称，遂托忘年之契，何'门生'之有！必请削除，各正其分。"[③] 苏轼为张方平的文集作序，张回信坚拒其中"门生"的称呼，以为不如其分。张方平坚持的"其分"，大约就是师徒名分了。所以，在北宋祭文中，同一作者虽然对不同祭悼对象自称门生，却并不轻用"先生"二字称呼对方，此详后。

但家长却可以称孩子的老师为"先生"，以示尊重。许骧的父亲许唐不识字，"郡人戚同文以经术聚徒，(许)唐携骧诣之，且曰：'唐顷者不辞父母，死有余恨，今拜先生，即吾父矣。又自念不学，思教子以兴宗绪，此子虽幼，愿先生成之。'"[④] 为儿子拜先生，而自云"即吾父矣"，其中体现的尊重师道、恪守礼仪的成分又进一步。不过，《宋史》之所以特地提出这样一件事，或许也是由于许唐的做法在当时不甚常见。而学生拜师，以师、父同列可能就更寻常。

弟子拜师，不论是像许唐一般，希望振兴宗门，或者是想求得一二技艺，学问、技艺从师长传递到弟子的情况都是一样的。所以

---

① 包恢《送崔教授说》，《全宋文》第 319 册，第 342 页。

② 陈渊《答范益谦郎中书》其三，《全宋文》第 153 册，第 291 页。

③ 张方平《谢苏子瞻寄乐全集序》，张方平《乐全先生文集》卷三十四，《宋集珍本丛刊》本，线装书局 2004 年版，第 148 页。

④ 脱脱等《宋史》卷二七七《许骧传》，中华书局 1977 年版，第 9435 页。

学习者多对传授者礼敬有加，但也有例外。刘攽曾对蹴鞠的“师拜弟子”现象非常不满，蹴鞠好手多非显贵出身，而公卿多喜召来教授球技。刘氏说：“弟子拜师，常礼也，独毬多贱人能之，每见劳于富贵子弟，莫不拜谢而去，此师拜弟子也。术不可不慎，此亦可喻大云。”① 刘攽之所以因蹴鞠者常颠倒师弟关系而不悦，主要也是富贵之家未曾注意蹴鞠也是一门技艺，也有师法，同样应当遵守师徒礼节。这种说法虽未免迂腐，但刘中山看重师徒礼节却是显而易见的。

士大夫恪守师徒之礼的记录常见诸载籍，如黄庭坚只比苏轼小 8 岁，当时与苏轼并称“苏黄”，但当别人“或以同时声实相上下为问，则离席惊避曰：‘庭坚望东坡，门弟子耳，安敢失其序哉？’”② 言语声明，且离席惊避反映的都是一种态度，可见黄山谷对师弟名分的坚持。王安石逝世后，太学生欲设祭，国子司业黄隐强加阻拦，吕陶上章弹劾曰：

> 诸生有闻安石之死而欲设斋致奠，以伸师资之报者，隐辄形忿怒，将绳以率敛之法，此尤可鄙也。夫所谓师弟子者，于礼有心丧，古人或为其师解官行服舆负土成坟者……今安石之罪虽暴于天下，推其师弟子之分，则亦不可辄废。③

太学生欲执弟子礼，以尽其师徒之分而不得，在时人看来是无可隐

① 刘攽《中山诗话》，吴文治《宋诗话全编》本，凤凰出版社 1998 年版，第 446 页。

② 邵博撰，刘德雄、李剑雄点校《邵氏闻见后录》卷二一，中华书局 1983 年版，第 162 页。

③ 吕陶《请罢国子司业黄隐职任状》，《全宋文》第 73 册，第 157 页。

忍的。阻止他人行师弟子之礼，显然是黄隐的一项严重过失。

同样，绍圣间程颐以党附司马光徙湖南，“有门下生追饯欲一见者，皆不可得。公（按：指丰稷）既见，延请慰问宽勉之，斥遣吏卒，且复馈赆，使门人皆得送行”①。丰氏对程颐或许有同情之心，但先生远行，门生祖道饯行本是得到文人群体认同的“分内事”。因此吏卒不让饯行，在丰稷看来也是不合适的，所以他斥责吏卒，帮助程门弟子为老师饯行。

师之待弟子，也自有礼仪。“为师有道，其礼严，其道严，圆冠方领，摄衣危坐，望之俨然。学者擎跽罄折，拱手列侍，礼之严也”②。弟子列侍是礼之严，而师长冠服俨然又何尝不是“礼之严”呢？胡瑗“为苏、湖二州教授，严条约，以身先之。虽大暑，必公服终日，以见诸生，设师弟子之礼”③。胡安定以身垂范，以正师弟子之礼，甚至于酷暑炎夏，穿着也一丝不苟，所为正是严守师长之礼。龚鼎臣“及退居里舍，著书讲诵，澹然自乐。门生弟子，造请质问，从容相对，日以为常”④。师长负训育之责，认真解答门生的求教，从容相对，也是一种师弟子之礼。范仲淹出守睦州（今属杭州），公余“乃延见诸生，以博以约，非某所能，盖师门之礼训也”⑤。“以博以约”，语出《论语·雍也》，大略是以诗书知识训导诸生，而使其能实践所学之礼⑥。范仲淹认为这是“师门之礼训”。

---

① 李朴《丰清敏公遗事》，《全宋文》第 135 册，第 65 页。

② 李复《刘师严字序》，《全宋文》第 122 册，第 79 页。

③ 蔡襄《太常博士致仕胡君墓志》，《全宋文》第 47 册，第 233 页。

④ 刘挚《正议大夫致仕龚公墓志铭》，《全宋文》第 77 册，第 146—147 页。

⑤ 范仲淹《与晏尚书书》其一，《全宋文》第 18 册，第 358 页。

⑥ 钱穆《论语新解》云：“文，诗书礼乐，一切典章制度，著作义理，皆属文。”“约，要义。博学之，当约使归己，归于实践，见之行事。”（生活·读书·新知三联书店 2002 年版，第 161—162 页）

要之，北宋人对师承关系甚为重视。讲求师承，艳称前人师承，重视师徒之礼都是这种观念的体现。宋人对师承的重视也必然影响到他们在现实世界中的师承关系。

第二章　北宋师承关系的确立及其演变

北宋士人师承关系之确立，受师生双方的诸多因素影响。师长能立教传道、门生能从学受业都需具备相应的条件。其师承关系确立后，又并非一成不变，受现实情况的左右，会发生一定的变化。师承关系在流衍过程中，大略有寻求名师与激赏后进、虽敬名宿而别有瓣香、转益多师的谱系交织、道既不同而恩淡义薄四种主要现象。师承关系确立后，也会由于师生双方个人性格、政治处境等因素发生转变。

第一节　师承关系建构的幕后力量

从幼年发蒙学习到自身设帐授徒，师生关系都是士人人际关系中重要的组成部分。师承关系的确定受众多因素的影响：从师长一方而言，其学术、艺文水平的高下、社会声望之大小、经济条件的好坏、地域影响之远近等等都可左右其门生质量，进而影响其传道授业的效果；从门生一方而言，其学习趣尚、家庭条件、学习态度、传承意识等，对师承关系亦有影响。而其中影响师生关系疏密的虚实因素也值得讨论。本节就将围绕师徒双方名分确定过程中的主要影响因素进行分析。

一　学问、声望、经济、地域：师长立教的重要条件

1. 学问水准的高下

师长设帐，首先要有足够的文化水平。虽然时人“或谓童稚发蒙之师，不必妙选”①，但师长的学问依然是士人择师的重要标准，而其学问高下也成为师长立教之前提条件。神宗朝，求学者云集于二程之门，杨时、游酢远从东南万里问学；东坡流放炎方荒蛮之地，有万里致药、浮槎问道者，中道病故者亦有其人；王庠则欲千里辗转，拜访贬谪黔州的黄庭坚②。能吸引学者不惧险阻，前往求学，其人所具才学则可想而知。

士人学业有专攻，便自然有人上门求教问学。陈襄的同年周歧通讲“五经”，以至于“学者满门”③。杨损之“甫冠为虞部员外郎李畋门下士。工词赋……讲授诸生，四方从学者不下数百人”④。周歧和杨损之能向众多学者传授知识，不外乎他们有能力通讲五经，或者精研词赋。

又如建州的翁彦约学有所成，“建之举进士者无虑五六十辈。公（按：指翁彦约）再举，皆中首选。从而受业者常数十百人”⑤，之所以数十百人从翁某受业，恐怕也是他举进士的成绩为其提供了

① 周煇撰，刘永翔校注《清波杂志校注》卷五，中华书局 1994 年版，第 204 页。
② 黄庭坚《书王周彦东坡帖》（黄庭坚著，郑永晓整理《黄庭坚全集辑校编年》，江西人民出版社 2008 年版，第 1083 页）、苏辙《巢谷传》（苏辙著，陈宏天、高秀芳点校《苏辙集》，中华书局 1990 年版，第 1140 页）、苏轼《与王庠五首》其三（苏轼著，孔凡礼点校《苏轼文集》，中华书局 1986 年版，第 1821 页）。
③ 陈襄《与同年周岐员外书》，《全宋文》第 50 册，第 111 页。
④ 郭印《浣花四老堂记》，《全宋文》第 145 册，第 330 页。
⑤ 杨时《翁行简墓志铭》，杨时撰，林海权校理《杨时集》，中华书局 2018 年版，第 819—820 页。

"执业资格证"。但对于北宋士子而言,师长的年龄、科考功名并不是考虑求学的最重要因素,学力才具倒是人们最为看重的。如孙奭从王彻问学,"及彻亡,有从公质正谬惑者,公厚谢未答。久之,为言其意,义据深切,人人厌服。于是彻门下生悉从公以终业"[①]。孙奭授徒前不久,自己也还是王彻门下的学生,且他这时也还未有功名,要直到端拱二年(989)才释褐。曹宪"少通三《礼》,未冠,学者从之常数十",而他咸平三年(1000)以三《礼》举中第,至仁宗明道中致仕[②]。曹宪以未冠之龄而能得数十士子从学,人们绝非尊其年龄、科名。即便是一些名位不显的乡先生也自有足够教授的知识,刘弇起初就是"从所谓乡先生者求为声律句读之学问"。先生的识见又远过于初学者,所以当刘氏"语及当世之闻人,并与其德业之隆,声称之盛……至其言文章之盛,则未始不在吾江西也。于是尝试叩其姓氏,则不过三数人而已,则同郡欧阳公、临川王文公,而阁下曾公也"[③]。此例一可见欧阳修等人的地方影响力,更可见刘某的乡先生视野并不局限。若稍留心,不难发现,此例中所列三人正是后世所谓"唐宋八大家"的"江西团队"。其时江西为古文者必不止上述三位,而乡先生能在与弟子谈文章之盛时,点全后世声望显赫的文学大家,不得不说是学殖深厚、识见不凡的。

由此可知,师长立教的首要条件是为师者自身的学养。这个条件是师长立教的根本,其他条件皆无由出其右。

2. 社会声望之大小

宋人如何确定士人学问高低呢?社会声望显然是一个重要的

① 宋祁《孙仆射行状》,《全宋文》第25册,第60页。

② 刘攽《尚书驾部员外郎曹君墓表》,《全宋文》第69册,第225页。

③ 刘弇《上知府曾内翰书》,《全宋文》第118册,第320页。

参考指标。家长聘请教授子弟的学者，生徒寻求指点迷津的明师在社会声望方面多有可观。

罗致恭“筑室北城外，使子弟学，求名儒为之师友，自身督其业……郡人争欲以文学大其门户者，以君为之标榜焉”[①]。士人为子弟求学，择选师友的标准是“名儒”，“名儒”之名大概就是社会声望了。眉州人唐彦通就是当地名儒，而其社会声望之隆，以至于“自嘉祐、治平间，先生已有盛名，西南学者争宗师之，授经者累数百人”。而唐氏声名之盛，正由于“乡人未知官学，先生孤露自奋，卒为名儒”[②]。可知，唐氏之所以为“名儒”是与其发奋读书分不开的。

社会声望积累到一定程度，官方也会加以注意，如王岳折节读书，步履不及庭院，数年学问大成。士林以为似古儒者，“山东学士皆右之。州以礼请为庠正，其所教导弟子，悉有师法”[③]。州学聘请王岳为庠正，恰是由于其社会声望到了士林侧目的地步。而他教出的弟子颇得师法，又为其获得更多的社会声望。

至于名闻天下的文枢巨子，受到其社会声望的影响，更是为士林关注，成为求学问道的选择方向。如李撰“游太学，闻南丰曾公巩以文名天下，公（按：即李撰）往受业其门”。曾巩的声望让李氏主动求学，而“会熙宁五年诏郡国贡士，乃作《湖水碧》诗以勉其行”[④]，曾巩作诗勉励又为求学的士子李撰带来声望。由于从学

---

① 文同《屯田员外郎罗君墓志铭》，《全宋文》第 51 册，第 171 页。

② 唐庚《唐先生行状》，唐庚《唐先生文集》卷十，《宋集珍本丛刊》本，线装书局 2004 年版，第 673 页。

③ 沈辽《东安县尉王君墓铭》，沈辽《云巢编》卷九，《宋集珍本丛刊》本，线装书局 2004 年版，第 562 页。

④ 杨时《李子约墓志铭》，杨时撰，林海权校理《杨时集》，中华书局 2018 年版，第 791 页。

于曾巩,李撰因此与曾巩的弟弟曾布有所交往,后来成为曾布的幕僚,又以曾布之荐为州学教授。

事实上,文人社会声望的大小与其学力才具息息相关。学行受时人认可度越高,教授学生的机会便更大。而学生的成功与否,又影响着师长社会声望的消长速度。

3. 经济条件的优劣

经济状况的好坏,对师长立教的影响主要体现在其授学的硬件设施和教学心态上。前文曾说到宋人依旧尊重师生相处之道中的"来学"而反对"往教"。硬件设施较好,自然更能吸引学子前来求学。孙抃《丁文简公度崇儒之碑》称其人倾囊中所有"尽以置经史,得八千余卷,筑大室保藏之。时名儒若寇莱公、冯魏公,并游其门。诗书以卒业"①。丁度购置图书本意或许并无为师传道的念头,可是寇准、冯拯等人却以此游其门,读诗书完成学业。孙氏对聚书来学之重视,或许来自家族影响。其弟孙辟也"建为重楼,连黉堂于户之隅,以聚古书,以来学徒"②,孙家以重资聚集图书,吸引学生就学的目的非常明确。

不少财有余力的家族,也会建书堂广延来学者。祥符初年,直史馆孙冕因病归老于白鹿洞书院。皇祐五年(1053),其子孙琛"即学之故址为屋,榜曰'书堂',俾子弟居而学焉,四方之士来者亦给其食"③。孙琛创建书堂并为来学之士提供餐食,虽然有为自家子弟寻觅益友、以助其学的目的,但学子们因其优渥的条件登白鹿洞之门,而书院自身也发展成为了著名的大书院之一。又如,石秀之

① 孙抃《丁文简公度崇儒之碑》,《全宋文》第22册,第377页。

② 孙堪《孙氏书楼记》,《全宋文》第22册,第404页。

③ 郭祥正《白鹿洞书院记》,《全宋文》第80册,第29页。

的父亲“金紫公抱道不仕，而教养子姓尤加诚意。去所居十余里曰石溪，山水佳胜，因创馆以延来学，公于其间最为勤励”[①]。宋初著名的胡氏华林书院，其实也是从建馆舍开始的，只是有些家族所建馆舍影响不大。

既然建立馆舍以吸引学生，师长传道也就少些功利，而多关注教学本身。但为数不少的士人需要依靠教书谋生，范仲淹就曾为人谋求教小儿读书的位置，他说：“一子读书，可教小儿学……或亲戚官员令教小儿，亦可养三五口也。”[②]类似此子这样需要教书养家糊口的，其实并不罕见。陶生“困穷，无地自致，乃聚晚学子弟，讲授六经，以奉母夫人长沙太君甘旨”[③]。对于这些设帐的师长而言，大概就多属“往教”者了。“往教者”的执教心态亦必有所差异。

史扶因为贫困，干谒眉州、开封府，均不如意。“乃游泸州，杜门读书，士大夫之子弟多委束脩于门，遂老于泸州”[④]。眉州人史扶不在本籍居住，而寄寓泸州，恐怕与束脩有莫大关系。而其因贫困不得不设帐，从反面说也是师长立教的原因之一吧。

他们的境地，周煇曾总结说：

> 典家塾难其人，严则利于子弟而不能久，狎则利于己而负其父兄之托。顷一巨公招客训子，积日业不进，踧踖欲退。巨公觉之，置酒，泛引自昔名流后嗣类不振，且曰：“名者，古今美

① 韦骧《石奉议墓志铭》，《全宋文》第82册，第69页。

② 范仲淹《与中舍书》其三，《全宋文》第18册，第322页。

③ 黄庭坚《东上阁门使康州团练使知顺州陶君墓志铭》，黄庭坚著，郑永晓整理《黄庭坚全集辑校编年》，江西人民出版社2008年版，第235页。

④ 黄庭坚《泸南诗老史君墓志铭》，黄庭坚著，郑永晓整理《黄庭坚全集辑校编年》，江西人民出版社2008年版，第876页。

器，造物者深吝之，前人取之多，后人岂应复得！”士人解悟，其迹遂安。①

因此对经济条件较好的老师来说，自然可以超脱物外；而经济条件不很理想的师长，依附豪门巨室教授谋生，恐怕就很难做到坚持自家说法。这大约就是经济条件对师长立教心态的重要影响吧。

4. 地域影响的远近

古时讯息传通不便，文人影响受到局限；加之人们总有信赖近距离所接受的信息之心态，因此地域因素对于师长立教有着重要影响。宋人若求学，起初多有从所谓“乡先生”学者。王说“以其学教授乡里三十余年，一时朋辈与门人弟子去而仕宦，有老而归、与未归而死者矣”②。三十年教学，其声誉之持久，教出的弟子之多固不必说，而其坚守乡里，让里人更加熟悉，也就更愿意送子弟从学。游复也是一位让乡里熟悉的先生，他幼年就强学不已，“既壮，学益富，行益修。乡里旁郡见者悚服，闻者悦而信之，多遣子弟从之游，远近相属也”③。游复的名望能超出乡里，而声闻旁郡，地域影响已经达到较远处，故而其弟子也有外地人。当然，宋人求学也不必专从乡先生，地方名士也是他们问学的对象。晁补之说：“补之先君以文词德义、宽厚爱人有美名，州间人慕学之。”④“州间”，亦可略见其影响之范围。

① 周煇撰，刘永翔校注《清波杂志校注》卷五，中华书局1994年版，第203页。
② 舒亶《宋故明长史王公墓志铭》，《全宋文》第100册，第88页。
③ 杨时《游执中墓志铭》，杨时撰，林海权校理《杨时集》，中华书局2018年版，第778页。
④ 晁补之《右通直郎杨君墓志铭》，《全宋文》第127册，第151页。

其时地域影响能超出本地，是颇不容易的。二程名重当世，“朝廷命教官满天下，问之西州，多曰先生之门人也，自淮以往，独未前闻”①。淮水似乎是一条天然的南北分界，当年胡瑗在淮水之南声望如日中天，门下弟子在朝者亦众。可是京师汴梁人仍然对他持怀疑态度②。所以当学者的影响能超出本地，而让外地学子来学，通常会被作为重要内容写入墓志。如：

（唐彦通）自嘉祐、治平间，先生已有盛名，西南学者争宗师之，授经者累数百人。③

（寇日用）居乡里教授，齐鲁诸生更过河受业。④

西南学者、齐鲁诸生，都来自唐、寇二人居住地以外的地理范围，以此可见其学术、文艺影响。这保证了学生的数量与来源，成为师长立教的重要条件之一。若师长影响不出三家村，又哪里能够长久立教呢？

地域影响具有一定的持久效力，如“泰山孙复家居传经，声闻山东，其一时贵人贤士争师之”，但仁宗召孙复去太学任教，山东士人张鼎就追往太学执弟子礼，“因尽得与其门人高第游”⑤。又如王得臣自言：“余少年时同伯氏从学于里人郑毅夫，假馆京师景德寺

① 邹浩《送赵教授叙》，《全宋文》第131册，第237页。

② 黄宗羲原著，全祖望补修，陈金生、梁运华点校《宋元学案》卷一，中华书局1986年版，第28页。

③ 唐庚《唐先生行状》，唐庚《唐先生文集》卷十，《宋集珍本丛刊》本，线装书局2004年版，第673页。

④ 张方平《唐州桐柏县令上谷寇府君墓志铭》，张方平《乐全先生文集》卷三十九，《宋集珍本丛刊》本，线装书局2004年版，第228页。

⑤ 晁补之《进士清河张君墓志铭》，《全宋文》第127册，第152—153页。

之白土院。皇祐壬辰，是岁秋试，郑与予兄弟皆举国学进士。”① 王氏昆仲既居京师，应该有机会觅得更多明师，但他们犹以里人郑毅夫为师。值得注意的是，郑毅夫当时并未成进士，王得臣兄弟师从郑氏乃郑毅夫在当地之影响延续，可见师长立教中地域影响的重要性。

二 家境、趣尚、态度、瓣香：影响师承关系的学生因素

1. 家庭条件

人们的家庭条件是其生活的重要背景，不论是后工业时代，还是农业社会的时代，人们都从家庭中继承文化资本。所谓“文化资本”是布尔迪厄理论的子概念，从属于“资本”。“文化资本”被认为与家庭直接相关。“文化资本的最初积累，以及各种有用的文化资本快速、容易地积累的先决条件，都是从一开始不延误、不浪费时间起步的，那些具有强大文化资本的家庭的后代更是占尽便利”②。

宋人童蒙即学，夏竦“四岁结发从师”③；王钦若六岁丧母，“教于家庭，不就外傅。道艺兼该，辞笔赡逸”，弱冠初即中进士④。即便蔡襄说自己“家世无显荣”，他也是“幼而从学，龆龀之岁偶能习

① 王得臣《麈史》卷中，《全宋笔记》第1编第10册，大象出版社2008年版，第34页。

② 包亚明译《文化资本与社会炼金术——布尔迪厄访谈录》，上海人民出版社1997年版，第197页。

③ 夏竦《上知润州陈天丽书》，《全宋文》第17册，第136页。

④ 夏竦《故守司徒兼门下侍郎同中书门下平章事充玉清昭应宫使昭文馆大学士监修国史冀国公赠太师中书令谥文穆王公墓志铭》，《全宋文》第17册，第238页。

诗赋”①。不论是四岁就学，还是教于家庭，其家对子弟学习的重视程度均不可等闲轻视。生活在这样的家庭，其从师受教是水到渠成之事。而一些贫困孩童，则需自己向学，刻苦用功。如王禹偁是磨家儿，真正学习是从毕士安在济州团练推官官署时，而此前他不过是“尝从市中学读书”而已②。强至也说自己：“某始以少年出穷巷，无知而礼之者，先生一见，独忘其齿之尊，纳以为上客，日规月诱，其后意未有一日而不继前时者。”③王禹偁在市集中求学，可选择的余地甚小，强至也是机缘巧合才得遇陆氏为之训导，故就师承关系建立而言，家庭文化资本积累的重要性体现在：文化资本积累越高的家庭，子弟越容易拜学识渊博的士人为师，而文化资本积累不足的家庭，其子弟要求学则困难得多。士人择徒，恐怕也更优先关注文化资本积累高的家庭子弟，像王禹偁那样的贫寒子弟，若不是因事数次出入毕士安的官廨，又偶为其所知，恐怕就很难有出头之日。

具体说来，家庭文化资本积累到一定程度，其家有家学传承、有属于士人的交游网络、有相应的文化收藏品等等。孙昌龄的母亲史氏训子弟甚严，其“幼子昌裔，年十五六，昼出从师受书，夜归，夫人自教之”④。史氏能自己教导已经受过启蒙教育且在受学的儿子，可知其自身的文化素养。以此推之，其家当有家学。杜敏求“幼禀颖秀，不与群儿类。在襁褓时，每见字书，辄喜动于色，或

---

① 蔡襄《上运使王殿院书》，《全宋文》第 47 册，第 22 页。
② 毕仲游《丞相文简公行状》，《全宋文》第 111 册，第 117 页。
③ 强至《祭文学陆先生文》，《全宋文》第 67 册，第 184 页。
④ 唐庚《史夫人墓志铭》，唐庚《唐先生文集》卷十，《宋集珍本丛刊》本，线装书局 2004 年版，第 672 页。

指而道之。幼教以班固史,遂能记。七岁尝赋《闵雨诗》……”① 杜氏在襁褓常能见字书,可知其家藏书颇丰;而幼年就学班固《汉书》,家中长辈必有通晓文史者;七岁赋诗,尤可知其学习之效果。此类家庭的交游网络也是值得注意的,士人交游、姻亲关系都可以实现文化资本积累,积累越多,文化资本越丰厚。张沔家出生于文化资本丰厚的家庭,“杨文公以文章名一世,于公(按:指张沔)乡里外姻也,因起从之游。游杨之门者常数十百人,而公以才见称”②。因与杨亿有戚里关系,所以能较顺利地拜入杨门,此又非寻常人家能做到。

文化资本积累丰厚的家庭大多对子弟诗书之业甚为重视,为其择师,以就外傅又是自然而然的了。黄庭坚曾感叹友人:“质夫儿已十七岁,正是与择师友时。人家有宾客,动辄费数千,乃不能为此儿子捐二百千奉其师友,不可谓之善计者也。”③大约为子弟择师友是当时士大夫家庭的常态,而“不能为此儿子捐二百千奉其师友”则颇为罕见,因此引发山谷一番感慨。家庭重视择师,师承关系便较容易建立。相应而言,家庭条件不佳的学子在求学路上则走得更为艰难。

但也并非家庭条件好,就一定能激发向学之心。仁宗朝进士及第,官至户部侍郎的董敦逸“招一乡人在太学者训其诸子。暇日课其习业,不加进,侍郎责之曰:‘吾年二十八入学,甘虀盐者凡几载,仅得一第。今汝若此,何以有成耶!’乡人曰:‘公言过矣,侍郎

---

① 吕陶《朝请郎潼川府路提点刑狱杜公墓志铭》,《全宋文》第74册,第98页。

② 刘敞《故朝散大夫尚书刑部郎中致仕上柱国赐紫金鱼袋张公墓志铭》,《全宋文》第60册,第5页。

③ 黄庭坚《杂论六则》其五,黄庭坚著,郑永晓整理《黄庭坚全集辑校编年》,江西人民出版社2008年版,第1643页。

乃董十郎儿;贤郎乃董侍郎儿,其好学之心自不侔矣。'侍郎之父行第十,其人故云"[①]。董侍郎自身为改变处境而甘虀盐,博得一第;但其子则因占据权力场中的有利位置,而不甚向学。董家西席一语道破原因所在。

2. 学习趣尚

宋人幼年择师,学习基础知识。夏竦曾说自己"四岁从师读书,七岁学诗,九岁学赋,十有一而学文"[②]。不难想见,此时的西宾当多由家长选择。随着年龄增长,对文章、学业有所主张,自有师慕。故而学习趣尚对师承关系的建立起到非常重要的作用。

杨徽之"结发从师,刻苦为学……江文蔚善赋,江为能诗,公皆延于客馆之中,伸以师事之礼"[③]。杨氏延聘师长的目的暂且不说,其学习趣尚于此却一目了然。正因二江能为诗赋,杨徽之才会拜他们为师。若杨氏无学习诗赋的念头,又如何会师事二江呢? 刘敞"初学进士词赋,已为人传诵称道之。至年十五,乃更习为古文"[④]。可见刘氏最初也是以科举为指针,学习进士举必考的词赋内容。至刘敞十五岁,正是天圣二年(1024),此时古文运动高张文帜。他受时风影响,求学的兴趣发生转变也是极为正常的。同一时期发生此种变化者为数应该不少,臧丙"年十七八,始执笔为四六文字,甚有风彩",又心服王祜,"拜而以所业师焉……

① 曾敏行《独醒杂志》卷八,《全宋笔记》第4编第5册,大象出版社2008年版,第179页。

② 夏竦《上开封府廉献书》,《全宋文》第17册,第137页。

③ 杨亿《故翰林侍读学士正奉大夫尚书兵部侍郎兼秘书监上柱国江陵郡开国侯食邑一千三百户食实封三百户赐紫金鱼袋赠兵部尚书杨公行状》,《全宋文》第15册,第10页。

④ 刘攽《故朝散大夫给事中集贤院学士权判南京留司御史台刘公行状》,《全宋文》第69册,第205页。

后变格慕韩、柳文”[1]。此亦是学习兴趣由四六骈文转向古文的例子。

以上二例都是时风相煽结果下文人转变学习趣尚的例子。又有士人因慕学者之学说而专心求问。“制诰王舍人(按:指王安石)辞召卧金陵,天台王令弃官从之游,日讲文义,士子归赴如市”[2]。其所谓王令即南城人王无咎,其字补之,他是曾巩的妹夫、曾肇的姐夫。曾肇在为王氏写墓志铭时说:“从王文公游最久,至弃官,积年不去,以迨于卒。”[3]可知王补之从王安石学习,时间之久,一直到去世。而其心折王学,乃至放弃了士人最重视的仕途。信服王氏学说的也并不是个案,陆佃曾生活于“学士大夫宗安定先生之学”的“淮之南”。但他并未从众,“及得荆公《淮南杂说》与其《洪范传》,心独谓然,于是愿扫临川先生之门。后余见公,亦骤见称奖。语器言道,朝虚而往,暮实而归,觉平日就师十年,不如从公之一日也”[4]。陆氏对王安石学说的推崇不见得低于王补之,故而其求扫王荆公门前之雪,一心尊崇。

要言之,学习趣尚是士人选择信从何种学说、效法何种文风、宗尚哪位师长的重要条件。故而王补之能弃去仕途,追随王安石;陆佃能在胡瑗学说的中心地带坚持己见,心向王门。而其他士人选择师长多少也有相似的考虑。

3. 学习态度

师生关系建立后,其学说传承、关系亲疏又与学生的个人素养紧密相关。有些学生求知欲强烈、专意读书,对接受师长所授不无

① 王禹偁《谏议大夫臧公墓志铭》,《全宋文》第 8 册,第 159 页。
② 吕南公《临川王君墓志铭》,《全宋文》第 109 册,第 346 页。
③ 曾肇《王补之文集序》,《全宋文》第 110 册,第 75 页。
④ 陆佃《傅府君墓志》,《全宋文》第 101 册,第 244 页。

裨益。有些学生对求学并无特别兴趣,甚至有富家子不能理解长辈择师的良苦用心,这对接受师说显然就设置了天然阻碍。所以,学生对学习的态度、处事的方法等个人素养都成了师授成败的重要条件之一。

王昇"年几五十,读书未娶。访求师友,徒步千里。焚膏继晷,率常达旦"①。其用功如此,故而陆佃举荐王氏出仕。年近五十未娶,能为求师访友而不远千里,此人专心学业、刻苦向上可见一斑,师长得此学生自然容易心生好感。杨宽之童年读书,"日诵千言,师以为不烦我"②。宽之自我砥砺约束的品性让老师对他高看一眼,师生关系自然也就更加和谐。有些学生虽然后世能卓然大家,其初学时也未必能认真。曾巩就说:"予幼则从先生受书,然是时,方乐与家人童子嬉戏上下,未知好也。"③当此时,曾巩的老师或许也会觉得他冥顽不灵吧?待到其乐于求学,携数万文字上谒欧阳修,并建立师生关系后,曾巩与老师之间的关系就极为融洽。

> 滕甫元发视文正为皇考舅,自少侍文正侧。文正爱其才,待如子……(滕甫)爱击角毬,文正每戒之,不听。一日,文正寻大郎肄业,乃击毬于外,文正怒,命取毬令小吏直面以铁槌碎之。毬为铁所击,起,中小吏之额。小吏获痛间,滕在傍,拱手微言曰:"快哉!"④

---

① 陆佃《举进士王昇状》,《全宋文》第101册,第123页。

② 黄庭坚《杨宽之墓志铭》,黄庭坚著,郑永晓整理《黄庭坚全集辑校编年》,江西人民出版社2008年版,第850页。

③ 曾巩《学舍记》,曾巩撰,陈杏珍、晁继周点校《曾巩集》,中华书局1984年版,第284页。

④ 范公偁撰,孔凡礼点校《过庭录》,中华书局2002年版,第368—369页。

滕甫在舅公范仲淹家求学,可是并未折节读书,反而钟意击球,个性也旷达不拘,以至于被训斥处罚时竟然能说出"快哉"二字。其学习态度想必也让老师头疼不已。这又如何能建立起非常亲近的师生关系呢?

又有些学生的处事态度与老师非常不同,对待事物看法差异也会让师生间关系有所不同。宰予昼寝,孔子以为朽木不可雕,此即先例。程颐不悦游乐,而"伊川先生尝有门弟子,日赴歌会过差。先生闻之大不乐,以为如此绝人理,去禽兽无几尔"①。学生与老师对待歌会的态度如此不同,弟子耽于歌舞,程颐则认为其与禽兽相近,那么这位学生又如何能得先生青眼?师生关系又如何能亲近呢?

学生学习态度的差异、处事态度的不同都能使得师生关系产生亲疏远近的差别。

4. 传承意识

此节所谓传承意识,或可称为"瓣香",大约指学生对师生关系的确证程度。从学生的角度说,坚守师生名分、传承师说、光大师门皆可得为传承意识的表现。

陈师道受曾巩之业,于欧阳修为再传弟子,他在《观兖国文忠公家六一堂图书》诗中表达了强烈的传承意识,其诗云:

> 生世何用早,我已后此翁。颇识门下士,略已闻其风。中年见二子,已复岁一终。呼我过其庐,所得非所蒙。先朝群玉殿,冠佩环群公。神文焕王度,喜色见天容。御榻谁复登,帝

① 吕本中《童蒙训》卷下,《丛书集成续编》本,上海书店1994年版,第643页。

书元自工。黄绢两大字，一览涕无从。似欲托其子，天意与人同。历数况有归，敢有贪天功。集古一千卷，明明并群雄。谁为第一手，未有百世公。庙器刻科斗，宝樽播华虫。缅怀弁服士，酬献鸣玖琮。插架一万轴，遗子以固穷。素琴久绝弦，棋酒颇阙供。向来一瓣香，敬为曾南丰。世虽嫡孙行，名在亚子中。斯人日已远，千岁幸一逢。吾老不可待，草露湿寒蛩。①

该诗首联直书所想，奠定全诗基调。认为因为世上已有六一翁，自己虽生也晚，却并不懊恼。次两联陈说与欧阳修门生、子弟的交往。陈师道被世人认为是"苏门六君子"，不论通过其本师曾巩还是苏轼兄弟，他与欧阳修门下弟子的接触机会应当不会太少。诗歌随后对欧阳公的立朝忠贞、著作宏富、诗书传家等方面大加赞叹。而他对自己的定位是"世虽嫡孙行"，从学脉上说得极为明白：瓣香曾巩而于欧阳修是徒孙。有此瓣香意识，其传承曾巩学说，与曾巩师生关系的绵长也就不言自明了。

王庠则是对苏轼心折不已，他特别强调"某，门人也，君子爱人之心，必有以教之……谨缮写近所为文一编附献，非敢以为文也，藉为求教之资而已。万里尺书，远意难尽，引企诲语，澡雪以冀"②。虽然远在万里之外，而尤致书求教，修为弟子礼。

以上两例皆说明门生对自身的定位影响所及。门生坚守师说也是一种强烈师承意识的体现，葛敏修认为当世传诗文之法者，"以其法传之家者也，独临川之王、南丰之曾、豫章之黄三家最为有

① 陈师道《观兖国文忠公家六一堂图书》，陈师道撰，任渊注，冒广生补笺，冒怀辛整理《后山诗注补笺》，中华书局1995年版，第96—100页。

② 王庠《与东坡手书》，《全宋文》第145册，第115页。

法”，事出巧合，“鲁直为县令，其位差不甚高，而又近在吾州，是宜朝夕操敝帚以侍门庭也”[①]。葛敏修最后是否拜入黄门且不说，其择师之要在有可传之法，而其法也正是门生守师说的依据。到南宋时，瓣香黄庭坚者极多，以致“学江西诗者，谓苏不如黄。又言韩欧二公诗，乃押韵文耳”[②]。说苏轼不如黄庭坚，固然是江西诗派诸人的私心，而其中的瓣香之情却又昭昭可见。

既坚守师承，光大门派的任务又摆在面前。宋人对王通门人众多却不能发扬师说、光大师门甚为不解。“王氏《中说》所载门人，多贞观时知名卿相，而无一人能振师之道者”[③]。这种不解化为实际行动就有了张载门人欲自立门户，而与其有学缘的杨时作书驳正。杨时说：

> 横渠之学，其源出于程氏，而关中诸生尊其书，欲自为一家。故余录此简以示学者，使知横渠虽细务必资于二程，则其他故可知已。[④]

杨时的公开信不但是对关中书生的批评，更是对师承的坚守。而从关中士人来说，其尊张载为一家又有光大门派的意味。

要之，士人师承意识的薄与重是师承关系建立与维系的又一力量。

---

① 葛敏修《送太和令黄鲁直序》，《全宋文》第119册，第106页。
② 王十朋《读东坡诗》，《全宋诗》第36册，第22856页。
③ 郑獬《书文中子后》，《全宋文》第68册，第116页。
④ 杨时《跋横渠先生书及康节先生人贵有精神诗》，杨时撰，林海权校理《杨时集》，中华书局2018年版，第692页。

三　内外交加,相互作用:师承关系建立的隐藏力量

上述师长与弟子间的背景条件影响着师承关系的建立,但这些因素并非影响师承建构的全部力量,诸如政治气候、个性特质等其他条件也能左右师承关系的建立。这些因素的合力影响了师承关系建立的过程。

胡瑗到京师汴梁前后的立教过程具有典型性,且试以之为主线,分析师承关系建立背后隐藏的力量,及其作用过程。《宋元学案》所载相关材料如下:

> 先生在太学,其初人未信服。使其徒之已仕者盛侨、顾临辈分置执事,又令孙觉说《孟子》,中都士人稍稍从游。日升堂讲《易》,音韵高朗,旨意明白,众皆大服。《五经》异论,弟子记之,目为《胡氏口义》。①

胡瑗到太学之前已经成名数十载,其间行迹大略如欧阳修作墓表所述:"其在湖州之学,弟子去来常数百人,各以其经转相传授。其教学之法最备,行之数年,东南之士莫不以仁义礼乐为学。"② 胡瑗在东南一带的影响前文曾引陆佃文章说明,宋仁宗亦闻其名,诏令州县取法湖州,以胡瑗湖州州学之法为建设太学之模范。《宋史》本传称:"庆历中,兴太学,下湖州取其法,著为令。"③ 照常理看,胡

---

① 黄宗羲原著,全祖望补修,陈金生、梁运华点校《宋元学案》卷一,中华书局1986年版,第28页。

② 欧阳修《胡先生墓表》,欧阳修著,李逸安点校《欧阳修全集》,中华书局2001年版,第389页。

③ 脱脱等《宋史》卷四三二《胡瑗传》,中华书局1977年版,第12837页。

瑗的声望已如日中天，当时能比肩者不过孙复、石介等寥寥数人而已。朝廷对湖州州学之法的肯定，也加重了胡瑗的名望，而其影响所至，又令胡安定门下从学者日众。可是这个影响力依旧局限在东南一带。

安定先生胡瑗主讲太学，已经是皇祐四年（1052）的事情了。其时胡瑗入为国子监直讲，这也就是前引材料所谓“其初人未信服”的“其初”。胡氏虽然在地方已具极大影响，可是在京城仍然并未得到大多数人的认可。这说明胡瑗的名望在京师未能取得预期效果，其影响具有地域性局限。胡瑗的应对方法是：“使其徒之已仕者盛侨、顾临辈分置执事，又令孙觉说《孟子》。”胡瑗通过已出仕的弟子分置执事，起到宣传示范之作用；又通过在京师已得到一定认可的孙觉，主讲《孟子》，起到吸引学者的目的。孙觉是高邮人，从胡瑗受经学，“瑗之弟子千数，别其老成者为经社，觉年最少，俨然居其间，众皆推服”①。因此，略有起色，京都人士稍从胡瑗游。胡瑗自身的授经教学又极为出色，他讲《易》经不但明白晓畅，而且现场效果很好，终于在京师站稳脚跟。此后更是一日千里，欧阳修说：

> 学者自远而至，太学不能容，取旁官署以为学舍。礼部贡举，岁所得士，先生弟子十常居四五。其高第者知名当时，或取甲科，居显仕，其余散在四方，随其人贤愚，皆循循雅饬，其言谈举止，遇之不问可知为先生弟子。其学者相语称先生，不问可知为胡公也。②

---

① 脱脱等《宋史》卷三四四《孙觉传》，中华书局 1977 年版，第 10925 页。

② 欧阳修《胡先生墓表》，欧阳修著，李逸安点校《欧阳修全集》，中华书局 2001 年版，第 389 页。

欧阳修此文谈到胡瑗在太学打开局面后,门生弟子受其教育的效果。礼部贡举,胡门群彦独领风骚;散处四方,胡门弟子修养雅饬;出仕入宦,胡门高第知名当世。这里实际上涉及了师承关系建立中的相关问题,如社会声望,胡门弟子的特异表现加上胡瑗早前积累的声望,令学者远道而来,人数之众竟致太学不能容。越是如此,来学者又越众多。弟子的学习目的、学习态度、传承意识于此也均有体现。礼部贡举、甲科显宦,都是文人专意读书的原动力。且不论其是欲光大门楣,是欲兼济天下,是欲富贵润身,或是有其他目的,科举功名与仕宦官职都是重要的资本。胡门弟子的言谈举止在在体现出群体特征,以至于"不问可知"。则其学习态度与在师门所受的潜移默化影响亦"不问可知"。弟子言谈间称胡瑗为"先生",此则显见有鲜明的同门观念,亦可推知其传承意识。

通过胡瑗的这段经历,结合前文所述,我们可以推论如下:

其一,社会声望的影响具有一定的地域性,但可以通过积累扩大影响,抉破樊篱。胡瑗是东南一带教授经学的名家,且教学之法受到朝廷重视,他离开影响所及的范围,到太学教书仍然无法手到擒来。但随着胡瑗召集昔日弟子为执事、讲经书,声望获得重新聚合。其门下高第孙觉、盛侨、顾临的声望更直接发挥了作用,并转换为胡瑗的社会声望。这也不妨看作是门人传承意识下为光大师门所做的贡献。

其他如前文说到的王说、游复、唐彦通、寇日用等人的社会声望事实上都是通过积累完成的。在一乡一邑为乡先生、为邑名士,得当地门人弟子从游,其影响再从本乡本邑溢出,到达其他地域。

其二,师长具有的教学条件起到吸引学者从游的作用。从胡瑗的例子看,孙觉的《孟子》教学是最初吸引学生的内容。孙觉受经学于胡瑗,对外起到了示范作用。而胡瑗自己登坛授《易》,授课效果又非常好,所以更能吸引学生来学。事实上胡瑗教授学生自有其独到之处,“先生初为直讲,有旨专掌一学之政,遂推诚教育多士。亦甄别人物,故好尚经术者,好谈兵战者,好文艺者,好尚节义者,使之以类群居讲习。先生亦时时召之,使论其所学,为定其理。或自出一义,使人人以对,为可否之。或即当时政事,俾之折衷。故人人皆乐从而有成效。朝廷名臣,往往皆先生之徒也”①。胡瑗的因材施教之法,吸引了更多的学生从游。

前文所说其他学者亦因术业有专攻,而能设帐授徒。

其三,学生的学习目的、趣尚等影响到师生关系的确立。此节对该问题已经做过详细说明,不赘。

要言之,师长立教由众多因素综合作用,只有达到特定的程度才能完成建立过程。

第二节　师承关系流变类型及其聚散因由

同一棵树上也难以结出一模一样的果实,师生关系的建立虽然可能无限相似,但又总有其特殊的一面。从现实来看,师承关系并非一成不变的。因生平际遇、学术观念、理念冲突、政治立场变化、社会背景变迁等内外因素皆会影响其存在状态。同门之间,也会因这些轩轾而产生关系变化。相对于交往平淡常规的师承关系类型,师弟子接触过程中起码会产生两种极端相反的类型。其一是双方有共同理念、际遇等,同进同退,师生之间融洽,衍变为近似

① 黄宗羲原著,全祖望补修,陈金生、梁运华点校《宋元学案》卷一,中华书局1986年版,第28—29页。

亲友的状态；另一种则是双方理念、政治倾向等有所变化，渐行渐远，导致关系恶化直至破裂。

一　从寻访名师到渐行渐远：师生关系演变的主要类型

1. 寻求明师与激赏后进

北宋士人在学习的不同阶段寻求适合自己的明师，设帐立教的士人也总对有潜力的门人、后进青睐有加。寻求明师与激赏后进几乎成为士人师承关系中的主轴。周煇曾说："或谓童稚发蒙之师，不必妙选。然先入者为之主，亦岂宜阔略。世谓《初学记》为'终身记'，盖亦此意。"[①]这段文字的前半部分实际上是转述王安石的看法，《晁氏客语》载：

> 王荆公教元泽求门宾，须博学善士。或谓发蒙，恐不必然。公曰："先入者为之主。"予由是悟未尝讲学改易者，幼年先入者也。[②]

这一时期，寻求明师主要是家长的责任。苏洵为苏轼、苏辙兄弟寻觅的蒙师都是在当地声望通显、从学之徒甚众的。"眉山刘微之巨，教授郡城之西寿昌院，从游至百人。苏明允命东坡兄弟师之"[③]。苏轼自己还提到："吾八岁入小学，以道士张易简为师。童子

① 周煇撰，刘永翔校注《清波杂志校注》卷五，中华书局 1994 年版，第 204 页。

② 晁说之《晁氏客语》，《全宋笔记》第 1 编第 10 册，大象出版社 2008 年版，第 91 页。

③ 叶寘《爱日斋丛钞》卷四，《丛书集成初编》本，商务印书馆 1936 年版，第 146 页。《丛书集成初编》以为该书撰人不详，余嘉锡《四库提要辩证》卷一五考书作者甚详。

几百人，师独称吾与陈太初者。”[①]刘巨、张易简能聚徒至百众，其授书教育之能力不言而喻。

至士人初步习得文学、经术，便向更高层次追寻明师。他们或不远万里，拜访名家；或及门请谒，寄寓问学；或书信通问，探寻真知。此类情况，我们在后文的《地方文人与文坛中心的互动》一章中将重点讨论。这里只略举几个例子，孔武仲“自少喜为文辞，长游四方，从师交友，粗有所发”[②]。王昇“访求师友，徒步千里”[③]。甚至许景衡代人写投谒文字也有“某自少讲学四方，与士大夫游”之句[④]。盖其时辗转千里、周游四方求师问道乃是士人常有的人生经验。

北宋士人虽文坛耆宿、文学宗师，也常激赏后进，刻意奖掖。晏殊于此特别见称，欧阳修说：“晏元献公以文章名誉，少年居富贵，性豪俊，所至延宾客，一时名士多出其门。”[⑤]范仲淹、欧阳修、梅尧臣、富弼、韩琦等或出其门下，或为门婿堂吏。欧阳修自己待后进也是和煦生春，吕希哲《吕氏杂记》说：“予少时，诣父执欧阳公、王荆公、司马温公。欧阳公拜则立扶之，既再拜，但曰：‘拜多。’其慰抚之如子侄。及传达正献公语，则变容唯唯。见荆公、温公，皆先答拜，俟叙述世契，然后扶之。”[⑥]欧阳修既待后进如是，其门

① 苏轼《陈太初尸解》，苏轼著，孔凡礼点校《苏轼文集》，中华书局1986年版，第2322页。

② 孔武仲《南斋集稿序》，《全宋文》第100册，第261页。

③ 陆佃《举进士王昇状》，《全宋文》第101册，第123页。

④ 许景衡《代人上邑宰书》，《全宋文》第144册，第22页。

⑤ 欧阳修《归田录》卷一，欧阳修著，李逸安点校《欧阳修全集》，中华书局2001年版，第1922页。

⑥ 吕希哲《吕氏杂记》卷上，《全宋笔记》第1编第10册，大象出版社2008年版，第272页。

下俊杰不可枚数，如曾巩、苏轼、苏辙等皆其中翘楚。或许是师门传统，曾巩、苏轼等人都非常重视人才，奖掖后进。曾巩在旅途中偶遇张耒，不但邀其同行，见张耒的船没有挽兵，还着意为之求访[①]。

师长爱护学生，学生心向恩师。这种类型的师承关系一旦建立往往终身不悖，如舒亶早年的老师王说“以其学教授乡里三十余年，一时朋辈与门人弟子去而仕宦，有老而归、与未归而死者矣”。尽管舒亶登治平二年（1065）进士第，成状元，仍然在老师百年之后为其作墓志铭，且书曰：“门人舒亶为之铭。”[②] 从某种角度说，以此类型为主流的北宋文坛师承关系，是文坛生生不息的源头活水。这有力地保证了文坛顺畅完成代际交替，孕育出宋代文坛的璀璨群星和超迈前代的灿烂文化。

2. 虽敬名宿而别有瓣香

这类师承情况与宋人转益多师的学习态度是密切相关的，北宋士人主张学无常师，爱四方访学。同时，又由于入幕、荐举等原因，得以向名宿请益，而其本师则往往另有其人。故，论其师承则不宜泛化，当参考士人自身对本师的确证。此类师承可举陈师道、黄庭坚两人的师承系统为例。

陈师道被后人列为“苏门六君子”，且早在熙宁八年（1075）就与苏轼有文学交往。至熙宁十年苏轼知徐州，二人交游更密。元祐间，苏轼举陈师道出仕。元祐五年（1090）陈后山为颍州教授，一年后苏轼出知颍州，成为陈师道的上司主官。在元祐党争中，陈师道谏阻苏轼上书言事，未果，后亦受牵连罢职。绍圣初，苏轼贬

---

① 张耒《书曾子固集后》，张耒撰，李逸安、孙通海、傅信点校《张耒集》，中华书局 1990 年版，第 811 页。

② 舒亶《宋故明长史王公墓志铭》，《全宋文》第 100 册，第 88 页。

官惠州、儋州,陈后山作《送吴先生谒惠州苏副使》《怀远》等诗表达牵挂[①]。但陈师道熙宁元年(1068)即谒曾巩,拜入门下。陈师道说:"吾年如生时(按:谓如邢居实当时十五六岁),见子曾子于江汉之间,献其说余十万言,高自誉道,子曾子不以为狂,而报书曰:'持之以厚。'吾之不失其身,子曾子之赐也。"[②] 后山门人魏衍亦称师道"年十六,谒南丰先生曾公巩,曾大器之,遂受业于门"[③]。所以尽管陈师道与苏轼及苏门弟子交往,对其钦慕有加,却始终未肯改易师门。前引其诗《观兖国文忠公家六一堂图书》就有"向来一瓣香,敬为曾南丰"的直接表白[④]。

陈师道对师门的坚持是极为严格的,宋人说:

> 陈无已作《平甫文集后序》,以字称欧阳文忠公。至曾子固,则曰南丰先生。又曰,先生之后陈师道。呜呼!无已学于南丰,尊之宜矣,然尊其父而轻其祖,何也?唐立夫曰,四海欧永叔也,无已何尊焉?至于得道之师,则不可以无别。[⑤]

① 陈师道与苏轼的交游,除年谱外,杨胜宽《陈师道与苏轼交谊考论》(《乐山师范学院学报》2004年第3期)考述最详。宋荟彧《北宋神宗时期徐州文人活动研究——以苏轼、秦观、陈师道为中心》(《江苏广播电视大学学报》2011年第4期)亦对二人的徐州交游情况有所考论。后山年谱常见者如陈兆鼎所编《陈后山年谱》(吴洪泽、尹波《宋人年谱丛刊》本,四川大学出版社2001年版)、郑骞《陈后山年谱》(联经出版事业公司1984年版)。

② 陈师道《送邢居实序》,《全宋文》第123册,第320—321页。《后山先生集》卷十一有脱文(《宋集珍本丛刊》本,线装书局2004年版,第150—151页),此从《全宋文》。

③ 魏衍《后山集记跋》,《全宋文》第133册,第217页。

④ 陈师道《观国兖文忠公家六一堂图书》,陈师道撰,任渊注,冒广生补笺,冒怀辛整理《后山诗注补笺》,中华书局1995年版,第99页。

⑤ 周必大《二老堂杂志》四《陈无已字称欧阳公》,周必大撰,王瑞来校证《周必大集校证》,上海古籍出版社2020年版,第2777—2778页。

以字称师祖，而敬称受业恩师，足可见陈师道的一瓣心香所敬。后山虽敬重苏轼，并受东坡大恩，又与苏东坡仕同进退，可是他却别有瓣香。

黄庭坚的例子略有特殊，他只比苏轼小8岁，但身居“苏门四学士”之首，一生对东坡执弟子礼。可是在他身前，其名望就有接续东坡之势，至于有人“或以同时声实相上下为问，则离席惊避曰：‘庭坚望东坡，门弟子耳，安敢失其序哉？’”[①]其实他与苏轼在众多艺术门类的成就都各呈琳琅，故有“苏黄”之并称。但这些成就又体现出苏、黄之间的差异。如书法：

> 东坡曰：“鲁直近字虽清劲，而笔势有时太瘦，几如树梢挂蛇。”山谷曰：“公之字固不敢轻议，然间觉褊浅，亦甚似石压蛤蟆。”二公大笑，以为深中其病。[②]

从二人的互相评价，大致可知其在运笔、章法与结体上各有鲜明艺术个性，互不相同。其诗也体现出不同风格，以至于学者们认为黄庭坚诗法出自王安石。刘乃昌先生说：

> 山谷出自苏门，历来苏黄并提，学术思想与东坡相近，政治观点上属于苏轼一派，然而，在诗歌艺术上，山谷诗体与诗风却与东坡相似之处少，而与王安石相似之处多，王安石实际上是山谷最为推崇和重点师法的前辈诗人。[③]

---

① 邵博撰，刘德雄、李剑雄点校《邵氏闻见后录》卷二一，中华书局1983年版，第162页。

② 曾敏行《独醒杂志》卷三，《全宋笔记》第4编第5册，大象出版社2008年版，第138页。

③ 刘乃昌《试论山谷诗与王安石》，《文史哲》1988年第2期。

刘先生并从“王、黄都强调师法杜甫”“王、黄都重视诗歌法度技巧的考究研磨”“变平易坦直为深拗劲峭是王、黄诗风的共同趋向”“山谷诗在立意、句法和艺术手法上多受王安石诗的影响”等方面论证其说。十几年后,内山精也教授也从类似角度着眼,论证山谷与荆公的诗学渊源。他比较苏、黄、王三人的创作异同,认为三人都是进士出身,长于用典;脱胎换骨、点石成金之法王、苏皆曾使用,而最终成于黄山谷;王、黄尊杜甫,苏尚陶渊明;苏长于古体,王、黄善在近体,且苏轼用字不多锻炼,王、黄重视炼字①。这些比较都有其合理的一面,事实上江西诗派在师承溯源时,就直接跳过东坡而追祖杜甫。南宋时,人们甚至于“学江西诗者,谓苏不如黄”②。

虽然黄庭坚与王安石的诗歌有众多引发人们联想之处,但王荆公与黄山谷之间似未有直接接触,且在王安石变法期间黄山谷的反对态度非常明确。“叶县推行王安石农田水利法,将旱麦田改作水稻田。山谷提出异议,以为此法名为利民,其实害之。有《按田诗》及序,对新法有所不满”③。只是当王安石变法失败后,旧党交攻其人,黄庭坚却对王安石的学问、个人道德等表达了钦仰之情④。可知山谷对王安石的为人及学问还是肯定的,而其对苏轼则终身师事。此尤可证其虽敬名宿,而别有师承。

转益多师不但造就宋人有多重师承的现象,也让他们常有另

① 内山精也著,益西拉姆译《黄庭坚与王安石——黄庭坚心中的另一个师承关系》,见内山精也著,朱刚等译《传媒与真相——苏轼及其周围士大夫的文学》,上海古籍出版社2005年版,第461—509页。

② 王十朋《读东坡诗》,《全宋诗》第36册,第22856页。

③ 郑永晓《黄庭坚年谱新编》,社会科学文献出版社1997年版,第42页。

④ 郑永晓《黄庭坚年谱新编》(社会科学文献出版社1997年版,第172—173页)对该问题进行过梳理,可以参考。

一种学脉来源：虽无师承之名却有学习效法之实。陈师道、黄庭坚是此类师承关系的典型个案。

3. 转益多师的谱系交织

由于宋人有转益多师的观念，所以他们的师承往往呈现交织。吕氏家族的吕好问、切问、本中等都有多重师承。所以在北宋人的师承谱系中，经常出现既是先生的弟子，又是先生的再传弟子的现象。其中，有人是先从老师求学，之后又向师祖问道；有人则是先从老师学习，再从学长受业。道学一脉类似师承现象尤多，如二程，有些例子是混言师事二程，而并不辨别究竟是从程颢，还是从程颐学的。周行己《戴明仲墓志铭》就称墓主"尝从洛阳程氏问学"①。至于是大程子还是小程子，就阙如了。也有学者先后师事程氏兄弟，如杨时就是先从大程子问学，后又立雪于小程子之门的。

又一个著名的例子是陈师道，他师从曾巩，终身未肯改易师承。但他与黄庭坚却有诗学的传承关系，他自称：

> 仆于诗初无师法，然少好之，老而不厌，数以千计，及一见黄豫章，尽焚其稿而学焉。豫章以谓譬之奕焉，弟子高师一着，仅能及之，争先则后矣。仆之诗，豫章之诗也。②

自焚前稿而学之，直言诗法之所由。这封书信是对秦觏求问作诗法门的回复，秦觏当时也从苏轼学习，亦可知其转益多师。魏衍提到黄庭坚与陈师道之间的诗法授受说："初，先生学于曾公，誉望甚

① 周行己《戴明仲墓志铭》，《全宋文》第137册，第166页。

② 陈师道《答秦觏书》，陈师道《后山先生集》卷九，《宋集珍本丛刊》本，线装书局2004年版，第138页。

伟，及见豫章黄公庭坚诗，爱不舍手，卒从其学，黄亦不让。士或谓先生过之，惟自谓不及也。”[1] 对老师转益多师，向同辈的黄庭坚学诗，后山门人魏衍似乎并不以为然。但陈师道却是郑重其事的，他的《赠鲁直》诗云：

相逢不用早，论交宜晚岁。平生易诸公，斯人真可畏。见之三伏中，凛凛有寒意。名下今有人，胸中本无事。神物护诗书，星斗见光气。惜无千人力，负此万乘器。生前一尊酒，拨弃独何易。我亦奉斋戒，妻子以为累。君如双井茶，众口愿其尝。顾我如麦饭，犹足填饥肠。陈诗传笔意，愿立弟子行。何以报嘉惠，江湖永相望。[2]

陈师道说黄庭坚是令人见而生畏的良师诤友，胸无挂碍，腹有诗书。以双井茶喻黄庭坚却设喻巧妙，双井茶本是豫章名产，又是文人雅士所好。尤为重要的一句是“陈诗传笔意，愿立弟子行”。二人行辈相当，却自愿立弟子序列，陈师道对黄庭坚诗法之重视、对山谷的尊敬也可见一斑。

转益多师型的师承关系中，双方对行辈、誉望等似乎并不特别重视，而是以术业专攻为诉求。

4. 道既不同而恩淡义薄

师生之间并非总是出也融融，入也融融；有些师生因政治观念、追逐目标、现实际遇等原因，也会出现恩淡义薄的情况。这种师生关系的发展结果主要出现在受政治气候影响的情况下，偶尔

① 魏衍《后山集记跋》，《全宋文》第133册，第217页。

② 陈师道《赠鲁直》，陈师道撰，任渊注，冒广生补笺，冒怀辛整理《后山诗注补笺》，中华书局1995年版，第485—486页。

也有师弟子之间政治追求不同而分道扬镳的。例如王禹偁曾经对他的弟子丁谓赞赏有加,作序赠之云:

> 去年得富春生孙何文数十篇,格高意远,大得六经旨趣,仆因声于同列间。或曰:"有济阳丁谓者,何之同志也,其文与何不相上下。"仆未之信也。会有以生之文示仆者,视之,则前言不诬矣。是秋,何来访,仆既与之交,又得生之履行甚熟,且渴其惠顾于我也。今春生果来,益以新文二编,为书以投我,其间有律诗、今体赋文,非向所号进士者能及也。其诗效杜子美,深入其间;其文数章,皆意不常而语不俗,若杂于韩柳集中,使能文之士读之,不之辨也。由是两制间咸愿识其面而交其心矣。翰林贾公尤加叹服。是知道之尊人也,岂位也乎哉;学之富人也,岂赀也乎哉。今之不勤于道、不力于学而望人之知者,宜视丁氏子之道何如哉![1]

王禹偁得孙何,为之延誉,而后从同僚友朋间得知丁谓。其时他对丁谓的文章已经非常赞赏,丁又谒见之。序文中对丁谓的赞赏之语,至有丁谓诗文追配杜甫、韩愈、柳宗元的意思。虽赏誉之过度,亦足证丁谓文学水平之高妙。

王禹偁乃为孙何、丁谓一并延誉,作诗甚至有"二百年来文不振,直从韩柳到孙丁。如今便可令修史,二子文章似六经"之句[2]。

---

① 王禹偁《送丁谓序》,《全宋文》第7册,第425页。

② 王禹偁《赠孙何丁谓》,《全宋诗》第2册,第804页。"二百年来文不振",《全宋诗》据《涑水记闻》卷二作"三百年来文不振",徐规据《宋史·丁谓传》及《吴郡志》卷二五改正(《王禹偁事迹著作编年》,商务印书馆2003年版,第97页),今从之。

又向左千牛卫大将军、知扬州事薛惟吉推荐丁谓。其荐书中亦称："有进士丁谓者，今之巨儒也，其道师于六经，泛于群史，而斥乎诸子；其文类韩、柳，其诗类杜甫，其性孤特，其行介洁，亦三贤之俦也。"[①] 语辞间又颇多夸张，但丁谓的诗文的确有可称处。王禹偁对孙何、丁谓的荐举还为自己引来一些麻烦[②]。

不过丁谓与王禹偁往还的诗文作品并未传世，今《全宋文》《全宋诗》中都看不到丁谓送王禹偁的作品。王禹偁至道元年（995）坐轻肆，罢为工部郎中、出知滁州军州事。次年丁谓有书称其高亢得罪，王禹偁作书反驳：

> 谓吾高亢则无有也。何哉？吾为主簿一年，奔走事县令，为县令三年，奔走事郡守。郡守即柴谏议成务也，县令即崔著作惟宁也，今皆存焉，可问而后知也。在三馆两制时，倍吾年者，皆父事之；长吾十年、五年者，皆兄事之。如是而谓之高亢，使吾如何哉！是盖以成败为是非，以炎凉为去就者说之云。当吾在内庭掌密命，亲我者不曰，子高亢刚直，将不容于朝矣；又不当面折某人邪，不当庭争某事邪。及吾退而有是说，非知我者也。[③]

从王禹偁自述行迹，可知其作书时心情极度愤懑。故而此段暗指

① 王禹偁《荐丁谓与薛太保书》，《全宋文》第 7 册，第 385 页。

② "王禹偁在知制诰任内，因延誉孙何、丁谓之文才，举人中有业荒而行悖者，聚而造谤焉。又以禹偁平居议论常道浮图之蠹人，且于端拱二年上疏论及此事，乃伪为禹偁《沙汰释氏疏》及孙何《无佛论》，故京城巨僧侧目尤甚。"（徐规《王禹偁事迹著作编年》，商务印书馆 2003 年版，第 103 页）

③ 王禹偁《答丁谓书》，《全宋文》第 7 册，第 400 页。

丁谓，称其在朝不能庭争朝谏，退朝不能面折当道，“非知我者也”。文章结尾又回缓气氛，说：“虽然，谓之之亲我，兄弟不能及也，吾敢不多谢而自悔焉？”[①] 话虽如此，但二人之间的隔阂还是未能消弭，往日荐举交游之无间，恐不能再现。后王禹偁、丁谓同路归朝，一路上，王禹偁有《送丁谓之再奉使闽中》《扬州道中感事兼简史馆丁学士》诗，前者云：

> 绣衣直指东南夷，入奏风谣受圣知。持节又从三殿出，演纶还较一年迟。朝中谬拜推贤表，江畔空吟惜别诗。郡印喧卑文会少，为君搔首落花时。[②]

诗歌只是寻常应酬语，读不出推心置腹的体己话。后者则书写了王禹偁一贯关注的民生疾苦，亦未有更多亲密语。这已能说明二人交谊不再浓厚，双方恩淡义薄了。至于后来丁谓以奸佞立朝，王禹偁早已物故。

经眼所见，师生关系走向破裂的例子多数是因政治原因所致，例如后文将述及的王安石与钱景谌师生，晁以道、晁之道兄弟与王安中师生均是如此。治学理念的差异导致的师生离心倒很少见诸记载。

二　情投志合，共同进退：师门凝聚力的产生因素

师生关系建立之后的常态是保持师弟子之间的身份区隔，弟子恭谨事师，师长肃然以待弟子。前文曾提及胡瑗“为苏、湖二州

---

① 王禹偁《答丁谓书》，《全宋文》第 7 册，第 400 页。

② 王禹偁《送丁谓之再奉使闽中》，《全宋诗》第 2 册，第 764 页。

教授，严条约，以身先之。虽大暑，必公服终日，以见诸生，设师弟子之礼"①。师长如此，弟子亦遵循不悖。弟子对师长望之俨然，仰慕师长的精神气节，与老师一同进退。师门的凝聚力往往就在师生之间互相信任、亲近中产生，它使师门能经得起时光的雕琢，代传不已。

政治是影响师生关系的重要因素之一，同时也是师门凝聚力的试金石。北宋中后期党争激烈、倾轧严重，尤其是熙丰变法前后，新旧党的政见之争遽变为意气之争，上演了极为惨烈的故事②。景祐三年（1036），范仲淹上《论西京事宜札子》《指陈时政奏》《帝王好尚论》《选贤任能论》《推委臣下论》《近名论》等指摘时相，直言时弊。却因言获罪，贬知饶州。一时余靖、尹洙等疏救之，欧阳修作书切责参知政事高若讷，皆被贬谪。史称"景祐党争"。苏门弟子王庠后来提到尹洙疏救范仲淹时说：

> 尹公师鲁于文正公，师友也。方其上书自陈，力乞同贬，时亦岂有心于朋党也？③

让王庠印象深刻的是尹洙与范仲淹有师友之谊，遇事能仕同进退，于心则无朋党之私。事实上，苏门弟子在党争中多受牵连，能与师

① 蔡襄《太常博士致仕胡君墓志》，《全宋文》第47册，第233页。

② 北宋党争情况，文史学者均有关注，相关成果如罗家祥《北宋党争研究》（文津出版社1993年版）、肖庆伟《北宋新旧党争与文学》（人民文学出版社2001年版）、沈松勤《北宋文人与党争》（人民文学出版社2004年版）、刘学斌《北宋新旧党争与士人政治心态研究》（河北大学出版社2009年版）。党争与文学曾被认为是宋代文学研究新的增长点，但本书只关注其对师生关系的影响。

③ 王庠《再上范丞相论事书》，《全宋文》第145册，第119页。

长同进退的也并不特别多，王巩就是其中之一。苏轼对弟子们受自己牵连是非常愧疚的，贬谪黄州，他给王巩写信时说："君本无罪，为仆所累尔。"[①]后来再贬岭表，又说："某自恨不以一身塞罪，坐累朋友。如方叔飘然一布衣，亦几不免。纯甫、少游，又安所获罪于天，遂断弃其命，言之何益，付之清议而已。"[②]苏轼为连累朋友、门人心中不忍。实际上，苏轼门下师弟子的相处、问学方式有其独特处，所以其师门群体核心成员的关系能超迈流俗，而且师门凝聚力之强在北宋文坛也甚为突出。我们试以苏门为例，讨论师门凝聚力产生的相关原因。

首先，苏门师弟子情感亲近。他们年辈相近，苏轼成名较早，门下核心弟子的年辈都与其相去不远。如黄庭坚仅比苏轼小 8 岁，秦观比苏轼小 12 岁，晁补之生年晚其 16 载，张耒则小其 17 岁。师弟子间年岁都相差并不特别大，这形成了苏轼与弟子们亦师亦友的相处状态。所以师弟子间的相处亲密无间，苏轼对门下几乎不摆师长的架子，很少教训学生。且"苏门四学士"与苏轼书信往还也多称苏轼的字，而很少用"师"的称呼。在东坡过世后，黄庭坚等人题跋苏轼作品时，虽会回忆从游经历，但也多称苏轼为"子瞻"。

在讨论诗文、艺术时，双方的对话较为平等，苏门弟子虽然尊重老师，但并不代表他们不会批评老师的作品。如前文所引东坡、鲁直论书法，东坡称黄山谷书法笔势太瘦，山谷亦直指东坡之字"甚似石压蛤蟆"。黄庭坚对苏东坡诗律不严也有指摘：

① 苏轼《与王定国四十一首》其五，苏轼著，孔凡礼点校《苏轼文集》，中华书局 1986 年版，第 1515 页。

② 苏轼《答李方叔十七首》其一七，苏轼著，孔凡礼点校《苏轼文集》，中华书局 1986 年版，第 1581 页。

> 苏长公有诗云："身行万里半天下，僧卧一庵初白头。"黄九云"初日头"。问其义，但云："若此僧负暄于初日耳。"余不然，黄甚不平，曰："岂有用白对天乎？"余异日问苏公，公曰："若是黄九要改作日头，也不奈他何！"①

苏轼此句不合对仗要求，黄山谷指出其疏失，并改动东坡原句而全无忌讳。东坡也不以为忤，且与张耒分享创作经验，认为作诗不能以律害意，并坚持原貌。

黄庭坚还不满意苏轼诗歌"好骂"，他给洪刍写信说："东坡文章妙天下，其短处在好骂，慎勿袭其轨也。"② 苏轼喜用诗歌针砭时弊，动辄得咎，山谷并不以为然，所以才会对外甥说这番话。秦观则更比较二苏文章优劣说到：

> 中书之道如日月星辰经纬天地，有生之类皆知仰其高明。补阙则不然，其道如元气行于混沦之中，万物由之而不知也。故中书尝自谓"吾不及子由"，仆窃以为知言。③

文中所谓"中书""补阙"分别指苏轼、苏辙。秦观认为润物无声，受其益而不自知的苏辙之文优于苏轼之文，且引苏轼自己的评价为证。这说明苏门弟子并不为师者讳，也让人能联想到苏门门风

---

① 张耒《明道杂志》，《全宋笔记》第 2 编第 7 册，大象出版社 2006 年版，第 11 页。

② 黄庭坚《答洪驹父书》其二，黄庭坚著，郑永晓整理《黄庭坚全集辑校编年》，江西人民出版社 2008 年版，第 733 页。

③ 秦观《答傅彬老简》，秦观撰，徐培均笺注《淮海集笺注》，上海古籍出版社 2000 年版，第 981—982 页。

之开放。这种相处模式，让师弟子间更像朋友般交流，体现出超越师弟子身份的一面。

苏轼与弟子情感亲近，在秦观逝世时表现得尤为突出。对于秦观弃骨于异乡，苏轼的态度远远超出师长对弟子的叹息。秦观之死对苏轼的打击极大，以至于他给朋侪、弟子写信数度沉痛地谈到少游即世给他带来的悲痛：

> 闻少游恶耗，两日为之食不下，然来卒说得灭裂，未足全信。①
>
> 得来示，又知少游乃至如此。某全躯得还，非天幸而何，但益痛少游无穷已也。同贬死去太半，最可惜者，范纯父及少游，当为天下惜之，奈何！奈何！②
>
> 少游遂死于道路，哀哉！痛哉！世岂复有斯人乎？③
>
> 途中闻秦少游奄忽，为天下惜此人物，哀痛至今。④

第一通书信是写给欧阳晦夫的，乍闻噩耗，两日食不下咽，其痛惜哀伤程度可知。此时东坡又抱一线希望，不肯全信。随后在给欧阳元老的信中则详述所得少游辞世的消息⑤，并在给人写信时再三

① 苏轼《与欧阳晦夫二首》其二，苏轼著，孔凡礼点校《苏轼文集》，中华书局1986年版，第1756页。

② 苏轼《答苏伯固四首》其一，苏轼著，孔凡礼点校《苏轼文集》，中华书局1986年版，第1741页。

③ 苏轼《答李端叔十首》其三，苏轼著，孔凡礼点校《苏轼文集》，中华书局1986年版，第1540页。

④ 苏轼《与钱济明十六首》其十，苏轼著，孔凡礼点校《苏轼文集》，中华书局1986年版，第1554页。

⑤ 苏轼《与欧阳元老一首》，苏轼著，孔凡礼点校《苏轼文集》，中华书局1986年版，第1756页。

述说，其中“痛”“惜”“哀”三字反复出现。语言或许是最苍白乏力的，东坡晚年丧少游，其痛大概可以追配孔子丧颜渊了吧！确认少游死讯之后，他再三作书给秦观的女婿范元长，并送钱请范氏代为少游超度，他说：

> 哀哉少游，痛哉少游，遂丧此杰耶！①
>
> 同贬先逝者十人，圣政日新，天下归仁，惟逝者不可及，如先公及少游，真为异代之宝也。②
>
> 有银五两，为少游斋僧，托送与处度也。③

痛惜之不足，欲一拜范祖禹、秦观之灵而不得，乃为少游斋僧。苏轼在获知秦观辞世消息之后的种种表现，正是师生情谊深厚的外露。情感亲近、情谊深厚是师门凝聚力最直接的来源。

其二，苏门师弟子志趣相类。苏门诸公在政治立场和审美追求等方面有较高的相似度。从苏轼、黄庭坚、秦观在熙丰变法前后的情况看，他们的政治立场多有相近，苏门核心成员政治遭遇相似。王安石变法过程中，的确出现了相当的弊端，苏轼对此采取了反对的态度，而黄庭坚在叶县任上也对变法有抵制态度④。但神宗驾崩，哲宗继位，高太后垂帘听政，用司马光为相欲尽变新法。苏

① 苏轼《与范元长十三首》其十一，苏轼著，孔凡礼点校《苏轼文集》，中华书局1986年版，第1462页。

② 苏轼《与范元长十三首》其十二，苏轼著，孔凡礼点校《苏轼文集》，中华书局1986年版，第1462页。

③ 苏轼《与范元长十三首》其十三，苏轼著，孔凡礼点校《苏轼文集》，中华书局1986年版，第1463页。

④ 郑永晓《黄庭坚年谱新编》，社会科学文献出版社1997年版，第42页。

轼对此并不赞成。此时，黄庭坚也有诗云："王度无畦畛，包荒用冯河。秦收郑渠成，晋得楚材多。用人当其物，不但轴与薖。六通而四辟，玉烛四时和。"[①]主张对新旧党人一视同仁，不问出处，唯才是举。同一时期，秦观作《策论》三十首，其《治势》下篇说："元丰之后，执事者矫枉过直，矜钩距以为法术，任惠文以取愉快。上下迫胁，民不堪命。故陛下即位之始，黜锻炼之吏，逐聚敛之臣，登老成于散地，擢忠鲠于谪籍，平冤狱，振乏馁，与天下休息。此真得所谓以宽政解急势之术也。而比日已来，执事者又将矫枉而过直矣。"[②]对王安石变法过程中的矫枉过正并不认同，但同样批评旧党尽废新法的过当举措。可知，在政治立场上，师生三人都是站在旧党一方，但对新法卓有成效的部分也并不全盘否定。在政治观点上，师生三人都相对融通，果断放弃党争中的个人得失，而重视施政的实际效用。

苏门师弟子在文学、艺术上的追求也是其志趣相近的体现。师弟子都颇有才具，名扬当世。苏轼对门下重要弟子赞不绝口，他留下的文字中常有称许的表述：

> 仆老矣，使后生犹得见古人之大全者，正赖黄鲁直、秦少游、晁无咎、陈履常与君等数人耳。[③]
>
> 独于文人胜士，多获所欲，如黄庭坚鲁直、晁补之无咎、秦

① 黄庭坚《和邢惇夫秋怀十首》其四，黄庭坚撰，任渊、史容、史季温注，刘尚荣点校《黄庭坚诗集注》，中华书局2003年版，第165页。

② 秦观《策论·治势》下，秦观撰，徐培均笺注《淮海集笺注》，上海古籍出版社2000年版，第517页。

③ 苏轼《答张文潜县丞书》，苏轼著，孔凡礼点校《苏轼文集》，中华书局1986年版，第1427页。

观太虚、张耒文潜之流，皆世未之知，而轼独先知之。[①]

比年于稠人中，骤得张、秦、黄、晁及方叔、履常辈，意谓天不爱宝，其获盖未艾也。[②]

秦少游、张文潜才识学问，为当世第一，无能优劣二人者。[③]

苏轼所说"古人之大全""才识学问"均明白无误地传达了他对门下诸生才具的欣赏。这种欣赏是建立在师生共同审美取向的基础上的。试想，若师长如陈烈、程颐一样对声乐宴游极端排斥，又如何能欣赏门生流连歌舞间创作的词作呢[④]？

而师生间、同门间相互在政治观念、审美旨趣上的相近也构成了师门凝聚力的来源。

事实上师门建构过程中，观念旨趣差异也往往将"异端份子"剥离出群体。例如欧阳修嘉祐二年（1057）知贡举所放曾巩、苏轼、王安石等进士388人，姓名里籍可考者204人。欧阳修属意的衣钵传人最初并非苏轼，而是曾巩和王安石[⑤]。但王安石并不认同

① 苏轼《答李昭玘书》，苏轼著，孔凡礼点校《苏轼文集》，中华书局1986年版，第1439页。

② 苏轼《答李方叔十七首》其一六，苏轼著，孔凡礼点校《苏轼文集》，中华书局1986年版，第1581页。

③ 苏轼《书付过》，苏轼著，孔凡礼点校《苏轼文集》，中华书局1986年版，第2562页。

④《四库全书总目》卷一五三《〈盱江集〉提要》说北宋陈烈一次出席宴会，东道主请歌姬助兴。"烈闻官妓唱歌，才一发声，即越墙攀树遁去，讲学家以为美谈。"（中华书局1965年版，第1316页）前引吕本中《童蒙训》卷下亦称："伊川先生尝有门弟子日赴歌会过差，先生闻之大不乐，以为如此绝人理，去禽兽无几尔。"

⑤ 王水照《嘉祐二年贡举事件的文学史意义》，《王水照自选集》，上海教育出版社2000年版，第205—211页。

欧阳修的政治观念,而自觉地与欧阳修保持距离。实际上,欧阳修自己与贡举座主晏殊的关系也谈不上善始善终,或许可以说欧阳修也是晏殊门下的“异端份子”,此详后。

其三,苏轼自身的魅力也是苏门凝聚力产生的重要因素。东坡在当时的影响之大,轶闻不胜枚举。苏轼乌台诗案身陷囹圄,太后为其求情,是人们耳熟能详的故事①。今再举其门生李之仪良配胡文柔事为证:

> 余从辟苏轼子瞻府,文柔屡语余曰:“子瞻名重一时,读其书,使人有杀身成仁之志,君其善同之。”邂逅子瞻过余,方从容笑语,忽有以公事至前,遂力为办理,以竟曲直。文柔从屏间叹曰:“我尝谓苏子瞻未能脱书生谈士空文游说之蔽,今见其所临不苟,信一代豪杰也!”比通家,则子瞻命其子妇尊事之,常以至言妙道属其子妇,持以论难,呼为法喜上人。子瞻既贬,手自制衣以赆曰:“我一女人,得是等人知我,复何憾?”②

胡氏对苏轼的推崇是从与东坡接触而来,而李之仪在妻子的墓志

① “东坡既就逮下御史狱,一日,曹太后诏上曰:‘官家何事数日不怿?’对曰:‘更张数事未就绪,有苏轼者,辄加谤讪,至形于文字。’太皇曰:‘得非轼、辙乎?’上惊曰:‘娘娘何自闻之。’曰:‘吾尝记仁宗皇帝策试制举人罢归,喜而言曰:“朕今日得二文士,然吾老矣,度不能用,将留以遗后人。”二文士盖轼、辙也。’上因是感动,有贷轼意。”(方勺《泊宅编》,《全宋笔记》第2编第8册,大象出版社2006年版,第167页)“慈圣光献大渐。上纯孝,欲肆赦。后曰:‘不须赦天下凶恶,但放了苏轼足矣!’时子瞻对吏也。后又言:‘昔仁宗策贤良归,喜甚,曰:“吾今又为子孙得太平宰相两人。”盖轼、辙也。而杀之,可乎?’上悟,即有黄州之贬。”(陈鹄《西塘集耆旧续闻》,中华书局2002年版,第306—307页)

② 李之仪《姑溪居士妻胡氏文柔墓志铭》,《全宋文》第112册,第265页。

铭中书写她对苏轼的崇敬也可见苏轼对门生的影响。

老师的人格魅力对师门凝聚力的产生所发生的影响，以此可知，不需赘述。

影响师弟子间关系的因素固然并不止以上三端，且能受其影响的弟子或许并非门生的全部，但不论是苏门师弟子间关系，还是其他超出流俗的师弟子关系，以上因素应该都可以左右师弟子关系。

三　渐行渐远，恩淡义薄：师门离心力产生的缘由

有亲密无间、共同进退的师生，也有“渐行渐远渐无书”的师弟子。师门离心力究竟由何种因素产生？师弟子间恩淡义薄很大程度上受师长、弟子各自性格，观念立场的变化，政治权力斗争等内外因素之影响。大约是出于为尊者讳、为长者讳的传统，史有确载的师生反目、师生关系转趋淡漠的例子相对较少。我们择其显例，分析导致师生关系渐行渐远的内外因素。

其一，师长、弟子各自性格不同。西人荣格有所谓“性格决定命运”之说，人际关系也受性格影响。师生关系说到底是人与人之间的关系，人们的性格常不能自抑而发，往往影响相互关系，产生离心力。晏殊一生“喜荐引士类，前世诸公为第一。为枢府时，范文正公始自常调荐为秘阁校勘。后为相，范公入拜参知政事，遂与同列”[①]。欧阳修也称之云：

> 公为人刚简，遇人必以诚，虽处富贵如寒士，尊酒相对，欢如也。得一善，称之如己出，当世知名之士如范仲淹、孔道辅

① 叶梦得《石林燕语》，《全宋笔记》第2编第10册，大象出版社2006年版，第129页。

等,皆出其门,及为相,益务进贤材。当公居相府时,范仲淹、韩琦、富弼皆进用,至于台阁,多一时之贤。①

欧阳修、范仲淹、韩琦、富弼、孔道辅等均出其门下,但晏殊为人圆融谨慎,有时甚至过分小心。他待王安石之事不惟能见其识人之明,亦足证其为人。王铚《默记》载:

王荆公于杨寘榜下第四人及第。是时,晏元献为枢密使,上令十人往谢。晏公俟众人退,独留荆公,再三谓曰:"廷评乃殊乡里,久闻德行乡评之美。况殊备位执政,而乡人之贤者取高科,实预荣焉。"又曰:"休沐日相邀一饭。"荆公唯唯。既出,又使直省官相约饭会,甚殷勤也。比往时,待遇极至。饭罢,又延坐,谓荆公曰:"乡人他日名位如殊坐处,为之有余矣。"且叹慕之又数十百言,最后曰:"然有二语欲奉闻,不知敢言否?"晏公言至此,语欲出而拟议久之。晏公泛谓荆公曰:"能容于物,物亦容矣。"荆公但微应之,遂散。②

十人往谒,晏殊独留王安石,固然与乡谊不无关系,但能在王氏及第之初就断言"他日名位如殊坐处,为之有余矣",则不能不让人叹服。他并且看出王安石不能容物,欲为提醒,却并不一次说完。而是殷勤约饭,杯盘且尽仍然踌躇再三乃说出提醒的话头。晏元献之谨慎小心,可见一斑。

---

① 欧阳修《观文殿大学士行兵部尚书西京留守赠司空兼侍中晏公神道碑铭》,欧阳修著,李逸安点校《欧阳修全集》,中华书局 2001 年版,第 353 页。

② 王铚撰,朱杰人点校《默记》,中华书局 1981 年版,第 138—139 页。

晏殊的这种谨小慎微的性格，导致他与门生之间也偶有冲突，如范仲淹。范仲淹丁母忧后，“至京师，上宰相书，言朝政得失及民间利病，凡万余言，王曾见而伟之。时晏殊亦在京师，荐一人为馆职，曾谓殊曰：‘公知范仲淹，舍不荐，而荐斯人乎？已为公置不行，宜更荐仲淹也。’殊从之，遂除馆职。顷之，冬至立仗，礼官定议欲媚章献太后，请天子帅百官献寿于庭，仲淹奏以为不可。晏殊大惧，召仲淹，怒责之，以为狂。仲淹正色抗言曰：‘仲淹受明公误知，常惧不称，为知己羞，不意今日更以正论得罪于门下也。’殊惭无以应”①。范仲淹性格耿介，对礼官谄事刘太后之举直言进谏，让晏殊“大惧”。进而召范仲淹怒责以为“狂”。这是二人性格上的冲突，范仲淹以正道受责，胸中不能平而正色反驳，晏殊则“惭无以应”。这说明晏殊也认为范仲淹进言的内容并没有错，只是出于趋吉避凶的心态，担心自己受门生牵连而责难范仲淹。晏殊对范仲淹所下的“狂”字“评语”，也反映出其为人处世风格。晏殊似乎并不喜欢犯言直谏的方式。

晏殊的这种个性偏好，还体现在对欧阳修的态度上。欧阳修的性格也有直露坦率的一面，庆历元年(1041)，他曾因支持范仲淹的革新被贬为夷陵县令、乾德县令。回京“即席赋雪诗后，稍稍相失。晏一日指韩愈画像语坐客曰：‘此貌大类欧阳修，安知修非愈之后也。吾重修文章，不重它为人。’”欧阳修对晏殊亦颇有微词②。其原因也在各自性格。其时宋朝与西夏兵事未解，晏殊正在枢密使任上，“会大雪，欧阳文忠公与陆学士经同往候之，遂置酒于

① 司马光《涑水记闻》卷一〇，《全宋笔记》第1编第7册，大象出版社2008年版，第120页。

②《永乐大典》卷一八二二二《韩愈像》条引《东轩笔录》佚文，中华书局1986年版，第7131页。

西园”。雪天雅集，对于晏殊、欧阳修等文士而言是再正常不过的事，可是欧阳修赋《晏太尉西园贺雪歌》，有“主人与国共休戚，不惟喜悦将丰登。须怜铁甲冷彻骨，四十余万屯边兵”之句，指摘晏殊不顾将士西北冷，犹自宴游[①]。晏殊为人本来是极为圆融的，所以不喜欢欧阳修的“狂”生性格。以至“深不平之，尝语人曰：‘昔者，韩愈亦能作言语，每赴裴度会，但云：“园林穷胜事，钟鼓乐清时。”却不曾如此作闹。’”[②]结合前述《永乐大典》所引《东轩笔录》的佚文，可知晏殊以韩愈之谏裴度比欧阳修之诗谏，应该已是置酒西园之后的事情。以此可知晏殊对欧阳修诗谏耿耿于怀。事后，师生关系“稍稍相失”，不能不说是二人性格使然。

荣格的性格哲学认为“个体对他人的意象会根据经验而发生改变”。经过接触与交往，个体在他人身上可能会发现或令自己神往，或让他厌恶的东西[③]。而这种情绪将促使个体间的人际关系或亲密或淡薄。范仲淹、欧阳修的刚介耿直个性对于追求融通的晏殊而言，就让他极为不快。但至庆历三年（1043）晏殊为平章事兼枢密使，欧阳修转太常丞、知谏院。或谓“殊初入相，擢欧阳修等为谏官，既而苦其论事烦数，或面折之。及修出为河北都转运使，谏官奏留修，不许”[④]。随着这种不快的累积，再讲究“能容于物，物亦

---

① 魏泰《东轩笔录》卷一一，《全宋笔记》第2编第8册，大象出版社2006年版，第86页。按：此事宋人江少虞《宋朝事实类苑》、吴曾《能改斋漫录》、赵令畤《侯鲭录》、阮阅《诗话总龟》、胡仔《苕溪渔隐丛话》所载相近。

② 魏泰《东轩笔录》卷一一，《全宋笔记》第2编第8册，大象出版社2006年版，第86页。

③［瑞士］荣格著，李德荣编译《荣格性格哲学》，九州出版社2003年版，第315页。

④ 李焘《续资治通鉴长编》卷一五二《仁宗庆历四年九月庚午》，中华书局2004年版，第3699页。

容矣”，晏殊也终因苦于欧阳修等人的锐意政事、屡屡建言而当面责难。以至于在欧阳修外放时，晏殊驳回了谏官留任的意见。这是在公事层面，又比如私交议论，晏殊曾给吕夷简写信痛诋欧阳修。周必大曾见该书简，但他说：“往侍端明尚书，尝见晏元献与吕帖，痛诋欧公，以解吕之怒。晏非真骂，乃吕深怒，欲为调护。”① 周必大有回护晏殊之意，但毕竟是推测之词，而且他并不否认晏殊信件内容是“痛诋”、是“骂”。晏殊如真有“调护”之意，未必需要痛诋欧阳修。此点，我们或许还可以参考晏殊罢相之后，对欧阳修的书信也是草草敷衍，且言辞冷淡②。晏殊过世之后，欧阳修还是写了三首挽诗祭奠他，并为其撰写神道碑。挽诗中有“解官制服门生礼，惭负君恩隔九泉”之语③。但这并不能掩盖晏殊、欧阳修师生关系失和的最终结局。

① 周必大《汪季路司业》，周必大撰，王瑞来校证《周必大集校证》，上海古籍出版社 2020 年版，第 2876 页。

② 宋人笔记载云：“晏公不喜欧阳公，故欧阳公自分镇叙谢，有曰：‘出门馆不为不旧，受恩知不为不深，然足迹不及于宾阶，书问不通于执事。岂非飘流之质，愈远而弥疏；孤拙之心，易危而多畏！动常得咎，举辄累人。故于退藏，非止自便；偶因天幸，得请郡符。问遗老之所思，流风未远，瞻大邦之为殿，接壤相交。’晏公得之，对宾客占十数语，授书史作报。客曰：‘欧阳公有文声，似太草草。’晏公曰：‘答一知举时门生，已过矣。’”（邵博撰，刘德雄、李剑雄点校《邵氏闻见后录》卷二一，中华书局 1983 年版，第 122 页）。潘淳亦云：“永叔颇闻晏因赋《雪诗》有语。其后欧守青社，晏亦出殿宛丘，欧乃作启叙平生出处，以致谢悃，其略曰：‘伏念曩者相公始掌贡举，修以进士而被选抡，及当钧衡，又以谏官而蒙奖擢，出门馆不为不旧，受恩知不为不深。’晏得书，即于书尾作数语，授掌记誊本答之，甚灭裂。坐客怪而问焉，晏徐曰：‘作答知举时一门生书也。’意终不平。”（潘淳《潘子真诗话》，郭绍虞《宋诗话辑佚》本，中华书局 1980 年版，第 304 页）

③ 欧阳修《晏元献公挽辞三首》其三，欧阳修著，李逸安点校《欧阳修全集》，中华书局 2001 年版，第 812 页。

晏殊与欧阳修、范仲淹的师生关系以性格原因产生隔阂，师弟子间的离心力由此产生。

其二，观念立场差异的影响。人们看待世界不见得是恒定不变的，世界观、价值观、人生观等发生改变，也将影响师生关系的亲密程度。智圆和尚曾厉声喝阻师仰韩愈的和尚说："吾门中有为文者，而反斥本教以尊儒术……以师言之则背义……"①尊韩崇儒对于释子而言，的确称得上离经叛道，但其人在观念发生改变的前提下，难免与本师发生矛盾，所以从外人旁观也难免"背义"。涪陵谯定就是一位"背义"者，他字天授，"幼学释氏。伊川之贬涪也，始尽弃其学而学焉。伊川教以《中庸》诸书，多有颖悟。后伊川得归，天授送至洛中而返"②。对于佛家而言，谯定是释智圆《师韩议》中评判的那类人，他与本师也必且行且远，而对理学学者来说，谯定送伊川返洛却是弟子尊师的表现。

从老师的角度而言，其学说也未必是封闭的，当其说不能为弟子所接受时，师生间的离心力发生几率也就更高，王安石门下的众多弟子便是其例。刘成国教授《荆公新学研究》对荆公弟子进行过梳理，其中亦有因观念立场差异而与王安石不相能者③。钱景谌即其例。

钱氏"初赴开封解试，时王安石得其文，以为知道者。既荐送之，又推誉于公卿间，自是执弟子礼。安石提点府界，景谌为属主

① 释智圆《师韩议》，《全宋文》第 15 册，第 267—268 页。

② 曾敏行《独醒杂志》卷七，《全宋笔记》第 4 编第 5 册，大象出版社 2008 年版，第 172 页。

③ 刘成国《荆公新学研究》，上海古籍出版社 2006 年版，第 62—83 页。

簿,又以文荐之。执丧居许,闻安石得政,喜,因事来京师谒之”[①]。王安石对景谌有知遇之恩,又是他的举主、上司,日常交往必不少。钱景谌对王安石的为人、学问应该是信服的,所以当他得知王安石主政,才欣喜谒见。不过,景谌并不认同新政,他不但向王安石进言青苗法、助役法之不便,且直指新法“利少害多,异日必为民患”[②]。据钱景谌《答兖守赵度支书》,钱氏后来还数度批评王安石新政,甚至指责王安石说:

> 教人之道,治人之术,经义文章,自名一家之学,而官人莅政皆去故旧而尚新奇,天下靡然向风矣。乃以穿凿六经,入于虚无,牵合臆说,作为《字解》者,谓之时学,而《春秋》一王之法独废而不用。又以荒唐诞怪,非昔是今,无所统纪者,谓之时文。倾险趋利,残民而无耻者,谓之时官。驱天下之人务时学,以时文邀时官。仆既预仕籍,而所学者圣贤事业,专以《春秋》为之主,皆大中至正三纲五常之道。其所为文,学六经而为,必本于道德性命,而一归于仁义。其施于官者,则又忠厚爱人,兼善天下之道。自顾不合于时,而学之又不能,方惶惶然无所容其迹……[③]

这里对王安石的新学、选人、为政几乎全盘否定。且以强调自己学从圣贤纲常,为文则学经本道,施政又欲兼善天下等角度与之全面

① 脱脱等《宋史》卷三一七《钱景谌传》,中华书局1977年版,第10348页。钱景谌《答兖守赵度支书》(《全宋文》第76册第22—24页据《邵氏闻见后录》卷一二收)所述事件与《宋史》本传几同,本传盖从此文。

② 脱脱等《宋史》卷三一七《钱景谌传》,中华书局1977年版,第10348页。

③ 钱景谌《答兖守赵度支书》,《全宋文》第76册,第24页。

对立。钱氏既为自己与王安石新政划出了一条根本界线，而其最根本处在与王安石的观念差异上。钱氏做此文时，正值王安石风头强劲，新政全面施展，新学渐成风气。可知其与王氏身后那些见风使舵的批评者有所区别。正是道不同不相为谋，观念差异让钱景谌选择了在"天下靡然向风"的情况下，逆流而动，舍弃旧义，与王安石断绝师生关系。

从王安石弟子在熙丰变法前后的表现看，那些信服其说者并不因时而异，王无咎、陆佃、龚原等人均是佳例①。但钱景谌恰恰不是王安石学说的拥趸，他所执弟子礼的那个"王安石"是阐说新学之前的"王安石"，而非倡言新学的那个"王安石"。钱氏的例子是弟子对师门产生离心力的极端事例。类似情况并不仅仅存在于王安石师弟子中，在类似的语境中，每每有改易门庭者。

弟子从师受业本身是一个有所选择的过程。弟子求学之时，师生双方的观念、立场大部分应该是趋同的，但随着时间的推移，双方均有可能改变。从钱景谌与王安石的例子来看，二人的师生关系是建立在有共同认知背景的前提下的，一旦一方发生改变，平衡的关系就很可能会发生异变。

其三，政治权力斗争的影响。政治场各方势力斗争，实现权力再分配直接影响个体的社会生活。北宋文人积极入世，直面政治。如前所述，宋代党争频繁，影响巨大。政治斗争对师生关系的影响也不可忽视。后人对政治人物在权力斗争中败北，有自身的理解。如彭俊民称："昔文正公之出也，门生皆去，而王质独送，或人怪之，质曰：'使范公它日作宰相，以直道忤时而出，质当送之海上。'质于

① 请参看刘成国《荆公新学研究》（上海古籍出版社 2006 年版）的相关论述。

文正公无一日之旧识也，诚有所感激耳，亦以坚文正公之心。”[①]此中有三重意思：一则陈述范仲淹贬谪，门生与之划清界限而“无一日之旧识”的王质送之的事实；二则说明王质受范仲淹人格魅力感染，认为其所行者是“直道”；三则指出王质所为，能“坚文正公之心”。值得注意的是门生在此种情况下背弃师门，对行“直道”而不得者来说是一种心理打击。这也可见师生关系在人们心中的重要地位。

在北宋影响最大的新旧党争中，苏轼、王安石门下都发生过弟子叛出师门、师门离心力发生作用的现象。苏轼尚在权力场中心时，主盟天下文坛，人以为“东坡公伯仲一世龙门，士获从之游，几半天下”[②]。“时四方门人，争挟所能以进，匄一言为终身荣，或因之以显于世”[③]。“王安石为相，门下客常不下数百人”[④]。其中固然有投机者，但王荆公“以多闻博学为世宗师，当世学者得出其门下者，自以为荣，一被称与，往往名重天下”[⑤]。苏轼、王安石二人的政坛身份使其文坛宗匠地位愈发突出，皆以一言一称动天下。但二人在政治场域中，又都没能屹立不倒。苏东坡“及绍圣之变，始终一节以从公（按：指苏轼）游者，盖亦无几”[⑥]。“东坡先生既谪儋耳，平日门下客皆讳而自匿，惟恐人知之”[⑦]。这种现象引起了苏过舅舅王箴的不满，他批评道：

① 彭俊民《上吴中丞书》，《全宋文》第145册，第170页。

② 王赏《书东坡黄门帖后》，《全宋文》第145册，第231页。

③ 苏过《王元直墓碑》，《全宋文》第144册，第189页。

④ 陈并《答诏论彗星陈四说疏》，《全宋文》第122册，第194页。

⑤ 王辟之撰，吕友仁点校《渑水燕谈录》卷一〇，中华书局1981年版，第126页。

⑥ 王赏《书东坡黄门帖后》，《全宋文》第145册，第231页。

⑦ 赵鼎臣《书杨子耕所藏李端叔帖》，《全宋文》第138册，第215页。

公盛时在朝廷、典方面，则往见之。今厄穷瘴疠之地，吾等乃畏避形迹，非夫也！[①]

此语道破政治场域经过斗争后，权力资本再分配，对学者师承关系的影响。门生在苏轼遭厄之际，多作鸟兽散，惟恐受池鱼之殃。王安石“之治经，尤尚解字，末流务多新奇，浸成穿凿。朝廷患之，诏学者兼用旧传注，不专治新经，禁援引《字解》。于是学者皆变所学，至有著书以诋公之学者，且讳称公门人。故芸叟为挽词云：‘今日江湖从学者，人人讳道是门生。’”[②]刘弇认为“夫圣心贤迹，炯若悬象，王氏之学，不待较而可知也……而一时薄俗子又皆讳治其学”[③]。王氏新学是配合熙丰变法而来的，变法稍歇，意识形态层面发生变化，导致王氏之学门庭冷落。不但学者多不继续学习，从前的门生也匿迹消声。政治活动影响师生关系在王安石的例子中也是极为明显的。

若说苏轼、王安石的门生还是因为政治风向发生变化，那么王安中为禄位改投门户，谢绝本师，则显得更加寡廉鲜耻。王安中从晁以道、晁之道兄弟学，后投梁师成之门，“自是与晁氏兄弟绝矣。既长风宪，位丞辖，讳从晁学。王将明迫于公议，仅能用知成州。安中言出自己，始作简招以道相见，只呼成州使君、四丈，无复曩时先生之号矣”[④]。类似情况也是政治资本再分配的产物。

① 苏过《王元直墓碑》，《全宋文》第144册，第189页。

② 王辟之撰，吕友仁点校《渑水燕谈录》卷一〇，中华书局1981年版，第126—127页。

③ 刘弇《上曾子宣枢密书》，《全宋文》第118册，第252页。

④ 朱弁《曲洧旧闻》卷七，《全宋笔记》第3编第7册，大象出版社2008年版，第64页。

师生关系正是人际关系的一种,宋人正常的师生关系一般都能归入以上四种类型。除去普通的师承关系,两种极端的师生情谊则如亲密无间,共同进退;又或渐行渐远,恩淡义薄,都是其中的非典型情况。前者体现着师门的凝聚力,后者反映出师门的离心力,凡此之诱因多与师弟子间的相处模式、审美追求、师长人格魅力、师弟子性格、政治因素等息息相关。

第三章　地方文人与文坛中心的互动

第一节　执文就谒与文人的上行流动

宋人师承关系的产生，主要有科举座主门生、士子求学请谒等情况，至于私淑弟子、隔代企慕等非直接交往的师承不在本书讨论范围内。唐宋士子因科举制度，得以“朝为田舍郎，暮登天子堂”。科举成为文士上行流动的重要途径，而与之关系紧密的行卷干谒亦骤然兴起。“执文就谒”也就成为文士上行流动的重要现象。“执文就谒”是行卷干谒中的一种方式，但并非科考举子的专利。大部分执文就谒的宋人指向科考、荐举，功利目的明确；也有部分文士（甚至方外文人）重在以文字获得名公垂青，换取社会资本。“执文就谒”的本质，是文士依凭所占有的文化资本，转换为社会资本、象征资本，进而获得经济资本的过程。文士通过文字干谒，得到文坛领袖的认可，收获象征资本。得到身份认同的地方文人，进一步获得相应的社会资本（亦即人脉），进而实现从政或其他目的，收获经济资本。那么是哪些人创作了干谒诗文？又是哪些人接受其作品？干谒的作品主要有哪些文体？其篇幅大小如何？干谒者以何种方式干谒？其目的何在？执文就谒有无弊端，朝廷对此有何态度？文人们贽文有何际遇？其与师承关系又有何关联？凡此，均是本节需要解决的问题。

一　寒士与名宿，文体与篇幅：宋人贽文的双方与投献的内容

投师问道、参加科举是文人成长为政界领袖、文坛巨子的重要途径。唐人科举重进士科，而清誉名望在举进士过程中发挥着重要作用，白身士子的清誉名望需有力者为之延揽，由此行卷与干谒之风大盛。士人不以干谒为耻，文人行卷以求进。他们甚至说："有才不肯学干谒，何用年年空读书。"[①] 相对唐代，宋代科举名额大增，且陆续建立起封弥誊录制度，行卷干谒效果虽不如前，但仍然长盛不衰[②]。科举造就了制度层面的门生、座主关系，而投师问道则成就了师弟子关系。不论是应举还是拜师，诗文都是文人最好的"自荐书"。

1. 宋人执文就谒的主体与对象

白身士子是宋代执文就谒者的主要群体，他们向当道投献所

---

① 高适《行路难》，彭定求等编《全唐诗》卷二五，中华书局 1960 年版，第 345 页。

② 前辈学者关注到行卷、干谒与文学的关系，程千帆《唐代进士行卷与文学》（上海古籍出版社 1980 年版）、傅璇琮《唐代科举与文学》（陕西人民出版社 2003 年版）是其中的开辟之作，他们对唐代士子的行卷之风进行了全面的研究。近年，王佺的《唐代干谒与文学》（中华书局 2011 年版）又细致分析了行卷与执贽的干谒手段，并结合唐人仕宦道路等问题综合讨论。有唐一代的行卷、干谒问题基本被厘清。关于宋代文人的行卷、干谒问题，祝尚书、钱建状的研究尤其值得注意，祝先生认为行卷"宋初也有，只是存在的时间相对较短，且与成熟后的宋代科举制度抵牾"（祝尚书《论宋初的进士行卷与文学》，载祝尚书《宋代科举与文学考论》，大象出版社 2006 年版，第 340 页）。钱先生纠正了祝先生的看法，通过大量实例举证认为宋代相当一段时间内仍然存在行卷现象（《糊名誊录制度下的宋代进士行卷》，《文学遗产》2012 年第 3 期）。不论对史实的认定有何轩轾，他们均注意到宋人行卷对文学人才发掘、文学观念嬗变、文学派别兴起等问题的实质影响。

业，以期在科考场屋中占据优势。宋初承唐制，科举兼采誉望。据张希清考证，直到太宗淳化三年（992），才开始在殿试中采取糊名制度，其事《续资治通鉴长编》卷三三、《宋会要辑稿·选举》七之五、《玉海》卷一一六《景德考试新格》均有记载。这时宋朝已经成立32年了[①]。但“虽已封弥，而兼采誉望，犹在观其字画，可以占其为人，而士之应举者，知勉于小学，亦所以诱人为善也”[②]。尽管糊名弥封，有司依然可以通过士子的笔迹猜测试卷的作者。因此，宋初白身士子执文请谒之风与唐时相似，王曾未及第时就“以所业贽吕文穆（按：原注‘蒙正’）”[③]。又如真宗咸平五年（1002）及第的进士第四人王随“雅嗜吟咏，有宫词云：‘一声啼鸟禁门静，满地落花春日长。’又《野步》云：‘桑斧刊春色，渔歌唱夕阳。’”而这两联“皆公（按：即王随）应举时行卷所作也”[④]。

地方文人中有些儿童为应神童科，也会以所业投献行卷。孙抃“尝贽文谒成都尹凌策，将以童子荐之，顾其幼且孤而止”[⑤]。“晏殊相年七岁，自临川诣都下求举神童。时寇莱公出镇金陵，殊以所业求见，莱公一见器之”[⑥]。孙抃未能成行，但后来也举进士。晏殊则顺利登神童科，累进宰执。二人年纪虽幼，其所具科考意愿则与其他白身士子相同。

---

① 张希清《宋代科举封弥誊录制度述论》，载刘海峰主编《科举制的终结与科举学的兴起》，华中师范大学出版社2006年版，第104页。

② 王栐撰，诚刚点校《燕翼诒谋录》卷二，中华书局1981年版，第11页。

③ 江少虞《宋朝事实类苑》卷三六《王沂公》，上海古籍出版社1981年版，第471页。

④ 吴处厚撰，李裕民点校《青箱杂记》卷六，中华书局1985年版，第61页。

⑤ 苏颂《太子少傅致仕赠太子太保孙公墓志铭》，《全宋文》第62册，第73页。

⑥ 文莹撰，郑世刚、杨立扬点校《湘山野录续录》，中华书局1984年版，第70页。

景德二年(1005)殿试开始采取誊录制度[①],士人仍未停止以科举登第为目的的干谒行卷活动。“科举士子通过行卷冀望获得考官赏识和增加被识拔的偶然性,考官则利用行卷这一社会风尚及其文化功能,有选择性网罗文坛人才,传播和扩大自己的文学影响。在这种以文学为中心的交往过程之中,行卷和受卷双方似乎都成为了受益者”[②]。因此,考官与投谒士子之间便形成一种特殊的师生关系。这种关系介乎授业本师与科举座师之间。

北宋官吏也有投献文章的,但这种情况类似于唐代的投匦,他们贽文的对象是最高统治者。这些官员贽文是有制度保障的,其目的是转任馆职等清贵差遣。如《续资治通鉴长编》载:

> 前江州瑞昌县主簿刘若冲进所业,命试舍人院,以策论稍优,特升两资。[③]
>
> 宰臣文彦博等言:“……殿中丞王安石进士第四人及第,旧制,一任还,进所业求试馆职,安石凡数任,并无所陈。朝廷特令召试,亦辞以家贫亲老。且馆阁之职,士人所欲,而安石恬然自守,未易多得。”[④]

还有一些特殊情况,导致在任官吏投匦者,如《宋史》卷二七

① 张希清《宋代科举封弥誊录制度述论》,载刘海峰主编《科举制的终结与科举学的兴起》,华中师范大学出版社2006年版,第101页。

② 钱建状《糊名誊录制度下的宋代进士行卷》,《文学遗产》2012年第3期。

③ 李焘《续资治通鉴长编》卷九〇《真宗天禧元年十一月乙卯》,中华书局2004年版,第2087页。

④ 李焘《续资治通鉴长编》卷一七〇《仁宗皇祐三年五月庚午》,中华书局2004年版,第4092页。

六云：

张观字仲宾，常州毗陵人。在江南登进士第。归宋，为彭原主簿。太平兴国初，移兴元府掾，复举进士不第，调鸡泽主簿。再求试，特授忠武掌书记，就改观察判官。上请复刺史及不遣武德卒诣外州侦事，颇称旨，召拜监察御史，充桂阳监使。献所业文，赐进士及第。①

张观登南唐进士第，可是入宋后未有进士出身，数试不售，乃献所业文。

不以科举为目的的谒者，大多数是为亲近名家，提高创作水平。如苏轼遭贬谪，“士之不游苏氏之门，与尝升其堂而畔之者，非愚则傲也。当先生之弃海濒，其平生交游多讳之矣，而周彦万里致医药，以文字乞品目”②。东坡泛海，时人以为无生还之可能，士不游其门，而王庠仍以文字请苏轼品目。这其中自然不存在为科举程文，或接近可能的试官了。而在海南当地，士子们也多有从苏轼游者，拜访东坡时，亦必不免谈论文字。苏轼曾提到：

元符己卯闰九月，琼守姜君来儋耳，日与予相从，庚辰三月乃归。无以赠行，书柳子厚《饮酒》、《读书》二诗，以见别意。子归，吾无以遣日，独此二事日相与往还耳。③

① 脱脱等《宋史》卷二七六《张观传》，中华书局1977年版，第9400页。

② 黄庭坚《书王周彦东坡帖》，黄庭坚著，郑永晓整理《黄庭坚全集辑校编年》，江西人民出版社2008年版，第1083页。

③ 苏轼《东坡志林》卷一，中华书局1981年版，第23页。惠洪《冷斋夜话》卷一谓：“唐佐，朱崖人，亦书生。”不及“琼守”事（中华书局1988年版，第15页）。

琼州姜唐佐谒苏轼，从其问学，东坡作“沧海何曾断地脉，白袍端合破天荒”诗句相赠并激励他说若登进士第，将为补足[①]。姜氏之谒苏东坡是否怀文投献虽不可考，然其从学问道数月之久，让东坡亦甚为感念。东坡集中还有数首写给姜氏的书简。

再如“嗜酒而狂，自号为酒隐翁”的靳驰之投谒贺铸，乃是“壬申正月，遣人持两诗见投，日索其报”。而贺铸自言其时“吾穷病缚”[②]。以贺铸病居吴门，穷困潦倒的境遇自然对靳某的仕宦升迁无甚帮助，况且靳生还自号“酒隐翁”。大约并不存在功利目的，只是纯粹希望与贺铸进行诗文交流吧。

不论是为科考，还是为其他目的，执文就谒者均有自己特定的“目标人群”。先看为科考者：由于宋代职官的特点，职事官可能临时差遣，因而为科举铺路的谒者往往广撒网。王禹偁“自长洲宰被召入见，由大理评事得右正言，分直东观。既岁满入西掖掌诰，且二年矣。由是今之举进士者，以文相售，岁不下数百人”[③]。像王禹偁这样担任两制、三馆的官员，可能被差遣参与贡举，尤其为谒者“钟爱”，每年投谒者至有数百人之多。正由于“朝廷每次科场所差试官，率皆两制、三馆之人。其所好尚，即成风俗”[④]。士子以文投献，所费心思亦正不少。黄庭坚甚至给人出主意说：“将来殿试官往往是苏子瞻、范淳夫数人，定以直谏者为上策耳。”[⑤]可见投谒锁定的目标及其时揣摩当道文人心思的风气。

① 惠洪撰，陈新点校《冷斋夜话》卷一，中华书局 1988 年版，第 15 页。

② 贺铸《答靳生》，《全宋诗》第 19 册，第 12504 页。

③ 王禹偁《送丁谓序》，《全宋文》第 7 册，第 425 页。

④ 司马光《贡院乞逐路取人状》，《全宋文》第 55 册，第 3 页。

⑤ 黄庭坚《与人简》其三十八，黄庭坚著，郑永晓整理《黄庭坚全集辑校编年》，江西人民出版社 2008 年版，第 1483 页。

至于名重当世的文坛领袖、朝堂大臣，接受投谒的情况就更多了。如欧阳修“凡遇后进投卷可采者，悉录之，为一册，名曰《文林》”[①]。投谒者的行卷，仅可采者便能成书，其数量多寡可以想见。欧阳修是这样，苏轼又何尝不然？是皆不必细述。

文人士子行卷的对象，并不仅仅是处于政治、文化中心的高官显宦。手握解试发解权的地方官员，也是贽文者乐于投谒的对象。“诸州士人亦意有出身官必差充考试，而取其空言也，往往编平昔集经义、论策之类，猥以投贽文字为名，交相请托于有出身官之门，以侥幸一得”[②]。秦观《上吕晦叔书》就是佳例，其云：“比者天幸，阁下来守是邦，而某丘墓之邑实隶麾下。是以辄忘贱陋，取其不腆之文，录在异卷，贽诸下执事，又述其愿见之说，为书先焉。”[③]吕晦叔即吕公著，其时吕氏知扬州，正是秦观发解所在地的主官。宋人文集中，上知县、知府等地方官员的干谒文章俯拾皆是，不胜枚举。

再谈其意不在科举者：渴望获得指点的地方文士，向乡居的前辈贽文，甚至向路过的文人请谒。蔡襄在河南与乡居郭学士交游，就见其人“暮夜必见郡之学者持文章以就衡尺，得轻重长短乃去。虽纷纶过前，而区处等级高下，能尽得其心”[④]。苏轼、黄庭坚等人在贬谪途中也多有士人投谒。这种贽文请谒也可能形成师承渊源，详后。

---

① 吴子良《荆溪林下偶谈》卷三，《历代文话》第 1 册，复旦大学出版社 2007 年版，第 563 页。

② 刘琳、刁忠民、舒大刚、尹波等校点《宋会要辑稿》选举四，上海古籍出版社 2014 年版，第 5319 页。

③ 秦观《上吕晦叔书》，秦观撰，徐培均笺注《淮海集笺注》，上海古籍出版社 2000 年版，第 1196 页。

④ 蔡襄《送郭学士序》，《全宋文》第 47 册，第 127 页。

有些以德行、文章名重乡里的地方文士也是投谒者请谒的对象。“睢阳庠序率先于天下，四方之士集焉”，郡人嵇颖“以乡行为诸生领袖，士自远至，必先刺谒公（按：指嵇颖），蒙一顾许与者，犹公卿之重。当是时，公名望甚盛，今资政殿学士范公、富公并讲习在学，愿与公游”[①]。嵇颖至天圣五年（1027）登第，此前他还仅仅只是乡校诸生，但并不影响远来士人及门刺谒。四川郫县李慎从兄弟五人，四人登第而他自己则从未登第，但“客子游仕至其邑，有所求，须先诣君；君为之推引裁处”[②]。此亦可见一时风气。

另外，士子投谒也并非专门针对某一人，张耒就说：“予见少游投卷多矣，《黄楼赋》、《哀镈钟文》卷卷有之，岂其得意之文欤？”[③]张文潜既然多见秦观的投卷，少游所投谒者显然亦多。大约少游投卷虽多，所获却薄。

总之，宋人执文就谒的情况与唐人干谒大体相似，只不过由于糊名誊录制度的实施，宋人贽文相对唐人之干谒对科举的影响要略小。宋人执文就谒的主要群体是以科举仕进为目的的文人，常有谒者与被谒者成为师生的例子。如曾巩、苏轼昆仲与欧阳修，苏门四学士与苏轼，陈师道与曾巩，王无咎、郑侠与王安石等等。事实上，即便在三舍法取士的时代，也离不开文章开道的谒见，更罔论诗赋取士的阶段了。

---

① 张方平《故翰林学士朝散大夫行尚书兵部员外郎知制诰勾当三班院纠察在京刑狱兼判尚书礼部上骑都尉永城县开国男食邑三百户赐紫金鱼袋嵇公行状》，张方平《乐全先生文集》卷四十，《宋集珍本丛刊》本，线装书局2004年版，第247页。

② 文同《李公泽墓志铭》，《全宋文》第51册，第182页。

③ 张耒《跋吕居仁所藏秦少游投卷》，张耒撰，李逸安、孙通海、傅信点校《张耒集》，中华书局1990年版，第825页。

2.宋人执文就谒的文体与篇幅

执文就谒本意在引起受谒者注意，与之建立良好关系，谒者多择最得意的作品投进，展示其学识文采。故而少游投卷，卷卷有《黄楼赋》《哀镈钟文》，“岂其得意之文欤”。

北宋人投卷的文体多为诗、文。宋人贽文所用诗，如古体、律诗、歌行等皆有。刘弇《上章仆射子厚书》称其以“旧所为古律歌诗解经杂文等合一通，谨执诸下执事”[①]。华镇《上国子丰祭酒书》其一说自己“谨录所业文三卷，古体诗一卷，修贽见之礼”[②]。华镇又有《上侍从书》其二称其“谨录平日所为《会稽览古诗》一百有三篇，离为三卷，诣门下尘献”[③]。《会稽览古诗》多散佚，《全宋诗》卷一〇九〇所据底本从厉鹗《宋诗纪事》录其所存九首，诸诗为七绝，每首诗题下有小序[④]。贽文者选用的诗歌，涵盖了大部分诗体。

北宋文人投谒所用之文，虽亦众体皆备，却似以论说文最为常见。大概论说文能见谒者之识见，体现其对军国大事的了解程度。华镇《上侍从书》其一称受谒者“纯德雅望，为时名卿，文章之美，宗主当世。士经鉴裁而获品目者，天下信其有得”，故以“诗、赋、论若干篇”，谨缮写贽之[⑤]。孙洙则“持其所言，白进于门下，凡五十篇，皆当世之要务，国家之所急欲施设者也”[⑥]。五十篇关于国家世

① 刘弇《上章仆射子厚书》，《全宋文》第118册，第266页。
② 华镇《上国子丰祭酒书》其一，《全宋文》第122册，第293页。
③ 华镇《上侍从书》其二，《全宋文》第122册，第298页。
④ 即《铁门限》《秦望山》《樵风泾》《城山》《双笋石》《放马涧》《虞国墅》《燕竹》《孟桥》，见《全宋诗》第18册，第12365—12367页。
⑤ 华镇《上侍从书》其一，《全宋文》第122册，第296页。
⑥ 孙洙《上张唐公书》，《全宋文》第78册，第100页。

事的“所言”，显然也当归入论说文的序列。

唐人行卷有以小说温卷者，宋人说：

> 唐之举人，先籍当世显人，以姓名达之主司，然后以所业投献，逾数日又投，谓之温卷，如《幽怪录》、《传奇》等皆是也。盖此等文备众体，可以见史才、诗笔、议论。至进士，则多以诗为贽，今有唐诗数百种行于世者是也。①

进士多以诗为贽，说明温卷投献小说者多非应进士科者。此风至宋代，似并未大盛，宋人记载此事，恰巧从侧面证明宋时行卷，已经少有用小说者。拙目所及，未曾见以小说投卷者，而宋代中前期以词投谒的情况也相对较少。以词投谒较出名的例子，如“柳耆卿与孙相何为布衣交。孙知杭州，门禁甚严，耆卿欲见之不得，作望海潮词，往谒名妓楚楚曰：‘欲见孙相，恨无门路。若因府会，愿借朱唇歌于孙相公之前。若问谁为此词，但说柳七。’中秋府会，楚楚宛转歌之，孙即日迎耆卿预坐”②。

但晏几道见韩维就没有那么幸运，不但未能如愿，还被韩相国苦心“劝诫”一番，投献目的似未能如愿。《邵氏闻见后录》载云：

> 监颍昌府许田镇，手写自作长短句，上府帅韩少师维。少

① 赵彦卫《云麓漫钞》卷八，《全宋笔记》第6编第4册，大象出版社2013年版，第192页。

② 杨湜《古今词话》，唐圭璋编《词话丛编》，中华书局1986年版，第26页。据吴熊和《柳永与孙沔的交游及柳永卒年新证》（载《吴熊和词学论集》，杭州大学出版社1999年版，第196—206页）考证“孙何”为“孙沔”之误。

师报书："得新词盈卷，盖才有余而德不足者，愿郎君损有余之才，补不足之德，不胜门下老吏之望"云。①

词在当时，文体卑下，不为人所重，韩维的态度很能说明一时士人风尚，文人少以词或小说为贽，也就不难理解了。但是，随着词的文体地位逐步提升，逐渐出现了以词投谒的现象，刘过就曾以词投谒辛弃疾。

北宋士子贽文既有单独投一种文体作品的，也有投多种文体作品的。前者如司马光曾"杂录旧所为文，凡五卷，执之立于屏外，以待进退之命焉"②。苏洵谒雷简夫，即"携文数篇"③。华镇也曾以一百零三首《会稽览古诗》上谒。而组合多种文体作品投谒的现象，也很常见。前引刘弇《上章仆射子厚书》、华镇《上国子丰祭酒书》可证。

士子执文就谒所用文字的篇幅大小也无规律可循。其少者如干谒欧阳修的郭秀才，不过"以启事二篇偕门刺先进"④。多者，如曾巩初见欧阳修，则"橐其文数十万言来京师，京师之人无求曾生者，然曾生亦不以干也。予岂敢求生，而生辱以顾予"⑤。朋友同时同地干谒同一受谒者，其贽文篇幅、数量也有极为悬殊者。如蜀人黎生、安生经苏轼介绍，同时拜谒曾巩。"黎生携其文数十万言，安

① 邵博撰，刘德雄、李剑雄点校《邵氏闻见后录》卷一九，中华书局1983年版，第151—152页。

② 司马光《上宋侍读书》，《全宋文》第55册，第350页。

③ 雷简夫《上韩忠献书》，《全宋文》第31册，第108页。

④ 欧阳修《与郭秀才书》，欧阳修著，李逸安点校《欧阳修全集》，中华书局2001年版，第975页。

⑤ 欧阳修《送曾巩秀才序》，欧阳修著，李逸安点校《欧阳修全集》，中华书局2001年版，第625—626页。

生携其文亦数千言,辱以顾余"[①]。二人同时见曾巩,所携文章字数却相去甚远。

投谒篇幅较小的文章,多不必编辑,而其篇幅大者,则有自为编订分卷以为册者。前引司马光《上宋侍读书》提到他将旧文录为五卷干谒;华镇《上国子丰祭酒书》也是厘文为三卷、古体诗一卷。曾巩造访杜衍之门,"而并书杂文一编,以为进拜之资"[②]。此则未必编为册、卷。这些投谒文字经由作者手自编订,甚至成为传世文集的重要来源之一。如秦观《淮海闲居集序》就说:

> 元丰七年冬,余将西赴京师,索文稿于囊中,得数百篇。辞鄙而悖于理者,辄删去之。其可存者:……合二百一十七篇,次为十卷,号《淮海闲居集》云。[③]

元丰八年(1085)春,秦观参加省试,此前编删诗文,显然与投献贽文有关系。

事实上,宋人贽文的篇幅,不少都已达到一部书的分量。他们选出的诗文都是作家的得意之作,可以说,执文就谒者不少是在以自己的选集投献。慧眼识珠者,往往能从这些投谒文字中,寻到自己的衣钵传人。

---

① 曾巩《赠黎安二生序》,曾巩撰,陈杏珍、晁继周点校《曾巩集》,中华书局1984年版,第217页。

② 曾巩《上杜相公书》,曾巩撰,陈杏珍、晁继周点校《曾巩集》,中华书局1984年版,第242页。

③ 秦观《淮海闲居集序》,秦观撰,徐培均笺注《淮海集笺注》,上海古籍出版社2000年版,第1531页。

二　方式与礼仪，弊端与谒禁：执文就谒的程序与朝廷的谒禁

1. 宋人执文就谒的方式与礼仪

执文就谒对初入文坛的士人来说，是一条接触文坛名家的捷径。地方文人在投谒身处主流文坛的名家时，除直接上门投刺外，通常都会经过他人介绍。有些文人的亲属与名家有所交往，便成为二者中介。黄庭坚的舅父李公择、岳丈孙觉都与苏轼有交游，故而黄庭坚谒苏轼就水到渠成。有些文人则可能认识所欲干谒者的亲友，并通过他们的关系联系上主角。如欧阳修《与郭秀才书》说："秀才见仆于叔父家，以启事二篇偕门刺先进。自宾阶拜起旋辟，甚有仪。"① 欧阳修的叔父欧阳晔享年七十有九，至庆历初年仍然在世②。彼时之醉翁已经名扬天下、领袖一方了。郭秀才通过欧阳晔投贽，获得认识欧阳修的机会。有些士子则由老师引介，而贽文于当道名卿。如曾巩见杜衍之前，欧阳修专门写信给杜氏介绍这位高足，并建议说："阁下志乐天下之英材，如巩者进于门下，宜不遗之。"③

士子若既无亲友与文坛诸将交游，又不认识名家的亲友，往往先向当地官员或名士投谒，以获推荐。如苏洵在入京之前，就先以文章拜谒雷简夫。雷氏大为赞叹，乃向韩琦等人推荐：

> 一日，眉人苏洵携文数篇，不远相访……会今春将二子入都，谋就秋试……令自袖所业，求见节下，愿加奖进，则斯人斯

---

① 欧阳修《与郭秀才书》，欧阳修著，李逸安点校《欧阳修全集》，中华书局2001年版，第975页。

② 欧阳修《尚书都官员外郎欧阳公墓志铭》，欧阳修著，李逸安点校《欧阳修全集》，中华书局2001年版，第422页。

③ 欧阳修《与杜正献公七通》其四，欧阳修著，李逸安点校《欧阳修全集》，中华书局2001年版，第2355页。

文，不为不遇也。①

苏洵父子携所业入京，一时士人视苏轼、苏辙兄弟为“二苏”，如前代陆机、陆云兄弟之“二陆”。苏洵父子入京取得成功，雷简夫的推荐也是一个重要环节。

长辈也会替晚辈投谒，如苏轼向王安石推荐秦观，就直接代为贽文。他说：

向屡言高邮进士秦观太虚，公亦粗知其人，今得其诗文数十首，拜呈。词格高下，固无以逃于左右，独其行义修饬，才敏过人，有志于忠义者，某请以身任之。此外，博综史传，通晓佛书，讲习医药，明练法律，若此类，未易以一二数也。才难之叹，古今共之，如观等辈，实不易得。愿公少借齿牙，使增重于世，其他无所望也。②

苏轼不仅高度称扬秦观之才学，且为之投献诗文。张商英也曾帮他的女婿王沩向知谏院舒亶贽文，《清波杂志》载其事云：

舒亶知谏院，言：“中书检正张商英与臣手简，并以其婿王沩之所业示臣。商英官居宰属，而臣职在言路，事涉干请，不敢隐默。其商英手简二纸并沩之所业一册，今缴进。”诏商英落馆阁校勘，监江宁酒。初，舒为县尉，坐手杀人停废。无尽

① 雷简夫《上韩忠献书》，《全宋文》第31册，第108页。

② 苏轼《与王荆公二首》其二，苏轼著，孔凡礼点校《苏轼文集》，中华书局1986年版，第1444页。

为御史，言其才可用，乃得改官。至是乃尔，士论恶之。同时吕吉甫，亦缴王荆公私书。弯弓成俗，亦何足多怪！①

按周煇的说法，舒亶、吕惠卿缴进私相请托的贽文反而被当时士林所不齿，时人大约认为他们是在反噬恩人。以此观之，名公巨卿为亲友门生请托干谒而直接贽文的情况，在贽文干谒中或许也是司空见惯。

相对他人代为贽文，那些自己执文就谒的文人则要直接面对所谒者及其执事。这些文人在贽文过程中，就有相应的礼仪需要遵守。宋初，"袭唐末士风，举子见先达，先通笺刺，谓之请见。既与之见，他日再投启事，谓之谢见。又数日，再投启事，谓之温卷。或先达以书谢，或有称誉，即别裁启事，委曲叙谢，更求一见"②。所谓请见、谢见、温卷、启事云云，需按顺序进行。《宋朝事实类苑》引《李学士家谈》言及的晚唐谒见之礼与之类似，但还谈到谒者衣饰、行止、贽文篇幅等事，其云：

先公尝言，近日举子，多衣紫皂衫，乘马以虎豹皮装饰鞍韂，谒见士大夫，并不以笺启为先容，往往仍不具襕鞹，甚无谓也。吾不敢以远事言之，只记后唐明宗朝，公卿大僚皆唐室旧儒，务以礼法相尚。其时进士明经，皆衣纻布襕衫，蓝铁带，着靴乘驴……每见公卿门，并数步外下驴整衣冠，敛仆驭，然后躬移门下，求执事者通笺启刺字请见。既得见，它日复投启

① 周煇撰，刘永翔校注《清波杂志校注》卷一一，中华书局 1994 年版，第 470—471 页。

② 王辟之撰，吕友仁点校《渑水燕谈录》卷九，中华书局 1981 年版，第 118—119 页。

> 事，谓之谢见。又数日，始袖文卷，以授执事阍者，不更求见。又数日后，投启事，谓之温卷。大都见不可数，数则黩，黩则见待之礼懈矣。或大僚有书题谢卷，他处闻有称誉之言，则别裁启事，委曲叙感，方可更求一见。①

“衣纻布襴衫，蓝铁带，着靴乘驴……并数步外下驴整衣冠，敛仆驭，然后躬移门下”云云，对谒者衣着的颜色、质地、代步工具、谒见时的形容举止等都有严格的要求。亦即要求谒者衣着得体，言行符合求谒之身份，且其贽文所用的笺、启，所投进的文字顺序均有约定俗成的礼节。而这些礼节，到北宋似乎已经有所懈怠，故而南宋人江少虞编纂《宋朝事实类苑》要专门抄录前引王辟之《渑水燕谈录》及《李学士家谈》的相关内容，以备阙典。

但是北宋大多数士子投谒时将书启与贽文一并投入。这一点，随意检阅几篇干谒文字便可获证。前文所引，如司马光《上宋侍读书》、欧阳修《与郭秀才书》、曾巩《上杜相公书》等，均是如此。宋人坚持前代谒见礼节的罕有所见。不过，再三投谒者，也不乏其人。如华镇的投谒书启就是明证。他有《上司业书》《上湖南运使程大卿书》《上国子丰祭酒书》各二通，《上湖南运使书》二通之外又有《上湖南张运判书》以及《上侍从书》三通。《上侍从书》三通中可以明显看到首次投谒之后，再次呈送所业诗文的痕迹。又如他第一次投谒国子监祭酒时说：“用是忘其愚且贱，窃有意于道术。宗师之门，心焉斯在，仰跂墙仞，积有日矣。谨录所业文三卷，古体诗一卷，修贽见之礼，俯伏仰俟进退之命。”② 谢见之帖云：“退而思

① 江少虞《宋朝事实类苑》卷六一《举子投贽》其二，上海古籍出版社 1981 年版，第 806—807 页。

② 华镇《上国子丰祭酒书》其一，《全宋文》第 122 册，第 293 页。

之,似容受教于门下,欣荣积中,不知手足与抃蹈交会。”①

相对于唐人干谒形成的请见、谢见等礼节,宋人更通达,谒见礼仪更不繁杂。不少士子所贽文字则较唐人为多,可是效果则未必佳。

2. 执文就谒的弊端与朝廷谒禁

宋人执文就谒为文人上行流动提供一定的条件之外,也带来相应的弊端。地方士子为登科第而行卷于权势之家,有出身的官员也为清贵职位奔竞于公卿之门。欧阳修曾为此上书道:

> 臣窃见近年风俗浇薄,士子奔竞者多,至有偷窃他人文字,干谒权贵以求荐举,如邱良孙者。又有广费资财,多写文册,所业又非绝出,而惟务干求势门,日夜奔驰,无一处不到,如林概者。②

士子奔竞而偷窃他人文字,本非宋人的“发明”,唐人就有窃他人文字干谒而巧遇文章原作者的。《唐诗纪事》卷四七载:

> (李)播以郎中典蕲州,有李生携诗谒之,播曰:此吾未第时行卷也。李曰:顷于京师书肆百钱得此,游江淮间二十余年矣。欲幸见惠。播遂与之,因问何往,曰:江陵谒表丈卢尚书。播曰:公又错也,卢是某亲表。李惭悚失次,进曰:诚若郎中之言,与荆南表丈,一时乞取。再拜而出。③

---

① 华镇《上国子丰祭酒书》其二,《全宋文》第122册,第294页。

② 欧阳修《论举馆阁之职札子》,欧阳修著,李逸安点校《欧阳修全集》,中华书局2001年版,第1560页。

③ 计有功撰,王仲镛校笺《唐诗纪事校笺》卷四七,中华书局2007年版,第1605—1606页。

"广费资财，多写文册"则似宋人风气。五代后唐明宗之世，"当时进士，各以所业，止投一卷至两卷，但于诗赋歌篇古调之中，取其最精者投掷，行两卷，号曰双行，谓之多矣"[①]。而宋人多有行卷数十万字，多达数卷以至十数卷者。其例前文已备举，不赘。时风如此，想必给士子带来不小的经济压力，苏轼谒富弼曾云："是以辄进说于左右，以为明公必能容之。所进策论五十篇，贫不能尽写，而致其半。"[②]

宋廷采取糊名、誊录制度，本为保证科考"公正"，让更多的地方文士登第，可是请托干谒之风也扰乱了这种美好的愿望。北宋中后期，"中外库务、刑狱官、监司、守令、学官，假日许见客及出谒，在京台谏、侍从官以上，假日许受谒，不许出谒，谓之'谒禁'。士大夫以造请为勤，每遇休沐日，赍刺自旦至暮，遍走贵人门下。京局多私居，远近不一，极日力只能至数十处"[③]。由于侍从官以上官员有出典科举的可能，故而宋廷禁止其出谒。但执文就谒者仍然会奔走于其他官员之门。短短一个休沐日，干请者竟然要奔走数十处，犹以为未足，其风之盛可知。北宋末年，贽文之弊端已经到了让人难以忍受的地步，曾任利州州学教授的何浩上书说：

> 朝廷一新学校，革去科举之弊，而复兴乡举里选之制，法令至具矣。每年一试，类差有出身人以充考试官，而应举之士未尝经历学校，考以素行，徒用一日空言定为去取。故诸州士

① 江少虞《宋朝事实类苑》卷六一《举子投贽》其二，上海古籍出版社1981年版，第807页。

② 苏轼《上富丞相书》，苏轼著，孔凡礼点校《苏轼文集》，中华书局1986年版，第1377页。

③ 朱彧撰，李伟国点校《萍洲可谈》卷一，中华书局2007年版，第120页。

> 人亦意有出身官必差充考试而取其空言也，往往编集平昔经义论策之类，猥以投贽文字为名，交相请托于有出身官之门，以侥幸一得。且今合格之文，有司之公取也，尚不许印卖，使天下之士各深造而自得之，岂可容私自编集，以为请托之资乎？欲乞诸路州县应有出身之人将来合差充考试官者，不得收接见任或他州县士人投贽所业经义论策文字，庶绝前日科举侥幸之风，而上称朝廷所以委任考求行实之意。①

奏章中谈到虽然朝廷已经出台相应的法令，但士子以所业经义论策等文字贽文请托之风依旧盛行。欧阳修所见到的“广费资财，多写文册”之弊并未得到根本的改善。《宋会要辑稿》选举四之六也收录了何浩的奏章，据载其书上于徽宗大观二年（1108）十一月五日。该文显然切中时弊，故而被批答曰：“从之，仍先次施行。”②但徽宗年间的行卷之弊并未得到根本改善，欧阳澈《上皇帝第三书》曰：

> 比年科举，多为富儿贵族于诏旨未下之日，预以金帛交结出身之官，又复赂监司必差此官以赴本州考试。固有得门目宗旨以归，募文士而预为之者；有得成篇以归，俟入场而写之者；有得一“古”字，三场通用为点记者；有与主文故旧，以平昔所讲之题而问之者；有主文受其赂，自靳决得，复赂才能之人而成其文，庶使不辱于选者，甚至考官之来，有求见于道周

① 何浩《乞令有出身人不得收接士人贽文奏》，《全宋文》第136册，第307页。

② 刘琳、刁忠民、舒大刚、尹波等校点《宋会要辑稿》，上海古籍出版社2014年版，第5319页。

旅邸者,有受燕于举子之家者……有司以歌酒自适,殊不以考较为虑,洎其及期,则除私取之外,不过收拾文理合已意者,足其额而已。故前期十日,而其名已达于外有之。①

该奏章为我们呈现了科考中的种种丑态,而"预以金帛交结出身之官,又复赂监司必差此官以赴本州考试","甚至考官之来,有见于道周旅邸者,有受燕于举子之家者",则事关请谒。但这已是赤裸裸的行贿,而与执文就谒的初起精神相去甚远。可见,北宋末年科场乱象,而执文就谒彰显才学的作用本身反倒显得"小巫见大巫"了。

三　以售其道,际遇自知:执文就谒的资本转换与际遇

孙抃在谈到执文就谒者时曾说其人"手携数万言,干当途者以售其道"②。这里说的"道"大约是指其"所业",亦即其掌握的文化资本,而数万言不过是其表现形式。"售"事实上就是文化资本向其他资本的转换。地方文人携带所业谒见"当途者",是希望将所掌握的文化资源转化成现实利益。如果说北宋文坛是由众多复杂关系组成的结合体,地方文人的努力方向就是以才学辞章为武器,通过拜入主流文坛士人门下的途径,达到攻入拥有更多行动者,掌握更多各类资源的精英层。这个进攻的过程,是新人突破旧有格局,在各种资源重新配置中获得更多利益的过程,同时也成为师承关系形成的渠道。而这期间的酸甜苦辣,真如"月子弯弯照九州岛,几家欢乐几家愁"。因此,执文就谒者在上行流动中的心态也

① 欧阳澈《欧阳修撰集》卷三,影印文渊阁《四库全书》本,台湾商务印书馆1984年版,第1136册,第379—380页。

② 孙抃《送韩崇南游序》,《全宋文》第22册,第364页。

是大相径庭的。

1. **执文就谒与资本转换**

地方文人在学习经史、诗文之后，积累了一定的文化资本。这就是宋人经常提及的“所业”，携“所业”投献前辈，即以所掌握的学问、辞章向文坛前辈介绍自己的才学，甚至拜入他们门下。从而在上一层的文化场域中，获得一席之地，取得资本分配转换的权力。我们从四种资本的转换模式略为分析执文就谒的资本转换过程：

首先，地方文士执文就谒获得认可，能为他们博得誉望。誉望，亦即象征资本，而这种通过文化资本转换为象征资本的方式，是地方文人向上流动过程中最常见的资本转换形式。华镇直言道：“苟未获题品于师儒宗匠之门，则安能接武英躔，曳裾文囿，度越夷等，光映人表哉！”① 获得品题，从而能度越群彦，这正是象征资本对贽文者起到的作用。庆历五年（1045），文彦博知益州（今四川成都），文同向其贽文，获得赏识。范百禄称：“今太师潞公守成都，誉公所贽文，以示府学，学者一时称慕之，再举乡书第一。”② 文彦博不但向府学学生称赞文同之文，对文同人品也称扬不已，至有“与可襟韵洒落，如晴云秋月，尘埃不到”的溢美之词。《宋史·文同传》录文彦博此句，用以证明文同之誉望，足见文彦博的称美为其带来的正面效应③。

① 华镇《上扬帅章待制书》，《全宋文》第122册，第288页。

② 范百禄《宋尚书司封员外郎充秘阁校理新知湖州文公墓志铭》，《全宋文》第76册，第74页。

③《宋史·文同传》云：“同方口秀眉，以学名世，操韵高洁，自号笑笑先生。善诗、文、篆、隶、行、草、飞白。文彦博守成都，奇之，致书同曰：‘与可襟韵洒落，如晴云秋月，尘埃不到。’”（脱脱等《宋史》卷四四三，中华书局1977年版，第13101页）

仁宗朝的参知政事薛奎是欧阳修的岳丈,欧阳修述其获得声誉的经历云:“既举进士,献其文百轴于有司,由是名动京师。其平生所为文至八百余篇,何其盛哉!”[①] 薛氏生平作文八百有余篇,足见其笔耕之勤,而举进士能贽文百轴,由此得以声名鹊起。此亦文化资本通过贽文而转换成象征资本的实例。

欧阳修自己在资本转换过程中,也受到交口称赞的好处。荆南有乐秀才谒欧阳修,欧阳修对报书称:“前者舟行往来,屡辱见过。又辱以所业一编,先之启事,及门而贽。田秀才西来,辱书;其后予家奴自府还县,比又辱书。”[②] 欧阳文忠并写道:

> 然蒙索仆所为文字者,此似有所过听也。仆少从进士举于有司,学为诗赋,以备程试,凡三举而得第。与士君子相识者多,故往往能道仆名字,而又以游从相爱之私,或过称其文字。故使足下闻仆虚名,而欲见其所为者,由此也。[③]

这是一段极有意思的文字,欧阳修从以地方文人身份贽文而成长为文坛领袖,在他自己看来是与他所识士人,“以游从相爱之私,或过称其文字”的结果。三举中第,算不得一鸣惊人,但欧阳修以文章获得众人称赞,取得了自身的象征资本。李之亮先生分析欧阳修文坛宗主地位形成过程时,有一段同样极有意思的文字:

---

① 欧阳修《薛简肃公文集序》,欧阳修著,李逸安点校《欧阳修全集》,中华书局 2001 年版,第 619 页。

② 欧阳修《与荆南乐秀才书》,欧阳修著,李逸安点校《欧阳修全集》,中华书局 2001 年版,第 660 页。

③ 欧阳修《与荆南乐秀才书》,欧阳修著,李逸安点校《欧阳修全集》,中华书局 2001 年版,第 660 页。

> 文士相高,也不能不说是欧公文学地位提高的一大要素:欧公对尹洙、梅尧臣等人的揄扬固然增重了他们的声价,而尹洙、梅尧臣等人对欧公的揄扬,又反过来把欧公的文名推向更高。再加上欧公几位老文人胥偃、杨大雅、薛奎在士林中的广泛传播,自然形成了欧公名气日重的大势。现在我们就能体会到王禹偁、穆修那种单打独斗的方式,为什么不可能成为文坛领袖人物的原因了,这就叫"势"。任何事情,不借助"势"是很难成功的。①

单打独斗的王禹偁、穆修所缺的"势",其实正是象征资本累积尚未达到质变的程度。而欧阳修既有内秀,持有相当的文化资本,又在文士相高、众口一词的赞许中获得了足够的象征资本,因而能不断地上行移动,顺利主盟文坛。而这个过程,在初起时也是通过投献贽文的方式达成,此节不需再赘言。

其次,通过贽文可以直接获取经济资本,实现文化资本与经济资本间的互换。如宋人笔记云:

> 晏殊相年七岁,自临川诣都下求举神童。时寇莱公出镇金陵,殊以所业求见,莱公一见器之。既辞,命所乘赐马、鞯、辔送还旅邸,复谕之曰:"马即还之,鞯、辔奉资桂玉之费。"知人之鉴,今尠其比。②

晏殊七岁求谒镇守金陵的寇准,能够获得接见,可见当时文人投献

① 李之亮《欧阳修集编年笺注·前言》,巴蜀书社 2007 年版,第 5—6 页。
② 文莹撰,郑世刚、杨立扬点校《湘山野录续录》,中华书局 1984 年版,第 70 页。

前辈的一般风气。在记录者看来，因为晏殊应神童举的身份，在地方已经获得足够的文化资本，因此具备了谒见方面守臣的资格。而寇准不但"一见器之"，且以"鞯、辔奉资桂玉之费"。应神童举的举子能获得资助，正因为他投献的"所业"获得了赏识。文化资本在这里转换成了经济资本。

张咏镇蜀时，彭乘刚及冠，"欲持所业为贽，求文鉴大师者为之容"。张咏虽然心中赞叹，但担心彭骄傲，于是"默览殆遍，无一语褒贬，都掷于地"。至彭乘"后将赴阙，临岐托鉴召彭至，语之曰：'向示盛编，心极爱叹，不欲形言者，子方少年，若老夫以一语奖借，必凌忽自惰，故掷地以奉激。他日子之官亦不减老夫，而益清近。留铁缗抄二百道为缣缃之助，勉之。'"[①]彭乘投献所业，也得到了张咏的经济资助。类似的事例甚多，基本是由被谒见者向执文就谒者直接资助，帮助谒者向更上一层场域突破。

正如前文所述，在宋代地方文士执文就谒过程中，他们持有的文化资本可以转换成经济资本和象征资本。这些资本通过共同作用，也可以在场域中实现获取社会资本的可能。士人通过贽文，不断扩大交际人群，积累人脉，为出仕做准备。不过贽文过程中，甚少见到直接获得政治身份，越过科考为官，不经由为官入幕而参与政治活动的现象。但是在因缘际会下，受谒者若被地方文人的才学打动，也可能通过科举手段，帮助谒者上行流动。如连州人邵安石，"高湘侍郎南迁归朝，途经连江，安石以所业投之，遂见知，同至辇下。湘知贡举，安石擢第"[②]。邵氏之谒高湘，并不能预知其必

① 文莹撰，郑世刚、杨立扬点校《湘山野录》卷下，中华书局 1984 年版，第 46 页。

② 阮阅编，周本淳校点《诗话总龟·前集》卷三七，人民文学出版社 1987 年版，第 362 页。

然知贡举，而他能登第应该就是手持文秉的高湘大开方便之门的结果。

2. 文人执文就谒的际遇

虽然执文就谒可以获得上行流动的机会，但并非人人都能得此佳缘。有些地方文士行卷的艰难际遇，读其诗文亦能感受。其贽文经历与心态，对当时师生关系亦有影响。

对于确有才学的文人，居上位者常能虚节相交，给予鼓励劝勉。如仁宗朝的王曾布衣时"以所业贽吕文穆公蒙正，卷有早梅句云：'雪中未问和羹事，且向百花头上开。'文穆曰：'此生次第已安排作状元宰相矣。'"[①] 吕蒙正对王曾的诗句赞赏不已，且勉励说王氏一定能成状元、做宰相。或许诗中有"和羹事""百花头上"诸语，而后人因以附会，但也可见前辈对后进的奖掖之情。又如："周式贽薛简肃所业《庭松诗》云：'花前嫫母陋，雪里屈原醒。'公大称之。"[②] 薛奎的称赏，显然可以让贽文者受到鼓舞，从而增加信心。也有受谒者出于保护后进的目的，对后进贽文采取别样的态度，如前举张咏之于彭乘，对收到的贽文分明是心下赞叹，玩咏尽卷，却不肯稍假颜色。

居上位者的劝勉态度，往往会让执文就谒者心存感激，甚至奠定师生关系，前举文同谒文彦博之例即是。文同得到文彦博的推重，所以两人维持了相当长的一段情谊。文同曾自陈道："某出入门下殆三十年，赋命薄浅，牵挽不上。侍中每怜孤蹇，顾遇不替。凡列左右，温慰如一。"[③] 又如张方平镇蜀，对苏轼兄弟的投谒

① 文莹撰，郑世刚、杨立扬点校《湘山野录》卷上，中华书局1984年版，第9页。

② 范镇撰，汝沛点校《东斋记事》，中华书局1980年版，第48页。

③ 文同《谢文潞公启·别纸》，《全宋文》第51册，第46页。

即表现出极大的兴趣。苏辙后来回忆道:“予年十八,与兄子瞻东游京师。是时张公安道守成都,一见以国士相许,自尔遂结忘年之契。”① 二苏青春年少,得到名宦的称许,一直心存感激。多年以后,功成名就的苏轼为张方平《乐全集》作序,而不忘张氏“国士”之许,谦逊地自称“门生”②。

苏轼对有文才的后进之奖掖也不遗余力。晁补之从父亲在杭州,“览观钱塘人物之盛丽,山川之秀异,为之作文以志之,名曰《七述》”。苏轼当时任杭州通判,也想写一篇赋文,但晁氏“谒见苏公,出《七述》,公读之,叹曰:‘吾可以阁笔矣。’苏公以文章名一时,士争归之,得一言足以自重,而延誉公(按:指晁补之)如不及,自屈辈行与公交。由此公名籍甚于士大夫间”③。苏轼对晁补之的奖掖,为晁补之赢得了士大夫间的声望。而晁补之也从这时起,进入苏门弟子的行列,并在后来成长为“苏门四学士”之一,与张耒、黄庭坚、秦观一同扛起了苏门大旗。

另一个出名的例子是陈师道之谒曾巩,“自其少时,蚤以文谒南丰曾舍人,曾一见奇之,许其必以文著,时人未之知也”④。陈师道谒曾巩,曾巩对他多有提点,且称许其文章,对他寄予很高的期望。后山至此以南丰衣钵传人自任,尽管后来受到东坡的赏识,又成为苏轼的僚属,也从未改换门庭。

---

① 苏辙《追和张公安道赠别绝句并引》,苏辙著,陈宏天、高秀芳点校《苏辙集》,中华书局1990年版,第1167页。

② 张方平《谢苏子瞻寄乐全集序》,张方平《乐全先生文集》卷三十四,《宋集珍本丛刊》本,线装书局2004年版,第148页。

③ 张耒《晁无咎墓志铭》,张耒撰,李逸安、孙通海、傅信点校《张耒集》,中华书局1990年版,第900—901页。

④ 谢克家《后山居士集序》,《全宋文》第145册,第319页。

尽管师生关系的确立有众多因素，但学生执文就谒时受到的礼遇对确立师生关系的确是有重要影响的。

但贽文者并不必然得到居上位者的赏识，或者能如愿受当道者的提拔。秦观就是一个运气不佳的贽文者，秦观四出投卷，至于友人张耒说“予见少游投卷多矣”①。在少游的文集中也留下不少投献文字，今略引二例：

> 方谋继见，而阁下固已得鄙文于从游之间。伏蒙猥赐荐宠，以为可教，亦如诸公所云……适有西行之便，故复略而陈之，并以近所为诗文合七篇献诸执事。②
>
> 比者不意阁下于游从之间得其鄙文而数称之，士大夫闻者莫不窃疑私怪，以为故尝服役于左右……并近所为诗、赋、文、记合七篇，献诸下执事。③

秦观的文名极盛，他上书求谒的王存、曾肇都曾听过他的姓名，且赞赏他的文采。但他四出贽文的效果似乎并不见佳。就连他的老师苏轼也极力为他举荐，甚至于替他贽文，却未能改变秦少游长期职困僚佐的命运。

有的贽文者，在王公之门徘徊而不得一见。执文就谒饱受冷遇，重新书写了老杜“朝扣富儿门，暮随肥马尘。残杯与冷炙，到处

---

① 张耒《跋吕居仁所藏秦少游投卷》，张耒撰，李逸安、孙通海、傅信点校《张耒集》，中华书局 1990 年版，第 825 页。

② 秦观《谢王学士书》，秦观撰，徐培均笺注《淮海集笺注》，上海古籍出版社 2000 年版，第 1199—1200 页。

③ 秦观《谢曾子开书》，秦观撰，徐培均笺注《淮海集笺注》，上海古籍出版社 2000 年版，第 1201—1202 页。

潜悲辛”的辛酸[①]。蒲宗孟就提到自己“及来京师,亦进足于王公之门,往往为阍人侍史所隔限,有至而不能一进,退而不能一伺其面者;偶见焉,则尊严其体貌,贵重其声颜”[②]。进谒贽文甚至不得其门而入,偶能见面则拍马溜须,无所不用其极。毛滂抨击此类现象有云:“今权门怀书上谒之人,以奴自居,有所挟持而来,卒为门生座主,上下无复分辨,亦可丑也。”所以他“愿执事勿求某以必取富贵为门下之报,求某以读书自勉,期于少过,不为知己之辱,以毕其身为善人”[③]。毛滂的话与蒲宗孟们“为阍人侍史所隔限”的遭遇可以参看,正因为贽文者有“以奴自居,有所挟持而来”的幸进之心,而势力权门又有谒者“必取富贵为门下之报”的预设前提,所以执文就谒本身脱不了“利”字,沾惹着阿堵铜臭、权力欲望。而有所欲,则不能善其身,王公大臣的“阍人侍史”才敢有所阻隔。

有些以气节自负的大臣则非常厌恶此种充斥欲望的贽文活动,司马光就曾在门前悬出《客位榜》,其文云:

> 访及诸君,若睹朝政阙遗,庶民疾苦,欲进忠言者,请以奏牍闻于朝廷。光得与同僚商议,择可行者进呈,取旨行之。若但以私书宠谕,终无所益。若光身有过失,欲赐规正,即以通封书简分付吏人,令传入,光得内身省讼,佩服改行。至于整会官职差遣、理雪罪名,凡干身计,并请一面进状,光得与朝省众官公议施行。若在私第垂访,不请语及。某再拜咨白。[④]

---

① 杜甫《奉赠韦左丞丈二十二韵》,杜甫著,钱谦益笺注《钱注杜诗》,上海古籍出版社2009年版,第1页。

② 蒲宗孟《上钱司谏书》,《全宋文》第75册,第10页。

③ 毛滂《谢举主彭提刑书》,《全宋文》第132册,第229—230页。

④ 司马光《客位榜》,《全宋文》第55册,第339页。

该文是榜文,类似后世的公开信,文中司马光从三方面内容拒绝士人官吏的进谒。一是有利于国计民生的大事,当奏闻朝廷,私下投贽无益;二是对司马光自身的德行缺失,可通过书信指摘;三是"凡干身计"在私第不接受请托。这或许正是司马光常年接触谒见者后总结出的。范仲淹座上客也不少,张方平曾提到虽然范文正对他颇为欣赏,他"去春随计辇下,捧谒者三。先生座上客多,小人尘中趣背",因此未能深谈。他说自己"不善候问,随波上下,旅为进退,竟不得叙款勤,布腹心之浅深也,矧敢窥先生之门,为托名之地耶?"① 可见范文正的座上也多有"随波上下,旅为进退"之徒,他们窥范公之门,以为托名之地,而其所为正是张方平所不齿的。

赞文者的水准自然是高下有别,而居上位者的态度也是各个不同。有的受谒者对待干谒者的贽文非常认真,"尝有人以文投陈尧佐,陈得之,竟月不能读,即召之,俾篇篇口说,然后识其句读"②。陈尧佐官至参知政事,兄陈尧叟、弟陈尧咨皆状元及第,以其职司及家学,请教者自然不少。他收到的这些"竟月不能读"的投献文字学韩愈而未得其要旨,专注诘曲聱牙,而使陈氏难以句读。陈氏并未弃置,反而招来作者,任其篇篇口说。陈尧佐后来回函说:"子之道,半在文,半在身。"孙冲解释道:"以为其人在则其文行,盖谓既成文而须口说之也,是知身死则文随而没矣,于学古也何有哉!"③ 陈氏的戏谑带有规劝的意思,对贽文者反思文章不足不无裨益。但也有些居上位者对执文就谒者并不尊重,甚至轻慢调侃。

① 张方平《上河中同理范学士书》,张方平《乐全先生文集》卷三十一,《宋集珍本丛刊》本,线装书局 2004 年版,第 120 页。

② 孙冲《重刊绛守居园池记序》,《全宋文》第 14 册,第 58 页。

③ 孙冲《重刊绛守居园池记序》,《全宋文》第 14 册,第 58 页。

有人向陈亚贽文,其人"举止凡下,陈玩之曰:'试请口占盛业。'生曰:'某卷中有《方地为舆赋》。'诵破题曰:'粤有大德,其名曰坤。'陈应声曰:'吾闻子此赋久矣,得非下句云"非讲经之座主,乃传法之沙门乎?"'满座大笑"[①]。因为干谒者举止不合己意,便戏耍其人,揪住文中"大德"二字发挥,引起哄堂大笑。陈亚与陈尧佐对待干谒者的态度实在是有天壤之别。

对于地方文人而言,离乡干谒行卷的艰难冷暖自知。华镇说为追寻名师,干谒行卷"有去丘墓,远父母,赢粮裹足,百舍重趼,从之于数千里之外者;有因其门人久次受业,弥年累月而不得一觇其眉宇者"[②]。苏洵携二子入京,"自蜀至秦,山行一月,自秦至京师,又沙行数千里"。而故乡"无壮子弟守舍,归来屋庐倒坏,篱落破漏,如逃亡人家"[③]。旅途数月的跋山涉水、奔竞千里的披星戴月姑且不说,家中田荒屋倒、妇孺待养更是大多数干谒者所必须面对的。至于干谒之际遇,虽有世交之谊,而不能如愿者如晏几道谒韩维;柳永与孙沔虽是布衣之交,孙沔"门禁甚严",柳"欲见之不得"[④]。居上位者即便对待才华秀出之士,"虽其人有可取,亦必以其人朝趋其门,暮候其馆,念其劳且恭矣,然后待之"[⑤]。至于其他毫无背景、学识才华又有限的地方士子就更不必说了。这其中的酸楚又到哪里去倾诉呢?所以唐庚感叹:"扬眉吐气求出于门下者,亦不知其

① 文莹撰,郑世刚、杨立扬点校《湘山野录》卷上,中华书局1984年版,第9页。

② 华镇《上陆侍郎书》,《全宋文》第122册,第307页。

③ 苏洵《上欧阳内翰第三书》,苏洵著,曾枣庄、金成礼笺注《嘉祐集笺注》,上海古籍出版社1993年版,第337页。

④ 杨湜《古今词话》,唐圭璋编《词话丛编》,中华书局1986年版,第26页。

⑤ 石介《与汉州王都官鱼屯田书》,石介《徂徕文集》卷十六,《宋集珍本丛刊》本,线装书局2004年版,第303页。

几何人；求而得者几何人；求而不得者几何人？”①

四　名利所驱，辐辏以进：宋代文士上行流动的影响

宋代士人执文就谒是一个下层文人上行流动的过程，地方精英由此向中心城市集中。贽文者所谒多是文坛前辈、政界当道，而受谒者出于奖掖后进之美意或培植势力的需要也会从贽文者中挑选合适者继续交往。这最终形成门生座主、授业师生的诸种关系，对宋人的师承谱系产生直接影响。

从干谒者的角度来说，地方文士辗转千里，执文就谒，其艰辛已如前述。所以苏洵感叹行路之难，并反问道：“非有名利之所驱，与凡事之不得已者，孰为来哉？”② 如老泉所言，名利所驱是大多数文士贽文的原因。而贽文干谒导致的文士上行流动至少对宋代文坛的师承产生了如下影响：

其一，地方文人向文坛中心集结，获得了更多学习的机会。地方文士实际上才能秀出者多是介于全国精英与地方百姓之间的中间阶层，所以人们认为“州郡所礼士人，必以其人有可取”③。但州郡所礼遇者也未必能得当道青眼，亦需向宗匠之门或权势之家贽文求售。而宗匠之门或权势之家往往不在地方士子的乡土之地。“昔人名儒硕德，有恨不得与之并时而生者；幸而并时，以生有恨不得迩其邑里者；幸而迩其邑里，有恨不得瞻望威仪，亲聆音响

---

① 唐庚《上宪使书》，唐庚《唐先生文集》卷十五，《宋集珍本丛刊》本，线装书局2004年版，第701页。

② 苏洵《上欧阳内翰第三书》，苏洵著，曾枣庄、金成礼笺注《嘉祐集笺注》，上海古籍出版社1993年版，第337页。

③ 石介《与汉州王都官鱼屯田书》，石介《徂徕文集》卷十六，《宋集珍本丛刊》本，线装书局2004年版，第303页。

者”[①]。而宋廷号称与士大夫共天下,精英士人无不入其彀中。这导致文坛精英同样集中在通都大邑,地方文人在当地可能难以觅得名师儒匠。

黄庭坚曾坦言学人囿于地方,并不利于学业精进,其重要原因就是“不得明师畏友琢磨成就”。其云:“士尝苦贫,故从仕之日早,又不得明师畏友琢磨成就之,故暖姝以一得为足,而不免于宋荣子之笑也。”[②] 从仕早,则职在一方,不能出游四方,访师求友。所以很难得到点拨,视野也不能开阔,偶有一得,便自以为足。黄山谷又对苏大通说:“观所自道从学就仕,而知病之所在。窃窥公学问之意甚美,顾既在官,则难得师友…… ‘三人行,必得我师’,此居一州一县求师法也,读书光阴亦可取诸鞍乘间耳。”[③]仕宦而难得师友,与从仕而不得明师畏友表达的意思是相同的,而所谓“三人行必有我师”则是在不得明师的情况下,退而求其次的选择。

因而能走出一州一县,尤其是能到各个区域的文化中心,就能够有更多的拜访名师的机会。从文学的角度说,地方文人向文坛中心的集结,扩大了文人的交流范围。获得名师的指点,对提高文人的创作水平和思想境界都有所帮助。

其二,文士贽文获得身份认同,确立师生关系。地方文人能脱颖而出者,多是才具出众者。但在文坛前辈面前,其水平却还有提高的空间。所以一旦见到“其说往往有非乡闾新学所能至者,使能

① 华镇《上陆侍郎书》,《全宋文》第 122 册,第 308—309 页。

② 黄庭坚《与李承之主簿书二》其二,黄庭坚著,郑永晓整理《黄庭坚全集辑校编年》,江西人民出版社 2008 年版,第 1164 页。

③ 黄庭坚《答苏大通》,黄庭坚著,郑永晓整理《黄庭坚全集辑校编年》,江西人民出版社 2008 年版,第 993 页。

充其言，其得岂少哉”的投献者[①]，也难免会劝勉一番。而受谒见者，对贽文者之“奇之”“赞叹”等也是经过对比发出的。所以贽文者上行流动，是一个精英毕现的过程，也是一个双向选择的过程。贽文首先是获得认识、了解的机会，至于是否认同对方，则又需在后续接触过程才能确定。

贽文双方如果互相认同，便很可能确立师生关系。更多的情况则是贽文者与受谒者互相选择，贽文者投谒虽然存在“广撒网”的现象，但在确立师生名分时，还是有特定对象的。从受谒者而言，他们也会对贽文者进行选择。才能出众者，“名臣巨公，争从取之出门下，交章腾辟”[②]。有些自负才具之人，虽“诸公皆欲出其门下，公益自树立，少所附合”[③]。

曾巩携文入京，奔走王公卿相之门而不售，直到投谒欧阳修后始获赏识。欧阳修不但为其延誉，还为其推荐名流。在曾巩的引荐下，王安石也曾向欧阳修贽文，但最终却未拜入欧阳修门下。欧阳修的座上客常年不衰，自言“某忧患早衰之人也，废学不讲久矣。而幸士子不见弃，日有来吾门者”[④]，甚至写信都抱怨为客所守，却对苏轼、曾巩、王安石等热切盼望。

其三，文人执文就谒，促成其上行流动。执文就谒进入所谒者的视野，或结成师生关系，或进入其社交圈，都将促成文人的上

---

① 曾巩《谢吴秀才书》，曾巩撰，陈杏珍、晁继周点校《曾巩集》，中华书局1984年版，第263页。

② 宋祁《范阳张公神道碑铭》，《全宋文》第25册，第100页。

③ 尹洙《故朝奉郎司封员外郎直史馆柱国赐绯鱼袋张公墓志铭》，《全宋文》第28册，第119页。

④ 欧阳修《与陈之方书》，欧阳修著，李逸安点校《欧阳修全集》，中华书局2001年版，第1013页。

行流动。富弼是河南人(今洛阳),家世并非显赫,应举入都。范仲淹见到富弼“而奇之……亲怀其文以见丞相王沂公、御史中丞晏元献公洎诸近侍,曰:‘此人天下之奇才也,愿举于朝而用之。’晏公世号知人,遂以女妻之”[①]。天圣八年(1030),富弼又在范仲淹的劝勉下,以茂才异等中第。范仲淹何以见到富弼,文无明载,想来也有贽文之可能。而范文正赏识富弼的才干,为其贽文给当朝近臣,推荐他出仕。晏殊又相中他为婿,成就了富弼从田舍郎而登天子堂的人生。可以说贽文在富弼的上行流动中起到重要作用。

又如韩崇南学韩柳文章,笔力矫健。“洎卒业,手携数万言,干当途者以售其道。时李侯方割符命,出领守牧,览生之作,叹息延举,优越常等,属乡里调选,议将魁之”[②]。李太守欲魁之,首先还在韩生贽文,而其文章又得所谒者青眼。

苏辙记述欧阳修早期活动时说:

> 翰林学士胥公时在汉阳,见而奇之曰:“子必有名于世。”馆之门下。公从之京师,两试国子监,一试礼部,皆第一人。遂中甲科,补西京留守推官。始从尹师鲁游,为古文议论当世事,迭相师友。与梅圣俞游,为歌诗相倡和,遂以文章名冠天下……公初娶胥氏,即翰林学士偃之女。[③]

---

① 范纯仁《故开府仪同三司守司徒检校太师武宁军节度徐州管内观察处置等使徐州大都督府长史致仕上柱国韩国公食邑一万二千七百户食实封四千九百户富公行状》,《全宋文》第71册,第312页。

② 孙抃《送韩崇南游序》,《全宋文》第22册,第364页。

③ 苏辙《欧阳文忠公神道碑》,苏辙著,陈宏天、高秀芳点校《苏辙集》,中华书局1990年版,第1129—1136页。

欧阳修登第前谒胥偃,也必有文字投进。而后馆于其家,又娶于其家,从游京师,中第得官,与尹洙、梅尧臣迭相师友。可以说其在汉阳谒胥偃,是上行流动,最终成为文坛领袖非常重要的一个环节。

要之,执文就谒是宋代文人上行流动非常重要的组成部分,其对宋人师承及其在文坛政界的地位都有重要影响。

第二节　文人流动与地方文士问学

地方文人四方辐辏于文坛中心,并不意味着从此不再流动。大多数文人身兼官员身份,他们的官场际遇往往促使他们有向下流动的可能。此外,其他文人的跨地域流动,也为地方学子提供了问学可能,提供了文学思想、创作方法传播的途径。文人向地方流动,对地方士人的求学问道,对地方文坛的格局起到的影响是毋庸置疑的。从某种意义上说,文人流向地方为当地士子提供了师承名家的机缘,地方文坛精彩的篇章在一定程度上是由流转到当地的文坛精英,以及团结在他周围的同道、门生谱写的。文人跨地域流动,实现空间流转,有了构筑新师承关系、传布文学创作经验、宣扬同道文学思想的可能。而从文人流动的本身说,最为常见的是官场际遇更迭所带来的流动,其次是因为文人自身游历。今且按文人流动的主要方式论列,再讨论其与地方文士、地方文坛建构的关系。

一　职司州县,乃兴学堂:官员兴学与地方教育

官员迁转是文人流动到地方的重要途径。宋代右文国策使文官在帝国政治体系中居于优势地位,他们治理地方时,又以兴教倡学为重要治绩。故而官员下车每每提倡兴学养士,以期文风阜盛。

因此两宋州县官学兴盛，且留下众多州县学学记。对于地方教育而言，执掌当地政教的长官个人偏好占有重要地位。而此节亦影响到当地官方学校的学风趣尚、地方士子的问学方向。

首先，官员兴学改变当地的求学环境。虽然宋代号称文化处于华夏文明之巅峰，但因地域传统、风尚的差异，有些州县的学风并不兴盛，如富阳，直到南宋“民多服贾而不知学，(杨)简兴学养士，文风益振”①。富阳在临安附近，其求学环境尚且如此，更不必说偏远州县了。

官员兴学往往从硬件、软件两个方面着眼，前者修葺学舍、置办学田，后者聘请学者、讲学习文。这些举措在一定程度上改变了当地的求学环境，从而对当地士人产生重要影响。庆历中，王猎徙知林虑县，“县依山，俗以搜田为生，不知学。猎立孔子庙，择秀民诲之”②。“上高，筠之小邑，介于山林之间。民不知学，而县亦无学以诏民。县令李君怀道始至，思所以导民，乃谋建学宫”③。宗泽“调衢州龙游令。民未知学，泽为建庠序”④。此三例皆强调县中原先没有学宫，而新任官员为之设立学校。重视学政的官员迁任授职对当地教育起到积极作用，他们通过修筑学舍，扭转“县亦无学以诏民”的状态。从而为当地士人求学提供了硬件保证。

兴修学宫之外，官员择选“秀民”教诲之。如“雩都素少士人，人未知学，为之择秀民以诲导之，勉以进取”⑤。又如前述王猎知林

---

① 脱脱等《宋史》卷四〇七《杨简传》，中华书局1977年版，第12289页。

② 脱脱等《宋史》卷三二二《王猎传》，中华书局1977年版，第10445页。

③ 苏辙《上高县学记》，苏辙著，陈宏天、高秀芳点校《苏辙集》，中华书局1990年版，第397页。

④ 脱脱等《宋史》卷三六〇《宗泽传》，中华书局1977年版，第11275页。

⑤ 苏颂《承议郎集贤校理蔡公墓志铭》，《全宋文》第62册，第89页。

虑县，也曾“择秀民诲之”。其例俯拾皆是，这说明官学本身具有入学标准，入学者多符合知识积累标准，而这又为在学士子提供了相互切磋砥砺的前提条件。

其次，官员通过主讲儒师影响士子求学趋向。官学除提供相应的物质保证，招选适合的弟子生源之外，更需要选聘良师教导弟子。主讲者的教育理念、学术观点又影响当地士子的宗尚。宗泽知龙游，建庠序，“设师儒，讲论经术，风俗一变，自此擢科者相继”[①]。官学所选的主讲者一般都是学有成就的，如王岳在当地声望甚著，“州以礼请为庠正，其所教导弟子，悉有师法”[②]。刘康夫曾从周希孟学，是其高足，故而“广东安抚愿比广五路得君（按：指刘康夫）为学者师。朝廷下其事，君例进《志述》二十七篇……以布衣莅府学事垂三十年，门人至千数，登王官者十二三”[③]。

官员选聘主讲者时，一般会优先选择学术观点、治学理念与自己相近的学者。这有时能够促进师门学说的流播。如晏殊镇守南京（今商丘）时，就延聘正在丁忧守制的门生范仲淹为府学教授[④]。范仲淹知苏州时，新修苏州郡学，并请胡瑗主持事务，且送长子范纯祐前往受业。若非认同胡瑗的学识，支持胡瑗的学说，又怎么会将长子送去学习？胡瑗的再传弟子彭汝砺任职保信时，也曾特地“迎天隐置于学，执弟子礼事之”[⑤]。倪天隐是胡瑗的门人，又是彭汝

---

① 脱脱等《宋史》卷三六〇《宗泽传》，中华书局 1977 年版，第 11275 页。

② 沈辽《东安县尉王君墓铭》，沈辽《云巢编》卷九，《宋集珍本丛刊》本，线装书局 2004 年版，第 562 页。

③ 刘弇《宋故刘先生墓志铭》，《全宋文》第 119 册，第 88 页。

④ 司马光《涑水记闻》卷一〇，《全宋笔记》第 1 编第 7 册，大象出版社 2008 年版，第 120 页。

⑤ 曾肇《彭待制汝砺墓志铭》，《全宋文》第 110 册，第 134 页。

砺的老师。彭汝砺出守地方，请老师掌学事，可见其推尊师门的用心。彭汝砺到任地方，则可视若师说传播的重要保障。

孙奭为了确保自己倾力建设的学宫维持原有学术理念，即便调任也要选用认同的学者继续主持学校。他罢知兖州后上奏云：

> 昨知兖州，以邹鲁之旧封，有周孔之遗化。辄于本州文宣王庙内，修建学舍四十余区，受纳生徒，俾肄所业。自后听读，不下数百人，臣以己俸养赡。今臣罢任，必恐学徒离散。[①]

孙氏在兖州任上兴修学校，招收学生，且以自己的俸禄贴补。既已罢任，孙奭还担心学校不能正常运转，且其说不能延续，因而推荐他所认同的杨光辅来主讲该州州学。

孙奭的忧虑不能说完全没有道理，州学讲授者的治学理念对学生产生的影响力怎么重视都不过分。刘康夫“雅不事诗赋，便君者迫使应书，君强为一出”[②]。如此言传身教，对官学生员将产生何种影响，自不待言。而胡瑗则能因材施教，不死守经义，他的学生也赋诗谈文，讲武明数。甚至因胡瑗，“严师弟子之礼”，使得“凡从安定先生学者，其醇厚和易之气，望之可知也”[③]。欧阳修也说：“（胡瑗弟子）其高第者知名当时，或取甲科，居显仕，其余散在四方，随其人贤愚，皆循循雅饬，其言谈举止，遇之不问可知为先生弟子。”[④]

---

① 孙奭《乞差杨光辅充兖州讲书奏》，《全宋文》第 9 册，第 363 页。

② 刘弇《宋故刘先生墓志铭》，《全宋文》第 119 册，第 88 页。

③ 邵伯温撰，李剑雄、刘德雄点校《邵氏闻见录》卷一七，中华书局 1983 年版，第 80 页。

④ 欧阳修《胡先生墓表》，欧阳修著，李逸安点校《欧阳修全集》，中华书局 2001 年版，第 389 页。

言传身教至于能影响学生的言谈举止，更何况治学观念呢？

胡瑗主持苏州州学、倪天隐到保信官学等皆是跨地域流动，可见官员选聘主持学务者并不总是拘泥于当地。这为文人的学说传播提供了另一条途径。

再次，官员通过对官学的管控实现学说流传。官员选聘教师固然是控制官学的方式之一，但受办学规模、现实条件的限制，有时难免顾此失彼。范仲淹建立苏州州学，"聘胡瑗为师。瑗立学规良密，生徒数百，多不率教，仲淹患之。纯祐尚未冠，辄白入学，齿诸生之末，尽行其规，诸生随之，遂不敢犯。自是苏学为诸郡倡"①。范仲淹虽然与胡瑗互有认同，可是州学的生徒人员众多，难以管束。此事让范文正公心有不安，而范纯祐前往受学，对胡瑗所定的规矩表示支持。尽管《宋史》将功劳归入范纯祐的名下，可是纯祐背后又何尝没有范仲淹的影子？

还有官员通过自身行动直接影响官学生员，杨时曾对人说："邑令帅诸生诣门，严师之礼，自近年以来，未有如此者，固有道者之不宜辞也，某亦有书勉之矣。"② 县邑长官率领学生登门，严格师弟子之礼，既是表明自身的态度，同时也是以此影响地方的官学教育。

再如嘉祐二年（1057），王安石以太常博士出知常州。王令断言"介甫到常必兴学，此亦稀阔之遇"。而让王令兴奋不已的乃是"师学难遇，今世之学，分于多门，以令所考，自扬雄以来，盖未有临

① 脱脱等《宋史》卷三一四《范仲淹传附范纯祐传》，中华书局 1977 年版，第 10276 页。

② 杨时《寄俞仲宽》其三，杨时撰，林海权校理《杨时集》，中华书局 2018 年版，第 475—476 页。

川之学也”[①]。王令所言师学难遇，而临川之学未曾有，足见其对王安石倡言新说的期待。同时，也可知地方主政官员对学校运作的现实影响，以及这种影响左右生员师承的力度。

地方官员主政州县本身就是文人流动的重要途径，他们到任后兴办学校，选聘师儒又为文人流动提供了新的可能。而地方文人通过学校受教，在体制内实现了拜师问学的过程。虽然在官学学习，还往往处于千里之行的最初几步，士人后续还将别有师从。但地方官学为他们提供了师承学者的条件，如张耒之从苏辙就是在陈州官学，而晁补之“年十三，从王安国于常州学官”[②]。彼时的苏辙与王安国皆以名重天下。官员又通过对官学的管控，传播自身认可的学派学说，影响生员学者的师承关系。而这些又影响到地方文风，如宗泽知龙游后“风俗一变，自此擢科者相继”。蔡承禧知雩都，“其后成就弟子若郭峻之徒，相继有登科第者”[③]。由此可见，官员兴学改善地方士子的求学环境，并由此提升了地方教育水平，从而夯实了地方文坛的基础。

二 奖掖后进，课徒授业：文人流动及其劝学传道

文人跨地域流动，除兴办官学之外，自身学术造诣较高的官员到任地方，为当地生徒提供了更为直接的问学条件。此外，还有官员因归养、隐居、贬谪等原因居停一地，课徒传道，对地方士人求学与地方文坛的构筑都有所帮助。

---

① 王令《与束伯仁手书》其五，王令著，沈文倬校点《王令集》，上海古籍出版社2011年版，第320页。

② 张耒《晁无咎墓志铭》，张耒撰，李逸安、孙通海、傅信点校《张耒集》，中华书局1990年版，第900页。

③ 苏颂《承议郎集贤校理蔡公墓志铭》，《全宋文》第62册，第89页。

先看士子向官员直接问学请益。苏轼守徐州，就颇得士子钦慕，如陈师道、王适等均是徐州当地人，他们从苏轼问学。陈师道说："熙宁元丰之间，眉苏公之守徐，余以民事太守，间见如客。"① 陈师道与苏轼从游，至"间见如客"，足见关系亲近。若非苏轼守徐州，恐怕很难建立类似师弟子的关系。苏轼在徐州虽未新建学校，但对州学也颇为关注，其时王适"子立为州学生，知其贤而有文，喜怒不见……与其弟遹子敏，皆从余于吴兴。学道日进，东南之士称之"②。王适在徐州州学与苏轼相识，结下学缘与亲缘，随后又从苏轼前往吴兴继续问学。又如陆佃，治平年间从王安石问学，也是因为"今大丞相王公守金陵以绪余成学者，而某（按：即陆佃）也实并群英之游"③。

有时地方官员也向显宦推荐当地士人，如"薛奎守蜀，道遇镃，求士可客者，镃以公（按：指范镇）对"④。范镇既成为薛奎门下客，又经薛氏推荐，获得宋祁的赏识。苏轼也曾向他人荐举过治下学子，所谓"部民董迁，笃学能文，下笔不凡，非复世俗气韵。如请见，愿加奖励，遂成就之"⑤。若非执掌地方，范镇或难得见薛奎，受其荐举也就无从谈起，而董迁也难以受知于苏东坡。

地方官员接受当地文人，或流寓当地的士人请谒问学，扩大了

① 陈师道《秦少游字序》，陈师道《后山先生集》卷十一，《宋集珍本丛刊》本，线装书局 2004 年版，第 150 页。

② 苏轼《王子立墓志铭》，苏轼著，孔凡礼点校《苏轼文集》，中华书局 1986 年版，第 466 页。

③ 陆佃《沈君墓表》，《全宋文》第 101 册，第 267 页。

④ 苏轼《范景仁墓志铭》，苏轼著，孔凡礼点校《苏轼文集》，中华书局 1986 年版，第 436 页。

⑤ 苏轼《与滕达道六十八首》其六十八，苏轼著，孔凡礼点校《苏轼文集》，中华书局 1986 年版，第 1496 页。

士子求学的接触面。像王安石、苏轼这样的知名文人镇守州郡,更为当地士子提供了师承名家的便利条件。当这些文人在朝廷任职时,地方士子常会觉得“如荆公、子固者既已贵,又相去辽邈,疏贱者莫幸见焉”,而县令、知州等官员,则“其位差不甚高,而又近在吾州,是宜朝夕操敝帚以侍门庭也”[①]。葛敏修在这里说到了空间距离与社会身份两个问题,可见文人任职地方,使得地方文人与他们之间的空间距离缩短了,亲切感加重,更利于他们问学。又由于外地士子前往从学,也使当地士子有接触外界的机会。如陈师道与秦观的初次见面,就源于秦观前往徐州向苏轼问学。

次说官员的贬谪、退居与当地士子的师承。官员贬谪、退居也缩近了他们与当地士人的空间、身份距离,让寓居地的士人与其有更深入接触的可能。苏轼贬谪儋州,琼州守姜唐佐从其学[②]。当地从苏轼学习者当不止姜氏一人,苏轼有诗《海南人不作寒食,而以上巳上冢。予携一瓢酒,寻诸生,皆出矣。独老符秀才在,因与饮,至醉。符盖儋人之安贫守静者也》[③],东坡自记云:“己卯上元,余在儋耳,有老书生数人来过,曰:‘良月佳夜,先生能一出乎?’予欣然从之。”[④]能与诸生对饮,诸生又能在佳节约游,说明苏轼与儋州士人交往极为亲密。而其间求学问道自然是题中应有之义了。绍圣元年(1094),黄庭坚被贬为涪州别驾。他给家人写信说:

---

① 葛敏修《送太和令黄鲁直序》,《全宋文》第119册,第106页。

② 姜唐佐《苏东坡端砚镌像记》,《全宋文》第133册,第7页。

③ 苏轼《海南人不作寒食,而以上巳上冢。予携一瓢酒,寻诸生,皆出矣。独老符秀才在,因与饮,至醉。符盖儋人之安贫守静者也》,苏轼著,王文诰辑注,孔凡礼点校《苏轼诗集》,中华书局1982年版,第2308页。

④ 苏轼撰,王松龄点校《东坡志林》卷一,中华书局1981年版,第5页。

> 此司理谭存之，忠州人，两儿皆勤读书，一已十七岁，一与相同岁，延在斋中令共学，差成伦绪。日为之讲一大经、一小经，夜与说老杜诗，冀年岁稍见功耳。①

谭存之的两个孩子因黄庭坚被贬谪到四川，才有机会受教于山谷，得到山谷日讲两经、夜则教授杜诗的教育。而山谷诗学、经术也通过这种方式，在偏州远郡荡起涟漪。

官员退居，也让地方士人有问学求教的机会。如“制诰王舍人（按：指王安石）辞召卧金陵，天台王令（按：指王无咎）弃官从之游，日讲文义，士子归赴如市。处士命据往焉”②。王安石退居金陵，王无咎弃官从学，东南士子得以就近问学。官员的退居是如此，学有所专的文人退居对地方士人的影响亦复如是。如史扶“乃游泸州，杜门读书，士大夫之子弟多委束脩于门，遂老于泸州”③。柳承翰“年二十二，学诗于隐者孟若水”④。王向“游梁、宋间，去居颍，其徒从者百人”⑤。史扶本非泸州人，寓居其地读书，居然授徒终老。孟若水隐于地方，柳承翰乃能从其学诗。王向游寓梁、宋间，一旦离去，从者竟然达到百人。邹尧叟寄居福建，杨时得以从游，龟山云：“寄余里中，始获从之游。先生不予弃，进而友之，殆一年未尝一日相舍也……以尽其师友之情，故为辞以泄其

① 黄庭坚《与七兄司理书》，黄庭坚著，郑永晓整理《黄庭坚全集辑校编年》，江西人民出版社 2008 年版，第 832 页。

② 吕南公《临川王君墓志铭》，《全宋文》第 109 册，第 346 页。

③ 黄庭坚《泸南诗老史君墓志铭》，黄庭坚著，郑永晓整理《黄庭坚全集辑校编年》，江西人民出版社 2008 年版，第 876 页。

④ 柳开《宋故中大夫行监察御史赠秘书少监柳公墓志铭》，《全宋文》第 6 册，第 400 页。

⑤ 王向《公默先生传》，《全宋文》第 75 册，第 122 页。

哀。”① 邹氏不寓居，杨时未必能从游，又谈什么“师友之情”？此皆寓居士人对地方文人影响的侧面。

这些寓居士人有时还成为当地官学的教师，如前述范仲淹丁忧期间主应天府学。司马光述其事云：

> 晏丞相殊留守南京，仲淹遭母忧，寓居城下。晏公请掌府学，仲淹常宿学中，训督学者，皆有法度，勤劳恭谨，以身先之。夜课诸生读书，寝食皆立时刻，往往潜至斋舍诇之。见有先寝者，诘之，其人绐云：“适疲倦，暂就枕耳。”仲淹问：“未寝之时，观何书？”其人亦妄对。仲淹即取书问之，其人不能对，乃罚之。出题使诸生作赋，必先自为之，欲知其难易，及所当用意，亦使学者准以为法。由是四方从学者辐凑。其后宋人以文学有声名于场屋朝廷者，多其所教也。②

范仲淹是吴县人，他曾在应天府的睢阳书院求学，丁忧时在晏殊治下执府学教鞭。严厉督课，对当地士人的文学学习、科举课业水准之提升起到重要影响。所以司马光说“宋人以文学有声名于场屋朝廷者，多其所教也”。这里的“宋人”实际就是当时的南京商丘之人。宋，是宋地之意。

官员贬谪、退居带来文人流动，地理空间转换，社会身份下移。这固然是迁谪、退居官员自身的人生挫折，却不失为地方士人的福音。试想，若非苏轼贬谪儋州，海南士人要想从其问学，该是多么

---

① 杨时《邹尧叟哀辞》，杨时撰，林海权校理《杨时集》，中华书局2018年版，第736页。

② 司马光《涑水记闻》卷一〇，《全宋笔记》第1编第7册，大象出版社2008年版，第120页。

艰难的事？王安石不退居，东南士人想要面谒他，也需花费更多的精力和财力吧！

再说仕宦、游学返乡的士人对本土后进的影响。地方文人或经过科考铨叙入仕，或四处访学，受外界浸润，视野更加开阔，一旦返乡传道对地方后进也有相当影响。如景德年间，周启明曾举贤良方正科，因故未能如愿出仕，乃归教弟子百余人，不复有仕进之意①。郑闳中与周希孟、陈襄等号“闽中四先生”，举进士，“天下闻其名，乡闾及四方之士称弟子者以千数”②。本土文人外出游历，是文人流动的形式之一，其返乡带回的必定有游学所得。因此，在本地授书教学，对开拓当地后进的视野也有相当效果。

最后说过境文人对地方文士的影响。文人从一地前往另一地，沿途需经过不少地方，他们在行旅中也为途经地的士人提供了问学的机会。比如柳承陟就因“诗者韦鼎来自衡山，从之游，得其旨”③。韦鼎若居衡山不出游，柳承陟便没有在当地得诗歌之旨的可能。欧阳修探亲，也有“秀才见仆于叔父家，以启事二篇偕门刺先进。自宾阶拜起旋辟，甚有仪”④。欧阳修不探亲，秀才未必能谒见。可见过境文人也为地方文士求学问道提供了相应的条件。

要之，文士在不同空间跨地域流转为途经、居停地的后学提供问学的可能，而他们自身也有传道授业的机缘。

---

① 脱脱等《宋史》卷三一四《周启明传》，中华书局1977年版，第13441—13442页。

② 范祖禹《宝文阁待制郑公墓志铭》，《全宋文》第99册，第24页。

③ 柳开《宋故前摄大名府户曹参军柳公墓志铭》，《全宋文》第6册，第408页。

④ 欧阳修《与郭秀才书》，欧阳修著，李逸安点校《欧阳修全集》，中华书局2001年版，第975页。

三　讲习艺文，溪山俊游：士人流动与从游者的互动

文士跨地域流转，与途经、居停地的后学互动，而讲习艺文、溪山俊游是其中常见的方式。这为地方士子提供了学习和实践的机会。

官员在任，留心培养地方士子的例子前文举出不少，而其培养方式之一就是留士子在馆读书、讲习艺文。毕士安任济州团练推官时，慧眼识珠：

> 州民王禹偁为磨家儿，年最少，数以事至推官廨中。禹偁貌不及中人，然公（指毕士安）阴察禹偁类有知者，问："孺子识字乎？"曰："识。""尝读书乎？"曰："尝从市中学读书。""能舍而磨家事，从我游乎？"曰："幸甚！"遂留禹偁于推官廨中，使治书学为文。久之，公从州守会后园中，酒行，州守为令属诸宾客，竟席，对未有工者。公归，书其令于壁上。禹偁窃从后对，甚佳，亦书于壁。公见大惊，因假冠带，以客礼见之。（原注：州守令"鹦鹉能言争似凤"，禹偁对"蜘蛛虽巧不如蚕"。）由此禹偁寖有声，后遂登第，进用反在公前。及公除知制诰，禹偁先已为舍人，其词禹偁所行也，世以公为知人。①

王禹偁初不过在市中偶尔学读书，为毕士安赏识，留在官署治书、学为文。王禹偁能登第、进用，与济州团练推官官廨读书的经历恐怕脱不开关系。范仲淹也曾邀亲人"或来修学亦好，一如在陈州

① 毕仲游《丞相文简公行状》，《全宋文》第111册，第117页。

时,常有学徒三五人,日有功课"①。可知在陈州时,范仲淹也曾教授学徒,日有功课。

其功课又是些什么呢?通过苏颂的回忆可以了解其大概。苏绅为无锡宰,华直温"与其从弟直清同以文章为贽"。苏氏"大加赏异,留君门下,使予(按:即苏颂)从其游,因得接砚席,习文史。君性至勤刻,所阅书传皆手自抄撮,日以三千言为准。虽甚寒暑,或课试燕私,则继之以夜,未尝废其程。予时羁丱,趋进士科举,为君牵勉,蚤暮不得息,日至抄诵数书,作词赋、歌诗、杂文"②。从苏颂的描述中,大致可知当时"趋进士科举"的士人功课,范仲淹陈州授徒的功课大致亦当如是。

除此之外,地方士人与过境、居停文人交游,也常讲习经义。前述王安石卧隐金陵,就"日讲文义,士子归赴如市"。黄庭坚则对友人称"荆州士大夫之渊薮,想多得佳士与游,诸令弟讲学有日新之功"③。士人聚学讲书,切磋文艺是当时文人在地方的重要活动内容。

士人本就重视游山观水,周郔(字知和)"随侍官九江,尝以诗见吕东莱居仁。后以书请教,答云:'庐阜咫尺,读书少休,必到山中,所与游者谁也?古人观名山大川,以广其志思而成其德,方谓善游。太史公之文,百氏所宗,亦其所历山川有以增发之也。惜其所用止在文字间,若使志于远者、大者,虽近逐游、夏可也。'"④吕本中给后辈学者的此段书简透露信息甚多,读书间歇游观山水被

① 范仲淹《与朱氏书》其八,《全宋文》第18册,第336页。

② 苏颂《殿中丞华君墓志铭》,《全宋文》第62册,第108页。

③ 黄庭坚《与宜春朱和叔书二》其二,黄庭坚著,郑永晓整理《黄庭坚全集辑校编年》,江西人民出版社2008年版,第775页。

④ 周煇撰,刘永翔校注《清波杂志校注》卷八,中华书局1994年版,第363页。

认为是必然的；同行者多有从游之人；从游者视野扩大、有助德行才是同行得其所；从游者同行游山必然有所用于文字，大概就是诗文咏怀。这里所说的应该是宋人山水游观的通常看法吧。

那么不论其身处何地，山水游观都是文人雅事，而文人跨地域流动，在新的地理空间往往也乐意亲近山水，带领学生溪山俊游，吟咏唱和。在唱和中，地方士子进行文学创作的实践，前辈文人则指点创作、阐释人生的意义。黄庭坚就经常与学生出游，张仲吉"其子宽夫又从予（按：指黄庭坚）学，故予数将诸生过其家"[①]。山谷带学生出游，即便贬谪黔中也未曾消歇。他跟朋友说：

> 闲居多病，人事废绝。遇风日晴暖，从门生、儿侄，扶杖逍遥林麓水泉之间，忽不知日月之成岁，以是久不报书。[②]

黄山谷大约是真的喜欢与江山对看，贬谪期间他在书简中多次提到相似话题。如：

> 斋阁安闲，颇与僚佐尊酒谢江山之胜，何慰如之！某自放林壑之间，闲居益有味。[③]
>
> 诗人得在江山胜处，沉疴当脱然去体。[④]

---

① 黄庭坚《张仲吉绿阴堂记》，黄庭坚著，郑永晓整理《黄庭坚全集辑校编年》，江西人民出版社 2008 年版，第 919 页。

② 黄庭坚《答李材书》，黄庭坚著，郑永晓整理《黄庭坚全集辑校编年》，江西人民出版社 2008 年版，第 777 页。

③ 黄庭坚《答从圣书》，黄庭坚著，郑永晓整理《黄庭坚全集辑校编年》，江西人民出版社 2008 年版，第 1440 页。

④ 黄庭坚《与邢和叔书二》其二，黄庭坚著，郑永晓整理《黄庭坚全集辑校编年》，江西人民出版社 2008 年版，第 579 页。

某窜逐孤危之迹，情实可知……伏惟监理豫暇，时能樽酒以对江山。①

他一方面说自己自放林壑，与学生、子侄耽于江山胜景，而“时苦门生抱经来咨问”②。一方面推己及人，认为各位在他乡的友人能樽酒对江山。樽酒对江山当是他自身的生活，而门生则难免有同游山水之事。溪山间问学、作诗自然也是免不了的雅事。所以民国《泸县志》记述说：“黄庭坚……以史官谪涪州别驾，安置戎州，尝侨居江阳，州守王献可厚遇之。乳泉、拙溪间多所题咏，遗翰犹存。”③门生从游，目睹师长的创作过程，与师长唱和，本身也是文学创作的实践。

此非黄山谷的“独家事迹”，老师携学生出游作诗并不罕见。苏轼有《陪欧阳公燕西湖》，此侍从宴游所作；徐积有《同门人夜看花示卢鲁山》，此夜游观花赋诗；陆游有《和曾待制游两山》，此师弟登山唱和。对于地方士子而言，这种跟随老师登山观水，吟诗作赋的活动不但是文学创作实践，可能更是一种进军文坛后与其他士人交游、联袂创作的预演。

四　士人流动，斯文日新：流动士人对地方文坛影响

不论文人是牧守一方、贬谪退居，还是途经偶留，他们对地方文

① 黄庭坚《与通判通直书二》其二，黄庭坚著，郑永晓整理《黄庭坚全集辑校编年》，江西人民出版社2008年版，第803页。

② 黄庭坚《答李材书》，黄庭坚著，郑永晓整理《黄庭坚全集辑校编年》，江西人民出版社2008年版，第777页。

③ 王禄昌修，高觐光等纂《泸县志》1938年铅印本，转引自李金荣《黄庭坚谪居戎州行迹生活考述》（《宜宾学院学报》2009年第2期）。

人、地方文坛均有一定影响。其要有三:曰育人,曰传道,曰沟通。

其一,提高地方教育水平,为地方文坛培育新人。由于教育水平的差异,地方文坛出产文士的数量并不均衡[①]。官员兴学,首先对地方教育水平的提升起到积极作用,而地方士人受教育程度的提高为当地文坛提供了足够的人才支撑。本节所举诸多例子表明,部分地方本无官立学宫庠序,新任官员到任后才设立。通过聘请名师,为地方士子问学提供了方便。而这些地方的科举、文学也渐次兴盛。

有些官员自身也会与当地士人直接接触互动,如徐州丰县"县令河南李公育博洽能文,有盛名于时,君(按:指张寓)执子弟礼,日造其门,求所以学古为文之要"[②]。同样在徐州,苏轼与当地士人多有互动,其修黄楼也曾召集当地学子燕集赋诗。徐州地方文人在与这位文章太守的接触过程中,受到他的浸润,以至于苏轼离开徐州之后,当地士人还说:"徐,先生旧治也,风迹未远,门生故吏多出庠序,而半在官府。每相过者,论先生德义,诵先生文章,堂上琅琅,终日不绝。"[③]可见地方官员牧守一方对当地士人所产生的影响。至于那些学有所成,又返乡教授的文人;那些退居散处,声望卓著的文坛巨子对地方士人的影响就更明显了。

其二,加强学说流播,扩大学派影响。地方官员通过聘请学术观点、治学理念接近的士人或者干脆请自己的师长执掌官学,可以

① 关于宋代文人的地域分布情况,唐圭璋先生有《两宋词人占籍考》(《宋词四考》,江苏文艺出版社 2009 年版)、王兆鹏先生有《宋词作者的统计分析》(《文艺研究》2003 年第 6 期)、刘俊丽《宋诗作者的统计分析》(武汉大学 2004 年硕士学位论文),此均可见文坛作者分布之不均衡。

② 李昭玘《张广叔墓表》,《全宋文》第 121 册,第 265 页。

③ 李昭玘《上眉阳先生书》,《全宋文》第 121 册,第 98 页。

扩大本门影响。如本书提及的倪天隐之主保信、范仲淹之请胡瑗皆然。而地方士子之游学外地，请谒问学，受到点拨之后返回地方教授一方，其自然传播师说，扩大学派影响。如熙丰之际，二程居洛阳讲学，四方问学者辐辏其门下。福建人杨时、游酢不远千里从学于二程，均跻身程门四大弟子之列。杨时学成南归，程颢目送他出门感慨地说："吾道南矣。"杨时与游酢返回南方后，共同传道东南，门下弟子众多。由此开创后来洛学的"道南一脉"。此系文人流动，加强师长学说流播，扩大本门影响的显例。

再如江端礼"学诗律于黄鲁直，论经行于徐仲车为尤谨。二公俱以子和（按：即端礼字）为贤，此二公者，他人或不能并善其家法也"。其学诗法后，又"教二弟必欲与己同善"，故而"其二弟端友、端本，今俱以文行称"①。江氏学于黄庭坚、徐积，而传其说于二弟，则师说之传播由文人流动所完成可知。黄庭坚贬谪黔中，以杜诗教弟子，证之以江西诗派宗老杜，亦可见学说流播之一斑。

其三，沟通主流文坛与地方文坛，帮助地方文坛建构。向地方流动的文人多有从文坛中心而来者，有些甚至就是文坛宗主，如欧阳修、苏轼等。当文坛宗匠移帐地方，如欧阳修退居颍州、苏轼贬谪南窜，他们与中心文坛的联系并未断裂。有醉心欧苏文章、元祐学术的士人仍然不远千里奔向颍州、拜访东坡。而文坛领袖在地方，对地方士人的震动可能更大。

前文再三举苏轼守徐州的例子，因其在苏门建构过程中具有极其重要的意义，而对徐州文坛来说，也是千古佳话。苏轼守徐，外地文士秦观等前往请谒，黄庭坚等驰函问道；东坡修黄楼，约集众多文坛名流共同创作；子瞻与徐人互动，得晁补之、陈师道、王适

---

① 晁说之《江子和墓志铭》，《全宋文》第130册，第313—314页。

兄弟等山东俊彦。王适等当地士人得以直接向子瞻问学,从其转官南迁,从此进入主流文坛。秦观等外地士子到徐州谒见苏轼,也与当地文人交游,陈师道就是在徐州本地与秦观相识。苏轼的到来,提高了徐州的文学史地位,黄楼诗文因苏轼而起而传;苏轼的离去,为徐州留下千古佳话。后来官员如李昭玘报书求学,贺铸见黄楼而思贤,无不因此而起。有意思的是贺铸,元丰五年(1082)八月他以宝丰监钱官到徐州任职,期间曾与王适、陈师中等人组织诗社,而这些人多在苏轼守徐期间与东坡有交往[①]。由此看来,苏轼播下的文学种子,在他离徐不久就开花结果了。

而类似苏轼守徐这样的文人流动对地方带来的影响远非个案,虽然宋代大多数文人的文学史影响不能与苏轼相提并论,但他们同样为地方文坛的建构起到积极作用。地方文人的教化、师从显然受当地文坛的重要影响。

---

① 熊海英《北宋文人集会与诗歌》(中华书局2008年版)对贺铸在徐州的彭城诗社组成人员和活动有较多分析,可以参考。

第四章　师承谱系拓展的社会网络

吕祖谦曾提及自家从北宋吕夷简与晏殊交游以来，与“江西诸贤特厚”。列出欧阳修、王安石、曾巩、刘敞、刘攽、清江三孔、曾肇、黄庭坚等人与吕氏祖上的交好[①]。这是吕氏家族编织的社会网络的一部分，是他们所执有的社会资本，或曰人脉关系。这些被吕祖谦提及的士人，他们之间本身也是一张复杂的社会关系网络中的成员。其中，欧阳修、曾巩是师生，清江三孔、曾巩兄弟有血缘关系，王安石、曾巩等是朋友关系。对士人而言，社会关系网络如何建构，如何扩大，如何拥有更多的社会资本，一直都是重要的话题。而师承关系拓展了文人的社会人际网络。通过师承，他们结识新朋友，进入新的社交圈；他们结姻娅，成亲戚。形成较为明确的群体，同时又因为打上了明显的群体印记，他们在社会活动、政治场域中难以置身事外。

第一节　师承谱系与文人社会资本的获取

士人的社会关系网络，往往狭路歧出、四通八达，以不同关系

① 吕祖谦《题伯祖紫微翁与曾信道手简后》，吕祖谦著，黄灵庚等编《吕祖谦全集》第1册，浙江古籍出版社2008年版，第118—119页。

为中心,便可以建立不同的交际圈。以师承关系为中心,也可织就获取社会资本的网络。一般说来,师承谱系中,有师生关系、同门关系,而这些关系有时又与血缘关系、戚属关系、乡里关系等交织混一。如苏轼兄弟均拜在欧阳修门下,秦观、秦觏兄弟均拜在苏轼门下,既是同门,又是兄弟。师生关系建立之后,师长为学生延誉奔走,学生继承师长的思想,深化其影响,双方均能获取所需社会资本。而社会资本积累的前提是双方拥有相应的其他资本,例如文化资本的积累、经济资本的厚重、象征资本的影响等。同门关系中的各方同样是对方拓展社会网络的利器。

一 延誉奖掖,举荐提携:师长之于门生

师长在大多数情况下,比学生拥有更多的人脉关系,老师们愿意提携后进、奖掖门生。老师为学生延誉,为学生举荐;门生侍侧,出入门庭,与老师家的子弟、姻亲、朋友多有接触,均为门生打通了新的人际关系脉络。

老师常向朋友举荐自己的得意弟子,为弟子获取新的社会资本铺路搭桥。欧阳修就曾竭力为门生延誉,他向自己的老师,前宰相、祁国公杜衍举荐曾巩说:

> 进士曾巩者,好古,为文知道理,不类乡间少年举子所为。近年文稍与,后进中如此人者不过一二。阁下志乐天下之英材,如巩者进于门下,宜不遗之。恐未知其实,故敢以告,伏惟矜察。①

① 欧阳修《与杜正献公七通》其四,欧阳修著,李逸安点校《欧阳修全集》,中华书局2001年版,第2355页。

称曾巩在后进中可得一二之望,不可谓许之不深。欧阳修当时主盟坛坫,以至"雨晴便苦客多……为客在门前守定,写简不成"[①]。深知疲于应酬谒见者的苦楚,故而特地声明若不知曾巩之实秀,不见其人,非曾巩之不幸,乃杜公之损失。曾巩落第时,欧阳修已经有类似的话,他奇怪"有司"的眼光,力挺曾巩说:

> 曾生橐其文数十万言来京师,京师之人无求曾生者,然曾生亦不以干也。予岂敢求生,而生辱以顾予。是京师之人既不求之,而有司又失之,而独余得也。于其行也,遂见于文,使知生者可以吊有司,而贺余之独得也。[②]

京师之人不求曾巩,是不知曾巩之所能;有司黜落曾巩,是其有眼无珠。时人以欧阳修之门为龙门,其文一出,带来的后续影响可以想见。

欧阳修既力荐,曾巩又造访杜家之门,"而并书杂文一编,以为进拜之资"[③]。对曾巩,杜衍也"以旧相之重,元老之尊,而猥自抑损,加礼于草茅之中,孤茕之际"[④]。欧阳修送曾巩之序,为曾子固延得声誉;为曾巩举荐,使其得登旧相国之门,且为杜氏重视。

欧阳修的另一位得意弟子苏轼,也得欧阳文忠的极口赞誉。

---

① 欧阳修《与苏丞相十一通》其五,欧阳修著,李逸安点校《欧阳修全集》,中华书局 2001 年版,第 2365 页。

② 欧阳修《送曾巩秀才序》,欧阳修著,李逸安点校《欧阳修全集》,中华书局 2001 年版,第 625—626 页。

③ 曾巩《上杜相公书》,曾巩撰,陈杏珍、晁继周点校《曾巩集》,中华书局 1984 年版,第 242 页。

④ 曾巩《与杜相公书》,曾巩撰,陈杏珍、晁继周点校《曾巩集》,中华书局 1984 年版,第 250 页。

苏轼自述道："昔吾举进士，试于礼部，欧阳文忠公见吾文，曰：'此我辈中人也，吾当避之。'"[①]欧阳修的确留下相似文字，他跟梅尧臣说："承惠《答苏轼书》，甚佳……读轼书，不觉汗出，快哉快哉！老夫当避路，放他出一头地也。可喜可喜。""吾徒为天下所慕，如轼所言是也。奈何动辄逾月不相见？"[②]欧阳修为天下所慕，却公开说出要避路让苏轼，这已不仅仅是赞赏了。而文忠虽然不胜访客之扰，却为苏轼超过一个月也不登门"打扰"而感到遗憾。此语又令人忍俊不禁，其传之四方，必然会为苏轼带来巨大的关注。再比如张耒早年"游学于陈，学官苏辙爱之，因得从轼游"[③]。正是通过老师苏辙的关系，张耒得从老师的兄长东坡问学，并成为苏门的重要弟子。

师长对门人高弟会竭力维护、帮助，关心他们的生活，如"杨耆秀才，谋学未成，行橐已竭，（苏轼）欲率昌宗、兴宗、公颐及何、韩二君，各赠五百，如何？"[④]以解其燃眉之急。也有老师通过自己的社会关系，为学生说媒聘妻的。苏轼的弟子孙志康未娶，"东坡公奇其才，以语（黄）师是，乃以其子妻之"[⑤]。黄庭坚也做过类似的事，他对朋友说：

闻前权江安尉屈伸有女弟，欲择一士人归之。此有一来

① 苏轼《太息一章送秦少章秀才》，苏轼著，孔凡礼点校《苏轼文集》，中华书局1986年版，第1979页。

② 欧阳修《与梅圣俞书四十六通》其三〇，欧阳修著，李逸安点校《欧阳修全集》，中华书局2001年版，第2459页。

③ 脱脱等《宋史》卷四四四《张耒传》，中华书局1977年版，第13113页。

④ 苏轼《与杨耆秀才醵钱帖一首》，苏轼著，孔凡礼点校《苏轼文集》，中华书局1986年版，第1732页。

⑤ 苏过《孙志康墓铭》，《全宋文》第144册，第193页。

> 从学举子玉山刘瑜字倩玉，年二十，颇卓立。以乡里难得婚对，初道屈氏婚，乃以为恐为门下之羞。老夫劝之曰："士大夫立身非一轨，婚屈氏何害？"渠家尊长乃来见恳，若屈家犹在泸南，试与子细问，当示一报，便可致礼币往矣。刘君决可依者也。①

黄庭坚不但教刘瑜学问，还为他留心婚配。通过朋友辗转打听合适的婚配对象，为弟子分析婚姻问题，竭力玉成刘、屈两家的秦晋之好。

老师对学生的帮助，有时竟是学生终身未知的。廉复"友王文恪公既显，欲荐之朝，度先生不可屈，乃止。治平中诏求遗逸，刺史王才叔将迫先生行，先生阴使人进其弟子胡鄢，虽鄢终身不知也"②。廉复用自己拥有的社会资本，给弟子开辟上升通道，而其门人终身未知。这与举荐、延誉性质都是一样的。

老师若觉得与某人交游，对门生有益，也可能竭力介绍。黄庭坚就曾指点其门下的欧阳元老到京都宜拜访的文坛前辈，说："到都下，可首往谒陈履常正字，此天下士也。""邹志完、陈莹中万一在都下，不可不求见。"③欧阳修与苏洵，虽无师生之名，却义兼师友。他曾力劝苏洵与王安石交游，《邵氏闻见录》载：

> 眉山苏明允先生，嘉祐初游京师时，王荆公名始盛，党与

① 黄庭坚《与宋子茂书六》其一，黄庭坚著，郑永晓整理《黄庭坚全集辑校编年》，江西人民出版社2008年版，第1008页。

② 李格非《隐士廉复墓碑序》，《全宋文》第129册，第280—281页。

③ 黄庭坚《与欧阳元老》其一〇，黄庭坚著，郑永晓整理《黄庭坚全集辑校编年》，江西人民出版社2008年版，第1221页。

倾一时,欧阳文忠公亦善之。先生,文忠客也,文忠劝先生见荆公,荆公亦愿交于先生,先生曰:“吾知其人矣,是不近人情者,鲜不为天下患。”作《辩奸论》一篇,为荆公发也。①

老泉为文忠公之客,文忠公善王安石,便欲为二人牵线,可是苏洵自有主张。

学生从师既久,有时与老师的朋友也有所接触,自有所得。“(陈)渊少时学于叔祖了斋,其后二十五六岁,始获承教于龟山杨先生,因授室焉。凡出入于两公之门者,盖莫如渊之久也”②。他提到了斋先生陈莹中(按:即陈瓘,莹中,其字也)“虽与世不偶,而其所与游者,皆天下士。渊奉承左右垂三十年,窃尝窥诸公长者相从之盛。其人非文章气节耸动海内,则必淡然无营,独立于声利之表者,若见若闻,皆可师仰”③。在陈瓘身边学习三十年,得见的陈莹中学侣同道必然众多,这对开拓陈渊的视野,扩展他的交游自然不无裨益。

学生与先生的友人接触后,既而也会互相交往。苏轼曾给曾布写信说:

张倅損其父应之名谷者,欧阳文忠公之友也。文行清修,有古人风,而仕不遂。損亦守家法,令子弟也。与之久故,幸得在左右,想蒙顾眄。④

---

① 邵伯温撰,李剑雄、刘德雄点校《邵氏闻见录》卷一二,中华书局1983年版,第130页。

② 陈渊《与胡少汲尚书书》其三,《全宋文》第153册,第257页。

③ 陈渊《建昌寄邵武徐守书》,《全宋文》第153册,第270页。

④ 苏轼《与曾子宣十三首》其四,苏轼著,孔凡礼点校《苏轼文集》,中华书局1986年版,第1469页。

苏轼与欧阳修的友人张谷有交游，且“与之久”，乃至为张氏之子说项。有时学生并未与先生之友过从，却也因先生之故得与先生之友亲近。有何氏昆仲从陈师道问学，而因潘邠老识黄庭坚。但黄庭坚说：“二何尝从吾友陈无己学问，此其渊源深远矣。”[①] 何氏昆仲，俟考。但其与陈师道的师承关系，让黄庭坚倍感亲切。

那么，老师的友人见到其学生何以倍感亲切呢？曾南丰作《喜似赠黄生序》，该序有如下一段文字：

> 居一日，黄生来。望其表，其步趋之节，揖让之容，固有似乎介卿者。入而视其色，听其言，其气愉愉而其音淳淳，不似乎介卿者少矣。其学其归，得之乎介卿何多也。间而省其书，则又如出诸介卿之手。问介卿之事，皆能道其远者，大者焉。甚矣！黄生之似吾介卿也。吾得之，废食与寝而从之。吾喜也，惟恐其去我，而尚恨其来之不早也。[②]

黄生从王安石学于淮南，归而访曾巩。南丰见其步趋揖让、气音书学皆似介卿，故而喜不自禁[③]。学生从师长学，日相接触，受到的影响固然不止于学问，老师的言传身教对学生的影响也是至为深远的。因而，在与老师的友人交流的过程中，能让其人产生似曾相识

---

① 黄庭坚《书倦壳轩诗后》，黄庭坚著，郑永晓整理《黄庭坚全集辑校编年》，江西人民出版社 2008 年版，第 627 页。

② 曾巩《喜似赠黄生序》，曾巩撰，陈杏珍、晁继周点校《曾巩集》，中华书局 1984 年版，第 780 页。

③ “介卿”指王安石，张海鸥教授认为王介甫又称介卿、介父（《王介甫又称介卿、介父》，《阴山学刊》2001 年第 3 期），侯体健博士认为王安石字“介”，可备一说（《“王安石字介”说》，《古典文学知识》2008 年第 2 期）。

之感,倍觉亲切也就不奇怪了。

学生与师长的亲眷接触日久,也有相互成为好朋友的。有些学有专长的门生,更是被师长介绍给自家子弟,以求子弟“益友有三”。华直温“与其从弟直清同以文章为贽”,苏颂的父亲苏绅一见,“大加赏异,留君门下,使予(按:即苏颂)从其游,因得接砚席,习文史”①。苏轼“通守钱塘,孙君介夫使其子志康贽所业以见,愿留授经于门下,时年未弱冠也。先君(按:即苏轼)嘉之,使与余长兄(按:即苏迈)游”②。这种情况,在当时似乎甚为平常,刘弇便向曾巩说自己愿“因一介行李之间,北走京师,亟欲拔置门下,使与贤子弟游”③。有些弟子与师门后嗣之间的友谊绵长久远,如孙志康在熙宁初从苏轼受经学,东坡第三子苏过也是出生在苏轼通判杭州期间。但苏过诗集中留有与孙志康唱和交游的作品,如《志康德鱼或劝舍之诸公有诗议未判吾谁适从亦赋一篇》《次韵孙志康书事》《次韵孙志康牡丹》,其所述事皆闲适无聊,而足见其过从之频。苏过做这些文字时,早已人到中年,志康与师长后嗣的渊源不可不谓之长。

范祖禹曾协助司马光修《资治通鉴》,因而师事司马光。他与司马光之子司马康相交甚笃,在司马康去世后,范祖禹声泪俱下写到:

> 昔在西都日,趋庭见伯鱼。金华同劝讲,石室共绌书。鲍叔深知我,颜渊实丧予。衰年哭心友,忍复望灵车。④

---

① 苏颂《殿中丞华君墓志铭》,《全宋文》第 62 册,第 108 页。
② 苏过《孙志康墓铭》,《全宋文》第 144 册,第 191 页。
③ 刘弇《上曾子固先生书》,《全宋文》第 118 册,第 251 页。
④ 范祖禹《哭司马公休》,《全宋诗》第 15 册,第 10383 页。

诗中深切地回忆起在洛阳时，得见司马康之于司马光，如孔鲤之侍奉孔子。其后与司马康相交，同进讲，同修书，互为知音。范祖禹的《祭司马谏议文》更详细地述说其与司马康同讲《诗》《书》，进对、侍读的点滴回忆，并悲伤地写道："此天下所共哀伤，不独朋友之痛也。平生出处，无不同之，一朝睽隔，葬不及送，寓此薄荐，孰知我悲！"[①] 论起二人的友谊，自当源于范祖禹对司马光的师仰从学了。

与师长亲眷的交往，有时还及于内闱，如"（苏）辙少，获知于文忠公，出入门下，与其诸子游，知夫人平生为详"[②]。苏辙与欧阳修的子弟交游，也熟知欧阳修家眷，这是苏子由社交圈的一个部分。

师长有时也会刻意介绍门生认识自己的亲眷，如苏辙的女婿，赴徐州取解。苏轼便写信给李廌说："侄婿王适子立，近过此，往彭城取解，或场屋相见。其人可与讲论，词学德性，皆过人也。其弟名遹，字子敏，亦不甚相远。"[③]东坡事先函告李方叔，介绍王适昆仲的优长之处，其意必是为双方引见。晚辈之间，通过师长的介绍，相互初识，有了交往过从的可能。

有些门生在求学之后，还成为老师的东床，其社会身份又有变化。此例甚多，我们下节专门讨论。师长为学生引介名流、扩宽社会关系网络，让弟子们能获得更多认可，能有更多同声相应的朋友，能占有更多的社会资源。师长通过对学生的提携、奖掖，帮助学生顺利成长，加快融入自己的社会网络。这在开拓学生视野、扩

---

① 范祖禹《祭司马谏议文》，《全宋文》第99册，第217页。

② 苏辙《欧阳文忠公夫人薛氏墓志铭》，苏辙著，陈宏天、高秀芳点校《苏辙集》，中华书局1990年版，第419页。

③ 苏轼《答李方叔十七首》其三，苏轼著，孔凡礼点校《苏轼文集》，中华书局1986年版，第1577页。

大师长自身的文坛影响方面也具有积极作用。

二 呼朋引友,绍介相识:门生之于师长

师生关系历来是双向的,师长在帮助学生打通人际脉络的同时,学生也能拓展师长的社会关系网。基于地缘、血缘等的差异,加以机缘巧合、意外因素,师长与学生之间也各有各的接触人群、交际圈,学生会成为老师接收新弟子的桥梁,也可以成为扩大师长接触人群的媒介。

首先,学生是老师接收新弟子的桥梁之一。较早入门的学生,往往援引亲人友朋拜入师门。如徐无党早年从欧阳修学,其后得权渑池令,他的弟弟无逸、无欲也因而得从欧阳修学。欧阳修说到徐无逸,即称:"贤弟在此,寂寞中相伴,大幸。""久不得书,日与无逸弟想望。"① 今传欧阳修与徐无党所通书信,数度提及徐无党的这两位兄弟。如至和二年(1055)提到"无逸弟又有烦恼,可哀",又说:"无欲弟居监中,时相见。"② 嘉祐元年(1056)则说:"无欲弟在太学,见儿子云甚安。某一向多事少暇,他亦疏及门。"③ 徐氏昆仲三人,先后从欧阳修问学,与欧阳修、欧阳修诸子均稔熟,欧阳修也对徐氏兄弟甚是关照。又如秦观兄弟与苏东坡,也相似。苏轼提到"张文潜、秦少游此两人者,士之超逸绝尘者也","少游之弟少

① 欧阳修《与渑池徐宰六通》其二,欧阳修著,李逸安点校《欧阳修全集》,中华书局2001年版,第2473页。

② 欧阳修《与渑池徐宰六通》其三,欧阳修著,李逸安点校《欧阳修全集》,中华书局2001年版,第2473页。

③ 欧阳修《与渑池徐宰六通》其五,欧阳修著,李逸安点校《欧阳修全集》,中华书局2001年版,第2474页。

章,复从吾游,不及期年,而论议日新”[①]。秦觏因少游而拜入苏门,得以学问日进。徐无党和秦观均充当了自家兄弟的引荐人。

学生也会向老师推荐自己的朋友,使老师能得天下英才而教育之。曾巩就曾向欧阳修推荐自己的朋友,他说:

巩顷尝以王安石之文进左右,而以书论之。其略曰:巩之友有王安石者,文甚古,行称其文。虽已得科名,然居今知安石者尚少也。彼诚自重,不愿知于人。然如此人,古今不常有。如今时所急,虽无常人千万不害也,顾如安石,此不可失也。书既达,而先生使河北,不复得报,然心未尝忘也。

近复有王回者、王向者,父平为御史,居京师。安石于京师得而友之,称之曰“有道君子也”,以书来言者三四,犹恨巩之不即见之也,则寓其文以来。巩与安石友,相信甚至,自谓无愧负于古之人。览二子之文,而思安石之所称,于是知二子者,必魁闳绝特之人。不待见而信之已至,怀不能隐,辄复闻于执事。三子者卓卓如此,树立自有法度,其心非苟求闻于人也。而巩汲汲言者,非为三子者计也,盖喜得天下之材,而任圣人之道,与世之务。复思若巩之浅狭滞拙,而先生遇之甚厚。惧已之不称,则欲得天下之材,尽出于先生之门,以为报之一端耳。伏惟垂意而察之,还以一言,使之是非有定焉。回、向文三篇,如别录。不宣。巩再拜。[②]

---

① 苏轼《太息一章送秦少章秀才》,苏轼著,孔凡礼点校《苏轼文集》,中华书局 1986 年版,第 1979—1980 页。

② 曾巩《再与欧阳舍人书》,曾巩撰,陈杏珍、晁继周点校《曾巩集》,中华书局 1984 年版,第 248—249 页。

这通书信中，曾巩向欧阳修推荐了他的三位朋友：王安石、王回、王向。王安石与曾巩有乡谊，又互为好友。曾巩极为郑重地对欧阳修推荐王安石，他将王安石的文章送到欧阳修面前，且为之鼓吹。曾子固并将王安石的朋友王回兄弟一起推荐给欧阳修，在欧阳修与王安石之间扮演沟通桥梁的角色。在给王安石的信中，他转述欧阳修的态度说："欧公悉见足下之文，爱叹诵写，不胜其勤。间以王回、王向文示之，亦以书来，言此人文字可惊，世所无有。盖古之学者有或气力不足动人，使如此文字，不光耀于世，吾徒可耻也。其重之如此。"又说："欧公甚欲一见足下，能作一来计否？"[①] 欧阳修虽执文坛牛耳，但不可能尽识天下之英。曾巩引荐王安石等人，实际上扩展了欧阳修的接触面，使一些未曾进入欧阳修视野的杰出人士得到醉翁的青眼。尽管王安石最终未拜入欧阳修门下，但曾巩的力荐对欧阳修来说的确起到了扩展老师接触面的作用。

学生在推荐朋友给老师时，还会绞尽脑汁让所荐人能给老师留下深刻印象。曾巩在给王安石的信中，提到欧阳修的态度，并将欧阳修对文章的看法转述给王安石，特地提醒道："欧公更欲足下少开廓其文，勿用造语及模拟前人，请相度示及。"[②] 黄庭坚引荐王立之时，就特地提醒说："来日恐子瞻来，可备少纸，于清凉处设几案陈之，如张武笔，其所好也。"[③] 不论是曾巩透露欧阳修的衡文标准，还是黄庭坚提示苏东坡的文具偏好，他们都希望所荐举者能顺

① 曾巩《与王介甫第一书》，曾巩撰，陈杏珍、晁继周点校《曾巩集》，中华书局1984年版，第254—255页。

② 曾巩《与王介甫第一书》，曾巩撰，陈杏珍、晁继周点校《曾巩集》，中华书局1984年版，第255页。

③ 黄庭坚《与王立之承奉直方》其三，黄庭坚著，郑永晓整理《黄庭坚全集辑校编年》，江西人民出版社2008年版，第633页。

利拜入师门,成为师门的一份子。

宋时士子若不能直接拜访名公,还会通过与其弟子的接触,达到私淑的心愿。陈渊就说:"渊晚学一无所得,蒙公吹嘘之过,或者慕龟山而不可见,往往欲置之朋友之间,此意何敢承也!"[①]虽然是谦辞,但那些不能得见杨时的士人,与陈渊交友的目的也许的确有希望间接得到杨氏点滴沾溉者。学生在老师接收新弟子过程中起到的桥梁纽带作用是非常明显的。

其次,学生通过自身所占社会资本为师长奔走。有些师长或由于地处僻远,或天性疏于请谒等等原因,在社会场域中,所占资本反而不如学生丰厚,孙复与石介就是佳例。孙、石二人的年龄相差十三岁,但欧阳修在《徂徕石先生墓志铭》中明确指出"明复,先生之师友也"[②]。虽然石介见孙复时,孙还是一介布衣,但石介仍然对孙复执弟子礼。对孙复的道德、学问,石介师仰已极,看到"先生逾四十未有室嗣","明远来,论之,相对泣下。非先生之事也,朋友门人之罪也,因思得与数君子同力成先生一日事矣。今当且与先生足奉祭祀、养妻子之具,亦且为先生择善良以侍巾栉,然后为先生筑室于泰山、徂徕间"[③]。

石介有为孙复足日用、成室家的想法之后,便通过自己的社会资本,开始奔走呼号了。他对济南通理廷尉评事祖择之说:

(泰山孙)先生四十九岁,病卧山阿,衣弗充,食弗给……

---

① 陈渊《与吕居仁舍人书》其二,《全宋文》第153册,第292页。

② 欧阳修《徂徕石先生墓志铭》,欧阳修著,李逸安点校《欧阳修全集》,中华书局2001年版,第507页。

③ 石介《上孙先生书》,石介《徂徕文集》卷十五,《宋集珍本丛刊》本,线装书局2004年版,第295—296页。

先生之穷于身，而吾曹穷于势力，不能致先生于泰。择之以文章命世，登甲科，通理列郡，有富贵之基，公相之望。在吾曹间，择之若有势力者。故敢以先生之穷告于择之，惟择之穷势力而后已，无使先生终否。①

虽然择之当时还不是封疆大吏，但他是济南的地方官，且在一帮穷书生中又是"若有势力者"，所以石介希望祖择之能施以援手。而祖无择后来也成为孙复的弟子。石介又上书陕西经略使韩琦，竭力推荐孙复入韩琦之幕，参赞军机。石介说："泰山布衣孙明复、沛县布衣梁构、太平布衣姜潜、任城布衣张洞……阁下经略陕西，苟得四人，实有以助成阁下非常之功。"②石介上求显宦，下央吏员，甚至把主意打到了来谒见他的士子身上。他对董秀才说：

（孙先生）年四十有四，而两鬓尽白。今既走泗上，又走京师，躬负其王考母暨先君先夫人之骨，将藏于泰山、徂徕之间，而贫无以具棺椁，先生朝夕仰天而哭……足下丰于财，又富于义，宜卒成先生之葬，然后知足下好贤服道心实笃。足下愿交于介，而思闻于道，以是观足下矣。③

为解决孙复的衣食之忧，石介可谓用心竭力，善用社会资本。甚至

① 石介《与祖择之书》，石介《徂徕文集》卷十五，《宋集珍本丛刊》本，线装书局2004年版，第392—293页。

② 石介《上韩密学经略使书》，石介《徂徕文集》卷十六，《宋集珍本丛刊》本，线装书局2004年版，第298—299页。

③ 石介《与董秀才书》，石介《徂徕文集》卷十六，《宋集珍本丛刊》本，线装书局2004年版，第299页。

欲以自家声望，换取董秀才为孙复营造先人坟冢。其实石介自家经济条件也不好，他曾自陈说："介家四十口，曾、高以来，耕田为业，田薄牛弱，常苦贫窭。"[①]需要躬耕田亩，然后勉强糊口。即便自家尚有衣食之虞，石介依然通过自身的社会关系网络为先生谋求便利。

学生的社会关系也会成为老师社会关系的延展。苏轼贬谪黄州时，也因秦观的朋友任职黄冈而欲写信拜访。苏轼到黄州后，收到苏辙转来的秦观书信，激动之余，写下了洋洋洒洒近千字的回复。在苏轼现存的书信中，这通《答秦太虚》其四也算得长文。东坡细数到黄州后老乳母辞世、借得天庆观居所、经济的拮据、新识的友人，又与秦观谈起各地的故人，"欲与太虚言者无穷，但纸尽耳。展读至此，想见掀髯一笑也"。信中特地提及，"此中有黄冈少府张舜臣者，其兄尧臣，皆云与太虚相熟。儿子每蒙批问，适会葬老乳母，今勾当作坟，未暇拜书"[②]。张舜臣兄弟与秦观相熟，每每向东坡之子问及苏轼，其中想与苏轼交游却又需避嫌的意思是明显的，而苏轼也打算作书拜访。秦观是二张与苏轼的共同熟识，双方寻得一个交往的中介。苏轼当时身处人生地不熟的黄州，也得到学生秦观所持社会资本的助力。

三　从游举荐，互通人脉：同门相互之间

同门之间拓展社会关系网的方式与前二者有相似之处，同门间也通过相互关系得以认识对方的朋友、亲眷、门生、晚辈。此数途与

① 石介《上徐州扈谏议书》，石介《徂徕文集》卷十七，《宋集珍本丛刊》本，线装书局2004年版，第311页。

② 苏轼《答秦太虚七首》其四，苏轼著，孔凡礼点校《苏轼文集》，中华书局1986年版，第1536—1537页。

本节前文所论并无根本不同，故而我们略举数例，以存其大概。

士子相识于老师座前，相互间以师门为平台，得到交流、相知的机会。蔡元卿“至江西胡氏之义学，与群士居，非礼不由，非道不谈，君子愿交焉”[1]。张鼎因“泰山孙复家居传经，声闻山东，其一时贵人贤士争师之。后仁宗召复居太学，而君往执弟子礼，因尽得与其门人高第游”[2]。胡氏义学华林书院提供了一个士子接触的环境，故而蔡元卿能得到其他向学君子的认同，改变了独学无友的状况。而张鼎因到孙复座前，乃有机会与孙氏的门人高第从游。又如苏轼与曾巩同门，都是六一翁高弟；曾巩弟曾布与苏轼也是同年，且交往密切。因此苏轼与曾布书信往还有十三通之多，且双方都曾托对方做些私事。如苏轼托曾布购买药材，“上党、雁门出一草药，名长松，治大风，气味芳烈，亦可作汤常服。近岁河东人多以为饷，若不甚难致，乞为求一斤许”[3]。曾布果然为他“寄惠长松、榛实、天花菜，皆珍异之品”[4]。曾布则请苏轼为他撰写《塔记》。

前文曾论及弟子引荐朋友、亲戚给老师，由于宋人的转益多师，这些被引荐者中也有旧日同学。李昭玘少年时曾与晁补之同学，“后数年，偶友人晁补之自新城侍亲归，云辱在先生门下”[5]。李氏官徐州，与在徐州的苏轼门生故吏也多有接触，所以他说：“徐，先生旧治也，风迹未远，门生故吏多出庠序，而半在官府。每相遇

① 范仲淹《赠大理寺丞蔡君墓表》，《全宋文》第19册，第79页。

② 晁补之《进士清河张君墓志铭》，《全宋文》第127册，第152—153页。

③ 苏轼《与曾子宣十三首》其三，苏轼著，孔凡礼点校《苏轼文集》，中华书局1986年版，第1468页。

④ 苏轼《与曾子宣十三首》其六，苏轼著，孔凡礼点校《苏轼文集》，中华书局1986年版，第1469页。

⑤ 李昭玘《上眉阳先生书》，《全宋文》第121册，第97页。

者，论先生德义，诵先生文章，堂上琅琅，终日不绝。”[①]徐州虽多东坡沾溉之士，晁补之却是李昭玘的同学，故而他作《上眉阳先生书》，写得最多、最详细的就是从晁补之处获知的东坡事迹。即便东坡的另一个门生兼侄婿王适曾投书拜访李昭玘，李氏也仅仅略为提到，未详述。李、晁的同学关系对李昭玘与苏轼的联系起到了重要的纽带作用。

同门交往，少不得有亲戚长辈、子弟从游，这也成为同门之间带来的新社会资本。高居实与叶梦得“同举进士，试春官，数往来舅氏晁无咎家。时张文潜为右史，二公一时后进所推尊，每得居实文，皆击节称赏不已。居实试别头，文潜适主文，居实果擢第一”[②]。这一例，有两对同学关系。高居实与同榜同年叶梦得友善，所以数度往还叶氏母舅家，得识晁补之、张耒，获得新的社会资本。正因为与张耒相识，在别头试中高居实就占据了较大优势，“果擢第一”。另一对同门关系是同为“苏门四学士”的晁补之、张耒。晁、张二人有同门之谊，张文潜因而认识了晁补之的外甥叶梦得，进而又得与叶氏友人高居实相识，并赞赏高氏文翰。由此，在主持别头试时，擢高第一。同门关系通过这些方式拓展了社会关系，获得更多社会资本。

同门各自成名之后，也会相互推荐士子，例甚多，举其二。苏轼推荐两位士子拜访曾巩，曾巩说：

> 赵郡苏轼，余之同年友也，自蜀以书至京师遗余，称蜀之

① 李昭玘《上眉阳先生书》，《全宋文》第121册，第98页。

② 叶梦得《书高居实集后》，叶梦得《石林居士建康集》卷三，《宋集珍本丛刊》本，线装书局2004年版，第759页。

> 士曰黎生、安生者。既而黎生携其文数十万言,安生携其文亦数千言,辱以顾余。读其文,诚闳壮隽伟,善反复驰骋,穷尽事理,而其才力之放纵,若不可极者也。二生固可谓魁奇特起之士,而苏君固可谓善知人者也。①

苏轼、曾巩同门,二人并以文章为天下望,苏轼曾举荐士子拜访曾巩。通过同门的推荐,曾巩也多出一条接触学子的途径。杨时与游酢同门,并传二程道学。杨时对游定夫说:"吾友闲居,从游者必多,所得有人否?……敝乡二杨与舍弟欲亲炙席下,果然否?幸加驱策。"②杨龟山不但介绍乡党弟兄去同门处问学,还促请同门友人对他们多加鞭策。

我们也能找到同学相友而影响对方婚配的例子。如神宗朝吴越钱氏后裔钱景臻尚仁宗第十女,就是因为同学王仲修的推荐。仲修父王珪衔命为长公主选婿,而未能寻得符合"勋贤之后有福者"条件的人选。仲修就推荐了太学同斋的钱景臻。王珪因此宴请全斋学生,以便考察景臻,又遣仲修偷取来钱氏作业进呈。神宗见其名姓,曰:"此大勋之后,忠孝之家,当无以逾矣。"遂赐婚。钱氏至景臻诸父一辈已经门庭衰败,由于景臻尚主,又家门复振③。钱景臻的同学王仲修实在是钱家大恩人。

同门之间拓展的社会关系,其途径与方式均与前文所述师生

---

① 曾巩《赠黎安二生序》,曾巩撰,陈杏珍、晁继周点校《曾巩集》,中华书局1984年版,第217页。

② 杨时《与游定夫书》其三,杨时撰,林海权校理《杨时集》,中华书局2018年版,第511—512页。

③ 柳立言《北宋吴越钱家婚宦论述》,《"中央"研究院历史语言研究所集刊》第65本,1994年,第925—926页。

之间类似。士子在师门中相互结识，从游交往，也会相互引荐亲朋好友、后生晚辈。但同门间地位较平等，在荐举士子、平居交游时，其表现应该是与前二者略有差异的。

四　滋兰树蕙，收为吾党：对文坛之影响

师门关系拓展的社会关系网，产生的影响涉及士人生活的众多层面，例如日常生活中的婚姻、资产、出游等；仕宦生活中的入仕、立朝、迁转等。就文学影响而言，本节前文所论的社会行为起码具有以下意义：

首先，滋兰树蕙，培养后进。师长若希望其学说、主张得到认同，扩大其影响，就需要有得力的弟子传承、推衍。故而，要维系师门在文坛的地位与影响，首要任务在得人。通过学生、同门等社会关系，援引同道，推荐弟子，都在一定程度上具有发掘人才、培养后进的意义。

宋人重视网罗才俊秀士，苏轼就曾对黄庭坚说："某有侄婿王郎，名庠，荣州人。文行皆超然，笔力有余，出语不凡，可收为吾党也。"[①] 欲收王庠为"党"，可见苏轼对培养后进，延续道德、学说的重视。张耒道谒曾巩，曾子固"甚喜也"，邀请张耒同行，"时予(按：指张耒)舟无挽兵，为予求之甚力"[②]。这里固然有曾巩爱才惜才的成分，却也说明面对秀出群生的士人，成名者均能给予关注，欲"收为吾党"。弟子们推荐士人给师长，同门间互相推荐弟子，均体现了"收为吾党"的自觉主动。

---

① 苏轼《答黄鲁直五首》其五，苏轼著，孔凡礼点校《苏轼文集》，中华书局1986年版，第1534页。

② 张耒《书曾子固集后》，张耒撰，李逸安、孙通海、傅信点校《张耒集》，中华书局1990年版，第811页。

在文坛的师承关系中，与启蒙教育有所不同的是学生多已具备相当的文学修养。苏轼论及门下诸生就说："轼于黄鲁直、张文潜辈数子，特先识之耳。始诵其文，盖疑信者相半，久乃自定，翕然称之，轼岂能为之轻重哉！"① 而不论是学生向老师推荐，或者同门之间推荐，被推荐者多半通过了推荐者的"考核"。如前引曾巩荐王安石书，就说："巩之友有王安石者，文甚古，行称其文。"苏轼所荐黎、安二生也是让曾巩感叹："读其文，诚闳壮隽伟，善反复驰骋，穷尽事理；而其才力之放纵，若不可极者也。"因为知道王安石的才学，曾巩才竭力推荐给欧阳修。苏轼也正是知道黎、安二生的才力，所以安心推荐他们拜谒曾巩。

李昭玘因晁补之而干谒苏轼，苏轼对李的创作才华就极口称赞。他说："观足下新制，及鲁直、无咎、明略等诸人唱和，于拙者便可阁笔，不复措词。"② 苏轼对门下鲁直、无咎诸人之欣赏，溢于言表，而其对自己的识人之明也颇为得意。他说自己"独于文人胜士，多获所欲，如黄庭坚鲁直、晁补之无咎、秦观太虚、张耒文潜之流，皆世未之知，而轼独先知之。今足下又不见鄙，欲相从游。岂造物者专欲以此乐见厚也耶？"③ 列举所得佳士，称许李之才华，说造物欲乐见厚，实际是苏轼自己得英才而教育，面对"可收为吾党"者的喜悦。

多士盈门能增加师长的声望，使其学术主张更有影响。故而，

① 苏轼《答毛泽民七首》其一，苏轼著，孔凡礼点校《苏轼文集》，中华书局1986年版，第1571页。

② 苏轼《与李昭玘一首》，苏轼著，孔凡礼点校《苏轼文集》，中华书局1986年版，第1659页。

③ 苏轼《答李昭玘书》，苏轼著，孔凡礼点校《苏轼文集》，中华书局1986年版，第1439页。

培养后进，滋兰树蕙是师长之所愿；门人同道推荐合格的生源，恰是师长之所需。通过门人同道的社会资源，师长获得了更多从游之秀士。

其次，传播艺文，宣扬学说。求谒者通过名家学生引荐，其文化资本转变成社会资本，名家通过求谒者的艺文作品，判断其文学才能，并决定是否接受其成为“吾党”。求谒者的艺文作品，通过这种方式达到传播的目的，而名家的品评又能扩大求谒者作品的传播面。名家也会通过各种方式，评点求谒者的艺文作品，表达本派的文艺主张，进而实现宣扬学说的目的。

曾巩向欧阳修推荐王安石等人，就录呈王安石等人的作品，并对王安石说：“欧公悉见足下之文，爱叹诵写，不胜其勤。间以王回、王向文示之……”[①] 欧阳修本未见王安石等人的文章，王氏等人的作品通过曾巩的途径，实现了向文坛盟主的传播。潘邠老曾写长诗给黄庭坚，却为苏轼取走。黄庭坚作书云：“公（按：指邠老）往所作道人诗长句一纸二篇者，持与子瞻，遂为子瞻所取，至今思之，因来，幸手录一本见惠。”[②] 潘诗通过黄庭坚的途径传播至苏轼，其作品得到了苏轼的认可。潘诗高妙，至于黄庭坚心下未甘，时过境迁还念念不忘，要作书再讨一卷。

尽管老师的文坛地位甚高，但学生对老师的推崇，也可为老师获得更多的社会资本。李之仪在回复他人求书诗文时说：

窃闻平居专以欧阳永叔、王介甫之文备肘后之索。甚矣，

① 曾巩《与王介甫第一书》，曾巩撰，陈杏珍、晁继周点校《曾巩集》，中华书局1984年版，第254页。

② 黄庭坚《与潘邠老》其一，黄庭坚著，郑永晓整理《黄庭坚全集辑校编年》，江西人民出版社2008年版，第632页。

> 二人之文，乃一时之宗也，长江秋霁，千里一道，滔滔滚滚，到海无尽。其如风雷雨雹之骤作，崩腾汹涌之掀击，暂形忽状，出没后先，耸一时之壮气，极天地之变化，则吾东坡老人，未可以轻议。①

求其文字者嗜欧阳修、王安石文章，李之仪认为欧文、王文尽管滔滔滚滚，而终究不如苏轼文章之天风海雨、崩崖裂石。他在与朋友的私人文书中对苏文之赞颂，实际上也起到了为苏轼获取社会资本的意义。

名家的学术主张、文艺观点，通过弟子对所欲引荐者的介绍，得到更广的传播。如前述曾巩之荐王安石，尽管王安石的文章得到欧阳修的赏识，但王文仍有不合欧阳修之意者。所以曾巩对王安石转述了欧阳修的观点，他说："欧公更欲足下少开廓其文，勿用造语及摸拟前人，请相度示及。欧云：孟韩文虽高，不必似之也，取其自然耳。"②欧阳修主张为文不蹈袭前人，认为学孟子、韩愈之文，而自具面貌为佳。这一观点，当时并未直接对王安石表达，而是经过曾巩为媒介，实现传播的。

再次，朋游共学，转益多师。由师门拓展的社会关系网，促进了人员之间的流动，为求学问道者提供了更加便捷的途径和更加广阔的空间。杨时认为，学问之道，"尚赖朋游共学，左右提掖，相进于此道"③。朋游共学，相与论文，能使同门之间互相促进。独学

① 李之仪《答人求所为诗文书》，《全宋文》第111册，第254—255页。

② 曾巩《与王介甫第一书》，曾巩撰，陈杏珍、晁继周点校《曾巩集》，中华书局1984年版，第255页。

③ 杨时《寄翁好德书》其一，杨时撰，林海权校理《杨时集》，中华书局2018年版，第481页。

无友,则不能收到如此效果。因此,就连居于上位的师长,也会将得意弟子介绍给自家的子弟、亲眷。如前文提及的华直温与苏颂、孙志康与苏迈、范祖禹与司马康、李廌与王适等人皆是其例。友朋共学,有助于志同道合者共同精进学问,众人在观念、思想上相互影响,促进了他们对同一问题的理解,有助于其师门学说的完善与凝聚。

师门的社会资源也帮助后进士子增广见闻,转益多师。如王安石的学生黄某,因老师与曾巩的关系,谒见曾巩,使得曾巩"废食与寝而从之","惟恐其去我,而尚恨其来之不早也"。老师的肯定,又给予学生转谒其他名公巨卿的力量。如苏轼见富弼就说:"翰林欧阳公不知其不肖,使与于制举之末,而发其猖狂之论。是以辄进说于左右,以为明公必能容之。"①

总之,由师门的社会关系拓展的社会网络,帮助学子朋游共学,转益多师;扩大师门艺文作品、学说观点的传播面,又具有培养后进的意义。为维系师门在文坛的地位起到了很好的作用。

第二节　师门姻亲关系与文学传承

婚姻不仅是私人领域的男欢女爱,更是家庭、宗族间的联合,家族联姻与家族中的每一个个体都息息相关。婚姻关系的确立、稳定、延续或破裂,会影响到家族的社会关系网络之建立,同时波及家族成员的现实利益。宗族间世为婚姻,往往"打断骨头连着

① 苏轼《上富丞相书》,苏轼著,孔凡礼点校《苏轼文集》,中华书局1986年版,第1377页。

筋”，而个体婚姻的破裂，甚至会令宗族间关系同样破裂。《齐东野语》卷一三《老苏族谱记》条载云：

> 老泉《族谱亭记》，言乡俗之薄，起于某人，而不著其姓名者，盖苏与其妻党程氏大不咸，所谓某人者，其妻之兄弟也。老泉有《自尤》诗，述其女事外家，不得志以死，其辞甚哀，则其怨隙不平也久矣。其后东坡兄弟以念母之故，相与释憾。程正辅于坡为表弟，坡之南迁，时宰闻其先世之隙，遂以正辅为本路宪将，使之甘心焉。而正辅反笃中外之义，相与周旋之者甚至。坡诗往复倡和，中亦可概见矣。①

苏洵女嫁舅家，所托非偶，令老泉哀伤不平，致使两族互生嫌隙。以至于苏轼南迁，政敌还认为这一嫌隙足以使程氏族人对其不利。此例可证前说。师门中的联姻，通常是缔结婚姻关系的重要途径，而姻亲关系又往往促成师承关系。

一 义均亲戚，乃游门下：由亲戚而成师弟子

从广义的“家学”概念而言，师弟子间本有旁系亲属关系的，也被纳入其中。但我们认为，其与直系亲属关系仍然有显著的区别。在由亲戚而成为师弟子的师承关系中，是先有亲属关系，再有师承关系，虽有先后之别，但其同样是师门中的姻亲关系。

宋代士子拜入亲戚门下，最多的情况是拜母族长辈中的舅父为师，也有拜妻族亲戚、姐夫、舅公等其他亲戚为师的，拙目所及主

---

① 周密撰，张茂鹏点校《齐东野语》卷一三《老苏族谱记》，中华书局 1983 年版，第 235 页。

要有以下几种：

1. 拜母族长辈为师

这种情况以拜舅氏为师最为常见。如阳翟(今河南禹州)人谢季康是宋祁外甥，“宋元宪景文，文章学术为天下宗师，女弟临洺君，博学能文，贤而有识，君之母也。知其子可以托门户，临终以属舅氏元宪”①。谢氏以景文荫，为秘书省正字，非所志，于学益勤。华阳(今属四川成都)人王仲符“从学于舅氏端明殿学士蜀郡范公，故其行与文得为君子”②。邵武(今属福建)人李夔是名相李纲之父，他“幼孤，鞠于外家，成童犹未知书，而颖悟绝人。舅氏大资政黄公擢第归，一见器之，使赋诗，有惊人语，因授以书……学日进，文日益有名，从黄公游者，咸推先焉”③。此三者均从舅氏学之例，且谢季康、李夔的例子中都可以发现二人的舅舅是其启蒙师长。此外，四洪、徐俯与黄庭坚甥舅都是著名的例子。也有拜其他母族长辈为师的例子，如晏防，“宗武太夫人长乐郡君吴氏，荆国王文公夫人之妹也”④。宗武是晏防的字，他从王荆公问学，他的名、字均是姨父王安石所取。

拜母族长辈为师，双方有亲戚之实、通家之好，故在学期间，可以有更多、更亲近的接触。黄庭坚从李公择学，乃在谒见苏轼之前。黄庭坚说：“往岁某尝从学数年，虽以甥舅礼意见畜，出入闺阔无间，然自有物外相知之鉴。细观其内行，冰清玉洁，视金珠如粪

① 杨杰《故通直郎签书商州军事判官厅公事谢君墓志铭》,《全宋文》第75册,第264—265页。

② 吕陶《承事王府君墓志铭》,《全宋文》第74册,第92页。

③ 杨时《李修撰墓志铭》,杨时撰,林海权校理《杨时集》,中华书局2018年版,第807页。

④ 谢逸《故通仕郎晏宗武墓志铭》,《全宋文》第133册,第264页。

土，未始凝滞于一物。”[①]黄庭坚可以自由出入舅舅家的闺阃，得以见李公择之起居内行，受到其言传之外，更得其身教。从师长的一方来看，因双方血缘关系，也更多地为亲戚学生考虑现实处境，且说话更加直接而无顾忌。元祐八年(1093)九月，黄庭坚作书对洪刍说：

驹父推官外甥：得手书，知还家侍奉吉庆为慰。新妇诸孙想履夏具宜。既不免应举，亦须温习文字，诗酒须少辍也。自顷尝见诸人论甥之文学，它日当大成，但愿极加意于忠信孝友之地，甘受和，白受采，不但用文章照映今古，乃所望者……玉父不及书，想钩深索隐，日有新功。比又为弟侄草数篇六韵诗，适意思不堪，未能写寄。鸿父更加意举业，须少入绳墨乃佳。前要文字，犹未暇作。新书室政在大槐安国中耶？师川应举否？颇解作举业乎？盎父蓬生麻中，不得不直，比来翰墨亦可观否？老舅既免丧，哀痛无已，日在墓次，亦苦多病，未缘相见。千万强学自重，不具，老舅庭坚白。[②]

黄庭坚在书信中，一一问及诸甥近况，对他们参加科举考试进行点拨。科举程文与寻常作品大不相同，故而诸甥是否练习应举文字，成为他重点关注的部分。由于是自家外甥，黄庭坚特地提醒洪刍，“须温习文字，诗酒须少辍”。且对洪羽的应举文字未能“入绳墨”，感到担忧。又对洪羽不能及时寄出他提到过的文章，表示不满。山谷用嘲弄戏谑的语气问道洪羽的新书室是不是在虚无缥缈的大

① 黄庭坚《跋李公择书》，黄庭坚著，郑永晓整理《黄庭坚全集辑校编年》，江西人民出版社2008年版，第1097页。

② 黄庭坚《答洪驹父书三首》其一，黄庭坚著，郑永晓整理《黄庭坚全集辑校编年》，江西人民出版社2008年版，第732—733页。

槐安国？言下之意，是不知鸿父到底有无更加着意举业，有无用功磨砺文字功力。若非近亲，何以对诸洪如此关切，言辞又直白而不留情面？

2. 拜妻族亲戚为师

因妻子族中亲戚有学行，从而学之，此类情况较少见。湖州人张文刚，便因妻子是王安石的族人而从王安石学。张文刚两次考进士，不中，年仅二十七岁就弃世了。王安石为他撰写墓志铭，并说“君妻，予从父妹也，故君从予学”①。张文刚去世于熙宁五年（1072），王安石于熙宁二年（1069）二月，为参知政事，启动变法。张因为娶了王安石的堂妹，而得以从王安石学。但王安石撰写的墓志铭非常简单，对张的评价也仅是寻常的“好学能文，孝友顺祥”②。既然说是两应进士举，则此时张文刚的学业尚未大成。

王庠是苏轼从兄之婿，而王庠则说：“某，门人也，君子爱人之心，必有以教之……谨缮写近所为文一编附献，非敢以为文也，藉为求教之资而已。万里尺书，远意难尽……”③ 苏轼回信说：“贾谊、陆贽之学，殆不传于世。老病且死，独欲以此教子弟，岂意姻亲中，乃有王郎乎？”④ 又对黄庭坚介绍他说：“某有侄婿王郎，名庠，荣州人。文行皆超然，笔力有余，出语不凡。”⑤ 此时，东坡已南贬惠

① 王安石《张常胜墓志铭》，王安石撰，刘成国点校《王安石文集》，中华书局2021年版，第1682页。

② 王安石《张常胜墓志铭》，王安石撰，刘成国点校《王安石文集》，中华书局2021年版，第1681页。

③ 王庠《与东坡手书》，《全宋文》第145册，第115页。

④ 苏轼《与王庠书》，苏轼著，孔凡礼点校《苏轼文集》，中华书局1986年版，第1422页。

⑤ 苏轼《答黄鲁直五首》其五，苏轼著，孔凡礼点校《苏轼文集》，中华书局1986年版，第1534页。

州，王庠欲往黔地拜访黄庭坚，故而向东坡求书引荐。王氏正是通过妻族亲戚的身份，成为苏轼“门人”的。

3. 内弟从姐夫问学

晁补之的父亲端友“以文词德义、宽厚爱人有美名，州闾人慕学之”。晁补之说：“舅以童稚从先君，先君固言舅少成。”① 杨节之为晁补之舅，童年开始从晁端友学，此即从姐夫问学之例。而苏轼、苏辙兄弟的孩子也是向苏辙的女婿王适学诗文。苏轼说：“余与子由有六男子，皆以童子从子立游，学文有师法，人人自重，不敢嬉宕，子立实使然。”② 子立，即王适。王适是苏轼在徐州发现的人才，苏辙将女儿许配给他。元丰间，东坡兄弟南贬，子立从岳丈一家“谪于高安、绩溪，同其有无，赋诗弦歌，讲道著书于席门茅屋之下者五年，未尝有愠色”③。神宗朝，东坡兄弟家中子弟尚处童稚冲龄，王适是他们的启蒙老师。

4. 从其他亲戚问学

滕甫的曾祖母、祖母皆出自范氏，范仲淹是其父之舅。“范希文，皇考舅也，见公而奇之，教以为文。希文为苏州，而安定胡先生瑗居于苏，公往从之，门人以千数，第其文，公常为首。”④ 范仲淹见滕甫而教以文，滕又从范仲淹往苏州，拜在胡瑗门下。可知，范仲淹教以为文，也是在滕甫学业初起阶段。《过庭录》载滕甫在范家

---

① 晁补之《右通直郎杨君墓志铭》，《全宋文》第 127 册，第 151 页。

② 苏轼《王子立墓志铭》，苏轼著，孔凡礼点校《苏轼文集》，中华书局 1986 年版，第 467 页。

③ 苏轼《王子立墓志铭》，苏轼著，孔凡礼点校《苏轼文集》，中华书局 1986 年版，第 466—467 页。

④ 苏轼《故龙图阁学士滕公墓志铭》，苏轼著，孔凡礼点校《苏轼文集》，中华书局 1986 年版，第 460—461 页。

读书事云：

> 滕甫元发视文正为皇考舅，自少侍文正侧。文正爱其才，待如子，视忠宣为叔。每恃才好胜，忠宣未尝与较。皇祐元年，同忠宣贡京师。忠宣箧中物，滕尝自取之付酒或济困乏者，忠宣初不问也。是年，忠宣登第，滕失意归。文正责怒滕，欲夏楚，其无间如此。爱击角毬，文正每戒之，不听。一日，文正寻大郎肄业，乃击毬于外，文正怒，命取毬令小吏直面以铁槌碎之。毬为铁所击，起，中小吏之额。小吏获痛间，滕在旁，拱手微言曰："快哉！"文正亦优之，至登第仕宦始去。①

滕元发在舅公家求学，与范纯仁年纪相仿，滕好胜而豪放，应举时取范纯仁财物付酒钱、行慈善，又好打球。范仲淹怒，而欲用棍棒教育他。范氏后人评价说："其无间如此。"此亦亲戚长辈为师乃能"无间"。

湖州莫廷芬未冠游太学，政和六年（1116）赐上舍出身。"晚教子甚笃，所与习业，必时名士。亲戚子弟有来学者，亦谆谆焉诲之"②。此虽不言具体的亲戚关系，但可知来学者与莫氏有亲戚之谊。

从以上诸例来看，由亲戚而成师弟子的师承关系，多发生在士子启蒙、初学阶段。如谢季康、李夔等人从舅父学，均在蒙童稚龄；晁端友、王适也都是内弟们在启蒙阶段的老师。而滕甫从范仲淹学为文之道，也是在入胡瑗门下之前。又如四洪、徐俯与舅父黄庭坚，张文刚与王安石等例，双方的师弟子关系也都是在学生学问甫有小

---

① 范公偁撰，孔凡礼点校《过庭录》，中华书局2002年版，第368—369页。
② 刘一止《莫国华墓志铭》，《全宋文》第152册，第269页。

成,尚未登进士第之前确定的。这说明,在大多数因亲戚而成就的师弟子关系中,身为师长的一方有文名,而亲戚乃送其子弟问学。

二 游公之门,取为佳婿:师门联姻而成亲戚

婚姻是一种社会关系,从本质上说其社会性大于生物性。缔结婚姻的双方,都是社会的一份子,都扮演相应的社会角色。而师生、同门关系则是具体的社会关系。因此,师门联姻不论是在对象选择、确立、延续等诸多方面都具有与当时社会婚姻习惯相似的特点。其特殊之处,则在缔结婚姻双方的社会角色上。师门联姻的状况由来已久。孔子以其兄之子妻南容,又以子妻弟子公冶长。此即师门联姻的早期记载。宋人也津津乐道这两段师门联姻关系,宋高宗有《文宣王及其弟子赞》,其第十六首即咏公冶长的,赞曰:

> 子长宏度,高出伦辈。虽在缧绁,知非其罪。纯德备行,夫子所采。以子妻之,尤知英概。①

宋人缔结婚姻的过程,渗透着长辈意愿,女子更少有婚姻自主权。因此,我们以当事双方中的男性所处情况为分类标准。科场同年关系属于广义的同门关系,我们一并论列。其情况大致如下:

1. 师长的东床快婿

择婿若考虑对方的才能、家世等众多因素,东床佳选并不容易得。如果所在地僻远,就更难得秀士为婿。所以王安石向曾巩感叹:"州穷吉士少,谁可婿诸妹?"② 青年才俊能在未来的场屋文战

① 赵构《文宣王及其弟子赞》其一六,《全宋诗》第35册,第22223页。

② 王安石《寄曾子固》,王安石撰,刘成国点校《王安石文集》,中华书局2021年版,第181页。

中占据才情优势,只要有真才实学,就有可能挤入仕途,进而帮助妻子家族维系门庭。因此,宋人有时并不特别注重家庭的财产、社会地位。不必中进士,女方长辈见到年龄相当,又有才华,有可能"登天子堂"者,便会主动许婚。四处游学的布衣士人,欲拜入名师门下为门人,也可能在初见不久,就被所谒者看中,选为东床。且胪列数例:

(苏舜钦的父亲苏耆)未冠,谒文正王公旦,公器之,以息女归。①

(零陵人李忠辅)少时已卓然克笃术业,为不群矣。于是浔阳陶公岳方为州大儒,名闻四方,君以其文辞上谒,陶公大称赏,以其子妻之。②

马尚书亮以员外郎直史馆,使淮南时,吕许公夷简尚为布衣,方侍父罢江外县令,亦在淮南,上书求见。尚书一阅,知其必贵,遂以女妻之,后许公果为宰相。③

上述数例皆士子谒见当道名家,而得到赏识。苏耆的父亲苏易简与王旦是同榜进士,两家或有世交之好,但其以文谒见王旦,与士人谒见行卷并无二致。李忠辅见陶岳是"以其文辞上谒",吕夷简对马亮是"上书求见",则更是明显的行卷请谒了。而谒见的目的

① 苏舜钦《先公墓志铭》,苏舜钦著,沈文倬校点《苏舜钦集》,上海古籍出版社 2011 年版,第 173 页。

② 沈辽《贺州推官知阳朔县李君墓碣铭》,沈辽《云巢编》卷九,《宋集珍本丛刊》本,线装书局 2004 年版,第 561 页。

③ 李献民《云斋广录》卷一,《全宋笔记》第 9 编第 1 册,大象出版社 2018 年版,第 284 页。

不外乎问学或成为门人，既已成为所谒者的女婿，其谒见的结果或许是超出预期的。不难想见其问学或其他目的，都可以更顺利地推进。

而更多的例子并不显得如此草率，师长择选佳婿，其视野也涵盖了门下弟子。有不少事例都说明，师长从跟随自己多年的弟子中，选求乘龙快婿。我们且再胪列一组例证：

（王仲芳）始学书数于乡先生胡公，数年究极其艺，公益器重，以其子妻之。①

龙图尹公师鲁，负天下重名，爱公（按：指张景宪）之才，两以女配之。公既游师鲁门，益好《春秋》学……②

始某（按：即陈渊）过建阳，问道于将乐杨公，公怜而教之，既而许妻以女。道路南北迨三年，然后成昏。成昏今一年矣，非惟寅缘葭莩之幸，实有幸于得毕其学问之素志，庶几不虚作一世人也。③

以上三例，皆师长在对门人有了一定了解之后，才决定许配女儿给对方。尹洙对张景宪的才华之欣赏，至于两次以女儿许配给张。陈渊是陈瓘的侄孙，他见杨时，杨龟山先教之，后许婚。许婚时，龟山对陈渊必然已经有所了解。而龟山的另一个女婿李郁，也是陈瓘的亲戚兼学生，他先“从舅氏陈忠肃公学，逾冠乃见龟山而请业焉。龟山一见奇之，妻以第三女。是时龟山以程氏说教授东

① 冀膺《王仲芳墓志》，《全宋文》第48册，第48页。

② 范纯仁《太中大夫充集英殿修撰张公行状》，《全宋文》第71册，第309页。

③ 陈渊《与游定夫先生书》，《全宋文》第153册，第180页。

南，一时学者翕然趋之”[①]。杨时许配第三女时，则是以文取人，见而定之。由此，师长许婚时是以才情学问为先，在择婿时并不一定拘泥于特定程序。

2. 师长以族女妻之

师长一旦认可学生为所谓的“良配”，不但会许其女给学生，也可能会以近亲女性许配之。王禹偁曾称：“刘生颇少秀，为学识根柢。丘轲有堂奥，试脚到阶砌。杨墨恣荒榛，挥手欲芟薙。携文访谪居，趣向非权势。对挹雏凤下，交言孤鹤唳。在璞认良玉，行当为国器。”“宜哉孙汉公，妻之以女弟。吾家兄之子，笄年未伉俪。恨不早相逢，取子为佳婿。”[②]刘生有学识，兼通孟、杨、墨，又不趋炎附势，为王禹偁所欣赏。王禹偁感慨如此佳婿，未能早得见，否则也能为兄家子得一璧人。

王禹偁的朋友潘阆，在山阴见到七岁的刘少逸，惊讶于他的聪敏，“许以并行，诲之不倦，且以其兄之子妻之。逮十一岁成三百篇，求之古人，曾不多让”[③]。王禹偁作此序时，称刘为“神童”，可知潘阆许亲是在刘少逸年齿甚轻时。王文以顺序叙述潘阆见刘少逸而奇之等事，则刘氏配潘阆侄女，或当在十一岁之前。

又如苏辙说：“昔予既壮，有二婿，曰文务光、王适……二子从予学为文，皆长于《诗》《骚》。”[④]文务光是文同的儿子，与苏家本就有表亲关系，而王适则是徐州人，先从苏轼问学。苏轼说：“始

---

① 李清馥《闽中理学渊源考》卷六，影印文渊阁《四库全书》本，台湾商务印书馆1984年版，第460册，第112页。

② 王禹偁《赠刘仲堪》，《全宋诗》第2册，第670页。

③ 王禹偁《神童刘少逸与时贤联句诗序》，《全宋文》第8册，第33页。

④ 苏辙《王子立秀才文集引》，苏辙著，陈宏天、高秀芳点校《苏辙集》，中华书局1990年版，第1109页。

予为徐州，子立为州学生，知其贤而有文，喜怒不见，得丧若一，曰：'是有类子由者。'故以其（按：指苏辙）子妻之。与其弟適子敏，皆从余于吴兴。学道日进，东南之士称之。"①苏轼见王适"贤而有文"，"有类子由"，所以将苏辙的女儿许配给王适。王适既成苏辙女婿，又从二苏学。

南宋理学家朱熹的从父朱弁，"少颖悟，读书日数千言。既冠，入太学，晁说之见其诗，奇之，与归新郑，妻以兄女。新郑介汴、洛间，多故家遗俗，弁游其中，闻见日广。靖康之乱，家碎于贼，弁南归"②。朱弁是徽州婺源（今属江西上饶）人，在太学求学，晁说之赏识他的诗作，乃带回新郑，成为"笄年未伉俪"侄女之佳偶良配。

刘少逸、王适、朱弁在配师长的侄女时，均是白身布衣。以当时婚俗而言，重科举者盛行"榜下捉婿"，"本朝贵人家选婿，于科场年，择过省士人，不问阴阳吉凶及其家世，谓之'榜下捉婿'"③。而科举说到底还是拼才具，故而师长们在择人时，也比较看重才情与品行。

3. 为子弟求配师家

学生与师长家亲眷若相熟，也会为自家子弟求配。如黄庭坚与苏轼，名有师徒之分，义则师友之间。黄庭坚有诗云：

> 我诗如曹郐，浅陋不成邦。公如大国楚，吞五湖三江。赤壁风月笛，玉堂云雾窗。句法提一律，坚城受我降。枯松倒涧壑，波涛所舂撞。万牛挽不前，公乃独力扛。诸人方嗤点，渠非晁张双。袒怀相识察，床下拜老庞。小儿未可知，客或许敦

① 苏轼《王子立墓志铭》，苏轼著，孔凡礼点校《苏轼文集》，中华书局1986年版，第466页。

② 脱脱等《宋史》卷三七三《朱弁传》，中华书局1977年版，第11551页。

③ 朱彧撰，李伟国点校《萍洲可谈》卷一，中华书局2007年版，第127页。

庬。诚堪婿阿巽，买红缠酒缸。[①]

山谷推尊东坡之诗，戏谑地说自己举手投降，但结尾则以“小儿未可知”云云，转下一语，以解嘲。山谷说自己的孩子现在还小，文章虽不知如何，但客人都夸他“敦庬”，即敦厚质朴。若能许给东坡孙女阿巽为夫，就买红彩缠着酒缸，以备下聘。说自己的诗歌是赶不上东坡的高度了，但或许后人可以结为伉俪，虽是插科打诨之语，却也表达了求配之意。看来，黄庭坚也是熟悉阿巽的。不过，苏轼却是很欣赏黄庭坚诗的，他与旁人说：“今日鲁直之于诗是已。公自于彼乞盟可也，奈何欲为两属之国，则牺牲玉帛焉得而给诸？”[②]苏轼终于未与黄庭坚家结亲，但却曾向自己的老师欧阳修家求得佳媳。

苏洵认为欧阳修对苏家“恩义之重，宜结婚姻，以永世好。故予以中子迨求婚于汝”[③]。这里的“汝”，是欧阳修的孙女、欧阳棐的女儿。在苏洵认为应该与欧阳家成亲戚之后，苏轼为儿子向老师家求婚，于是她嫁给了苏轼的次子苏迨。苏迨是东坡继室王闰之的儿子，王闰之、欧阳氏均死于元祐八年(1093)。欧阳氏嫁入苏家，“夫妇如宾，娣姒谐睦，事上接下，动有家法”[④]。可知苏轼对这

① 黄庭坚《子瞻诗句妙一世乃云效庭坚体盖退之戏效孟郊樊宗师之比以文滑稽耳恐后生不解故次韵道之(子瞻送杨孟容诗云我家峨眉阴与子同一邦即此韵)》，黄庭坚撰，任渊、史容、史季温注，刘尚荣点校《黄庭坚诗集注》，中华书局2003年版，第191—192页。

② 苏轼《答舒尧文二首》其二，苏轼著，孔凡礼点校《苏轼文集》，中华书局1986年版，第1671页。

③ 苏轼《祭迨妇欧阳氏文》，苏轼著，孔凡礼点校《苏轼文集》，中华书局1986年版，第1960页。

④ 苏轼《祭迨妇欧阳氏文》，苏轼著，孔凡礼点校《苏轼文集》，中华书局1986年版，第1960页。

位儿媳妇恪守中阃之职、谐睦家务的妇德非常满意。

4. 同门之间结为亲戚

宋人也有同门间互相结成儿女亲家的现象,同年关系是广义的同门关系,他们之间结亲的就更多。葛胜仲与张滦相交垂四十年,"始研席之博约,继亲好之联绵"。张滦娶葛胜仲之妹,葛胜仲娶张滦之妹,而张氏兄妹享年不如葛氏兄妹长,所以葛胜仲祭文云:"公妹归我,已痛隔于黄泉;我妹妻公,乃遽夺其所天。"[①] 又如王令的外孙吴咨之娶于王氏,"君讳咨,字周朋,姓吴氏,世为钱塘人。故建中谏官师礼之子,广陵王先生讳令嫡外孙,今尚书郎、信阳守名说之弟也……始,予先君与司谏同游学,相慕用,先君晚得一女爱甚,因君委禽,遂妻之"[②]。葛胜仲与张滦是同学,故有易妹而婚之事;王洋父亲与吴师礼同学,故有缔儿女姻亲之事。

同年关系结成的姻亲甚多,徐红博士指出太平兴国五年(980)"龙虎榜"进士间就有相互缔亲的。该榜所录苏易简、李沆、王旦、寇准和张咏等人均是太宗、真宗朝名臣。苏易简是该榜进士第一人,他的儿子苏耆就娶了王旦的女儿,而王旦的儿子则娶了李沆的侄女。王安石父亲王益与谢绛同年,其弟王安礼娶谢绛女。王安石与吴充同年,于是王安石女适吴充子吴安持。"苏涣与程濬、黄孝先同年,苏辙与曾巩、黄孝先子黄好谦同年,所以苏涣弟苏洵才得以将同是眉山人的程濬之女迎娶进门,后又将女儿嫁进程家,苏辙女适曾巩弟曾肇之子曾纵,苏辙有二子皆娶黄好谦孙女为妻"[③]。以上数例同年关系结亲的有儿女亲家,也有嫁女给同年子侄、娶媳

① 葛胜仲《祭张侍郎文》,《全宋文》第143册,第110页。

② 王洋《吴周朋墓志》,《全宋文》第177册,第204—205页。

③ 徐红《北宋进士的交游圈对其家族通婚地域的影响》,《史学月刊》2008年第12期。

于同年孙女的。

综而言之，由师弟子而成婚姻的，择偶的主动权通常在女方，女方又以长辈意志为主。如李忠辅与陶岳、吕夷简与马亮均是谒见不久，女方长辈提出许婚。王仲芳与乡先生胡公、张景宪与尹洙、陈渊与杨时，也均是作为女方父亲的师长主导婚配。师长以族中女妻之于弟子的情况，也是作为女方长辈的师长采取主动。但采取主动的师长并不是回回都能顺利议婚的，只是失败的例子很少载于文字吧。门客与师弟子关系类似，我们就见到幕主向幕客议婚而未成的例子，或可作为旁证。张子皋有名望于当时，而入寇准之幕，当时“诸公皆欲出其门下，公益自树立，少所附合。寇莱公深器之……初，公在雍，丧配，莱公意以女归之，而未成也。莱公罢相，始婚于寇氏”①。弟子向师长家求配，由男方采取主动，苏轼与欧阳棐结成儿女亲家就是其例。同门之间的姻娅关系则相对平等，而与当时寻常的婚姻相类似。

在本书所论师门联姻而成亲戚的四种情况中，大多数联姻的男子并无功名，笔者所见资料亦不强调其经济条件、家世门庭，反倒更多关注其本人的才学识见。在师门联姻中，重才学是主要条件。才学就是士子所持有的文化资本，而这可以为他们后续在科举中博得一第，进而入仕从政奠定基础。所以看重士子的文化资本，说到底是看重他们获得经济资本、社会资本等的潜能。

三　同气连枝，珠璧交辉：师门姻亲关系的文学、学术意义

对于结成姻娅的师弟子、同学双方之间，师门的姻亲关系都是

① 尹洙《故朝奉郎司封员外郎直史馆柱国赐绯鱼袋张公墓志铭》，《全宋文》第28册，第119页。

一种新的人际关系。这为双方在日常交往、学术传承等诸多方面都有了新的交往方式。日常交往中的文学交流、诗文往还、言传身教,学术传承时的日积月累、自觉自律等均有其自身意义。约略言之,有以下三端:

首先,交往密切,扩大文坛交游圈。联姻而形成的师门新关系,其文学交流频率、深广度均超出泛泛之交。而由姻亲拓展的文坛网络,也是这种新关系带来的另一缘分。师门联姻并非仅仅是男女双方的事,缔结儿女亲家的双方家族也会形成新的关系。如儿女成婚,双方的父亲便在原有关系基础上多出姻娅关系,而同门如果同娶于一家,双方在固有的同学关系上又多出连襟关系等等。

苏轼的次子缔婚于欧阳修的第三子欧阳棐。棐,字叔弼。因为这样的亲戚关系,苏轼与欧阳棐交往就更加亲密。欧阳修有"男八人:发,故承议郎;奕,故光禄寺丞;棐,朝奉大夫;辩,故承议郎。余早亡"①。苏轼、苏辙与他们多有交往。但从交往密切程度上说,苏辙不如苏轼与欧阳棐更亲厚,而欧阳修的其他儿子也不如欧阳棐与苏轼交往密切。苏轼、欧阳棐甚至曾在一起度过岁日。"岁日,与欧阳叔弼、晁无咎、张文潜同在戒坛"②。守岁时,苏轼与门下二生及欧阳棐同在戒坛,此尤可见二者的亲密无间。

苏轼与欧阳棐的诗酒互动也能见两位儿女亲家的密切关系。苏轼与这位亲家文字往还,诗酒相酬,趣味相投。苏轼写给欧阳棐的诗有九首,提及欧阳棐的则有《次韵答钱穆父以轼得汝阴用杭越唱酬韵作诗见寄》《次前韵送刘景文》等。其数远多于涉及欧阳修

---

① 苏辙《欧阳文忠公神道碑》,苏辙著,陈宏天、高秀芳点校《苏辙集》,中华书局 1990 年版,第 1137 页。

② 苏轼撰,王松龄点校《东坡志林》卷一,中华书局 1981 年版,第 15 页。

其他儿子的。苏轼的这些诗，诗题大多具有明显的叙事特点，说明了创作时的基本场景。我们可以从这些诗题中找到一些颇有趣味的场景，欧阳棐借陈师道不饮酒推脱作诗任务，而赵令畤（景贶）、陈师道又作诗督促欧阳棐、欧阳辩兄弟和韵。或许欧阳棐善酒，不喜做诗而陈师道能诗不善饮。可是欧阳修之子，身负家学又如何会拙于文字，"叔弼见访诵陶渊明事叹其绝识"，其识见让苏轼觉得余音绕梁。至临别，欧阳棐一首深得陶诗三昧的诗横空出世，技压群雄。赵令畤、陈师道皆苏门羽翼，欧阳棐通过这一姻娅关系，与更多的文坛名士有文字缘。

杨时的两位女婿兼高足也同样因为多重的姻亲关系而兼具同门关系，互相交往切磋尤为密切。左志南曾梳理二人的书信往还，他认为"李郁欲绝意于仕进，陈渊不仅引用《易》之'蛊'卦上的上九爻辞，称其'不事王侯，高尚其事'，而且劝勉李郁着意于探求学问，以此来'恢旧家之风，昭龟山之训'，劝勉之意，昭然可见"。且陈、李二人于学问多有切磋砥砺，"此外，陈渊还多有与李似祖、李兴祖书信，李氏昆仲皆曾从杨时游，陈渊与李氏昆仲的交往切磋，使得龟山学派内部联系更为紧密，也起到了在理学研习上相互促进的作用"①。左志南注意到陈渊与李氏昆仲之间的转折亲，陈、李均是陈瓘的亲戚，而陈渊与李郁又是连襟。故而双方文字切磋、思想交流甚多，且通过李郁这一中介人，陈渊与李郁的兄弟也多有交往，扩大了其文坛的交往面。

其次，侍侧既久，于师门学问了解更深。寻常弟子问学长则三五年，短则不期年，即拜别师门，虽受师长提点开示，然终究不如

---

① 左志南《龟山学派道论与文学研究》，武汉大学 2012 年中国语言文学博士后流动站工作报告，第 16 页。

互相有姻亲关系的师弟子之间接触的时间久，渊源深远绵长。王适从岳丈苏辙一家“谪于高安、绩溪，同其有无，赋诗弦歌，讲道著书于席门茅屋之下者五年，未尝有愠色”[①]。日常生活间弦歌赋诗，又讲论学问，其所得显然比苏辙的其他门人要多。苏辙自称其婿文务光、王适“二子从予学为文，皆长于《诗》《骚》”[②]。《诗》《骚》正是苏氏昆仲重视的经典，苏轼对诸子侄说“春秋古史乃家法，诗笔《离骚》亦时用”[③]。

人皆知苏辙文似孟子，长于议论，文风汪洋澹泊，又不失醇厚秀雅。张耒学其文，大类之。而苏辙却称其二婿学他为文长于《诗》《骚》。实际上，《诗》正是苏辙的自留地之一。苏辙早年于《诗》就曾用心钻研，苏籀《栾城先生遗言》称：“（苏辙）年二十，作《诗传》。”“公（苏辙）解《诗》时，年未二十，初出《鱼藻》、《兔苴》等说。曾祖编札，以为先儒所未喻。”[④] 苏辙自己也说：

> 予既壮而仕。仕宦之余，未尝废书，为《诗》、《春秋》集传，因古之遗文，而得圣贤处身临事之微意，喟然太息，知先儒昔有所未悟也。[⑤]

① 苏轼《王子立墓志铭》，苏轼著，孔凡礼点校《苏轼文集》，中华书局 1986 年版，第 466—467 页。

② 苏辙《王子立秀才文集引》，苏辙著，陈宏天、高秀芳点校《苏辙集》，中华书局 1990 年版，第 1109 页。

③ 苏轼《过于海舶，得迈寄书、酒。作诗，远和之，皆粲然可观。子由有书相庆也，因用其韵赋一篇，并寄诸子侄》，苏轼著，王文诰辑注，孔凡礼点校《苏轼诗集》，中华书局 1982 年版，第 2306 页。

④ 苏籀《栾城先生遗言》，《全宋笔记》第 3 编第 7 册，大象出版社 2008 年版，第 151、156 页。

⑤ 苏辙《历代论》引，苏辙著，陈宏天、高秀芳点校《苏辙集》，中华书局 1990 年版，第 958 页。

子瞻以诗得罪，辙从坐，谪监筠州盐酒税，五年不得调。平生好读《诗》、《春秋》，病先儒多失其旨，欲更为之传。[①]

苏轼对其弟苏辙撰写《诗集传》一事也非常了解，他曾说："某闲废无所用心，专治经书。一二年间，欲了却《论语》、《书》、《易》，舍弟亦了却《春秋》、《诗》。"[②] 而王适从其居高安，正是苏辙职监筠州酒税时。张耒从苏辙学，苏子由并不称其精《诗》，五年谪居，王适从其学文，日相讲道，必然也对《诗集传》的撰写有所了解，甚至从旁襄助学习。

又如尹洙"女五人：长适虞部员外郎张景宪，次继适张氏"[③]，两以女妻张景宪。尹洙"幼聪敏喜学，无所不通，尤长于《春秋》，善议论，参质古今，开判疑滞，闻者欣服之"[④]。而欧阳修也称尹洙"博学强记，通知今古，长于《春秋》"[⑤]。尹洙"爱公（按：指张景宪）之才，两以女配之"。因为尹洙长于《春秋》，张景宪"既游师鲁门，益好《春秋》学"[⑥]。此则翁婿之谊影响学术偏好之例。

其他如黄庭坚诸甥继承黄庭坚诗风，对于江西诗派建立的影

---

① 苏辙《颍滨遗老传上》，苏辙著，陈宏天、高秀芳点校《苏辙集》，中华书局1990年版，第1017页。

② 苏轼《与滕达道六十八首》其二十一，苏轼著，孔凡礼点校《苏轼文集》，中华书局1986年版，第1482页。

③ 韩琦《故崇信军节度副使检校尚书工部员外郎尹公墓表》，《全宋文》第40册，第81页。

④ 韩琦《故崇信军节度副使检校尚书工部员外郎尹公墓表》，《全宋文》第40册，第78页。

⑤ 欧阳修《尹师鲁墓志铭》，欧阳修著，李逸安点校《欧阳修全集》，中华书局2001年版，第432页。

⑥ 范纯仁《太中大夫充集英殿修撰张公行状》，《全宋文》第71册，第309页。

响;潘阆、刘少逸之间数十年的文学授受等均体现出师门姻亲关系,在弟子从学中,了解师说,认同师说的积极作用。故而在对师门学问的认识和了解上,身为师长的姻亲,天然具有更大的优势。

再次,互有姻亲关系的师弟子、同门间,交流时更加直接,而"无间"。在这种师生关系中,因双方具有血缘或亲戚关系,师长更多地为学生考虑,且言行之间常用长辈的身份,更直接而无顾忌。如前文提到黄庭坚之责洪羽不寄文章,提醒洪刍少辍诗酒;范仲淹因滕甫贪玩角球耽误功课,乃碎其角球,又欲以棍棒教育滕甫。这都是以自家子弟来看待身为学生的一方,而这是大多数普通的师生关系难以做到的。

同样,从学生的方面来看,对于有姻亲的师长,言语间也更直接。靖康之难后,宋廷行在所一度设在扬州,杨时入朝为谏议。面对兵戎交加、国势倾颓的局面,陈渊表达了自己的担忧,说:"盗贼充斥,中原已为夷狄所据,退而保东南。此孙仲谋之所甚难","虽有伊、傅,而任之不专,何益于乱?由是言之,丈人今日之责,虽欲辞以不能,不可避也。如闻王公已过八座,恐除中宪,果尔,去计不可缓也。若由是遂登二府,恐益负人望也。不肖至亲,且受教门下,若曰规利而求进,则不出此言,唯深察之,幸甚"①。这通书信,在王事靡盬的情况下,不是主张承担责任,而是建议"丈人"老师趋吉避凶,不负人望。的确,不是至亲不会做此论。此亦可见作为学生的一方,也因与师长有翁婿之实,言语间更多了一份寻常弟子所难得的赤诚。当然,那些与师长关系至亲的弟子,与师长关系也可能做到赤诚,但大多数普通弟子,还是不能"无间"地表达意见。

复次,姻亲关系促进了弟子对师门学术的自觉传承、传播。杨

① 陈渊《再与龟山先生谏议书》,《全宋文》第153册,第242—243页。

时与游酢、伊焞、谢良佐并称“程门高弟”。杨时学成回归时，程颐目送他远去，曾慨然曰：“吾道南矣！”其学说主二程而攻新学，杨时撰有《神宗日录辩》《王氏字说辩》力攻新学，并藉以撼动王安石变法的理论基础。陈渊受业于杨氏，又是杨氏东床，时人胡寅赞之云：“默堂盖龟山之回、骞也，其授受不差而训明有素矣。”[①] 全祖望亦称其：“龟山弟子遍天下，默堂以爱婿为首座。其力排王氏之学，不愧于师门矣！”[②] 陈渊受杨氏之学，承其学脉，当时即力排王氏新学，他说：“王氏之学既已胶固，入人心髓，不可解矣。而世无大人先生以道自任，开迪而训诱之。”甚至认为“天下靡靡，日入于衰薄乱亡”，“皆发于王氏而成于偷安徇利之俗”[③]。陈渊对于杨氏学说是有自觉传承的意识的，他娶于杨氏，自称：“成昏今一年矣，非惟寅缘葭莩之幸，实有幸于得毕其学问之素志，庶几不虚作一世人也。”[④] 陈渊明白说到与杨时的“葭莩之幸”，此亦可证葭莩之缘对其传承龟山之学的推动力量。

又如杨龟山的三女婿李郁，《闽中理学渊源考》卷六载其问学经历：

> 是时龟山以程氏说教授东南，一时学者翕然趋之，而龟山每告之曰：“道之所以传，固不在于文字，而古之圣贤所以为圣贤者，其用心必有在矣。”及请见于余杭，则其告之亦曰：“学

① 胡寅《复斋记》，《斐然集》卷二一，影印文渊阁《四库全书》本，台湾商务印书馆1983年版，第1137册，第584页。

② 黄宗羲原著，全祖望补修，陈金生、梁运华点校《宋元学案》卷三八，中华书局1986年版，第1264页。

③ 陈渊《答廖用中正言书》，《全宋文》第153册，第194页。

④ 陈渊《与游定夫先生书》，《全宋文》第153册，第180页。

者当知古人之学何所用心，学之将以何用……”公退求其说，不合，因取《论》《孟》读之，蚤夜不懈，十有八年乃涣然有得，龟山盖深许之。①

李郁问学，退而不知其所云，既然不合师说，便取孔孟经典日夜细读参详，终于有所得，并为龟山印可。其中对师门学说的坚持，亦昭然可感②。

要之，姻亲关系与师门场域形成的其他关系相互之间的交叉，带来了新的人际关系网。对互有姻娅的个体均有现实影响，而其在文学、学术方面的影响亦本源于双方异于其他个体的亲属关系。

① 李清馥《闽中理学渊源考》卷六，影印文渊阁《四库全书》本，台湾商务印书馆1984年版，第460册，第112—113页。

② 此处论述参考了左志南《龟山学派道论与文学研究》的相关研究成果。

第五章　师生日常活动与师门交流

文人往来交流，活动形式多样，但多半有诗文的影子。诗文往还是文人日常生活的基本方式，是一种精神层面的交流，是一种属于文人阶层的标志。文人雅集宴饮有诗文唱和竞技；登山临水有诗文纪胜抒怀；书信问候有诗文“聊发一笑”；馈赠嘉物有诗文咏唱索和，凡此种种，不一而足。师友之间也是如此，他们一帆风顺时，诗文是师友间切磋论衡的对象；身陷穷厄时，诗文是师友间精神慰藉的良药。所以在师门日常活动中，离不开诗文往还。本章拟从师友间的赠诗馈物、同题创作为主线，观察北宋师门交流的部分细节，了解当时文人的生存状态。

第一节　赠诗馈物与师门日常交往

师友交游难免有“人情客往”，而赠诗馈物无疑是其中的内容之一。赠诗馈物促进了师友之间的交流，增进了师门情谊。日常交往中的诗歌往还是师友间的精神交流，林林总总的馈赠嘉物则体现出师门场域活动者之间的关系。而这种相互关系又影响到师门赠诗馈物代简诗文的创作模式，并自有其文学史意义。

一 墨缘诗债，论衡文字：师友之间的精神交流

师门文人具有相近的知识水准、相似的日常生活、相类的审美观念，师友间常有精神层面的交流，而诗文、字画是其中重要的媒介。除有具体赠送对象的赠诗、赠序等内容之外，师友间的诗文、字画也常作为礼物赠送。文人因为实际需要，征索实用诗文；为衡文论艺，慰藉老怀，征索师友门生新作；因欣赏具体作品，征索原作等等都是师友间常见的现象。而这些墨缘诗谊是文人日常交往的常态，为师友间的精神交流提供了保证。

1. 向师友赠送诗文

士人干谒投赠诗文是为展示自身才具，而将得意诗文赠给师友，则有分享、请益、竞技等不同目的。苏轼与友生书信往还，时有新作相附。在定州任上，他给李之仪写信说："近读近稿，讽味达晨，辄附小诗。更蒙酬和，益深感叹，朝夕就局中会话也。"① 从岭海遇赦北还途中，他给李之仪写信问道："去岁在廉州，托孙叔静寄书及小诗，达否？"② 苏轼贬琼州期间，秦观"每有讽咏，辄自作书，因便寄琼州。苏公谓其少子过曰：'秦少游、张文潜才识学问为当世第一，无能优劣。二人皆辱与余游，同升而并黜。有自雷州来者，递至少游所惠书诗累幅。近居蛮夷，得此如在齐闻韶也。'"③ 这说明，苏轼与门生之间常有诗文酬和，即便生活条件艰苦，有所吟唱亦会托人辗转赠给门人；同苏轼一样，门生有讽诵也会寄给贬谪中

---

① 苏轼《答李端叔十首》其二，苏轼著，孔凡礼点校《苏轼文集》，中华书局1986年版，第1540页。

② 苏轼《答李端叔十首》其十，苏轼著，孔凡礼点校《苏轼文集》，中华书局1986年版，第1544页。

③ 秦镛编，秦瀛重编，吴洪泽校点《淮海先生年谱》，《宋人年谱丛刊》本，四川大学出版社2002年版，第3204页。

的老师。此间或有逆境中寻求精神支撑、寻求自我解脱、寻求师友共鸣的目的。

师友间写信有时赠送诗文是为请师友衡文点拨，有时也向师友索和。黄庭坚曾向苏轼赠诗说：

> 比以职事在山中食笋，得小诗辄上寄，一笑。旁州士大夫和诗，时有佳句，要自不满人意，莫如公待我厚，愿为落笔，思得申纸疾读，如老杜所谓“一洗万古凡马空”者……①

这是向老师索和，通过双方的唱和切磋技艺，亲近情感。黄庭坚诸甥多从其问学，洪刍、徐俯等人常附新作，黄庭坚回信时或勉励，或点拨。如其中一通，大要如下：

> 寄诗语意老重，数过读不能去手，继以叹息，少加意读书，古人不难到也。诸文亦皆好，但少古人绳墨耳。可更熟读司马子长、韩退之文章，凡作一文，皆须有宗有趣，始终关键，有开有阖，如四渎虽纳百川，或汇而为广泽，汪洋千里，要自发源注海耳……《骂犬文》虽雄奇，然不作可也。东坡文章妙天下，其短处在好骂，慎勿袭其轨也。甚恨不得相见，极论诗与文章之善病，临书不能万一，千万强学自爱。②

可知洪刍此次寄给黄庭坚的诗文不少，山谷在肯定其诗文语意

---

① 黄庭坚《上苏子瞻书二首》其二，黄庭坚著，郑永晓整理《黄庭坚全集辑校编年》，江西人民出版社 2008 年版，第 149 页。

② 黄庭坚《答洪驹父书三首》其二，黄庭坚著，郑永晓整理《黄庭坚全集辑校编年》，江西人民出版社 2008 年版，第 733 页。

前提下，指出其中不足，并点拨洪氏提高创作水准之要。他明确提醒洪刍要精读汉唐司马迁、韩愈的文章，避免苏轼文章好骂的短处。虽然写信不如见面，不能极论诗与文章之善病，但洪刍向身兼舅父与老师身份的山谷赠诗，本意或许就是为了获得指点吧？

文人之间随信附送自己的新作就更是寻常事，题黄庭坚所作的《答淮海居士书》在谈及了解到秦观声名后，云："又蒙示以诗赋文记七篇，益见文章之富……"[①] 该书虽被怀疑是伪作，但秦观赠诗文给黄庭坚，并不止这一次，他曾在一封给黄庭坚的书信中说：

> 比又得真州所寄书及手写乐府《十月十三日泊江口》篇，讽味久之，窃已得公江上之趣矣。李端叔后公十数日，遂过此南如晋陵，为留两日。《斗野诗》、《八音》、《二十八舍歌》并公所寄诗皆和了，今录其副寄上。所要子由《金山诗》，并某所属和者，今奉寄。《八音歌》、《次韵斗野亭》、黄子理《忆梅花》诗，凡四首，亦随以呈，聊发一笑耳。[②]

这封信中可以看到苏门群彦的交谊，黄庭坚、秦观互赠诗文，黄庭坚、李之仪过访秦观，秦观和苏辙、黄庭坚等人的诗歌。这些活动正是师友精神交流的方式，它们拉近了师友之间的距离，为师友衡文竞技提供了赛场。作为文人文学活动的组成部分，这些活动也构成了师门文学交流的支撑点。

---

①《全宋文》编者谓："按此书(《答淮海居士书》)仅见于清代地方志，文辞浅近，与黄庭坚文风不类，疑似伪作。"(《全宋文》第106册，第126页)

② 秦观《与黄鲁直简》，秦观撰，徐培均笺注《淮海集笺注》，上海古籍出版社2000年版，第1000页。

2. 向师友门生征索诗文

苏轼曾多次召集同道及友生集体创作，其中最为人熟知的是密州超然台、徐州黄楼的赋文。孙觉兴造寄老庵，也向友生朋辈传檄索文。其例，下文还将详述，此不赘。又如英宗治平四年（1067），东坡驰书向曾巩求其祖父墓志铭，苏轼称：

> 伏念轼逮事祖父，祖父之没，轼年十二矣，尚能记忆其为人。又尝见先君欲求人为撰墓碣，虽不指言所属，然私揣其意，欲得子固之文也。京师人事扰扰，而先君亦不自料止于此……因自思念，恐亦一旦卒然，则先君之意，永已不遂。①

苏轼向曾巩求铭，是为完成父亲遗愿。曾巩为苏序作《赠职方员外郎苏君墓志铭》，其文称："熙宁元年春，余之同年友赵郡苏轼自蜀以书至京师，谓余曰：'……故轼之先人尝疏其事，盖将属铭于子，而不幸不得就其志。轼何敢废焉？子其为我铭之。'"② 两相参照，自然可知苏轼向曾巩求文乃出于特定需要。

前述向师友征索实用诗文的诸例是出于实际需要，山谷晚年常向诸甥索诗文，则是为衡文论艺、慰藉老怀。如其对洪刍所说："有新作更寄来。都下有所须，因来示谕。"③ 且数度勉励其说："所寄文字，更觉超迈，当是读书益有味也。学问文章，如甥才器笔力，

---

① 苏轼《与曾子固一首》，苏轼著，孔凡礼点校《苏轼文集》，中华书局1986年版，第1467—1468页。

② 曾巩《赠职方员外郎苏君墓志铭》，曾巩撰，陈杏珍、晁继周点校《曾巩集》，中华书局1984年版，第586页。

③ 黄庭坚《与洪驹父四首》其四，黄庭坚著，郑永晓整理《黄庭坚全集辑校编年》，江西人民出版社2008年版，第596页。

当求配于古人,勿以贤于流俗遂自足也。"[①] "所寄诗,每开卷,叹息弥日……如甥才秀如此,不患当路诸人不知……"[②] 这与前引早年劝勉洪刍学业时所说有很大区别。正因洪刍此时文章已经超迈流俗,因此足以让黄庭坚叹息弥日,又欲读其新作。

3. 与师友奇文共欣赏

由于相近的审美倾向,师友间也会转赠所见奇文佳作,有时还会分享阅读体会。黄庭坚晚年与李之仪通信,说:"老来懒作文,但传得东坡及少游岭外文,时一微吟,清风飒然,顾同味者难得耳。"[③] 苏门核心人物苏轼、秦观此时已然辞世,山谷不胜嘘唏,以东坡、少游贬谪之文为赠,传写其文,俾同道共赏。他读到苏、秦文章则难掩赞叹,至于时常吟诵,读其文而如沐清风,况味远胜时辈。于是又传写给李之仪,一同欣赏。

有时文人为饱眼福,也会向师友索要第三人作品。如前引秦观寄给黄庭坚的书信中,就因黄庭坚的征索而杂录了苏辙的作品,其云:"所要子由《金山诗》,并某所属和者,今奉寄。"[④] 将苏辙的《金山诗》及自己的和诗一并录上,潜意识里是有索和的意味吧?这种索要他人诗文的情况并非罕见。黄庭坚给秦觏写信,就曾寻觅陈师道的作品,他说:"欲得陈无己旧作《黄楼赋记》及《答李端

① 黄庭坚《与洪驹父四首》其一,黄庭坚著,郑永晓整理《黄庭坚全集辑校编年》,江西人民出版社 2008 年版,第 596 页。

② 黄庭坚《与洪驹父四首》其二,黄庭坚著,郑永晓整理《黄庭坚全集辑校编年》,江西人民出版社 2008 年版,第 596 页。

③ 黄庭坚《与李端叔三首》其二,黄庭坚著,郑永晓整理《黄庭坚全集辑校编年》,江西人民出版社 2008 年版,第 1199 页。

④ 秦观《与黄鲁直简》,秦观撰,徐培均笺注《淮海集笺注》,上海古籍出版社 2000 年版,第 1000 页。

叔书》,如有本,且借示。”[①] 点名索求具体作品,说明所求作品在当时并未获得广泛流传,而在交往密切的朋友小范围内传抄并获得认可。

同门之间互赠诗文作品,寻求唱和,说明相互间有共同话语,而互相交流文字又促进了同门间的精神交流。此类馈赠还会为同一师门的文人带来更多影响,且在不同时期,其影响度又有所差异。在文人生活平顺时,师友间诗文交流对他们切磋文事、精进诗艺、提高创作水平均不无裨益。这为他们提供了面对面的诗社雅集、联句竞奇之外另一种论诗衡文的路径。在文人遭遇挫折时,师友间的文字往还为他们提供了精神慰藉。虽然他们或许地理空间相去万余里,但仍能通过诗文互相支持,共同澡雪精神。

但是,师友之间求索诗文(包括求诗文与索和等)在一定程度上都增加了文人的负担,有时甚至会是一种以“文债”形式存在的精神压力。陆佃、陆游祖孙都深受其苦,陆佃说:“几时诗债许蠲除,直待金鸡放赦书。”[②] 陆游说:“酒逋诗债何时了,未死何妨且旋还。”[③] 对他们祖孙来说,诗文之债是压在头顶的达摩克利斯之剑,希望“蠲除”,期待“旋还”。黄庭坚也是这样,他在给王庠的信中解释道,由于病中辗转迁徙,“所欲《学记》,欲下笔者屡矣,辄为宾客搅扰,又不成。病中精神未复,不能如昔时谈笑中可成文字也”[④]。

① 黄庭坚《答秦少章帖六》其三,黄庭坚著,郑永晓整理《黄庭坚全集辑校编年》,江西人民出版社 2008 年版,第 607 页。

② 陆佃《依韵和双头芍药十六首》其一二,《全宋诗》第 16 册,第 10665 页。

③ 陆游《闲中偶咏》其二,陆游著,钱仲联校注《剑南诗稿校注》,上海古籍出版社 2005 年版,第 3955 页。

④ 黄庭坚《答王周彦》其一,黄庭坚著,郑永晓整理《黄庭坚全集辑校编年》,江西人民出版社 2008 年版,第 1108 页。

他拖着病躯长途奔走，一面要应付访客，一面还想着手头有同门所求的文章之债未还，对于作家而言，也是无形的折磨吧？

不过，从更主要的方面看，师友间的诗文往还依然是文人精神对话的重要途径，是师门交流、互动、凝聚的重要手段。

二 馈赠嘉物，索求名产：师友间“人情客往”之“物”

所谓“人情客往”在宋代文人交往中并不仅仅是赠索诗文，物质层面的往还也是其组成部分。宋代文人“人情客往”中的“物”，种类繁多，举凡名家书画、书籍印本、地方特产、文房清玩等都是师友间赠送的嘉物雅赠。有些时候，文人还向师友索求所需所欲，甚至还会“夺人所好”。这些“物”多与文人日常生活息息相关，老师们周济困顿的学生留下段段佳话，如欧阳修给焦千之“粗细米各二斛”，还客气道：“聊饲僮仆辈，必不以轻鲜为怪。有无相通，亦邻里之常事。”① 李廌生活困难，苏轼赠送自己受赐的御马给他，考虑到李廌的困顿处境专门写一篇《赠李方叔赐马券》说明赠马缘起，以便李方叔在需要的时候变卖。反倒是同门之间这种情况较为少见。但同门之间赠送的礼品却以非生活必需品居多，需要一定的鉴赏能力，而鉴赏的审美标准由文人共同参与建设。所以宋人会赠送友人名泉佳酿、奇石怪木，而对这些名物的欣赏又超越金钱价格标签。

宋人虽然善用印刷术，可是书籍善本未必都容易获得，所以书籍正是师友馈赠的好选择。晁补之元祐六年（1091）任扬州通判，即以扬州刊印的书籍赠黄庭坚。黄庭坚回复称“惠寄鲍诗扬州集，

① 欧阳修《与焦殿丞十六通》其三，欧阳修著，李逸安点校《欧阳修全集》，中华书局2001年版，第2476页。

实副所望”[①]。黄庭坚还曾从邢恕求《韦苏州集》[②]。

名家书画也是此类物品的重要部分，其中既有经历过时间沉淀的遗墨，也有师友自己创作的作品，且师友之间也时常索求作品。苏轼在翰林任上给李之仪写信，提到吴道子的画，说：“有近评吴画百十字，辄封呈，并画纳上。”[③]他赠给李之仪吴道子的画，且附上了评画的文字。这既是建立在相似欣赏水平的基础上，又有分享传世佳作的意思。黄庭坚的同学俞澹“寄惠荆公自录诗，极荷勤笃不忘”[④]。虽然苏轼等人对王安石变法并不完全赞同，但黄庭坚对王安石的人品、学问相当佩服。前文也曾提及，有学者认为黄庭坚的诗歌是私淑王安石的。想必俞清老深知黄庭坚的荆公情结，所以才以王安石手迹相赠。而黄庭坚在收到荆公遗墨后，显然极为高兴，专程写信给俞清老说：“惠及荆公遗墨，入手喟然，想见风流余韵，招庆定林之间，无复斯人矣。”[⑤]

苏轼、黄庭坚书法造诣深厚，后人将之与米芾、蔡襄推为宋代四大家。他们的书法作品，甚至文稿也常被师友相中索求，他们自己也会以书法作品为礼物赠送师友。如秦观曾向苏轼求书，随信寄给苏轼“素纸一轴，敢冀醉后挥扫近文并《芙蓉城》诗，时得把

① 黄庭坚《与无咎通判书》，《全宋文》第106册，第128页。

② 黄庭坚《与邢和叔书二》其二，黄庭坚著，郑永晓整理《黄庭坚全集辑校编年》，江西人民出版社2008年版，第579页。

③ 苏轼《答李端叔十首》其一，苏轼著，孔凡礼点校《苏轼文集》，中华书局1986年版，第1540页。

④ 黄庭坚《与俞清老书三》其一，黄庭坚著，郑永晓整理《黄庭坚全集辑校编年》，江西人民出版社2008年版，第605页。

⑤ 黄庭坚《与俞清老书三》其三，黄庭坚著，郑永晓整理《黄庭坚全集辑校编年》，江西人民出版社2008年版，第606页。

玩，以慰驰情”[①]。秦观也曾向黄庭坚索字，他的书简中称美道：“及辱手写《龙井》、《雪斋》两记，字画尤清美……已寄钱塘僧摹勒入石矣。”[②]其后，他给东坡写信，特别提到“辩才法师见嘱作《龙井记》，言师嘱作《雪斋记》，二记皆黄鲁直为书，已刻成，尚未寄到；今且录草去”[③]。可知两记乃秦观因人索文刻石，他才向黄庭坚求书。俞澹家建小轩，向黄庭坚索题匾额及诗，山谷答复说：“辄为公题为‘今是轩’，并写去。某自去年三月已不作诗，徐为公作数语，并写渊明诗十数首，可作橙，张之轩中也。”[④]有时他们的文稿也会被友生索走，苏轼就曾记述张耒取走其稿的事，“余在黄州，大醉中作此词，小儿辈藏去稿，醒后不复见也。前夜与黄鲁直、张文潜、晁无咎夜坐。三客翻倒几案，搜索箧笥，偶得之，字半不可读，以意寻究，乃得其全。文潜喜甚，手录一本遗余，持元本去”[⑤]。黄庭坚天凉惬意时所作字，“门下生辄又取去”[⑥]。在这些例子中，苏、黄书法被人索求的几率似乎很高，足见其字所达到的境界和作品为人欣赏的程度。当然，他们也有主动提出题写作品送人时，如黄庭坚就跟徐

① 秦观《与苏公先生简》其二，秦观撰，徐培均笺注《淮海集笺注》，上海古籍出版社 2000 年版，第 987 页。

② 秦观《与黄鲁直简》，秦观撰，徐培均笺注《淮海集笺注》，上海古籍出版社 2000 年版，第 1000 页。

③ 秦观《与苏公先生简》其四，秦观撰，徐培均笺注《淮海集笺注》，上海古籍出版社 2000 年版，第 991 页。

④ 黄庭坚《与俞清老书三》其一，黄庭坚著，郑永晓整理《黄庭坚全集辑校编年》，江西人民出版社 2008 年版，第 605 页。

⑤ 苏轼《书黄泥坂词后》，苏轼著，孔凡礼点校《苏轼文集》，中华书局 1986 年版，第 2137—2138 页。

⑥ 黄庭坚《与齐君札》，黄庭坚著，郑永晓整理《黄庭坚全集辑校编年》，江西人民出版社 2008 年版，第 1263 页。

俯说："尝有赠邢惇夫一诗，谩录往。"①

字画可以让人赏心悦目，文房用品也同样让文人爱不释手。文人日常生活中最常接触者，大约就是文房四宝，而由文房四宝发展而来的文房雅玩也在宋代士大夫中日渐流行，因此也是北宋士人师友间馈赠的上选。文房清供雅玩的类属非常多，因个人鉴赏取向的差异也有不同表现。笔墨纸砚中的佳品，甚至让师友间发生"争夺"。黄庭坚善书，对文房用品颇为上心。他曾以洮河绿石砚赠送张耒和晁补之，并作《以团茶洮州绿石研赠无咎文潜》诗，张文潜有《鲁直惠洮河绿石研冰壶次韵》、晁补之有《初与文潜入馆鲁直贻诗并茶砚次韵》。可知黄庭坚是以团茶与洮州绿石研送给晁补之、张耒两人，并作诗附上。洮州绿石研即我国四大名砚之一的洮河砚，南宋赵希鹄在其专论砚石的文字中赞道："洮河绿石，北方最贵重。绿如蓝，润如玉，发墨不减端溪下岩，然石在临洮大河深水之底，非人力所致，得之为无价之宝。"② 晁、张二人入馆，黄庭坚以珍贵的砚台及团茶为赠，足见他对同门入馆共事的喜悦。

黄庭坚自己则搜罗好笔佳墨，他曾托洪刍在都下购"所须笔墨二种，又龟蒙麝煤二丸"③。有人向黄庭坚求字也会送精纸妙墨，这些物品中不乏奇货可居者，黄庭坚则喜欢随身携带。元祐四年（1089）春，黄庭坚过访苏轼，苏轼作《记夺鲁直墨》云：

① 黄庭坚《与徐师川书四》其二，黄庭坚著，郑永晓整理《黄庭坚全集辑校编年》，江西人民出版社 2008 年版，第 726 页。

② 赵希鹄《洞天清录》，影印文渊阁《四库全书》本，台湾商务印书馆 1983 年版，第 871 册，第 11 页。

③ 黄庭坚《与洪驹父四首》其四，黄庭坚著，郑永晓整理《黄庭坚全集辑校编年》，江西人民出版社 2008 年版，第 596 页。

黄鲁直学吾书，辄以书名于时，好事者争以精纸妙墨求之，常携古锦囊，满中皆是物也。一日见过，探之，得承晏墨半挺。鲁直甚惜之，曰："群儿贱家鸡，嗜野鹜。"遂夺之，此墨是也。①

黄山谷惜物而随身携带，不想遇到苏轼就手夺过。苏轼当此事是师友之间的雅事，所以作文字记下。我们则可以通过其事，了解元祐诸公师友间馈赠、索求物品之一斑。事实上，不光苏轼夺墨，山谷舅父李常也是"见墨辄夺，相知间抄取殆遍"②。想必也不曾少夺了谊兼外甥与门生的黄庭坚之墨。其实苏轼也不乏佳墨，门生李廌曾一次就赠送数十丸麝墨给他。东坡得墨后感慨道："李方叔遗墨二十八丸，皆麝，香气袭人，云是元存道曾倅阴平，得麝数十脐，皆尽之于墨。虽近岁贵人造墨，亦未有用尔许麝也。"③醉心翰墨的苏、黄诸公对文房用具似有"癖"，连苏轼自己都说：

阮生云："未知一生当着几緉屐？"吾有佳墨七十丸，而犹求取不已，不近愚耶？④

东坡用阮孚好屐之典为喻，自嘲好墨之癖。

品茶斗酒也是文人日常雅趣之一，所以茶、酒都在师友馈赠的

① 苏轼《记夺鲁直墨》，苏轼著，孔凡礼点校《苏轼文集》，中华书局1986年版，第2226页。
② 苏轼《书李公择墨蔽》，苏轼著，孔凡礼点校《苏轼文集》，中华书局1986年版，第2223页。
③ 苏轼《记李方叔惠墨》，苏轼著，孔凡礼点校《苏轼文集》，中华书局1986年版，第2222页。
④ 苏轼《书求墨》，苏轼著，孔凡礼点校《苏轼文集》，中华书局1986年版，第2225页。

礼单中。黄庭坚有《以小团龙及半挺赠无咎并诗用前韵为戏》,“小团龙”是建州名茶,半挺当是建州名茶“金挺”。苏轼写信给王巩说:“马公过此嘉便,无好物寄去,收拾得茶少许,谩充信而已。”① 茶,在无所准备而又有送礼需求的突发情况下,原来也不失为好选择。皇帝赐茶是难得的物事,师友亲戚间也会用此互赠。如黄庭坚就有《谢公择舅分赐茶三首》。黄庭坚家乡出名茶——双井,故而山谷也常以赠人。黄庭坚有《双井茶送子瞻》,苏轼作《鲁直以诗馈双井茶,次其韵为谢》。苏轼还曾将黄庭坚赠送的双井茶分给其他友人,如赵德麟②。黄庭坚谢晁无咎寄书,也是“奉书并寄双井”③。好茶需好水,所以名泉也是师友间互赠的礼物,苏辙有《次韵李公择以惠泉答章子厚寄新茶》,章惇送李常茶,李常回赠有“天下第二泉”之称的惠山泉。名泉配新茶,可谓得矣,兼有诗歌相伴,并索友人唱和。师友间索酒也是常事,秦觏曾向黄庭坚乞酒,黄庭坚嘲之云:“诗来献穷状,水饼嚼冰蔬。斗酒得醉否,枵腹如瓠壶。”④ 张耒有《孙志康许为南酿前日已闻籴米欣然作诗以问之》,同门许诺赠酒且开始行动,张耒还作诗相询。

地方名特产同样是师友馈赠的选择,所以黄庭坚赠人家乡名产双井茶。当苏轼贬谪海南时,发现无甚可为馈赠之物者,还特地跟张耒解释说:

---

① 苏轼《与王定国四十一首》其十一,苏轼著,孔凡礼点校《苏轼文集》,中华书局1986年版,第1519页。

② 苏轼《与赵德麟十七首》其十三:“鲁直寄书来,甚安,并得少双井,今附纳上。”(苏轼著,孔凡礼点校《苏轼文集》,中华书局1986年版,第1547页)

③ 黄庭坚《与无咎通判书》,《全宋文》第106册,第128页。

④ 黄庭坚《次韵答秦少章乞酒》,黄庭坚撰,任渊、史容、史季温注,刘尚荣点校《黄庭坚诗集注》,中华书局2003年版,第379页。

屏居荒服，真无一物为信。有桄榔方杖一枚，前此土人不知以为杖也。勿诮微陋，收其远意尔。[1]

王屋山天坛藤杖甚为出名，黄庭坚以之赠孙觉，作《天坛灵寿杖送莘老》诗。南宋叶梦得从许昌归，也曾携数十根天坛藤杖，“时余年四十三，足力尚强，知以为好而非所须。置之室中，不及用，悉为好事者取去。今老矣，行十许步辄一歇，每念之，不可复致”。“门生邵大受复遗淳安木竹杖六，节密而内实，略如天坛藤，间有突起如鹤膝者，非峭劲敌风霜不能尔也”[2]。海南桄榔树、王屋山的天坛藤、淳安的木竹都是当地特产，天坛藤杖甚至让叶梦得生出“不可复致”的遗憾，取以赠人，自然合适。地方名产，他者称是，不再罗列。

此外，药材亦出现在宋人的馈赠名单中。元祐诸公迁谪地多僻远，药物偶难访得，友生同门中也有为之准备者。王庠就曾为苏轼、黄庭坚准备药材。海南孤悬海外，处于“无士人，无医药”的境地[3]，王庠所“寄遗药物并方，皆此中无有，芎尤奇味，得日食以御瘴也”[4]。苏轼感叹：

远蒙差人致书问安否，辅以药物，眷意甚厚。自二月二十五日，至七月十三日，凡一百三十余日乃至，水陆盖万余

① 苏轼《答张文潜四首》其二，苏轼著，孔凡礼点校《苏轼文集》，中华书局1986年版，第1539页。

② 叶梦得《避暑录话》卷下，《全宋笔记》第2编第10册，大象出版社2006年版，第259—260页。

③ 苏轼《与王庠五首》其二，苏轼著，孔凡礼点校《苏轼文集》，中华书局1986年版，第1821页。

④ 苏轼《与王庠五首》其一，苏轼著，孔凡礼点校《苏轼文集》，中华书局1986年版，第1820页。

里矣。罪戾远黜，既为亲友忧，又使此两人者，跋涉万里，比其还家，几尽此岁，此君爱我之过而重其罪也。[①]

黄庭坚也为王庠对东坡的师生情谊感叹，说：

东坡先生道义文章名满天下……士之不游苏氏之门，与尝升其堂而畔之者，非愚则傲也。当先生之弃海濒，其平生交游多讳之矣，而周彦万里致医药，以文字乞品目，此岂流俗人炙手求热，救溺取名者耶！[②]

王庠也曾为黄庭坚“万里致医药”，山谷写信感谢道：“蒙遗匹物、芎、术、珠子黄，皆此无有，拜嘉惭怍。汤饼之具尤奇，羁旅良济，益佩忧爱，灾患尤所不忘耳。”[③]苏轼偶尔也会专门请人代购所需药材，他写信给同门曾巩之弟曾布求长松[④]。东坡也曾专为炼丹材料作书请门生王巩代购，其云：

近有人惠丹砂少许，光彩甚奇，固不敢服，然其人教以养

① 苏轼《与王庠书》，苏轼著，孔凡礼点校《苏轼文集》，中华书局 1986 年版，第 1422 页。

② 黄庭坚《书王周彦东坡帖》，黄庭坚著，郑永晓整理《黄庭坚全集辑校编年》，江西人民出版社 2008 年版，第 1083 页。

③ 黄庭坚《答王周彦书》，黄庭坚著，郑永晓整理《黄庭坚全集辑校编年》，江西人民出版社 2008 年版，第 880 页。

④ 苏轼《与曾子宣十三首》其三：“某启。上党、雁门出一草药，名长松，治大风，气味芳烈，亦可作汤常服。近岁河东人多以为饷，若不甚难致，乞为求一斤许。仍恕造次。”（苏轼著，孔凡礼点校《苏轼文集》，中华书局 1986 年版，第 1468 页）

> 火，观其变化，聊以怡神遣日。宾去桂不甚远，朱砂若易致，或为致数两，因寄及，稍难即罢，非急用也。①
>
> 桂砂如不难得，致十余两尤佳。如费力，一两不须致也。②

黄庭坚也问王巩求炼丹材料，说："闻公颇有张公无恙时所烧诸金石钟乳辈。可以扶衰，幸见分也。"③

师友馈赠、索求之物千奇百怪，不能尽数。总体上说，相对于赠送的诗文，这些名产都具有物质性。它们不同于诗文之可以传抄，是以物质形式存在的，是有限的、不可再生的。即便深受宋代文人喜爱的点茶名泉，好水三千，各瓢不同。此外，这些被馈赠或索求的嘉物、名产具有以下属性中的部分或全部属性：稀缺性、相关性、可赏性、有用性。

首先，稀缺性。苏轼感叹"屏居荒服，真无一物为信"，所叹者并非无物可送，而是无稀缺之物可赠人。物以稀为贵，所赠之物稀缺罕见、寻常处难致，赠者心意更易体现。索求者因其物寻常难得，也便于向多有其物者开口。以茶为例，宋人重视建州所产，北宋在福建建安（今建瓯境内）设有官焙，即北苑。北苑官焙贡茶常被称为"团茶"，非常难得。宋朝皇帝用以赐两制以上官员，苏轼甚至为了八饼赐茶，而推迟上呈请求外放的奏章④。所以李常得到

① 苏轼《与王定国四十一首》其八，苏轼著，孔凡礼点校《苏轼文集》，中华书局1986年版，第1517页。

② 苏轼《与王定国四十一首》其九，苏轼著，孔凡礼点校《苏轼文集》，中华书局1986年版，第1519页。

③ 黄庭坚《答王定国》其二，黄庭坚著，郑永晓整理《黄庭坚全集辑校编年》，江西人民出版社2008年版，第1030页。

④ 沈冬梅《茶与宋代社会生活》，中国社会科学出版社2007年版，第104—135页。

赐茶后，用为赠品；黄庭坚也用团茶和半挺送人。又如黄庭坚喜用以送人的双井茶，宋人称："草茶极品惟双井、顾渚，亦不过各有数亩。双井在分宁县，其地属黄氏鲁直家也。元祐间，鲁直力推赏于京师，族人交致之，然岁仅得一二斤尔。"① 岁产一二斤，弥足珍贵，且是黄庭坚乡产。但叶梦得可能没有注意到双井在欧阳修《归田录》中就有记载，文忠公称其"自景祐已后，洪州双井白芽渐盛，近岁制作尤精，囊以红纱，不过一二两，以常茶十数斤养之，用辟暑湿之气，其品远出日注上，遂为草茶第一"②。其中早就品评为草茶第一，倒不见得是元祐间才出名的。

有些物品尽管本身并不甚贵重，但受赠者难以获得，也属于稀缺品。如苏轼、黄庭坚贬谪后缺医少药，王庠所赠就显得尤为珍贵。其"寄遗药物并方，皆此中无有"，对苏轼而言，自是稀缺品。而东坡、山谷向贬谪宾州的王巩求朱砂、桂砂，也是因为广南西路的朱砂等物品质优良，别处难以获得，具有稀缺性。

其二，相关性。有些嘉物土产尽管并不名贵，也不甚稀罕，但与受赠人有一定关系，也是士人用以赠人的上选。例如布匹，各地所产虽质量有别，价格有差，却未见稀罕。苏轼却选得一件可供赏玩的"蛮布弓衣"作为赠礼。欧阳修提到：

> 苏子瞻学士，蜀人也。尝于淯井监得西南夷人所卖蛮布弓衣，其文织成梅圣俞《春雪》诗。此诗在圣俞集中，未为绝唱。盖其名重天下，一篇一咏，传落夷狄，而异域之人贵重之

① 叶梦得《避暑录话》卷下，《全宋笔记》第2编第10册，大象出版社2006年版，第323页。

② 欧阳修《归田录》卷一，欧阳修著，李逸安点校《欧阳修全集》，中华书局2001年版，第1915页。

> 如此耳。子瞻以余尤知圣俞者，得之，因以见遗。余家旧蓄琴一张，乃宝历三年雷会所斫，距今二百五十年矣。其声清越如击金石，遂以此布更为琴囊，二物真余家之宝玩也。①

西南地区夷人所织土布本未见稀奇，可是织纹有梅尧臣的诗，而欧阳修与梅尧臣是至交。因为友人的诗歌流布蛮地，受其人重视，欧阳修为之倍感欢欣，故而将该蛮布弓衣视作其家之宝玩。苏轼这个礼物送得可谓得人。

黄庭坚善书，也好笔墨文具，所以“好事者争以精纸妙墨求之，常携古锦囊，满中皆是物也”。东坡亦善书，所以李廌也以妙墨相赠。这也可谓是投其所好。

其三，可赏性。文人因知识结构的组成不同于普通百姓，所以对世界的理解和感悟也有所区别。面对同一功用的物品，他们可能更加强调发掘其中的审美属性。苏轼之前，必有人也见过海南桄榔树，而“前此土人不知以为杖也”，苏轼则取以为方杖。又如叶梦得见淳安木竹杖，除关注到木竹杖的“节密而内实”，更注意到“间有突起如鹤膝者”，表达了对木竹杖外形的审美判断。可知文人馈赠时，外形是否可供把玩、欣赏也在考虑之中。

最后，实用性。山谷认为王庠所赠“汤饼之具尤奇，羁旅良济，益佩忧爱，灾患尤所不忘耳”②。王庠为东坡、山谷准备的礼品皆实用。事实上，所有物品均具有使用价值，只不过其用武之地不同而已。张方平《苏子瞻寄铁藤杖》诗曰：“随书初见一枝藤，入手方知

① 欧阳修著，李逸安点校《欧阳修全集》，中华书局2001年版，第1950页。
② 黄庭坚《答王周彦书》，黄庭坚著，郑永晓整理《黄庭坚全集辑校编年》，江西人民出版社2008年版，第880页。

锻炼精。远寄只缘怜我老,闲携常似共君行。静轩独倚身同瘦,小圃频游脚为轻。何日归舟上新洛,拄来河岸笑相迎。”[①] 也可知,虽然只是一枝藤杖,但对老人张方平而言就有“静轩独倚身同瘦,小圃频游脚为轻”的效果,所以让张公喜道要拄此杖去笑迎苏轼。

三　赋诗赠物,歌以相酬:师友赠索嘉物所作诗的模式

北宋文人在向朋友赠送、求索嘉物土产时有诗文代替书简尺牍往还,这种风气到元祐间因苏门群彦而愈发兴盛。周裕锴先生有文章讨论这种“诗可以群”的唱和作品在文学史上的意义[②],本书所欲了解的则是师友馈赠时所赋诗的唱和与写作模式。

首先,我们谈师友间馈赠诗的唱和模式。师生友朋间馈赠、索求嘉物通常情况是以书信尺牍说明,但还有以下数种情况:

其一,既写书信又赋诗。苏轼在海南以桄榔方杖赠张耒,曾修书特地说明(其信前文已引),同时他又作《桄榔杖寄张文潜一首,时初闻黄鲁直迁黔南、范淳父九疑也》诗致意。

其二,赋诗以代简。赠受双方诗歌往还可以一而再,再而三。张耒《孙志康许为南酿前日已闻籴米欣然作诗以问之》就是纯以诗代简。黄庭坚《以团茶洮州绿石研赠无咎文潜》诗也是以诗代简赠同门的例子,而张文潜《鲁直惠洮河绿石研冰壶次韵》、晁补之《初与文潜入馆鲁直贻诗并茶砚次韵》则是以诗歌代替回函,与黄庭坚互相酬答。有时诗文往还数度,主题已经偏离了馈赠主题,如元祐二年(1087),黄庭坚赠双井茶给苏轼,苏、黄反复用韵,山谷作

---

① 张方平《苏子瞻寄铁藤杖》,张方平《乐全先生文集》卷二,《宋集珍本丛刊》本,线装书局2004年版,第648页。

② 周裕锴《诗可以群:略谈元祐体诗歌的交际性》,《社会科学研究》2001年第5期。

《双井茶送子瞻》诗为赠，东坡以《黄鲁直以诗馈双井茶次韵为谢》回复，鲁直又书《和答子瞻》，子瞻复作《次韵黄鲁直赤目》，黄再答作《子瞻以子夏、丘明见戏，聊复戏答》。这组往还诗是次韵之作，前两篇还紧扣着赠茶主题，到黄庭坚所作《和答子瞻》就只剩下"远包春茗问如何"一句与赠茶之事相关，后两首则是典型的师友双方互嘲、戏谑之作了。而黄庭坚仗才使气，又用同韵作《省中烹茶怀子瞻，用前韵》《以双井茶送孔常父》《常父答诗有"煎点径须烦绿珠"之句，复次韵戏答》《戏呈孔毅父》《谢黄从善司业寄惠山泉》等诗。这些作品就与苏轼无甚关联了，但它们又多与双井茶相关。周裕锴先生认为："如果以'诗可以群'的眼光来看，'牵乎人'的次韵诗似亦未可厚非，因为在人与人的相互牵连中，这些诗歌也起到了'群居相切磋'的积极作用。"[①] 群居相切磋只是类似前文诸例的次韵诗之一个方面，诗人们通过这些代替书简尺牍的诗互相问候，友善地调侃对方，进行情感交流。

其三，赠者以他人诗韵作诗代简。此种次韵代简之作是自己钻进诗韵的囹圄舞蹈，明显有挑战难关、砥砺诗艺的意味。前述黄庭坚《以双井茶送孔常父》《常父答诗有"煎点径须烦绿珠"之句，复次韵戏答》等均是。类似诗文黄庭坚还有创作，《便巣王丞送碧香酒用子瞻韵戏赠郑彦能》就是其例。

其四，第三方作诗陈述师友馈赠之事。与赠送双方关系密切的师友，有时会用诗歌形式记录师友间的馈赠之事。如李廌受东坡赠马后，李之仪就有诗歌相贺，题云《贺李方叔得眉山玉堂赐马公自书券》。王淮是东坡的叔丈人，作书向苏轼索求红带，东坡赠

① 周裕锴《诗可以群：略谈元祐体诗歌的交际性》，《社会科学研究》2001年第5期。

之并作诗[①]。东坡又邀约黄庭坚、秦观同赋,黄庭坚作有《次韵子瞻以红带寄王宣义》,秦观也作《和东坡红鞓带》。

其次,我们再看师门馈赠诗的写作模式。从某种角度上说,师友间馈赠礼物却以诗代简,是有意发起唱和,藉以竞技。在一种轻松愉快的氛围中,游戏笔墨,切磋诗艺。总的说来,师友馈赠诗在创作上也有一些不同的表现模式:

1. 以咏物为主

黄庭坚《谢公择舅分赐茶三首》即其例,其诗云:

> 外家新赐苍龙璧,北焙风烟天上来。明日蓬山破寒月,先甘和梦听春雷。(其一)
>
> 文书满案惟生睡,梦里鸣鸠唤雨来。乞与降魔大圆镜,真成破柱作惊雷。(其二)
>
> 细题叶字包青箬,割取丘郎春信来。拼洗一春汤饼睡,亦知清夜有蚊雷。(其三)[②]

这三首诗是收到舅父兼老师李常所赠的赐茶后写的谢札,三首同韵,分别从不同角度题咏李公择分赐茶的情况。第一首从茶的外形、来历起笔,以"苍龙璧"来比喻团茶的形状与色泽,以"北焙"和"天上来"说明团茶的产地和赐茶的所来之处。其后从"破寒月"

① 苏轼《庆源宣义王丈,以累举得官,为洪雅主簿,雅州户掾。遇吏民如家人,人安乐之。既谢事,居眉之青神瑞草桥,放怀自得。有书来求红带,既以遗之,且作诗为戏,请黄鲁直、秦少游各为赋一首,为老人光华》,苏轼著,王文诰辑注,孔凡礼点校《苏轼诗集》,中华书局1982年版,第1580页。

② 黄庭坚《谢公择舅分赐茶三首》,黄庭坚撰,任渊、史容、史季温注,刘尚荣点校《黄庭坚诗集注》,中华书局2003年版,第124—125页。

三字说破“分茶”之“分”,又以“听春雷”想象烹茶之乐。第二首从茶的破闷解乏之功用起笔,先状睡梦之状态,复说团茶有降服睡魔之能耐,而“大圆镜”则又是从团茶的外形落笔,“破柱”“惊雷”还是重复烹茶想象。第三首,首句写团茶外部包装,次句是说赐茶本来是李常留给女婿丘楫的,却被自己分了来。

这种纯咏物的模式中,诗歌几乎不涉及赠送者和受赠人,需要通过标题、附注等手段表明原意,否则难以了解其属于馈赠诗文。

2. 咏物与抒发己意兼用

张耒笔下的《鲁直惠洮河绿石研冰壶次韵》就属于这种模式,其诗云:

> 洮河之石利剑矛,磨刀日解十二牛。千年虏地困沙砾,一日见宝来中州。黄子文章妙天下,独有八马森幢旒。平生笔墨万金直,奇煤利翰盈箧收。谁持此研参案几,风澜近手寒生秋。抱持投我弃不惜,副以清诗帛加璧。明窗试墨吐秀润,端溪歙州无此色。野人斋房无玩好,惭愧衣冠陈裸国。晁侯碧海为文词,盘礴万顷澄清漪。新篇来如彻札箭,劲笔更似划沙锥。知君自足报苍璧,愧我空赋琼瑰诗。①

这首诗的前四句及“明窗试墨吐秀润,端溪歙州无此色”均是咏物的写法。而“黄子文章妙天下”至“副以清诗帛加璧”表达对黄庭坚赠砚的感谢。“晁侯”以下则是对晁补之的赞颂。张耒对黄子、晁侯的颂美正是借唱和诗抒写己意。晁补之答黄庭坚赠茶、砚的

① 张耒《鲁直惠洮河绿石研冰壶次韵》,张耒撰,李逸安、孙通海、傅信点校《张耒集》,中华书局1990年版,第221页。

《初与文潜入馆鲁直贻诗并茶砚次韵》也是此种模式，不过他诗中的咏物诗句较少，其诗云：

黄侯阅世如传邮，自言何预风马牛。草经不下天禄阁，诗入鸡林海上州。兼陈九鼎灿玉铉，并缀五冕森珠旒。后来傀磊有张子，姓名并向紫府收。青春一篇更奇丽，势到屈宋何秋秋。洮州石贵双赵璧，汉水鸭头如此色。赠酬不鄙亦及我，刻画无盐誉倾国。月团聊试金井漪，排遣滞思无立锥。乘风良自兴不浅，愁报孟侯无好诗。①

这首诗的写法与张耒略有不同，张耒集中于咏砚和颂美同门上，采用的是先咏后颂的结构。此诗则是用先颂后咏的结构组织全诗，且咏物着墨不多，分咏砚台和团茶。前六句颂美黄庭坚，以次各用四句颂张耒，咏砚台和团茶，并在咏物中谦逊地表达自己的不足。

3. 以陈说己意为主

苏轼《桄榔杖寄张文潜一首，时初闻黄鲁直迁黔南、范淳父九疑也》、张耒《孙志康许为南酿前日已闻籴米欣然作诗以问之》都是这样的模式。其中咏物的成分几乎可以忽略不计，而借赠索嘉物言所欲言。苏轼诗道：

睡起风清酒在亡，身随残梦两茫茫。江边曳杖桄榔瘦，林下寻苗荜拨香。独步倘逢勾漏令，远来莫恨曲江张。遥知鲁国真男子，独忆平生盛孝章。②

① 晁补之《初与文潜入馆鲁直贻诗并茶砚次韵》，《全宋诗》第19册，第12821页。

② 苏轼《桄榔杖寄张文潜一首，时初闻黄鲁直迁黔南、范淳父九疑也》，苏轼著，王文诰辑注，孔凡礼点校《苏轼诗集》，中华书局1982年版，第2123页。

这首诗以自己在海南的生活状态、心理感受起笔，虽然也写到桄榔树随风摇曳的样子，不过却是从睡起、风清顺承而来，自然而然，水到渠成，并非为咏物而咏物。其后一联用两个岭南人物为典，称逸兴独步若遇到勾漏令葛洪这样的神仙人物，又哪里会有张九龄为奸佞所害的遗憾。这一联写自己旷达自适，不为外物所拘、不为世俗消磨的高洁内心。最后以孔融典故，颂张耒。孔融是孔子后裔，人称“鲁国孔融”，他曾有“海内知识，零落殆尽，惟会稽盛孝章尚存”的感慨①，用在此处恰好合适。

又如张耒写给孙志康的代简诗，其诗基本是信件的韵文形式。开篇说自己好酒，再说佳酿难得。其后以诗“转译”孙志康对他承诺的代为酿酒之事，并嘲孙氏“久客囊，倾倒无复余”。最后询问何时能够饮上一杯孙某造的南酿②。这首诗是诗人与友人之间的社交互动之一，体现双方良好的交谊。

四 社会生活，诗化人生：师门日常交往中赠诗馈物的意义

所谓“人情客往”属于人际交往中的一部分，同门师友间的赠送诗文、礼物或索求诗文、物品都在其范围内。因个人交往的密切

① 孔融《论盛孝章书》，萧统编，李善等注《六臣注文选》卷四一《书》，中华书局 2012 年版，第 775 页。

② 张耒《孙志康许为南酿前日已闻籴米欣然作诗以问之》：“平生一尊酒，风月不可无。谪官将十年，一醉未易图。市岂无旗亭，官亦有酒垆。薄乃捩齿酸，一滴不可沽。英英孙夫子，臭味真吾徒。自云得异蘗，乃出粳稻腴。岁久精粹出，去者乃其粗。酝酿才浃日，芳甘已盈壶。伧人喻其力，若火经茅芦。此语真野陋，殆出负贩夫。前日闻吉语，籴米已在途。每恨乏陈糯，价直如买珠。怜君久客囊，倾倒无复余。假器走仆僮，供我一笑娱。欲为漉巾潜，请学涤器如。作诗以讯之，何日陈尊盂？”（张耒撰，李逸安、孙通海、傅信点校《张耒集》，中华书局 1990 年版，第 113 页）

程度、社会身份等差异，师门日常交往中赠送诗文、礼物的情况也有所差异。这种差异同时体现在诗歌中书写心态、自我角色定位等方面。本节拟谈师门日常交往中馈赠诗歌、礼物在师门建构与文学史上的意义。

首先是师门建构中的交流手段和求同途径。师友间投赠诗文，一方面有求教请益的目的，一方面也有索和竞技的初衷。黄庭坚诸甥向山谷投赠诗文，山谷多回信评说诗文优点弊端。同门之间时有评说诗文的书信往还，秦觏年辈较晚，向黄庭坚赠送文章求教，山谷对他说：

> 惠示与晁十书，笔势骎骎可喜。庭坚心醉于诗与楚词，似若有得，然终在古人后。至于议论文字，今日乃当付之少游及晁张无己。足下可从此四君子一二问之。前日王直方作楚词二篇来，亦可观。尝告之云，如世巧女，文绣妙一世，设欲作锦，当学锦机，乃能成锦。足下试以此思之。①

山谷但夸其笔势，而对其所作文章无一字评论，并说议论文字非自己所长。但他又以巧女欲作锦需学会运用锦机，非常隐晦地指点秦觏应该注意文章章法，唯有学好章法，才能写出妙文。山谷在同门中年辈较长，一些后来投入苏门的年轻俊秀也向他请教。王庠曾赠送诗文给他，也得到黄庭坚指点。这种付出型的交流，对于同门中的后进而言，起到提高技艺的作用，而对于同门中占据较多文化资本者而言，其在师门中的位置又进一步强化了。

---

① 黄庭坚《与秦少章书》，黄庭坚著，郑永晓整理《黄庭坚全集辑校编年》，江西人民出版社 2008 年版，第 624 页。

索和实际上也是师门友生之间互相交流、驰骋竞技的方式。李之仪曾和苏轼诗，苏轼就说："近读近稿，讽味达晨，辄附小诗。更蒙酬和，益深感叹，朝夕就局中会话也。"① 何以"讽味达晨"呢？话中或许有虚抬的成分，但李之仪的诗酬和水准想必也甚高，以至于苏轼不能忘却。山谷则赠诗给苏轼而特地索和，如前引黄庭坚《上苏子瞻书》其二中的食笋诗。苏轼赠叔丈人红带，也请秦观、黄庭坚次韵唱和。这些活动本身是文人间的交流，而对唱和者来说，又是激发内心储备诗材、寻找同道遗妍的机会。若能善用此机会，对于文学创作来说，索和带来的就不仅仅是新作品，也还有新意。又如前文提到的，苏轼、黄庭坚以《双井茶送子瞻》为起点相互次韵唱和。这尽管是师友间逞才使气、相互较量，但对文学史而言，也提供了鲜明的个案及系列作品。

事实上，对于诗文投赠而言，师友间的切磋交流还是一个求同的过程。师友论文谈诗，切磋琢磨之间寻求更加接近的观点。如黄庭坚跟徐俯说："所寄诗，超然出尘垢之外，甚善甚善。""其未至者，探经术未深，读老杜、李白、韩退之诗不熟耳。"② 又向洪刍说："诸文亦皆好，但少古人绳墨耳。可更熟读司马子长、韩退之文章……"③ 他在与王庠谈文时也提到"周彦之病，其在学古之行而事今之文也"，"（欧阳修、苏轼）殆未尝不师于古而后至于是

---

① 苏轼《答李端叔十首》其二，苏轼著，孔凡礼点校《苏轼文集》，中华书局1986年版，第1540页。

② 黄庭坚《与徐师川书》，黄庭坚著，郑永晓整理《黄庭坚全集辑校编年》，江西人民出版社2008年版，第856页。

③ 黄庭坚《答洪驹父书三首》其二，黄庭坚著，郑永晓整理《黄庭坚全集辑校编年》，江西人民出版社2008年版，第733页。

也"[①]。在读过友生诗文之后,黄庭坚开出了精进文学技艺的药方,向对方输出自己的创作观念。吕肖奂等先生认为"宋代大多数诗人都强调学问比技术更重要,实质上就是强调'文化资本'比文学资本更重要"[②]。这里的文化资本实质上就是布尔迪厄所指出的"一切文化实践(参观博物馆、听音乐会以及阅读等等)以及文学、绘画或者音乐方面的偏好,都首先与教育水平(可按学历或学习年限加以衡量)密切相连,其次与社会出身相关"[③]。尽管他的表述是在现代语境下展开的,但个体对于文学艺术方面的偏好显然不仅受教育、家庭的影响,也受到周围士人的影响,这一点是不分古今的。师友之间通过诗文酬赠,交流情感,更通过相互间的文学探讨,寻找出与师门理念相似的"吾党"以群之。

所以尽管苏轼门生众多,但他反复提及的不过是以苏门六君子为首的十数人。检读苏东坡书简,总可看到如下语句:

> 仆老矣,使后生犹得见古人之大全者,正赖黄鲁直、秦少游、晁无咎、陈履常与君等数人耳。[④]
>
> 如黄庭坚鲁直、晁补之无咎、秦观太虚、张耒文潜之流,皆世未之知,而轼独先知之。[⑤]

---

① 黄庭坚《答王周彦书》,黄庭坚著,郑永晓整理《黄庭坚全集辑校编年》,江西人民出版社 2008 年版,第 880 页。

② 吕肖奂、张剑《酬唱诗学的三重维度建构》,《北京大学学报》2012 年第 2 期。

③ 布尔迪厄著,朱国华译《〈区隔:趣味判断的社会批判〉引言》,《文化研究》第 4 辑,中央编译出版社 2003 年版,第 8—9 页。

④ 苏轼《答张文潜县丞书》,苏轼著,孔凡礼点校《苏轼文集》,中华书局 1986 年版,第 1427 页。

⑤ 苏轼《答李昭玘书》,苏轼著,孔凡礼点校《苏轼文集》,中华书局 1986 年版,第 1439 页。

轼于黄鲁直、张文潜辈数子,特先识之耳。①

比年于稠人中,骤得张、秦、黄、晁及方叔、履常辈,意谓天不爱宝,其获盖未艾也。②

苏轼为之自豪的识黄、晁、秦等人于稠人之中,其主要依据大约是诸人呈送的文章诗歌吧!而苏门群彦之间反复地赠文送诗,切磋砥砺,吹尽黄沙,淘出苏门六君子为首的数位精英。正因为他们之间的教育水平相似,所以有相似的“偏好”。而赠送嘉物之“物”,也恰恰体现了这种“同”。正是这种“同”,使得珍视文房用品的黄庭坚会赠稀罕的绿石砚给张耒、晁补之。而也正是这种“同”,让张耒能在苏轼家翻箱倒柜,找出《黄泥坂词》的草稿,誊录后携原稿扬长而去。

所以,不论是赠送嘉物也好,还是赠送诗文、索和论衡,本质上都是师门文人相互认同,相互交流,求诸人之同,区分同道的途径。

其次是师门交往中的亲疏表现和自我呈现。人际交往的关系亲密程度直接决定了馈赠、索求发生的几率和频繁度。馈赠物品本身体现了双方的亲密程度,同门之间也有亲疏远近之别。且以苏门六君子为例,黄庭坚诗中有与晁补之、张耒赠物的例子,却不见与秦观、李廌、陈师道之间馈赠礼物。李廌、陈师道也没有一首与黄山谷等其他苏门六君子互赠礼物的诗歌流传下来。而黄庭坚与晁补之、张耒又似乎更加亲厚,他们的交往更多,诗文唱和也更多。若推测其因,或许与元祐间他们三人都在馆阁有关,而秦观当

① 苏轼《答毛泽民七首》其一,苏轼著,孔凡礼点校《苏轼文集》,中华书局 1986 年版,第 1571 页。

② 苏轼《答李方叔十七首》其一六,苏轼著,孔凡礼点校《苏轼文集》,中华书局 1986 年版,第 1581 页。

时虽然也在京师，且与黄庭坚在元丰间就通过双方的另一位老师孙觉相识，可是多以书信交游，面晤似乎并不甚多。

事实上，师友馈赠在作家们的社会生活中占的比例并不大，毕竟士人们生活在社会中，与形形色色的人构成不同的社会关系，师友关系只是其中的一部分。比方苏轼诗中提到馈赠往来的人物中，苏门弟子就不占大多数。又如黄庭坚，他与苏门群彦及自己高足之间的赠送、求索诗文总量也远不如他与其他朋友、后生的类似诗文。但是，正因为双方存在师生关系或者同门关系，所以有交往，而交往过程中能互赠诗文、嘉物。师友间索物，一般是以师长向友生求索为主，而普通朋友间相互索要所需、所欲之物是极为寻常的。这一点，只需略微翻检黄庭坚诗文集即可。黄庭坚保存下来的书简、诗歌涉及此类话题者甚夥。

由此推测，苏门群彦相互之间的交往，或许并不见得比他们与老师苏轼的关系更为亲厚。但黄庭坚显然又是苏门弟子中的核心人物，他早在熙宁、元丰期间就与晁补之、张耒、秦观、陈师道等人建立起了较为亲近的同门之谊。因此，苏门的建立与苏轼、黄庭坚密不可分。苏轼固然是以老师之尊成为苏门成立的前提，而黄庭坚作为核心弟子，与同门之间的交际唱酬、馈赠互动透露出苏门弟子在师门场域中的位置。苏门的师门建构模式大致是苏轼主导、黄庭坚辅助，晁补之、张耒、秦观、李廌、李之仪等为核心。推而论之，师门建构过程中，老师的存在是前提，核心弟子在交往中凝聚同门对师门建构起到重要的辅助作用。

师友相处的亲密度及弟子们在师门所处的位置，也反映到赠送诗文与馈赠嘉物诗的创作中。黄庭坚、秦观与苏轼最初交往时，在索求唱和以及书法作品时，都显得拘谨而客气，但交往时日既久，就很少见到相似的情况。前引黄庭坚向苏轼索和的信件说：

> 旁州士大夫和诗，时有佳句，要自不满人意，莫如公待我厚，愿为落笔，思得申纸疾读，如老杜所谓“一洗万古凡马空”者。①

信中提及其他士人的唱和之作，又委婉地向苏轼表达求和的意愿，且以杜诗暗相推许。这是黄庭坚元丰六年（1083）所作《食笋十韵》后，寄赠苏轼时所附的信札，东坡为和作《和黄鲁直食笋次韵》诗。虽然苏轼待弟子一贯虚怀若谷，但东坡邀黄庭坚等门下弟子和作时则并无如此客套，如前引苏轼赠王淮红带而赋诗就直接说“作诗为戏请黄鲁直秦少游各为赋一首”。

秦观拜访苏轼是在东坡徐州任上，此前苏、秦二人还只是处于初识阶段，所以秦观求字遣词用句之间不免谨慎，他说：“素纸一轴，敢冀醉后挥扫近文并《芙蓉城》诗，时得把玩，以慰驰情。”②而后来却未见秦观常向东坡索字，或许是得苏字甚多的缘故吧！这一推测有一个旁证是张杰以龙茶向晁补之求换东坡所书之帖③。或许是门人所得苏帖多，才有人想到用珍贵的龙团求换东坡书法。秦观求字的心态大概也和他当时与苏轼并不相熟有关。

而这种心态影响到诗人的创作，如苏、黄之间，研究者经常举以为例的黄庭坚名作中“我诗如曹郐，浅陋不成邦。公如大国楚，

---

① 黄庭坚《上苏子瞻书二首》其二，黄庭坚著，郑永晓整理《黄庭坚全集辑校编年》，江西人民出版社 2008 年版，第 149 页。

② 秦观《与苏公先生简》其二，秦观撰，徐培均笺注《淮海集笺注》，上海古籍出版社 2000 年版，第 987 页。

③ 晁补之《张杰以龙茶换苏帖》，《全宋诗》第 19 册，第 12868 页。

吞五湖三江”“小儿未可知，客或许敦厖。诚堪婿阿巽，买红缠酒缸”等句子①。这首诗是尊苏轼执牛耳，而自谦诗格浅鄙。虽然有东坡诗文为证，但山谷写此句时内心未始没有师门场域中个人所处地位的暗示。试看他赠绿石砚台、团茶给晁补之、张耒的诗，其中也有“自我呈现”。其诗歌“晁子智囊可以括四海，张子笔端可以回万牛。自我得二士，意气倾九州”“晁无咎赠君越侯所贡苍玉璧，可烹玉尘试春色。浇君胸中《过秦论》，斟酌古今来活国。张文潜赠君洮州绿石含风漪，能淬笔锋利如锥。请书元祐开皇极，第入《思齐》《访落》诗”诸句中②，或有“我”与晁子、张子是同样笔力千钧之人，可以斟酌古今开皇极的意味。但句中隐隐含着慧眼识珠的自述，张扬着睥睨群豪的热情，洋溢着意气风发的壮志。这恐怕与他在师门场域中所处“首席弟子”的位置不无关系。

再次是师门活动中的日常书写和诗化表达。师门馈赠嘉物诗的出现直接参与了宋人诗歌日常化倾向的发展。周裕锴先生认为“从性质上看，元祐诸公诗歌的功能其重心已转移到交际方面，诗歌成了日常生活中的交往工具，在很大程度上承担着书信（尺牍）的作用”③。元祐诸公的确以诗歌代书简，但以诗代简恐怕并非自元祐时才出现。前人以诗简寄表达对朋友思念的，如刘桢《赠徐幹》：

---

① 黄庭坚《子瞻诗句妙一世乃云效庭坚体盖退之戏效孟郊樊宗师之比以文滑稽耳恐后生不解故次韵道之（子瞻送杨孟容诗云我家峨眉阴与子同一邦即此韵）》，黄庭坚撰，任渊、史容、史季温注，刘尚荣点校《黄庭坚诗集注》，中华书局2003年版，第191—192页。

② 黄庭坚《以团茶洮州绿石研赠无咎文潜》，黄庭坚撰，任渊、史容、史季温注，刘尚荣点校《黄庭坚诗集注》，中华书局2003年版，第234—235页。

③ 周裕锴《诗可以群：略谈元祐体诗歌的交际性》，《社会科学研究》2001年第5期。

“思子沉心曲，长叹不能言。起坐失次第，一日三四迁。”[①] 表达求举荐的，如司马彪有《赠山涛》诗，张铣注云：“初，山涛为吏部侍郎，而绍统未仕，故赠以此诗欲涛荐也。”[②] 表达了对远游丈夫问候怀思的，如窦滔妻苏蕙所作回文诗《璇玑图》。例多不赘。然可知古人以诗代简并非自元祐诸公开始。而元祐诸公的馈赠嘉物诗，对文学史的贡献应该在其以日常生活入诗，将日常生活作为诗料采入诗中，且连篇累牍，再三唱和用韵。其例以黄庭坚《双井茶送子瞻》引发的系列“书”“珠”“腴”“如”“湖”为韵唱和次韵之作最为明显。

宋人诗歌日常化书写的意义，学界先进多有论述[③]。笔者认为，以馈赠嘉物为诗料，更进一步体现了宋诗的日常化倾向。在宋代之前，“投我以木瓜，报之以琼琚”（《诗·卫风·木瓜》）[④]、“美人赠我金错刀，何以报之英琼瑶”（张衡《四愁诗》）[⑤]，所谓木瓜、琼琚、金错刀、英琼瑶等等，都是起兴之物，是虚非实。杜甫虽然有以馈赠为诗料的，但绝对数量毕竟不多，且未有再和者。而宋人的馈赠诗不但连篇累牍，且再三酬唱和韵。这些诗歌将师门活动中的馈赠物品记录下来，对国家社会或许甚为无谓，可是却记录了师友情

① 刘桢《赠徐幹》，萧统编，李善等注《六臣注文选》卷二三《赠答》一，中华书局 2012 年版，第 440—441 页。

② 萧统编，李善等注《六臣注文选》卷二四《赠答》二，中华书局 2012 年版，第 447 页。

③ 如周裕锴《诗可以群：略谈元祐体诗歌的交际性》、巩本栋《关于唱和诗词研究的几个问题》（《江海学刊》2006 年第 3 期）、马东瑶《苏门酬唱与宋调的发展》（《文学遗产》2005 年第 1 期）等都从不同角度竭力论证其文学史意义，且甚有说服力。

④ 郑玄笺，孔颖达等正义《毛诗正义》，阮元《十三经注疏》本，上海古籍出版社 1997 年版，第 327 页。

⑤ 张衡《四愁诗》，萧统编，李善等注《六臣注文选》卷二九《杂诗》上，中华书局 2012 年版，第 545 页。

谊。可以让后来者了解宋代师友日常生活的细节，更有趣的是，它们还是诗化的细节。

对于诗人而言，他们的生命是短暂的，在短暂的人生中，并非每一个人都能遭遇风云变幻的大时代，也不可能每时每刻都关注国计民生。宋人采取精致的视角，琢磨日常交游的琐事，既是热爱生活的表现，也是文学关注人生的转向。宋人对自我的检视，内省深刻；转向生活琐事同样是对自身的观照。诗料的琐屑恰恰提供了更多的话题，让诗人的语言有更多的表现空间。因此，宋人的诗歌可以卷帙浩繁、诗兴盎然。从另一个角度说，用以代替书简的馈赠诗需要表达的信息量并不小，且对语言技巧的锻炼也能提供合适的靶子。所以，馈赠诗本身所参与的宋诗日常化特色，对文学史而言自有其意义。

第二节　同题创作与师门群体的文学交流

诗文唱和是文人交往的重要方式，宋人也藉此进行情感交流，甚至可以说，这已是宋代文人的生活方式。《全宋诗》将近三分之一的作品是唱和之作，几乎涉及文人交往的各个层面。诗歌并非文人用以唱和的唯一文体，宋人文赋也有唱和作品，如苏轼追和陶渊明《归去来兮辞》，苏辙有《和子瞻归去来词》；苏轼有《沉香山子赋》，苏辙有《和子瞻沉香山子赋》。这些唱和均体现了文人的交往状况，而同题之作也当引起研究者的重视。古人以文赋唱和，由来甚久，自汉魏以降，同题赋作层出不穷。程章灿先生就曾据刘知渐《建安作家诗文总目》指出："建安作家中有赋作传世的计 18 家，作品 184 篇……同题共作赋者计 18 人，作品 126 篇，占作者总数的 100%，赋作总数的 68%。这两个百分比足以说明同题共作在建安赋创作繁荣中占有举足轻重的地位。"[①]宋文也有众多同题文赋，其中不乏师门成员的作品。

一 作品逾千，欧苏煌煌：北宋同题文章的概况

《全宋文》收录作者9178人，收录作品178292篇，总字数达到一亿一千万有余[②]。这些作品中的诏令、公牍、表奏、题跋、书信所占分量极大。相关作品或为公私事务，或有涉特定对象，可以展示文气、挥洒性情的空间不大，属于广义的文学。我们选取《全宋文》中文学属性较强的辞赋、序记、箴铭、赞论等进行统计，得同题之作三百余题一千多篇，作者430余人[③]。

通过对北宋同题文章的观察，我们不难发现，同题文章又可分为同题同体、同题异体两种。前者文题与文体均相同，如欧阳修、刘敞、张耒的《病暑赋》；苏辙、文同、鲜于侁、李清臣、张耒的《超然台赋》；徐铉、田锡、苏轼、秦观、杨时、何去非、周紫芝、胡宏、王之望等人的《晁错论》；常环、李纲、李石的《丛桂堂记》等均是。同题异体，则文体有所不同。如苏轼《捕鱼图赞》、文同《捕鱼图记》、晁补之《捕鱼图序》；田锡《籍田颂》、曾汪《籍田碑》、王禹偁《籍田赋》、吴兹《籍田记》；徐铉《剑池颂》、郑獬《剑池赋》、王禹偁《剑池铭》；孔武仲《双庙赋》、刘敞《双庙记》、鲜于侁《双庙诵》皆以不同文体而写同一内容。这说明北宋文人在文体选择上，非常多元，他们尝

① 程章灿《魏晋南北朝赋史》，江苏古籍出版社2001年版，第45—46页。

② 曾枣庄《宋文通论》，上海人民出版社2008年版，第3页。

③ 有些作家的主要创作期虽然在南宋，但其受到的教育是在北宋，故而我们兼计两宋之交的文人。有些作品出现互见现象，如《筠州学记》出现在欧阳修与曾巩两人名下，考诸《曾巩集》则载之，而欧阳修别集未录，然互见作品未暇一一辨正。

试用不同文体创作同样题材的作品。

从数量上看,论说文的同题作品远远多于其他题材的同题作品。比如阐发经学、史学的作品就非常多。以《易论》为题的作品有10多篇,李清臣、吕陶、李觏的《易论》都是组文。《礼论》《诗论》《春秋论》等题也都有将近十篇作品。《秦论》《唐论》《五代论》等以王朝兴替得失为内容的史论文章、《周公》《周公论》《司马迁论》《霍光论》《荀彧论》等以历史人物品评为内容的史论,也都得到作家们的青睐。一些涉及公共话题的时政论说文如《朋党论》《劝农文》《劝学文》也有众多作品传世;而《观世音像赞》《梅花赋》等题,因为所咏内容是人们较为熟悉的,故而同样有不少传世文章。一些亭台楼阁的记文、书籍的序文等则未必受到很多文人的追捧,其同题创作数量并不显得特别庞大。当然,与文人知识结构密切相关的经、史主题更为士人关注,有些作品或许还是科举应试的程文。此外,与时政相关的、可以干预社会的话题也是士人热衷的选题。以是观之,宋文也具有重视学理、好发议论、乐于评点史事的特点。他们在文章创作上,也具有书斋倾向。

从同题文章的内容上看,并非每一组同题文章都有内在联系。有些作者书写的对象完全风马牛不相及,但其题目也相同。如刘攽、秦观、黄庭坚皆有《寄老庵赋》或《寄老庵记》,惠洪也有一篇同题的《寄老庵记》。只不过秦观三人的作品是为孙觉的寄老庵所作。孙氏是高邮人,熙宁九年(1076)秦观随孙觉游历阳汤泉,孙氏决意造庵于汤泉山。庵成,请秦观等人作赋。而惠洪提到的寄老庵在高安,其庵是僧觉范所作的佛教寺院,二者非同一事。类似情况并不罕见,此特其一耳!至于那些以《杂说》为题的同题作品,更是相当于"无题",相互间关系尤远。而十数篇所谓的《座右铭》更不过是各述其意而已。

从同题文章的作者来看，有些作者之间有师友渊源。如苏轼、陈师道、李新均作有《霍光论》，苏辙、张耒均有《晋论》。同题异体的文章作者，也有师友渊源之例。如晁补之有《冰玉堂辞》，张耒有《冰玉堂赋》，张九成有《静胜斋记》，潘良贵有《静胜斋说》。有些作者则从无交游，如王安石（1021—1086）与李石（1108—？）均有《大人论》，两人年岁相差数十年，不曾并世而生，不可能有交游。徐铉（916—991）与高登（？—1184）均有《方竹杖赞》，两人也不曾同饮一瓯之水，相互之间也不可能有交往。作《放生池记》的宋祁、孙清、王大宝、董德元、韩彦端、蒋延寿诸人间同样不曾见到明显的交游，更何况宋祁的年辈长出众人甚多。

究其原因，不外以下数端：其一是文人群体之间交游共作，切磋砥砺；其二是后起之秀见前贤作品，有意效法，或立志超越；其三则是不同时代的作者，因为相同的际遇、相似的情愫、相通的知识结构等因素，而无意间创作出同题的作品。再有一种情况与科举考试相关，同科诗赋举士者，其文章必同题①。

观察400多位同题文章作者，我们发现有相当一部分的欧阳修之友生及再传弟子进入统计样本。欧阳修门下如苏轼、苏辙、曾巩，再传如黄庭坚、陈师道、秦观、晁补之、张耒、毕仲游、唐庚、李新等均有与他人同题的作品。欧阳修友人如梅尧臣、范仲淹、司马光等人，苏轼友人如范纯仁、文同、吕陶、李清臣、孔文仲、孔武仲、孔平仲等人也进入该名录。若再从每位作者的同题作品绝对数量

① 如黄坤尧先生《曾巩、苏轼、苏辙同题作品〈刑赏忠厚之至论〉的高下比较》（《第四届宋代文学国际研讨会论文集》，浙江大学出版社2006年版），就对仁宗嘉祐二年（1057）礼部贡举的三篇同题作品进行高下评判。嘉祐二年贡举放进士近400人，而参加该年贡举考试的曾巩、苏轼、苏辙、程颖、张载、朱光庭、吕大钧、家定国等数百人均应有过同题《刑赏忠厚之至论》之作，只是流传下来的寥寥无几。

来看，欧阳修门下弟子及再传弟子们的作品数远远高出其他作者。再从每组同题之作来看，作者相互之间有师友关系的，也以欧阳修、苏轼一系的文人为多。欧阳修门下群彦的同题作品众多，正说明他们相互之间的影响深，而交往密。作为一个主导北宋文坛风气数十年之久、门生遍及全国各地的文人群体，欧、苏一系显然并不辜负其名望。

那么，具有师承关系、互有同门之谊的作者，进行创作又有哪些特点或意义？

二　群体共作，同振争妍：师友同题文章的创作

同门师友的部分同题作品，在创作过程中，有明显的群体召集痕迹。在创作心态上也有抱团取暖、心灵互动的渴望。同题论说文则有相互争妍、阐发学理的倾向。

1. 师友同题创作的群体召集

宋人同题作品中，有一类楼台亭阁赋文，所占份额不小。历代精彩的亭台楼阁赋、记文字所在皆有，王勃《滕王阁序》、范仲淹《岳阳楼记》都传诵千古。古人做楼造阁，以诗文叙述其事，记载盛况由来已久。造楼者愿流功金石，多希望“后来之贤，与吾同志，必爱尚而增葺之，宜免夫毁圮圬墁之患矣”[①]。而其“志”，则需赋文记述，以彰显昭示。故而，韩琦在定州造了阅古堂之后，自作记文，又邀富弼作诗。富弼与韩琦都出于晏殊门下，富弼还是晏殊的女婿。“公（按：指韩琦）邮问索诗，因粗序所致之旨，以志其始而示于后。”[②] 富弼所作，实际上是诗，而其文乃诗序。但其创作目的出于

① 韩琦《定州阅古堂记》，《全宋文》第 40 册，第 39 页。

② 富弼《定州阅古堂序》，《全宋文》第 29 册，第 31 页。

人际交往的应酬，受邀而作，以叙述韩琦治理定州的功绩。

韩琦只是通过书信向富弼一人索诗歌，苏轼则有召集多位同道及友生集体创作的经历。苏轼约赋最为人熟知的，是密州超然台、徐州黄楼的赋文。熙宁七年(1074)，苏轼守密州，“其地介于淮海之间，风俗朴陋，四方宾客不至”，且下车伊始，东坡“承大旱之余孽，驱除螟蝗，逐捕盗贼，廪恤饥馑，日不遑给”[①]。东坡也陈述其“始至之日，岁比不登，盗贼满野，狱讼充斥，而斋厨索然，日食杞菊”[②]。苏辙从政事角度说苏轼在密州的辛劳，而苏轼则说到日常饮食都不舒心。可是次年，政事平顺，而苏轼也“治其园圃，洁其庭宇，伐安丘、高密之木以修补破败，为苟全之计。而园之北，因城以为台者旧矣，稍葺而新之。时相与登览，放意肆志焉”[③]。

东坡又向苏辙征名，苏子由闻其事，乃名其为“超然台”，又为作《超然台赋》。苏轼命笔作《超然台记》，恰逢李清臣来密州公干，东坡邀其作赋，并将其刊刻上石。李清臣亦受知于欧阳修，与苏轼有同门之谊[④]。其时文同在洋州，苏轼作书云：“向有书，乞《超然

① 苏辙《超然台赋》，苏辙著，陈宏天、高秀芳点校《苏辙集》，中华书局1990年版，第331页。

② 苏轼《超然台记》，苏轼著，孔凡礼点校《苏轼文集》，中华书局1986年版，第351页。

③ 苏轼《超然台记》，苏轼著，孔凡礼点校《苏轼文集》，中华书局1986年版，第352页。

④ 晁补之《资政殿大学士李公行状》谓李清臣：“中皇祐五年进士第，调邢州司户参军……迁晋州和川令。时朝廷方崇制举，转运使何郯行县，取公文稿读，即以材识兼茂、明于体用科荐之文忠公。欧阳修见其文，大奇之曰：‘苏轼之流也。’”(《全宋文》第127册，第61页)《宋史》本传谓清臣：“应材识兼茂科，欧阳修壮其文，以比苏轼。治平二年，试秘阁，考官韩维曰：‘荀卿氏笔力也。’试文至中书，修迎语曰：‘不置李清臣于第一，则谬矣。’启视如言。”“诏举馆阁，欧阳修荐之，得集贤校理、同知太常礼院。”(脱脱等《宋史》卷三二八《李清臣传》，中华书局1977年版，第10561—10562页)

台》诗，仍乞草书，得为摹石台上，切望！切望！”[①]由此观之，苏轼此前已曾向文同索诗，又再次督促其完成。苏轼索诗的对象显然并不止以上数位，他的门生张耒也说：“苏子瞻守密，作台于囿，名以超然，命诸公赋之。予在东海，子瞻令贡父来命。”[②]苏轼命诸公赋，而又令刘贡父召张耒作赋。今不见刘攽有《超然台赋》，可是苏轼的“征集令”显然也曾传到刘氏手中。今传《超然台赋》有苏辙、文同、鲜于侁、李清臣、张耒五篇，又有苏轼《超然台记》，此外还有文彦博的《寄题密州超然台》诗、司马光的《超然台诗寄子瞻学士》诗，苏轼又作有《和潞公超然台次韵》诗。这些咏超然台的同题之作，都来自苏轼的索求，可以说没有苏轼召集同道、友生创作，这些作品很多或许就不会诞生了。

数年之后的元丰元年（1078），苏轼在徐州又一次邀集苏辙及诸友生作文。熙宁十年（1077）七月，黄河在澶渊决口，八月水至徐州城下。苏轼时知徐州，乃与徐州民众迎战水患，水淹徐州城墙二丈八尺，至九月依旧未退。水退后，苏轼乃整修加筑城池，“相水之冲，以木堤捍之，水虽复至，不能以病徐也。故水既去，而民益亲。于是即城之东门为大楼焉，垩以黄土，曰‘土实胜水’。徐人相劝成之”[③]。苏轼《九日黄楼作》诗仍心有余悸地写到：“去年重阳不可说，南城夜半千沤发。水穿城下作雷鸣，泥满城头飞雨滑。”[④]楼

① 苏轼《与文与可十一首》其二，苏轼著，孔凡礼点校《苏轼文集》，中华书局1986年版，第2441页。

② 张耒《超然台赋》，张耒撰，李逸安、孙通海、傅信点校《张耒集》，中华书局1990年版，第15页。

③ 苏辙《黄楼赋并叙》，苏辙著，陈宏天、高秀芳点校《苏辙集》，中华书局1990年版，第335页。

④ 苏轼《九日黄楼作》，苏轼著，王文诰辑注，孔凡礼点校《苏轼诗集》，中华书局1982年版，第868页。

成后，苏轼再发索诗函，广邀师友门生赋诗作文。今传苏辙《黄楼赋》、秦观《黄楼赋》及陈师道《黄楼铭》三文，当是征文所得。此外，顿起、苏轼、刘攽、陈师道、贺铸等又有诗若干。这些诗作有与苏轼征文相关的，也有作者后来创作的，如其中贺铸的《黄楼吟》即作于苏轼泛海之后。

苏轼为黄楼征文，较之超然台更加努力不歇。他的《答王定民》诗云：

> 开缄奕奕满银钩，书尾题诗语更遒。八法旧闻宗长史，五言今复拟苏州。笔踪好在留台寺，旗队遥知到石沟。欲寄鼠须并茧纸，请君章草赋黄楼。①

友人有诗书之善，苏轼便想到请他赋黄楼之作。东坡门下的秦观，也接到索作信函，他说：

> 顷蒙不间鄙陋，令赋《黄楼》，自度不足以发扬壮观之万一，且迫于科举，以故承命经营，弥久不献。比缘杜门多暇，念嘉命不可以虚辱，辄冒不韪，撰成缮写呈上。词意芜迫，无足观览，比之途歌野语，解颜一笑可也。②

秦观作《黄楼赋》的直接原因就是苏轼的邀作，而黄庭坚也收到苏轼的稿约，可是他因病没能写出赋作。黄庭坚说自己："去九月到

① 苏轼《答王定民》，苏轼著，王文诰辑注，孔凡礼点校《苏轼诗集》，中华书局1982年版，第890页。

② 秦观《与苏公先生简》其二，秦观撰，徐培均笺注《淮海集笺注》，上海古籍出版社2000年版，第986—987页。

家,老儿病脚气,初甚惊人,会得善医诊视,今十去九矣。又苦寒嗽,未能良愈,坐此不通书阁下。仰惟大雅函容,有以裁其罪。黄楼之作,名不虚生,浅短岂敢下笔?愿见记刻,淹熟规摹,当勉为公赋之。"[①]但苏轼在《黄楼赋》《黄楼铭》等文章的创作过程中,起到的召集作用是不可忽略的。

孙觉作寄老庵,也向友生朋辈发出索作信。山谷与淮海均收到孙觉的索文之檄,孙觉是苏轼的朋友,秦观、黄庭坚均曾师从孙觉问学,还因孙觉而得从东坡游,黄庭坚还是他的东床快婿。有些版本的黄庭坚集于《寄老庵赋》题下有注云:"元祐三年,公为秘书省,孙莘老来索此文。"[②]孙莘老,即孙觉。秦观则说:"子时实从,与见其事,愿扬搉而陈之。"[③]秦观、黄庭坚的《寄老庵赋》皆应索而作。刘攽有《寄老庵记》,大率也是应酬索文的作品。刘攽是孙莘老的同僚,"孙觉、孙洙同在三馆,觉肥而长,洙短而小,二人皆髯,刘攽呼为大胡孙、小胡孙"[④]。二人关系显然是融洽的。故而刘攽也在莘老传檄索文之列。

要之,师友的同题创作,很大程度上是源于特定个体的召集。欧、苏门下士人在召集师长、友生、同侪创作方面,尤其积极,故而流传下来的相关作品相对其他同题之作尤多。

2. 师门同题创作的心态

师门同题创作,在创作心态上有抱团取暖与心灵互动之渴望。

① 黄庭坚《与苏子瞻书》,黄庭坚著,郑永晓整理《黄庭坚全集辑校编年》,江西人民出版社 2008 年版,第 151 页。

② 黄庭坚《寄老庵赋》,黄庭坚著,郑永晓整理《黄庭坚全集辑校编年》,江西人民出版社 2008 年版,第 550 页。

③ 秦观《寄老庵赋》,秦观撰,徐培均笺注《淮海集笺注》,上海古籍出版社 2000 年版,第 10 页。

④ 魏泰《东轩笔录》卷一一,《全宋笔记》第 2 编第 8 册,大象出版社 2006 年版,第 84 页。

苏轼召集超然台、黄楼吟赋之时，正处于政治低潮期。对王安石变法的众多新政，苏轼采取了一种相对消极的态度，并不主张全面革新。所以，苏轼的处境不能称妙，苏辙为东坡修葺的楼台取名“超然”，实际上也有劝兄长全身远祸、超脱事外的意思。苏轼发挥“超然”之意云：

> 凡物皆有可观。苟有可观，皆有可乐，非必怪奇玮丽者也。哺糟啜漓皆可以醉，果蔬草木皆可以饱。推此类也，吾安往而不乐。夫所为求福而辞祸者，以福可喜而祸可悲也。人之所欲无穷，而物之可以足吾欲者有尽。美恶之辨战乎中，而去取之择交乎前，则可乐者常少，而可悲者常多。是谓求祸而辞福。①

所谓物有可观便有可乐，故能处变不惊，安之若素。又因为人的欲望是无穷已的，所以会反复选择美丑，在选择之间往往就失去了欣赏万物之美的机会，如此则不能谓之“求福”。言下之意，反倒是能发现事物可乐之处，及时行乐，而不是汲汲于判断美丑本身，才是一种“超然”的“至乐”。

张耒《超然台赋》发挥了苏轼的“至乐”与“超然”观点。该赋的序文与赋文的内容几乎是一样的，且其结构也都用了“主客问答”的传统形式，只不过采用的语体有所不同。序文以散体，赋文用骚体。张耒以学生的身份，必然也能理解老师的现实处境。因此，他在赋中提到：“有物必归于尽兮，吾知此台之何恃？惟废兴之

---

① 苏轼《超然台记》，苏轼著，孔凡礼点校《苏轼文集》，中华书局1986年版，第351页。

相召兮，要以必毁而后止。彼变化之无穷兮，嗟其偶存之几何？聊徼乐于吾世兮，又安知夫其他？”[①]万物皆有兴衰，人生在世，需聊以徼乐。此段点出“乐”的主题，继而借质疑者之口，问未能物我两忘，何以为乐。张耒阐发可以为乐者，说：

> 子知至乐之无名兮，是未知世之所可恶。世方奔走于物外兮，盖或至死而不顾，眇如醯鸡之舞瓮兮，又似乎青蝇之集污。众皆旁视而笑兮，彼独守而不能去。较此乐于超然兮，谓孰贤而孰愚？何善恶之足较兮，固天渊之异区。道不可以直至兮，终冥合乎自然。子又安知夫名超然兮，果不能造至乐之渊乎？[②]

“至乐”固然无名，但众人对所欲不能割舍，守物而不能去，则不能谓之至乐，更绝非超然。面对万物宠辱不惊，泰然处之，乃为“超然”，既“超然”而后能“至乐”。张耒潜台词中，是在劝慰老师，面对并不理想的现实处境，不妨安之若素。这是与苏轼的心灵沟通。而秦观的《黄楼赋》也表达了类似的意思，他说：

> 噫变故之相诡兮，遒传马之更驰。昔何负而遑遽兮，今何暇而遨嬉？岂造物之莫诏兮，惟元元之自贻。将苦逸之有数兮，畴工拙之能为。韪哲人之知其故兮，蹈夷险而皆宜。视蚊虻之过前兮，曾不介乎心思。
>
> 正余冠之崔嵬兮，服余佩之焜煌。从公于斯楼兮，聊裴回

① 张耒《超然台赋》，张耒撰，李逸安、孙通海、傅信点校《张耒集》，中华书局1990年版，第16页。

② 张耒《超然台赋》，张耒撰，李逸安、孙通海、傅信点校《张耒集》，中华书局1990年版，第16页。

以徜徉。[1]

他感慨世事变化的无常。苏轼在治水时疲于奔命，而在黄楼建成后，又能嬉游于其上。他认为上苍不会预先告知人的命运，只有泰然面对人生处境的哲人，才能“蹈夷险而皆宜”。他又以“蚊虻”喻当道小人，说奸人诋毁不过过眼烟云，不值得挂怀。而自己则愿意从苏轼一道，登楼徘徊，精神徜徉于大块。

虽然张耒的意思不像秦观这样显豁，但其《超然台赋》与苏轼《超然台记》所欲表达的态度则是同一的。而秦观《黄楼赋》说的意思，实际上也与苏轼《超然台记》欲泰然面对万物的精神一脉相延。而说到底，所谓的面对万物，就是面对当道小人。事实上，不仅类似超然台、黄楼吟赋的有组织创作活动，师门文人相互支持，抱团取暖。在一些不同时、地创作的师门同题作品也是如此。

张耒《冰玉堂记》与晁补之《冰玉堂辞》并非同时创作，两篇也不是唱和之作。但他们有相同的书写对象，有相似的创作背景。晁补之所作略晚，对张文有所回应，二人的创作心态有相通之处。冰玉堂的主人是刘涣、刘恕父子[2]。刘恕从司马光修史，因而不满新

---

① 秦观《黄楼赋并引》，秦观撰，徐培均笺注《淮海集笺注》，上海古籍出版社2000年版，第7—8页。

② 刘涣（1000—1080），字凝之，号西涧居士，筠州（今江西高安）人。仁宗天圣八年（1030）进士，官至颍上令。刘恕（1032—1078），字道原。生历仁、英、神三朝，曾入修《资治通鉴》，精研史学。刘氏父子均以史学擅名。《四库全书总目》卷一八六《〈三刘家集〉提要》：“宋刘涣、刘恕、刘羲仲撰。涣字凝之，筠州人，登天圣八年进士，为颍上令，以太子中允致仕。恕，涣之子，有《通鉴外纪》。羲仲，恕之子，有《通鉴问疑》，并已著录。涣祖孙父子，并刚直有史才，而恕最优。司马光称其‘博闻强记，细大之事，皆有稽据’，诚公论也。”（中华书局1965年版，第1694页）

法，忤王安石，自度不能脱，乃请监南康军酒税。南康军治星子县，由是而隐居庐山之麓。张耒与刘恕有旧，又曾校《资治通鉴》，得闻刘氏生平事迹；晁补之虽未与刘交游，但也曾在史馆读其书，闻其事。二人又都认识刘恕儿子羲仲。张、晁作文时，均在贬谪途中。张耒当时谪官庐陵（今江西吉安），晁补之谪监信州酒税，道经南康军，因而拜谒刘氏父子墓。冰玉堂得名于苏辙祭刘涣文"洁廉不挠，冰清而玉刚"的评价[①]。张、晁两文，均围绕苏辙的评价，从刘氏父子的学识、品格展开。刘氏父子身负才具而不能施展，道德文章隆盛而不容于当道。张、晁均有借刘氏之酒杯，说自家心事之意。

张、晁坐与苏轼交游而南贬，在两篇文章中，也多有维护同道的意思。晁文后出，对苏辙、张耒也有回护之意。苏轼及其弟子当时的现实处境，让他们在同题文章的创作中，有明显的抱团取暖倾向。

3. 师门同题论说文相互争妍、推究学理的倾向

论说文多阐发观点、宣示主张。师弟子对同一问题往往有相似看法，在问题辩论上，常有自觉维护师说的倾向。我们以欧阳修、苏轼等人关于正统的同题作品为例讨论。两汉以来，辨明正统问题成为传统史学的重要话题。汉时受谶纬影响，倡"五德终始说"，至于宋初依然为学者重视。但到北宋中期，出于特定的时代背景，欧阳修的正统论得以形成。大宋与前朝的统属问题、《春秋》学的复兴、纂修前史所遭遇的问题、北宋的外交挫折都为欧阳修"正统论"的形成提供了机缘[②]。

---

① 张耒、晁补之文皆引该句，然苏辙《栾城集》卷二十六收祭文十七首，无祭刘涣之作。

② 陈学霖《欧阳修〈正统论〉新释》，《宋史论集》，东大图书股份有限公司1993年版，第141—145页。

欧阳修阐发《春秋公羊传》旧典云："《传》曰'君子大居正'，又曰'王者大一统'。正者，所以正天下之不正者；统者，所以合天下之不一也。由不正与不一，然后正统之论作。"①他认为正统，就是"王者所以一民而临天下"②。立足于此，他先后写了《原正统论》《明正统论》以及《正统辨》上下篇，又有《秦论》《魏论》《东晋论》《后魏论》《梁论》五篇分论前朝正统。晚年他编次《居士集》时，又删之为《正统论》三篇。

欧阳修所荐文士章望之③，提出"统"的二分论，认为以道德王天下者为"正统"，而得天下不能居之以德者为"霸统"。章望之《明统》今已佚，但他反对欧阳修以魏、梁为正统的观点。体现出不受师说左右的态度，而苏轼则旗帜鲜明地站在老师一边，写了三篇《正统论》。他说：

> 正统之论，起于欧阳子，而霸统之说，起于章子。二子之论，吾与欧阳子，故不得不与章子辨，以全欧阳子之说。欧阳子之说全，而吾之说又因以明。④

苏轼支持欧阳修的观点，在文中对章望之的"霸统"观进行了批驳。章望之的文章未传，但苏轼引而驳之，条分缕析，有推究学理

① 欧阳修《正统论上》，欧阳修著，李逸安点校《欧阳修全集》，中华书局2001年版，第267页。

② 欧阳修《正统论序》，欧阳修著，李逸安点校《欧阳修全集》，中华书局2001年版，第266页。

③ 章望之，浦城人（今属福建），欧阳修与之有交往，曾举其任馆职。欧阳修有《举章望之曾巩王回等充馆职状》《章望之字序》。

④ 苏轼《正统论·辩论二》，苏轼著，孔凡礼点校《苏轼文集》，中华书局1986年版，第121页。

的意味。可惜的是,这种正常的学术争鸣被王安石异化为党政的工具,他称苏轼党附欧阳修,以章望之非欧阳修《正统论》,乃作论罢章望之①。

欧门再传陈师道也有《正统论》阐发他对正统的观点,他说:"统者,一也。一天下而君之,王事也……"②其文又将正统的形态分为五种,体现出超过师长的见解。陈师道虽然站在师说基础上,陈述"正统",但能有所推进。在宋代文人中,这种尚理好辩之风,大体与士林疑古做派有关。而在同题作文中,师生同门争妍竞秀,切磋琢磨,有力地推动了宋代文学与学术的发展。

师门同题之作,有中心人物加以召集,也有相继创作。在心态上有互相支持、交相勉励,也有争妍竞秀、推动学理发展的。而这些作品,事实上正是师友之间进行文学交流的手段之一。

三　传播交流,影响弥久:师友同题文章的传播

师友同题创作的传播以小范围传播开始,而最终进入书册传播等大面积流传的环节。在传播过程中,以小范围传播开始,传播的反馈也较其他同题之作迅速而及时。师友对同题之作的反馈,带有相与论文、互激共振的文学交流、文学批评意义。

师友同题文章,在最初传播中具有鲜明的人际传播特点。那些因人索赋而成的亭台楼阁赋文,相当部分是通过点对点的方式传播的。如苏轼召集朋侪友生为超然台、黄楼创作诗文,应征作者多将作品直接邮寄给苏轼。这固然是应邀作文者对征集文章者的

---

① 黄以周著,程继红、汪超点校《续资治通鉴长编拾补》卷六,黄式三、黄以周著,詹亚园、张涅主编《黄式三黄以周合集》第12册,上海古籍出版社2014年版,第242页。

② 陈师道《正统论》,《全宋文》第123册,第334页。

交代，却也是一次人际交往。但应征作文者若对文章满意，也会令其传布开去。秦观《黄楼赋》虽然是篇命题作文，可是他自己很满意，用之为行卷。张耒就说：

> 予见少游投卷多矣，《黄楼赋》、《哀镈钟文》卷卷有之，岂其得意之文欤？少游平生为文不多，而一一精好可传。在岭外亦时为文。临殁自为挽诗一章，殊可悲也。此卷是投正献公者，今藏居仁处。①

秦观创作的文章不多，但多是精品。因为对《黄楼赋》等文章特别满意，故而行卷时多抄录以进。虽然王安石变法，取消了诗赋取士，熙宁八年（1075）开始，宋代科举一度不以诗赋论英雄。但行卷时以得意之作进献可能参与科举的试官，作为一种习惯仍然为时人保留。张耒既说多见少游投卷，则秦观抄录该作行卷为其提供了更多的传播机会。

抄写传播的范围毕竟较小，因此即便是与秦观、陈师道关系密切的黄庭坚，也未必能得到赋、文。黄庭坚在给秦觏的信中，专门索求陈师道作的黄楼文章。他说："欲得陈无已旧作《黄楼赋记》及《答李端叔书》，如有本，且借示。"② 今传陈师道吟咏黄楼的作品有诗有铭，但并无赋、记。此处说陈无已的《黄楼赋记》，不知是指《黄楼铭》，或者是陈师道另有《黄楼赋记》。不过，黄庭坚说是"旧作"，可知他是在苏轼召集同道、友生赋黄楼诗文之后甚久，才欲得

① 张耒《跋吕居仁所藏秦少游投卷》，张耒撰，李逸安、孙通海、傅信点校《张耒集》，中华书局 1990 年版，第 825 页。

② 黄庭坚《答秦少章帖六》其三，黄庭坚著，郑永晓整理《黄庭坚全集辑校编年》，江西人民出版社 2008 年版，第 607 页。

陈师道之作的。后山与山谷私谊极好，然而黄庭坚未能见到其作品，抄写传播的范围之窄亦可知。

不过，黄庭坚曾经向苏轼索过黄楼刻记。前引山谷致东坡诗就说过："黄楼之作，名不虚，生浅短岂敢下笔，愿见记刻。"东坡的确选取了应征的部分诗文刻石，苏辙的赋文传到苏轼手中后，他说："始余欲为之记，而子由之赋已尽其略矣，乃刻诸石。"[①] 秦观的《黄楼赋》也入选了。少游对东坡说：

> 寄上次《黄楼赋》；比以重违尊命，率然为之，不意过有爱怜，将刻之石，又得南都著作所赋，但深愧畏也。[②]

东坡不但准备选刻少游所赋黄楼作品，还将苏辙的《黄楼赋》录给秦观。但这时的赋作传播范围依然不大。

刻石之后，作品的流布面显然有所增加。陈师道《黄楼绝句》称："楼上当当彻夜声，预人何事有枯荣。已传纸贵咸阳市，更恐书留后世名。"[③] 又赋《黄楼》诗云："楼以风流胜，情缘贵贱移。屏亡老毕篆，市发大苏碑。更觉江山好，难忘父老思。只应千载后，览古胜当时。"[④] "楼上当当彻夜声"说的就是拓碑的声音，而"市发大苏碑"中的大苏碑，也就是苏轼所书的苏辙《黄楼赋》。这通碑文，

---

① 苏轼《书子由黄楼赋后》，苏轼著，孔凡礼点校《苏轼文集》，中华书局 1986 年版，第 2062 页。

② 秦观《与苏公先生简》其三，秦观撰，徐培均笺注《淮海集笺注》，上海古籍出版社 2000 年版，第 989 页。

③ 陈师道《黄楼绝句》，陈师道撰，任渊注，冒广生补笺，冒怀辛整理《后山诗注补笺》，中华书局 1995 年版，第 394 页。

④ 陈师道《黄楼》，陈师道撰，任渊注，冒广生补笺，冒怀辛整理《后山诗注补笺》，中华书局 1995 年版，第 395 页。

洪迈《夷坚志》甲卷二《陈苗二守》提到：

> 苗仲先者，字子野，通州人，为徐州守。徐旧有东坡黄楼碑，方崇宁党禁时，当毁，徐人惜之，置诸泗浅水中。政和末，禁稍弛，乃钩出，复立之旧处。打碑者纷然，敲杵之声不绝。楼与郡治相连，仲先恶其烦聒，令拽之深渊，遂不可复出。①

拓苏轼黄楼碑者的敲杵声彻夜不歇，而党禁之后其声让近旁郡斋的太守厌恶。由此可见，拓印者之众多。拓印既多，作品流布面显然更广。

苏轼召集的群体赋超然台、黄楼的作品，又由陈师道的兄长师仲为之编次。元丰四年(1081)，苏轼在黄州，有书信给师仲说：

> 见为编述《超然》、《黄楼》二集，为赐尤重。从来不曾编次，纵有一二在者，得罪日，皆为家人妇女辈焚毁尽矣。不知今乃在足下处。当为删去其不合道理者，乃可存耳。②

从苏轼说所得诗文从不曾编次，即便有少部分收藏了的，也被家人焚毁了。这说明选刻勒石之外的作品，不得重视，并未得到很好的保存。但陈师仲通过个人传抄的方式，保留下了不少作品。这使得众多作品有了更多传播的可能。但该集后来散佚，今已不知其具体收录的情况了。而作者或他们的文集整理者，反倒有将诗文

① 洪迈撰，何卓点校《夷坚志》，中华书局 1981 年版，第 14 页。
② 苏轼《答陈师仲主簿书》，苏轼著，孔凡礼点校《苏轼文集》，中华书局 1986 年版，第 1428 页。

作品收入别集的。今张耒、秦观、陈师道等人的别集中都有当日应征之作。

超然台、黄楼两次征集作品的群体创作，是苏门渐次集中、形成的初起时期。从黄楼作品的传播，我们可以发现，作品起于苏轼征集，而后各方作者的作品集中到苏轼手中。又经东坡之手，传于同门。再由东坡选刻勒石，传之久远。师门创作的小范围传播，实际上依旧是通过中心人物达成的，而师长往往是师友同题创作的核心人物。

再次，师友对同题之作的反馈，带有文学交流、文学批评意义。师友集体同题创作，其作品传播的反馈迅速及时，而且持续时间甚久。我们仍以苏轼召集的超然台、黄楼作品为例。

对师友同题创作的反馈最迅速的，是同题作品的召集者。如苏轼守密州，修葺超然台，他召集同侪、友生作赋。当得到苏辙、李清臣、文同的赋作后，他分别写了《书子由超然台赋后》《书李邦直超然台赋后》及《书文与可超然台赋后》加以回应。苏轼既是赋作的读者，也是一位鉴赏者、批评者。对苏辙赋的评论，苏轼在肯定子由"至于此文，则精确、高妙，殆两得之，尤为可贵也"的前提下，跳出了赋文的本身，认为："子由之文，词理精确，有不及吾，而体气高妙，吾所不及。虽各欲以此自勉，而天资所短，终莫能脱。"①强调了文章应兼具"体气高妙"与"词理准确"。其《书文与可超然台赋后》则直接对文同赋作进行了评点，认为：

其为《超然》辞，意思萧散，不复与外物相关，其《远游》、

① 苏轼《书子由超然台赋后》，苏轼著，孔凡礼点校《苏轼文集》，中华书局1986年版，第2059页。

《大人》之流乎？①

苏轼对子由赋的评论，有阐发作文之法的意味；而对文同的赋作则是进行鉴赏品评。苏轼对黄楼诸作的回应，也类似超然台。秦观衔命作赋，东坡有《太虚以黄楼赋见寄，作诗为谢》云：

> 我在黄楼上，欲作黄楼诗。忽得故人书，中有黄楼词。黄楼高十丈，下建五丈旗。楚山以为城，泗水以为池。我诗无杰句，万景骄莫随。夫子独何妙，雨雹散雷椎。雄辞杂今古，中有屈、宋姿。南山多磬石，清滑如流脂。朱蜡为摹刻，细妙分毫厘。佳处未易识，当有来者知。②

秦少游的赋作是一首骚体赋，所以苏轼称其"雄辞杂今古，中有屈、宋姿"，而该赋流丽细腻，苏轼用"清滑如流脂""细妙分毫厘"来论之。又以为自己未能说尽秦观赋文的好处，后来人自有新发现。元人祝尧《古赋辩体》云："少游《黄楼赋》，《楚辞》之流与。"③作为同题创作的中心人物，苏轼的反馈非常及时。而苏轼的这段评论，在后世就被附于秦观赋作的文末，可见该评论正中靶心，值得参考。与中心人物关系密切的其他人，对其作品的反馈也是及时的。秦观既是作者，同时也是其他同题之作的鉴赏者。他见到苏辙的

① 苏轼《书文与可超然台赋后》，苏轼著，孔凡礼点校《苏轼文集》，中华书局1986年版，第2060页。

② 苏轼《太虚以黄楼赋见寄，作诗为谢》，苏轼著，王文诰辑注，孔凡礼点校《苏轼诗集》，中华书局1982年版，第869—870页。

③ 祝尧《古赋辩体》卷八，影印文渊阁《四库全书》本，台湾商务印书馆1986年版，第1366册，第829页。

《黄楼赋》后,"但深愧畏"。这事实上也正是在表达对苏颍滨赋作的赞叹。

师友群体对集体创作的赋作传播之后续影响尤为关注,有时其持续时间相当长。如苏辙的《黄楼赋》,写得极为用心,与他平时的作品并不相似,所以有人认为是苏轼代作。据苏籀记录苏辙言论说:"公(按:指苏辙)曰:'余《黄楼赋》学《两都》也,晚年来不作此工夫之文。"[①] 祝尧也认为:"子由《黄楼赋》,其汉赋之流与。"[②] 子由自己也认为其赋是大费功夫的作品,难怪秦观要愧畏了。苏轼对张耒说:

> 子由之文实胜仆,而世俗不知,乃以为不如。其为人深不愿人知之,其文如其为人,故汪洋澹泊,有一唱三叹之声,而其秀杰之气,终不可没。作《黄楼赋》,乃稍自振厉,若欲以警发愦愦者。而或者便谓仆代作,此尤可笑。是殆见吾善者机也。[③]

"而或者便谓仆代作"云云,表明苏轼对苏辙赋传播开后的反馈信息并不漠视,并对这些误解加以剖白。其时张耒为县丞,苏轼还在信末勉励他,说:"使后生犹得见古人之大全者,正赖黄鲁直、秦少游、晁无咎、陈履常与君等数人耳。如闻君作太学博士,愿益勉

---

① 苏籀《栾城先生遗言》,《全宋笔记》第3编第7册,大象出版社2008年版,第153页。

② 祝尧《古赋辩体》卷八,影印文渊阁《四库全书》本,台湾商务印书馆1986年版,第1366册,第829页。

③ 苏轼《答张文潜县丞》,苏轼著,孔凡礼点校《苏轼文集》,中华书局1986年版,第1427页。

之。"[1]既称其为县丞，又说闻其作太学博士，可知彼时任命尚未下达，苏轼是提前听到风声。张耒作太学博士，在元祐元年（1086）初，那么苏轼这封信最早也不会早过元丰八年（1085）。而这已经是黄楼诸赋作成的数年之后了。又如前文提到的张耒为吕本中题跋，称少游行卷不离《黄楼赋》；黄庭坚向秦觏借阅陈师道的《黄楼赋记》，都已经是在诸人垂垂老去之时。

在同题作品传播的初期，其反馈之迅速，具有文学交流的意义。黄庭坚欲得苏辙等人的赋作，规模拟作，虽最终未成稿，但黄山谷见颍滨赋作，同样是一种文学交流行为。不论是苏轼对各家作品的反馈，还是同侪的欣赏，都有文学批评的意义。而在受邀共作已经结束，师门群体依然有寻找作品阅读，或进行讨论之事，则尤可见，部分师友同题作品在师门群体中的影响，持续而深远。

① 苏轼《答张文潜县丞》，苏轼著，孔凡礼点校《苏轼文集》，中华书局1986年版，第1427页。

第六章　忆昔述古与师门统序的延绵

第一节　师友写真、真赞与其怀思书写

“写真”是我国对传统肖像画的称呼，又名邈真、写貌、传神等；真赞是题咏写真的赞文作品，或称像赞、传神赞等。魏晋时期，其风已炽，昭明太子序《文选》说：“箴兴于补阙，戒出于弼匡，论则析理精微，铭则序事清润，美终则诔发，图像则赞兴。”① 唐五代时期，写真、真赞更深入百姓生活。敦煌文献就保存了不少邈真及真赞，当地尚存供奉写真的影堂、影窟遗迹。姜伯勤、项楚、荣新江等先生就编有《敦煌邈真赞校录并研究》②。入宋，士人对前代写真赞，也有所关注。宋初所编《文苑英华》即别出“像赞”一类，其中收录写真赞凡 24 首。且士人图像写真兴盛不衰，衍生出不少社会功能③。

写真区别于一般的人物画，它具有特定的指示对象。不论是单人写真，还是群体像，图中人多实有其人，因此真赞也有实指对

① 萧统编，李善等注《六臣注文选》，中华书局 2012 年版，第 3 页。

② 姜伯勤、项楚、荣新江等《敦煌邈真赞校录并研究》，新文丰出版公司 1994 年版。

③ 参朱志学《两宋“写真”的社会功能研究》，首都师范大学 2007 年硕士论文。

象。我们且将此图中人称作“像主”。真赞作者与像主的不同关系,导致其书写的内容、蕴涵亦多差异。宋代文人对师友的怀思、对师门的凝聚也会通过绘制写真、创作真赞的方式完成。本书欲借文士的写真及真赞,讨论其与师门怀思书写之间的关系,并进一步分析其在宋人师承谱系建构中的意义。

一 交往媒介,怀思道具:写真的功用

像主写真可以是生前邈真,也可以在辞世之后绘制。写真有画家主动绘制和他人索求之别。康定、庆历间成都人尹质长于此道,“燕恭肃王召质写真,特优礼之,至公卿戚里间竞求传写”,“宋宣献公薨,请质追写,质嗜酒无羁束,但草成仪像,逾时不往”①。燕王元俨召邓质写真,是其生前画像的实证,而宋绶画像则是他家人在其身后请邓追写。真赞题于写真上,可以视作写真的一部分,同样可创作于像主生前,也可作于像主身后。有像主自赞的写真,其图文显然都是像主生前创作。这些作品有部分是像主主动题咏,如邵雍《自作像赞》、苏辙《自写真赞》、李之仪《自作传神赞》等;有的则是他人索赞,如黄庭坚《张大同写予真请自赞》《张子谦写予真请自赞》,为周必大写真求赞者更逾二十人。说到像主身后之真赞,其例则不胜枚举,其中亦有主动题写与他人求索之别。可见,写真及真赞具有人际交往的成分。

诗文唱和、执文干谒固是宋代文坛交往的重要方式,写真同样起到行卷的作用。苏州秀才何充、大和尚妙善均曾为苏轼写真,东坡赋诗酬谢二人。东坡赠何充诗说:“问君何苦写我真?君言好之

---

① 刘道醇《宋朝名画评》,影印文渊阁《四库全书》本,台湾商务印书馆 1985 年版,第 812 册,第 459 页。

聊自适。"[①]何充显然是主动为苏轼写真，妙善则是专程为此前往徐州，二人写真都带有求谒目的。这种"写真干谒"的方式，在文人行卷谒请中并不少见。为黄庭坚写真并求赞的张大同、张子谦，为周必大写真并求赞的文人似乎均有以写真求谒的初衷。

以写真为媒介，起到拉近写真画师与像主之间距离的效果。不识者、初识者如此，像主的朋友也是如此。苏轼曾提到他为葆光道师书《黄庭内景经》，"而龙眠居士复为作经相其前，而画余二人像其后。笔势隽妙，遂为希世之宝，嗟叹不足，故复赞之"[②]。龙眠居士即李公麟，字伯时。他以写真为赠，东坡用文字酬答，所成经卷集书、画、文于一纸，堪称"希世之宝"，也是文人交往的一件雅事。李公麟与苏门关系亲近，他显然是一位"在场"的画师，苏门雅集也曾通过他的精妙笔墨得以具象化。他的《西园雅集图》是宋画精品，苏门弟子成了画中的重要角色。同在画卷中的米芾描述该图云：

> 人物秀发，各肖其形，自有林下风味，无一点尘埃气，不为凡笔也。其乌帽、黄道服，捉笔而书者为东坡先生……捉椅而视者为李端叔……坐于石盘旁，道帽紫衣，右手倚石，左手执卷而观书者为苏子由；团巾茧衣，手秉蕉箑而熟视者为黄鲁直……披巾青服，抚肩而立者为晁无咎；跪而捉石观画者为张文潜……幅巾青衣，袖手侧听者为秦少游……自东坡而下凡十有六人，以文章议论、博学辨识、英辞妙墨、好古多闻、雄豪

① 苏轼《赠写真何充秀才》，苏轼著，王文诰辑注，孔凡礼点校《苏轼诗集》，中华书局 1982 年版，第 587 页。

② 苏轼《书〈黄庭内景经〉尾并序》，苏轼著，王文诰辑注，孔凡礼点校《苏轼诗集》，中华书局 1982 年版，第 1596 页。

绝俗之资，高僧羽流之杰，卓然高致，名动四夷。后之揽者，不独图画之可观，亦足仿佛其人耳。①

其图以王诜家的一次文人集会为主题，长公、少公并苏门弟子黄庭坚、晁补之、秦观、张耒、李之仪尽皆在卷，且东坡先生最为主角。李龙眠与苏门群贤相熟识，又亲历苏门雅集，故而创作画像能得神韵。李公麟的苏轼写真显然得到众人的追捧，刘季孙咏东坡诗就说："半醉插花风调别，写真须是李龙眠。"②

李公麟的写真，在苏轼泛海之后还成了苏门弟子怀思东坡的触发物。他画的苏轼"黄冠野服，据矶石横策而坐"之像，"子由闻而赞之"。当东坡贬儋期间，翟汝文与诸人同观此画，"其门人皆在坐，怃然流涕"③。《栾城集》未曾保留苏辙这篇赞文。邹浩《东坡横策像赞》则有"东坡未作儋耳行，此相已入龙眠笔"之句④，所赞当即此图。在思东坡而不得见时，黄庭坚甚至还欲"乞伯时作一子瞻像，吾辈会聚时，开置席上，如见其人"⑤。从门弟子观苏轼像怃然流涕，以及黄庭坚欲乞作苏轼像看来，写真所起到的引发师门怀思的作用不言而喻。

还有苏门弟子请人作东坡像以寄托怀思。琼州姜唐佐曾从东坡学，东坡北还，以端砚为别。崇宁元年（1102），姜氏以为"岁月

① 米芾《西园雅集图记》，《全宋文》第121册，第41—42页。

② 刘季孙《西湖泛舟呈东坡》，《全宋诗》第12册，第8367页。

③ 翟汝文《东坡远游赋》，《全宋文》第149册，第4页。

④ 邹浩《东坡横策像赞》，《全宋文》第131册，第373页。

⑤ 黄庭坚《跋东坡书帖后》，黄庭坚撰，任渊、史容、史季温注，刘尚荣点校《黄庭坚诗集注》，中华书局2003年版，第629页。

迁流，迥维先生言论遥不可即，倩工镌先生遗像为瓣香云云”[①]。此时，距苏轼辞世尚不久。东坡所赠端砚对姜氏而言，纪念意义本已极大。姜唐佐受苏轼亲炙，可怀之事亦必不少，他却特地请人镌刻遗像表达怀思瓣香之情。在他心中，写真承载的怀思信息竟然超过东坡馈赠的端砚。

再传弟子也以师祖遗像作为瓣香之载体。尹焞得其师程颐的写真像，他的“学生祁宽，好学守道，欲刊诸石，以传久远”[②]。祁宽此举显然得到了尹焞的赞赏，故而为之题跋。这种写真有追慕祖师、弘扬师道的意味，故而又有求其传播久远的目的。

写真并不仅仅供人欣赏，还具有祭祀功能。唐宋以来，民间祭祀祖先、释道祭祀祖师的风气更盛，甚至已经超越血缘、宗门关系，蔓延到对景仰者的祭祀了。此种祭祀，并不论像主的生卒。如范纯礼治边，“不取于民。民图像于庐，而奉之如神”[③]。张亢“驭军严明，所至有风迹，民图像祠之”[④]。苏轼“二十年间再莅杭，有德于民，家有画像，饮食必祝”[⑤]。因其为官一任，能造福一方，范纯礼等人都得到百姓图像怀思的礼遇。这种对官员图像奉祠的遗爱方式也影响到地方学校，古人对前任教官也会“图以时礼”。蔡襄《谢公堂记》载：

（诸生谓）“昔后魏刘道斌治弘农，修建学校，郡人追绘其像于孔子祠。唐杨玚为国子祭酒，其徒即而立颂，称载休德。

① 姜唐佐《苏东坡端砚镌像记》，《全宋文》第133册，第7页。

② 尹焞《题伊川先生像》，《全宋文》第142册，第45页。

③ 脱脱等《宋史》卷三一四《范纯仁传》，中华书局1977年版，第10277页。

④ 脱脱等《宋史》卷三二四《张亢传》，第10490页。

⑤ 脱脱等《宋史》卷三三八《苏轼传》，第10814页。

今或图公像于学，以厌群慕，不为无所则。”乃疏其说于府，而遂图之，以时礼焉。①

谢绛兴学，因而邓州人为之图像，以随时礼拜。南宋时，其风未艾，如“天台应先生职高邮教官，满而去，诸生绘其像事之”②。此种风习，部分理学学者也非常重视。杨时、朱熹等在府学或祠堂中皆有写真像。如方大琮访杨氏故居，就“拜遗像于学、于旧庐”③。陈宓“丙子岁蒙恩畀南康郡符，道建阳，拜文公先生像于祠堂”④。写真于府学或祠堂，以供后来人瞻仰膜拜。像主的人格魅力、师道尊严通过祭祀的形式，转变成一种仪式。顶礼膜拜的后人，则通过此种仪式将内心的企慕外化。

黄庭坚直到晚年还藉祭奠仪式表达对老师的怀思。虽然生前就与苏轼并称“苏黄”，但“赵肯堂亲见鲁直晚年悬东坡像于室中，每蚤作，衣冠荐香，肃揖甚敬。或以同时声实相上下为问，则离席惊避曰：‘庭坚望东坡，门弟子耳，安敢失其序哉？’”⑤黄庭坚被问及与苏轼的高下，即避席声明，全师生之礼。他更在每天晨起后，衣冠齐整向东坡像上香、肃揖。黄山谷在恪守弟子礼节方面自有出众之处。文同则见到一位严守师生之礼的和尚。惟己和尚在大邑居“一室寥然，远介江上，幽澹虚洁，整整可爱。视其壁，有画儒者像，榜云‘长秋山人胡昭甫字惟岳真’者。旁有赞，乃己师之辞，

① 蔡襄《谢公堂记》，《全宋文》第 47 册，第 186 页。
② 陈造《应纬之教授生祠记》，《全宋文》第 256 册，第 371—372 页。
③ 方大琮《谒龟山墓祝文》，《全宋文》第 322 册，第 337 页。
④ 陈宓《跋叶云叟示朱文公书轴》，《全宋文》第 305 册，第 167 页。
⑤ 邵博撰，刘德雄、李剑雄点校《邵氏闻见后录》卷二一，中华书局 1983 年版，第 162 页。

讲胡之美尤盛。问之,曰:'此已师师也。当僭孟朝,渠为进士,有诗名。于时不第,已师得学四声于其门下。今不幸,而其嗣泯绝。已师既荷其教诱,窃惧其为鬼而死无食处,故图之,庶朝夕得以瞻慕,而岁时得以献享也。'"①胡昭甫传授诗学给惟已,而惟已和尚为其写真作赞。这里真、赞合一,符合写真与真赞间互为表里的关系。第二,绘图有朝夕瞻仰追慕的意图。第三则是为能岁时献享,使像主虽无子孙,亦得祭奠。

黄庭坚、惟已和尚的例子表明:写真不仅具有怀思追慕的功能,且具有祭祀象征的功能。对于宋人而言,拜谒名公巨卿的行卷、友朋交往的媒介、师门怀思的触发都是写真所具备的功能选项之一。而在师承谱系建构过程中,写真充当了怀思触发物、精神凝聚物、师道象征物。

二　求真写意,双线并行:师友写真的艺术标准

宋人写真有以资纪念的意图,对亲炙弟子而言,师长的写真常能让他们怀思其人。师长见到弟子的写真,也一定别有一番滋味在心头。但写真是画家通过把握像主外貌、衣饰、神韵"转译"的,并非每一幅写真都酷肖像主本人。因与相像主关系不同、对绘画理解的差异等缘故,人们对写真肖似度的要求也存在一定的差别。师门写真对求真者而言是怀思的具象化;就重韵者而言是对师长精神的追随。这两种迥异的艺术追求,在师门怀思的实质上是殊途同归的。

首先,师门写真对求真者而言是怀思的具象化。形神兼备是写真最理想的效果,这对画师水平的要求非常高。在形、神二者的

---

① 文同《重序九皋集》,《全宋文》第51册,第105—106页。

选择上,部分士人刻意求真,强调“形”。他们一般是与像主朝夕相对的弟子,由于对画中人的容貌甚为熟悉,在情感上较难接受“走样”的写真。

写真往往触发弟子对老师的怀思,使得思念、感怀转化成当年侍侧的场景。该场景的其他部分均可忽略,唯有老师的具体形象最为重要。因此,这部分门弟子常刻意强调写真的肖似度。尹焞称:“焞至蜀累年,见伊川先生画像数本,最得其真。”[①]尹焞所谓的“得其真”实指相貌之真。伊川先生程颐对可能受祭祀的写真之要求,甚至可以称得上严苛,他认为写真“须无一毫差方可,若多一茎须,便是别人”[②]。由于程颐本人对写真的肖似度有着如此鲜明的态度,作为传薪高足的尹焞就不得不重视老师写真之“真”。

黄庭坚在这方面也极为严厉,他对彭山石瑜所作的东坡像极不满意,题跋道:

> 元祐之初,吾见东坡于银台之东,其貌不尔。绍圣之元,吾见东坡于彭蠡之上,其貌不尔。绍圣之末,有僧法舟见东坡于惠州之市,其貌不尔。而彭山石瑜作东坡之像焉。廖宜叙,东坡年家子也,而谓之然,余安敢独谓之不然?[③]

他举出元祐至绍圣自己所知所见的东坡,再三强调“其貌不尔”,其中含义再明晰不过。事实上,山谷对自己的写真肖似度反而并不

① 尹焞《题伊川先生像》,《全宋文》第142册,第45页。

② 程颢、程颐撰,潘富恩导读《二程遗书》卷二二上,上海古籍出版社2000年版,第341页。

③ 黄庭坚《题东坡像》,黄庭坚著,郑永晓整理《黄庭坚全集辑校编年》,江西人民出版社2008年版,第967页。

十分在意。他的《写真自赞》曾说:"道是鲁直亦得,道不是鲁直亦得。是与不是且置,且道唤那个作鲁直?若要斩截一句,藏头白海头黑。"[①] 自赞"以回环疑问盘旋全篇",最后"藉由马祖公案宕开文中所提疑问,显示他已超越形质囿限,不再拘泥于画像与实存主体的分别"[②]。然而,当事涉恩师,黄庭坚也不能超脱具象之外了。

由于"求真"的观念依然存在,满足这部分消费者的写真画师也重视写实精神。大和尚妙善是帝后御容写真师,笔法高妙,苏轼说:"不须览镜坐自了。"[③] 其肖似程度便不必再说。苏辙为张秀才赋诗谢其写真,云:"劳君为写支离状,异日长看老病初。落笔纵横中自喜,赋形深稳妙无余。"[④] 既然称赞其赋形深稳,可见该写真也深得苏辙之"形"。

其次,重韵者对师门写真体现的像主精神更为关注。写真画师显然希望形神兼备,苏州秀才何充曾为苏轼写真,东坡跟何秀才谈到这幅写真,说:"写真奇妙,见者皆言十分形神,甚夺真也。"[⑤] 苏轼对画师说了善意的谎言,他写信给王巩时说这幅写真"虽不全似,而笔墨之精,已可奇也"。因此东坡"谨当收藏,以俟讲此者而

① 黄庭坚《写真自赞五首》四,黄庭坚著,郑永晓整理《黄庭坚全集辑校编年》,江西人民出版社 2008 年版,第 1380 页。

② 谢佩芬《自我观看的影像——宋代自赞文研究》,郑毓瑜《文学典范的建立与转化》,台湾学生书局 2011 年版,第 201 页。

③ 苏轼《赠写御容妙善师》,苏轼著,王文诰辑注,孔凡礼点校《苏轼诗集》,中华书局 1982 年版,第 772 页。

④ 苏辙《张秀才见写陋容》,苏辙著,陈宏天、高秀芳点校《苏辙集》,中华书局 1990 年版,第 229 页。

⑤ 苏轼《与何浩然一首》,苏轼著,孔凡礼点校《苏轼文集》,中华书局 1986 年版,第 1795 页。

与之"[①]。可见,形神皆到,才是夺真之作。何充的写真与苏轼的相貌还是有一定差距的,但其笔墨精妙,仍然为像主所欣赏珍藏。苏轼比较在意写真体现的人物气韵,而非单纯的酷似。他收藏的欧阳修像同样是韵胜于形,与欧阳家所藏并不相似,而苏轼却认为是幅好写真,连陈师道也委婉地表达赞成意见[②]。东坡不但珍藏并不酷似欧阳修容貌的写真,在生命的最后时光,他还吟咏道:

> 我怀汝阴六一老,眉宇秀发如春峦。羽衣鹤氅古仙伯,岌岌两柱扶霜纨。至今画像作此服,凛如退之加渥丹。尔来前辈皆鬼录,我亦带脱巾攲宽。作诗颇似六一语,往往亦带梅翁酸。[③]

眉宇秀发之后,径写服饰而不细致刻画容颜,但这"羽衣鹤氅"正是那个时代欧阳修画像的标准服装,即所谓"至今画像作此服"。

其实,写真的服饰虽然并不一定是门弟子注意的焦点,高明的画师却能通过服饰刻画像主的神韵。李公麟所画的东坡"黄冠野服,据矶石横策而坐"。这一构图似乎有一定的典范意义,所谓黄冠野服,即农夫野老之服。黄庭坚还见过李公麟所作"《子瞻按藤杖坐盘石》,极似其醉时意态"的写真[④],不知是否是同一幅。李

① 苏轼《与王定国四十一首》其三十三,苏轼著,孔凡礼点校《苏轼文集》,中华书局 1986 年版,第 1528 页。

② 陈师道《后山谈丛》卷二:"欧阳公像,公家与苏眉山皆有之,而各自是也。盖苏本韵胜而失形,家本形似而失韵,夫形而不韵,乃所画影尔,非传神也。"(中华书局 2007 年版,第 13 页)

③ 苏轼《欧阳晦夫遗接䍦琴枕,戏作此诗谢之》,苏轼著,王文诰辑注,孔凡礼点校《苏轼诗集》,中华书局 1982 年版,第 2372—2373 页。

④ 黄庭坚《跋东坡书帖后》,黄庭坚撰,任渊、史容、史季温注,刘尚荣点校《黄庭坚诗集注》,中华书局 2003 年版,第 629 页。

氏以黄冠野服突出苏轼的出尘气质，借东坡于水中据石而坐，按策杖、略显醉意表现他的潇洒豁达、一任天真的态度。若非对像主的精神气度十分了然，不能办此。何充所绘东坡像也是“黄冠野服”状，东坡戏称其画“黄冠野服山家容，意欲置我山岩中”①。苏过谈到东坡贬谪前的日常生活说：“某生最后，不及见先君少时行事也。比成人，能区别，则先君历清华、典方面，既贵矣。然窃观其退居于家，藐然陋巷，布衣粝食，寒士有所不能堪，而先君安焉。”②尽管仕途平顺，官居清要，苏轼仍然安贫乐道。而黄冠野服大约正是他的家居打扮之一，其衣饰正好体现东坡之韵。只是苏门弟子的真赞中反而很少提到老师的穿着。

宋代文人对写真的“求真”与“写意”这两种迥异的艺术追求，与他们的身份和当时审美理念不无关系。尹焞、黄庭坚对师长写真的外形十分强调，是因为他们与师长相处甚久，师徒情谊甚笃，因此特别注意画像的“形”与“容”。而对于未曾直接接触过像主的后学晚生，写真几乎成了一个象征符号，是否酷肖就显得不那么重要，或者也无从判断肖似与否了。此其身份之影响。至于审美理念的影响，则如东坡等人重视写真的“韵”与“神”，就是当时文人画重写意的画风之反映。一般说来，唐人绘画重视写实求真，论画兼顾“有形”与“写真”③。而宋人则对“写意”多有好感，提出“论画以形似，见与儿童邻”④、“妙手何人为写真？只难传处是精

① 苏轼《赠写真何充秀才》，苏轼著，王文诰辑注，孔凡礼点校《苏轼诗集》，中华书局1982年版，第587—588页。

② 苏过《送仲豫兄赴官武昌叙》，《全宋文》第144册，第158页。

③ 邓乔彬《宋代绘画研究》第二章《由唐五代到北宋绘画思想的转变》，河南大学出版社2006年版，第47—54页。

④ 苏轼《书鄢陵王主簿所画折枝二首》其一，苏轼著，王文诰辑注，孔凡礼点校《苏轼诗集》，中华书局1982年版，第1525页。

神”①、“书画之妙，当以神会，难可以形器求也”②等论断。文人论画重神似，显然波及其对写真的鉴赏。

但是，不论是追求写真之“真”，抑或刻意写真之“韵”，写真都是门弟子师门怀思的触发物。刻意求真是对恩师容貌的怀思，通过展卷面对师长的具体形象，怀念问学从游的经历。而强调韵胜，则是门弟子对师长精神气韵的怀思，期待追法前辈的精神。因此，强调写真的“韵”与“神”，或者聚焦其“形”和“容”，尽管在表现上似乎有天壤之别，但本质上都是对师门长辈的怀思，是殊途同归的。而针对写真的真赞则直接抒发了对师长的怀思、追随情感。

三 容貌虚化，生平写实：师门真赞的特点

真赞的创作前提是有一幅业已存在的写真，所谓“图像则赞兴”。从绝对数量言，北宋士人的真赞并不多，题写师友写真的师门真赞就更少，欧阳修、苏轼一脉是创作师门真赞较多的士人群体。欧阳修、苏轼门下弟子为师门成员写真创作的真赞（不包括像主自赞）共计16篇，另有欧苏弟子的自赞18篇③。此外，还有其他一些题咏写真的诗文流传。

---

① 张孝祥《浣溪沙》，张孝祥撰，宛敏灏校笺《张孝祥词校笺》，中华书局2010年版，第157页。

② 沈括著，胡道静校证《梦溪笔谈校证》，上海古籍出版社1987年版，第542页。

③《全宋文》收录的李之仪《欧阳修像赞》（第112册，第213页），据该书注称其文出自孔繁礼先生提供的“阜阳市郊会老堂石刻”。然该文又见王十朋《梅溪集》卷一一（《四部丛刊》影明正统刊本）。阜阳石刻未知其详，《梅溪集》自宋迄明承传有绪，似当从之。

受写真卷面留白的限制，赞文“宜使辞简而义正”[①]。早期赞文甚至被严格限定为四字句[②]，直到宋初，一般赞文形式改变不大，“但约自宋仁宗朝起，赞文形式渐趋多元变化，篇幅也不断拉长，显而易见的就是句型不再局限于四言的情形渐次增多，许多自赞文不断拉长每句长度与总句数，根据作者情感、口气发挥，恰如行云流水般自由伸展，散文化句子颇为常见”[③]。北宋中后期，赞文在形制上出现了“破体”新变，师门真赞亦与焉。而师门真赞还在内容上，突破传统真赞的叙述模式，展现自身特点。

首先，北宋师门真赞在容貌叙述上呈现虚化特点。这些真赞描绘写真画面或人物外貌的句子极其罕见，咏叹的内容大多集中在对往昔从游的回忆、对师长道德文章的追慕、对师长精神传世不朽的信念等方面。师长的写真即便“形”“容”不似，晚辈仍可通过对师长道德文章、精神气韵的追慕叙述，表达追随与传承，写真本身反倒显得不那么重要了。北宋士人师门真赞的这一特点，突破了真赞传统。

唐人真赞中的容貌叙写俯拾皆是，如《文苑英华》收录的真赞多半有外貌或神态叙述。且以符载《剑南西川幕府诸公写真赞》十三首为例，其赞像主多有“河目犀额”“庞首箕口，虎头鹰瞬”“体岸恢峻”等描写外貌，或“风仪朗迈”“英明淳粹”“中和曼溢”“疏通亮直”“质器浑素”等叙述气质的词句[④]。宋代其他真赞

① 李充《翰林论》，严可均辑《全上古三代秦汉三国六朝文》，中华书局 1991 年版，第 1767 页。

② 刘勰《文心雕龙·颂赞》云：“古来篇体，促而不广，必结言于四字之句，盘桓乎数韵之辞……”（黄叔琳注，李详补注，杨明照校注拾遗《增订文心雕龙校注》，中华书局 2000 年版，第 109 页）

③ 谢佩芬《自我观看的影像——宋代自赞文研究》，郑毓瑜《文学典范的建立与转化》，台湾学生书局 2011 年版，第 216 页。

④ 李昉等编《文苑英华》卷七八三，中华书局 1966 年版，第 4141—4142 页。

也有为数不少的相貌、形态描绘，如曹勋《松隐集》中大多数真赞均可为例。但北宋师门真赞很少提到师长衣着、相貌，而是更多地从其他角度着墨。

晁说之《东坡先生画像赞》回忆了与东坡交往的三个片段，其文云：

> 幼而见公浙江兮，知其议论不容于国中也。壮而见公中都兮，知其虽合而必不久容也。及其南迁泣别隋岸兮，惜乎不克保厥躬也。今公遗像忽相逢兮，喜公不死亦复如梦也。①

熙宁七年(1074)，十六岁的晁说之随其父端彦赴两浙提刑任，初见东坡。后又得以在京师从游，并送东坡贬谪出京。苏轼的议论，他认为不能为当道所容，当东坡南迁，他为之深深遗憾扼腕。而见东坡遗像时，想到恩师虽自海南生还，却倏忽逝世，让他有匆匆如梦的喟叹。前引黄庭坚《题东坡像》，虽然意在说明彭山石瑜的写真不真，却也是从自身侍侧的经历入手的。

欧、苏弟子在表达对师长的企慕之心时，有意无意地将他们与前贤作比，而且这种比拟是建立在师长能集合诸位前贤之所能的语境下的。其例如：

> 子瞻堂堂，出于峨眉，司马班扬。金马石渠，阅士如墙。上前论事，释之冯唐。②

① 晁说之《东坡先生画像赞》其一，《全宋文》第130册，第290页。

② 黄庭坚《东坡先生真赞三首》其一，黄庭坚著，郑永晓整理《黄庭坚全集辑校编年》，江西人民出版社2008年版，第1012页。

李之仪赞欧阳修议论、文章、歌诗皆长，能尽陆贽、韩愈、李、杜之所能，故而是“当世大儒，邦家之光”。黄庭坚则颂扬苏轼有司马迁、班固、扬雄之笔，君前奏对又有张释之、冯唐之长。

更多的真赞则明确表达对师长的追慕，并坚信师长的精神必将流传后世。晁说之还有一篇《东坡先生画像赞》，云：

> 世五百年，生命世才。嗟嗟东坡，何时复来。邦人为我，颇颔以哀。我告邦人，大实艰哉。和气充塞，大象昭回。海渎澄澜，岳镇绝埃。斯人是生，实易可能。世或千亿，地亦九垓。未必禹服，公复徘徊。生奉话言，死奠罇罍。矧公不死，丹青日开。用究邦颂，以写我怀。①

晁赞起笔便感叹东坡是不世出的巨匠，直言自己对东坡的怀思。又在随后以与邦人对答、海岳澄澈的暗示等手法表达对苏轼即世的哀伤和悼念。这种明言直叙的表达方法还有不少例子，我们再举李之仪《东坡先生赞》为例，其赞云：

> 天作斯文，万物所印。时惨时舒，与天同运。其谁特立，卓哉吾人。黄且落矣，蔚然常春。见险弗止，自信无闷。求仁得仁，于我何怨？光时显被，外薄四夷。载瞻载仰，百世之师。②

这里直接将东坡的精神与天地接续，盛赞其特立笃行，求仁得仁。

① 晁说之《东坡先生画像赞》其二，《全宋文》第130册，第290—291页。

② 李之仪《东坡先生赞》其二，《全宋文》第112册，第201页。

李之仪还颂扬了东坡的道德文章光照宇内，垂型百世。黄庭坚《题东坡像》更加直接，文曰："东坡先生天下士，嗟乎惜哉今早世，蠢蠢尚诮短人气。"[①]首句赞之，次句惜之，第三句鄙薄小人讥诮，态度鲜明而直接。

这些诗文几乎没有涉及写真本身，若非其标题提醒我们，未必能知晓它们是写真题咏，写真在真赞中被虚化了。这表明师弟子之间的怀思叙述已经超越了对"形似"的追求，而上升到精神的层面。对师门精神、道德文章的向往与追觅才是师门传承的实质。

其次，宋人师门真赞的主观参与度更强，叙述更加客观。该问题我们可以通过与其他真赞对比说明。除师门真赞外，还有题祖先、题前贤等的真赞作品。北宋时期，子孙题祖先写真的真赞仅6篇零两句。其中4篇为钱惟演创作，即《曾王父武肃王像赞》《王父文穆王像赞》《世父忠献王像赞》及《王考忠懿王像赞》。又有米友仁《先君米海岳自画像赞》、唐庚《先君真赞》及王雱《荆公画像赞》残句。此外，传世北宋释道真赞颇多，题写历史人物及先贤的真赞也达数十首。北宋人还有题写古人写真的题像诗歌43题46首[②]。题祖先、题前贤写真的作品与师门真赞书写大有相似之处，然言说方式又自有差别。

先说相似之处。祖先真赞与师门真赞的相似性主要体现在书写行辈上。师门真赞，集中在对恩师的书写上，偶尔也能上推至师祖一辈，苏轼弟子所写欧阳修真赞即其例。题写祖先的真赞也以

① 黄庭坚《题东坡像》，黄庭坚著，郑永晓整理《黄庭坚全集辑校编年》，江西人民出版社2008年版，第1542页。

② 衣若芬《北宋题人像画诗析论》，《中国文哲研究集刊》第13期。

前一两代的近祖为主。米友仁、唐庚、王雱的真赞均是题其父写真的。钱惟演的四篇真赞，上推至其曾祖父，这是钱氏家族特质决定的。

究其原因，不外“世远则弃”。从主观情感上看，师弟子、再传弟子间的情感维系至第四、五代已遥不可及，其写真中止传承也在情理之中。而血亲间亦相类似，一旦本宗开枝散叶，子孙对远祖的事迹也难免模糊不清，无以为赞。从客观条件看，写真的保存并不容易，即便家庙、影堂设施齐备，写真像也难免不受时光的揉损。钱惟演是吴越国主的后人，因此绘有他父祖肖像的“四王真图，藏之旧矣，置于家庙，以奉精飨”。惟演以宰执之尊，也不能“以时瞻视”，因此于“甲子春，命太原王端作绘传照，合为一图”，“图既成，谨为四赞，赞十六句”①。至于普通百姓甚至一般士人，又如何有钱惟演的做派呢？其真赞自然就少有传续。

师门真赞与题写前贤的写真赞、题像诗歌，在追慕怀思的层面上也有相似之处。作者题写时，往往会综合叙述其生平要事和成就。我们前文已曾涉及。有时题写前贤真赞的作品也会直接抒发钦仰追效的愿望，如李纲《颜鲁公画像赞》就说：“严严高堂，榜曰忠义。非公遗像，其孰当置。登斯堂者，宜仰而畏。师友其人，无公是愧。”②

至于其区别，也不可不说。宋人题写前贤真赞时，往往站在客观的角度加以陈述，后嗣题写祖先的真赞也是如此。唐庚的《先君像赞》序文以第三人称叙述其父亲的生平要略，其将个人主观表达摘出文章之外的意图相当明确。而师门真赞的作者，在创作真

---

① 钱惟演《曾王父武肃王像赞》，《全宋文》第9册，第397页。

② 李纲《颜鲁公画像赞》，《全宋文》第172册，第239页。

赞时，往往融入真赞本身，他们并不在乎用主观的抒情方式表达怀思，作品中存有写作者自己的影子。不论是晁说之将自身经历写入东坡赞也好，还是李之仪的“其谁特立，卓哉吾人”[①]，均是其例。而黄庭坚的东坡像赞，借东坡际遇更迭所发出的喟叹，又何尝不带抒发贬谪积郁、寄托愤懑的成分呢？他们将自身情感融入像主经历，借像赞寄托怀抱。

此外，后嗣创作的真赞多歌颂祖先的光辉事迹，含有追述祖德的意味，而师门真赞也注重记述像主的人生低谷。钱惟演的四篇赞分别咏其父祖开国安民、保境归朝的功勋。米友仁写到其父米芾的浩然之气、经纶之志。唐庚的像赞并未写其父的功勋，但在序文中却写到“蜀人皆知其为有道之士”[②]。王雱更是颂扬其父“集厥大成，光于仲尼”[③]。师门写真的真赞述德之余，也注重客观陈述像主人生中的低谷。例如黄庭坚的《东坡先生真赞》其一、其二均提及像主元祐党争的际遇。不回避像主人生的低潮经历，使得师门真赞的叙述更加客观、丰满。

四 传承统绪，凝聚同门：师门真赞的意义

历代写真作品众多，流传至今者则寥寥。写真画卷具有唯一性，书于其上的真赞则可以传抄，因而传世稍多于写真画卷。师门写真具有建构统绪、凝聚学派的作用。北宋人谓“濮上陈抟以《先天图》传种放，放传穆修，修传李之才，之才传邵雍”[④]。而“华山旧

① 李之仪《东坡先生赞》其二，《全宋文》第112册，第201页。

② 唐庚《先君像赞》，唐庚《唐先生文集》卷十，《宋集珍本丛刊》本，线装书局2004年版，第674页。

③ 王雱《荆公画像赞》，《全宋文》第104册，第44页。

④ 朱震《进周易表》，《全宋文》第142册，第186页。

有希夷先生祠堂，而种征君实关辅之望，后之好事者并以绘征君之像，山中有隐者又知传《易》之所自，而并康节先生之像绘焉，榜之曰传易堂"[①]。这里提到的隐者，将北宋《易》学的师承图像化，使其统绪明晰。又通过祠堂供奉的形式，凝结同道，明确师承源流。一般说来，这些写真也多有相应的真赞。宋人题写师长、友生的真赞绝对数量虽然不多，它们凝聚、阐发师门精神的意义却也值得留意。

首先，真赞所书写的师长精神是门生承续的行为典范。师长的言传身教对门生有直接影响，因而门生书写的真赞对师长的道德精神、文章政事都有非常强烈的表达意愿，更将之奉为行为典范。而这也是自明师承统绪的重要方式之一。李廌《汝阴倡和集后序》就曾说"先生文章忠义为当世准的，其所寓山川国邑，犹且使人怀慕想望"[②]。李氏提到他认为苏轼两大最突出的特质：文章、忠义。黄庭坚在两首《东坡先生真赞》中也分别颂扬苏轼："至于临大节而不可夺，则与天地相始终"[③]，"文章豹蔚虎炳"，"立朝公忠炯炯"[④]。大节、文章、公忠与李氏所举相同。"与天地相始终"等辞章可谓褒扬的极致了。

后学在提及师门前辈时，也极重其精神特质。晁说之《欧阳文忠公画赞》就高颂欧阳修立朝"不朋以忠。风波既散，高山独

---

① 晁说之《传易堂记》，《全宋文》第130册，第264页。

② 李廌《汝阴倡和集后序》，《全宋文》第132册，第135页。

③ 黄庭坚《东坡先生真赞三首》其二，黄庭坚著，郑永晓整理《黄庭坚全集辑校编年》，江西人民出版社2008年版，第1012页。

④ 黄庭坚《东坡先生真赞三首》其三，黄庭坚著，郑永晓整理《黄庭坚全集辑校编年》，江西人民出版社2008年版，第1012页。

见”[①]。这里涉及了欧阳修《朋党论》所表达的重要政治理念，即非不朋也，是不与小人“朋”以尽其君子之忠。正因欧阳修的君子之朋是“所守者道义，所行者忠信，所惜者名节。以之修身，则同道而相益，以之事国，则同心而共济，终始如一”[②]。李之仪赞颂欧阳修的精神如“霜空无云，秋天澄雾”般澄澈，而其政事则“炤然政通，何劳钟簴”[③]。晁、李二人都肯定欧阳修的精神能传之久远。他们说：“昔贤在是。宁论厥似，闻其百世。”[④]“俨然望之，希世一遇。万折方东，逢坡益注。”[⑤]既称六一翁的精神气节能闻其百世，如长江大河万折朝东，拍崖逢坡而愈加浩浩汤汤。

不论是苏门弟子颂扬欧阳修的修身、立朝，抑或是黄庭坚歌颂苏轼的公忠、文章，其中的精神一以贯之。师门的存在，一方面是师门尊长的道德文章能有足够的吸引力；另一方面，也需有一批价值观念、理想抱负、审美追求相通的追随者阐发。写真，是师门尊长的具体形象，而真赞则是后学对师门精神的理解、生发。从这个意义讲，师门后学在像赞中书写的，正是他们所认同的师门价值取向，真赞中标举的也正是他们心中的师门精髓。

其次，真赞所表达的师门怀思是凝聚同门的潜在力量。正如前文所说，真赞所书写的师长精神是门生承续的行为典范，是师门精神的精髓。因此，同门之间撰写师长真赞往往绕不开对师长道德文章、精神特质的歌颂。这种颂扬多少带有身为像主门生后学

① 晁说之《欧阳文忠公画赞》，《全宋文》第130册，第289页。

② 欧阳修《朋党论》，欧阳修著，李逸安点校《欧阳修全集》，中华书局2001年版，第297页。

③ 李之仪《文忠公画像赞》，《全宋文》第112册，第207页。

④ 晁说之《欧阳文忠公画赞》，《全宋文》第130册，第290页。

⑤ 李之仪《文忠公画像赞》，《全宋文》第112册，第207页。

的骄傲与自豪，而这正是师门怀思带来的凝聚同门的力量之一。如苏门弟子称颂东坡所云：

> 世五百年，生命世才。[①]
>
> 光时显被，外薄四夷。载瞻载仰，百世之师。[②]

这是多么崇敬的述说，而此等推崇备至不仅体现于真赞叙述，苏门弟子的其他文体作品也表达过类似的钦仰与自豪。陈师道《送苏公知杭州》云："一代不数人，百年能几见。"[③] 这与"世五百年"云云所表达的意思又何其相似。

又如前文所说，有些题咏写真的作品是从自身与师长交往的角度生发的。其例如黄庭坚《东坡先生真赞》、晁说之《东坡先生画像赞》等。对于师门成员而言，师门的际遇同自身是息息相关的，可谓荣损与共。所以当他们叙述党争期间苏轼的际遇时，感同身受，且情绪张扬而言语呜咽。黄庭坚说：

> 言语以为阶，而投诸云梦之黄。东坡之酒，赤壁之笛，嬉笑怒骂，皆成文章。解羁而归，紫微玉堂。子瞻之德，未变于初尔，而名之曰元祐之党，放之珠厓儋耳。方其金马石渠，不自知其东坡赤壁也。及其东坡赤壁，不自意其紫微玉堂也。及其紫微玉堂，不自知其珠厓儋耳也。九州四海，知有东坡。

---

① 晁说之《东坡先生画像赞》其二，《全宋文》第 130 册，第 290 页。

② 李之仪《东坡先生赞》其二，《全宋文》第 112 册，第 201 页。

③ 陈师道《送苏公知杭州》，陈师道撰，任渊注，冒广生补笺，冒怀辛整理《后山诗注补笺》，中华书局 1995 年版，第 69 页。

东坡归矣,民笑且歌。一日不朝,其间容戈。①

岌岌堂堂,如山如河。其爱之也,引之上西掖銮坡。是亦一东坡,非亦一东坡。槁项黄馘,触时干戈。其恶之也,投之于鲲鲸之波。是亦一东坡,非亦一东坡。②

此二赞似非作于一时,而赞中所及东坡贬谪、起复、再贬谪,言语间的激愤不平,借《庄子·齐物论》的说法道出,更显沉痛。第二首还有意化用"彼亦一是非,此亦一是非"之句③。元祐党争时期,苏门弟子几乎全被牵连,无一幸免,苏轼的遭遇就如同他们自身的遭遇。这种共有的苦难历程与回忆,化入诗文中,复成为聚结同门的又一潜在力量。

其三,真赞所涉及的师友评价具有第一接受者的意义。师门后学跟随师长,耳濡目染、细心体认,因此他们的评价往往一语中的。而聚集在主盟人物身边的后学晚生对主盟人物的评价,经常会影响到后来人。这些后学充当着主盟人物的第一接受者。他们宣扬师说,又扩大了师门影响。他们对师长的评价,也常写入真赞。今日评价苏轼"嬉笑怒骂,皆成文章",其出处正在黄庭坚的《东坡先生真赞》。

苏轼谪仙人的形象,也通过李之仪的真赞写出,他说:"东坡仙人,岷峨异禀。"④ 当时、后世以仙人、谪仙人称东坡者,至有"坡

① 黄庭坚《东坡先生真赞三首》其一,黄庭坚著,郑永晓整理《黄庭坚全集辑校编年》,江西人民出版社 2008 年版,第 1012 页。

② 黄庭坚《东坡先生真赞》其二,黄庭坚著,郑永晓整理《黄庭坚全集辑校编年》,江西人民出版社 2008 年版,第 1012 页。

③ 王叔岷《庄子校诠》上册,中华书局 2007 年版,第 58 页。

④ 李之仪《东坡先生赞》其一,《全宋文》第 112 册,第 201 页。

仙”之号。王辟之称:“子瞻文章议论,独出当世,风格高迈,真谪仙人也。”[①]李纲《次韵凿空阁》诗有句云:“东坡谪仙人,游此江海境。”[②]至若论其立朝刚直、文章纵横等事则几乎成为后世定评,而究其源流,不能不说苏门弟子的评价是导夫先路的。而这些苏门弟子的评价又多写入了真赞。

总之,写真及题咏写真的文学作品,是师门怀思的触发与表达。通过具象化、仪式化,师门长辈的写真成为触动师门怀思琴弦的金手指。门生对师长写真的仪式化祭祀,成为了他们对师长尊崇心态的外化。而真赞中体现出的对师长之评价,对师门之自豪,在在成为凝聚师门、宣扬师德的路径。

第二节　师门祭悼文与追思的书写策略

祭文作为一种应用文,在古人祭祀活动中有重要地位。这种文体形式在宋代兼融了前朝的祝文、诔文功能,宋人以之祭山川神明、先贤往圣、故友亡亲。其中“荣始哀终”的祭悼文在丧葬礼、展墓、祭祀等场合都有所运用,“祭悼的对象有内亲、外亲、同僚、故友、师长、门人、弟子、长老、异代名士、无名坟主等”,“据曾枣庄、刘琳主编之《全宋文》统计,宋代悼祭文有3174篇左右,作者约399人”[③]。本书即就三千篇中关涉师友的祭文展开。

---

① 王辟之撰,吕友仁点校《渑水燕谈录》卷四,中华书局1981年版,第42页。
② 李纲《次韵凿空阁》,《全宋诗》第27册,第17755页。
③ 张海鸥、谢敏玉《悼祭文的文体源流和文体形态》,《深圳大学学报》2010年第2期。

一 句里乾坤，隐约确证：祭悼文的副文本及身份确证

“副文本”概念最先由法国文论家热奈特提出[①]。这个概念是有其特殊语境的，它主要针对现代西方文化和文学背景提出。但是对于古代中国，作品首先以单篇形式传播的情况来看，副文本对研究单篇作品也有借鉴作用。以单篇作品主要采用的文体为准，作品其余部分的标题、序文、题署等信息即可视为该作品的副文本。虽然古代作家的诗文汇集较为滞后，标题有可能为后人补题、窜改，但祭文的祭祀对象确定，即便有所改易，也能体现出祭悼双方的关系。如无确证，后人改易标题的情况本书暂不考虑。

祭文的文体形式在魏晋时期基本定型，唐宋时期的祭文语体愈发多元，突破了四言的局限，骈体、散体、骚体、杂体均有。其副文本一般包括祭文题目、小序及表明祭悼日期、对象、祭者等信息的开头套语。祭文是一种公开的应用文，因此作者所希望展示的内容会较为清晰地出现在文中。而师友祭文中副文本的书写内容是最直接、最明确的，为祭悼者、被祭悼者之间的身份关系提供了确证。

首先，标题体现了祭悼者与祭悼对象的关系。标题很可能有

① 1979 年热奈特在《广义文本之导论》中提出“副文本”概念，又于 1982 年在《隐迹稿本》中对“副文本”做了更详细的说明。他提到：“副文本如标题、副标题、互联型标题；前言、跋、告读者、前边的话等；插图；请予刊登类插页、磁带、护封以及其他许多附属标志，包括作者亲笔留下的还有他人留下的标志，它们为文本提供了一种(变化的)氛围，有时甚至提供了一种官方或半官方的评论，最单纯的、对外围知识最不感兴趣的读者难以像他想象的或宣称的那样总是轻而易举地占有上述材料……我们由此可以看出，副文本性尤其可以构成某种没有答案的种种问题之矿井。”([法]热拉尔·热奈特著，史忠义译《热奈特论文集》，百花文艺出版社 2001 年版，第 71—72 页)

后人编纂文集时的痕迹，但仍然是双方身份的确认。大多数祭文都会在标题中出现祭悼对象，极少数则径题《祭文》，如李之仪就有两篇这样的祭文。又有少数会说明事由或祭悼地点，如黄庭坚《将葬叔父给事祭文》就说明是在祭悼对象即将安葬前举行祭奠仪式时用该文。曾巩《馆中祭丁元珍文》、苏轼《黄州再祭文与可文》则在题目中说明了祭悼地。而对祭悼对象的称谓在一定程度上体现着二者的关系亲疏。如在祭悼对象前后添加限定语表明双方关系的，范仲淹《祭同年滕待制文》、陈襄《祭同年杨缅察推文》、黄庭坚《祭舅氏李公择文》《祭外舅孙莘老文》《祭知命弟文》等皆是其例。范仲淹、陈襄的祭文都是为同年所作，而所举黄庭坚三篇祭文则都是为亲戚所作。值得注意的是，虽然黄山谷曾师从李公择、孙莘老，但因与二人又有姻亲关系，所以黄庭坚仍然以亲属关系书写祭文题目。大约在宗族社会，血亲关系仍然重于其他社会关系。且祭文的公开性、应用性使山谷在祭祀仪式上需选择一种身份，而在其他亲属面前，亲属身份或许又更为适合。同样的情况还出现在苏辙身上，如他的《祭亡婿文逸民文》就是祭悼弟子兼女婿的，可是在题目中，苏辙也选了亲属关系作为称谓。哀辞也是一种祭悼文字，更接近于挽歌，但其与祭文的性质非常相近。蔡襄《长子将作监主簿哀词》、张及《哀亡友辞》的题目也均说明了祭悼对象与自己的关系。

还有不添加限定语而直接以祭悼对象的官职或字号称呼的，如欧阳修《祭薛尚书文》《祭资政范公文》《祭杜祁公文》等，曾巩《祭欧阳少师文》、苏辙《祭欧阳少师文》，分别以官衔和爵位来称呼受祭者。韩维《阳翟祭晏元献公文》、苏轼《祭欧阳文忠公文》则是以谥号称呼受祭者。李之仪《祭秦少游文》、苏轼《祭文与可文》是以字称呼祭悼对象，张舜民《祭子由门下文》、苏辙《祭王子敏奉议文》则是以字加官职来称呼。以官职称呼祭悼对象体现了一种庄重感，而以字称呼则体现了祭悼者与受祭者之间较为密切的关系。

就师门中的祭文题目而言，弟子祭师长多采用官爵、谥号等的称谓，如曾巩《祭欧阳少师文》、苏辙《祭欧阳少师文》、苏轼《祭欧阳文忠公文》、苏轼《祭张文定公文》、欧阳修《祭杜祁公文》、范祖禹《祭司马文正公文》、陆佃《祭丞相荆公文》。这几例中，包含多种情况，即纯称勋官、纯称谥号、纯称爵位、职官与爵位合称等。但不论属于何种情况，其称谓都显得庄重正式。即便老师白衣终身，弟子也采取较为庄重的称呼为祭文之题目，如彭汝砺《祭倪先生文》即是。彭汝砺的老师倪天隐并非高官显宦，没有官谥爵位，但彭汝砺仍然要选择较为庄重的“先生”为称谓。

为好友所作的祭文则多有称字的，如欧阳修《祭尹师鲁文》《祭苏子美文》《祭梅圣俞文》即是其例。尹洙、苏舜钦、梅尧臣与欧阳修都是关系极为亲近的朋友，所以文忠公以字称之。同门友中情况相似，如张耒《祭秦少游文》、张耒《祭晁无咎文》、杨时《祭游定夫文》等都是这样的情况。文人的字号，在古代也作为男子的一般称谓，所以秦观祭曾巩也有《曾子固哀辞》。但这种题称远较宋庠、宋祁兄弟《祭孙仆射文》显得关系更亲近，也更符合平辈间的关系一些。

老师祭弟子的情况较前二者更少，用字为称呼的较多，也有在字后添加职官的，如苏辙《祭亡婿文逸民文》《祭王子敏奉议文》等就是如此。

祭文标题中出现的称谓实际上正是祭悼者对祭悼对象与自身关系的认证。体现了祭悼者与祭悼对象之间的身份与亲疏。

其次，开头套语体现了祭悼者与受祭者的关系及其他信息。至迟在两晋时期，祭文就形成了开头书写祭悼时间、祭悼人与受祭者、祭品等信息的惯例，通常书写作："维……年……月……日，……以……祭于……之灵。"《文选》卷六〇所收录的三篇祭文中有两篇（即颜延年《祭屈原文》、王僧达《祭颜光禄文》）使用了这样的套语[①]。这种开头套语并非祭文的必需，所以有些祭文的信息并不见得完整。时间缺失者如"月日，庐陵欧阳修谨以清酌庶羞之奠，致祭于故资政殿学士、尚书户部侍郎范文正公之灵曰：……"[②]有时间、官职均阙如者，如"维年月日，具官欧阳修谨以清酌庶羞之奠，祭于亡友师鲁十二兄之灵曰：……"[③]北宋甚至还有相当数量的祭文没有此类套语。但其中所含信息最为直接，且对祭悼者、祭悼对象之间的关系表达尤为明确，是祭悼者对双方关系的确证。

在生者希望展示给世人的信息在这些开头套语中会写明。祭悼者若希望以何种身份祭奠往生者，通常会在套语中说明。如以下数例：

> 维年月日，门人具位晁补之谨以清酌庶羞之奠，致祭于故端明尚书苏公先生之灵曰：……[④]
>
> 维元祐七年，岁次壬申，某月某朔，某日某甲子，门生朝奉大夫、充龙图阁待制、知江宁军府事、充江南东路兵马钤辖陆某，谨致祭于故司空、观文殿大学士、赠太傅、荆国王公先生之

---

① 萧统编，李善等注《六臣注文选》，中华书局2012年版，第1124—1125页。

② 欧阳修《祭资政范公文》，欧阳修著，李逸安点校《欧阳修全集》，中华书局2001年版，第697页。

③ 欧阳修《祭尹师鲁文》，欧阳修著，李逸安点校《欧阳修全集》，中华书局2001年版，第694页。

④ 晁补之《祭端明苏公文》，《全宋文》第127册，第182页。

墓。①

> 黄庭坚谨以清酌群羞之奠,敬致祭于亡友补之泸州安抚使君之灵曰:……②

晁补之以门人身份祭奠苏轼,陆佃以弟子身份祭奠王安石都特别说明"门人""门生"的身份,并在受祭者后加"先生"二字。黄庭坚祭奠王补之,则特地说明是祭奠"亡友"。其实开头套语中,祭悼者与不同受祭人的关系仍然有细微区别。如晁补之在另一篇祭文中也对受祭人以门生自居,其文云:

> 维年月日,门生具位晁补之谨遣人以清酌庶羞之奠,致祭于故北京留守、大资政李公之灵曰:……③

但是其中的细节差异还是非常明显。晁补之称苏轼"先生",而对这位李资政则并不加称"先生"。李资政是晁补之的举主李清臣,所以尽管晁无咎还是待之以师礼,却在祭文的称呼上显示出李氏与本师苏东坡的差别。同样的差别也出现在陆佃的祭文中,陆氏祭悼苏颂的祭文套语云:

> 维建中靖国元年,岁次辛巳,七月某朔,二十七日某甲子,门生中大夫,守尚书右丞、上柱国陆某,谨致祭于故座主、观文

---

① 陆佃《江宁府到任祭丞相荆公墓文》,《全宋文》第108册,第270页。

② 黄庭坚《祭王补之安抚文》,黄庭坚著,郑永晓整理《黄庭坚全集辑校编年》,江西人民出版社2008年版,第1022—1023页。

③ 晁补之《祭大资政李公文》,《全宋文》第127册,第181页。

殿大学士、太子太保致仕、赠司空苏公之灵。①

苏颂是陆佃的座主，但陆氏自认学脉另有所承，故而不加称“先生”。王安石则是陆佃的授业老师，所以陆氏加称“先生”以示区别。由以上两例，我们更加明确了祭文的开头套语中，在生者对祭悼双方关系的确证。

此外，小序承载了祭文以外的信息。但祭文附书小序的做法在北宋非常罕见，有两首哀辞可为其例，即蔡襄《长子将作监主簿哀词》、苏辙《鲜于子骏谏议哀辞》。蔡襄在序中说明了长子蔡匀罹患疾病的简单经过及自己的哀伤，苏辙在序中则简要回顾了鲜于氏的生平及创作哀辞的缘起。不过，笔者未曾读到北宋士人附有小序的师门祭文，这一副文本形式且付阙如。

不论是标题称谓还是开头套语对双方关系的定位，都是祭文书写者对身份的看法。祭文的文体格式是约定俗成的，但书写者依然借此隐约表达了与逝者生前的关系。

二　斯人已逝，遗思绵长：祭悼师长亲属与师长怀思书写

人作为社会的一份子而生活，在他所属的场域占据具体位置展开活动。作为场域中的行动者，他所属的家庭成员也在场域之内。与某个活动者相关的社会关系也与其亲属有相应的联系。所以，某人亲属辞世，与其有交往的社会关系也会前往祭吊。有时，某个活动者辞世，场域虽然发生资本重组，可是其所持有的社会资本在一定程度上会转移到其亲属手中。因此，在其辞世之后，其亲眷仍然会与某人生前社会关系交往。例如晏殊辞世之后，其子晏

① 陆佃《祭丞相苏子容文》，《全宋文》第108册，第271页。

几道还能说出“今政事半吾家旧客,亦未暇见也”的话[①],反推可知若他愿意放低身段,政事堂上其家旧客是可以为其提供便利的。而在师长辞世之后,他的亲属谢世作为继续往来的社会关系仍然会前往祭吊。但此时的祭文却离不开早已辞世的老师。我们且以欧阳修辞世后,欧门弟子祭奠欧阳修亲眷的祭文为例。

欧阳文忠“公初娶胥氏,即翰林学士偃之女。再娶杨氏,集贤院学士大雅之女。后娶薛氏,资政殿学士简肃公奎之女,追封岐国太夫人。男八人:发,故承议郎;奕,故光禄寺丞;棐,朝奉大夫;辩,故承议郎。余早亡……孙女七人,皆适士族”[②]。欧阳修三娶,共育有八子,得七名孙女。这些欧阳修亲眷中,欧门弟子为薛氏夫人、欧阳发、欧阳弈、欧阳修的六孙女作过祭文。欧阳修的六孙女嫁给了苏轼的儿子苏迨,她在苏轼之前弃世,东坡也为她作祭文一篇,此例较为特殊。

薛氏是“夫人简肃公之第四女,母曰金城太夫人”,亡于元祐四年(1089)八月[③]。苏轼、晁补之分别撰文祭悼,秦观也代人写了一篇祭文。这些祭文都提到欧阳修,苏轼、秦观都用了大量篇幅颂美欧阳修。

如苏轼有两篇祭奠薛氏夫人的祭文,其一云:

呜呼,文忠之薨,十有八年。士无所归,散而自贤。我

① 陆友仁《研北杂志》,影印文渊阁《四库全书》本,台湾商务印书馆1983年版,第866册,第565页。

② 苏辙《欧阳文忠公神道碑》,苏辙著,陈宏天、高秀芳点校《苏辙集》,中华书局1990年版,第1136—1137页。

③ 苏辙《欧阳文忠公夫人薛氏墓志铭》,苏辙著,陈宏天、高秀芳点校《苏辙集》,中华书局1990年版,第418页。

是用惧，日登师门。既友诸子，入拜夫人。望之愀然，有穆其言。简肃之肃，文忠之文。虽无老成，典刑则存。何以嗣之，使世不忘。诸子惟追，好学而刚。夫人实使，兄弟吾孙。徼福文忠，及我先君。出守东南，往违其颜。病不能见，卒以赴闻。自敛及葬，馈奠莫亲。匪愧于今，有腼昔人。寓词千里，侑此一樽。①

该篇应当作于薛氏初丧，文中首先提到欧阳修辞世至此已十八个春秋，原先团结在欧阳修周围的士子多散去，接着继续回忆其与欧阳修夫人的交往，以及薛氏夫人允诺双方结亲等事。最后抒发生不能见、死未能亲自吊谒的愧疚心情。

晁补之祭奠薛氏的文章也是作于元祐四年（1089），其文首先提到薛氏的出身、地位是“简肃惟父，文忠惟夫”。在一番对薛氏门第道德的颂美之后，再次提到欧阳修，说：“惟昔文忠，名擅一时，于今学者，孰不仰之？”② 在晁补之的笔下，对欧阳修的仰望之情注入到薛氏夫人祭文之中。同样的情感也在秦观代笔的祭文中出现，其文第一部分专说欧阳修，云：

吁嗟夫人，出于华宗；来嫔高门，实配文忠。惟我文忠，一世之师；道德余事，发为文辞。如天有斗，如岁有春；四方以正，万物为新。③

① 苏轼《祭欧阳文忠公夫人文》，苏轼著，孔凡礼点校《苏轼文集》，中华书局1986年版，第1956页。

② 晁补之《祭欧阳文忠公夫人薛氏文》，《全宋文》第127册，第175页。

③ 秦观《代祭欧阳夫人文》，秦观撰，徐培均笺注《淮海集笺注》，上海古籍出版社2000年版，第1049页。

如果说晁补之笔下,祭文的主角是薛夫人,到秦观此处则祭奠的对象反而“实配文忠”,成了配角。秦观不但将对欧阳修的景仰之情直接高亢地抒发出来,还说欧阳修是天上的北斗星,指明了人间的方位;欧阳修是四季中的春天,世间万物为之焕发生机。他用两个比拟,将欧阳修在文坛的地位捧得无以复加。秦观的祭文怀欧阳修的篇幅虽多,但比不上苏轼元祐六年(1091)在颍州所作的《祭欧阳文忠公夫人文》。东坡在这篇祭文中,用了三分之二左右的篇幅叙述与欧阳修的情感,而所祭之人反而退居到了次要位置。我们不惮其烦,引该文全篇,以见怀念师长的篇幅之巨,其文云:

维元祐六年,岁次辛未,九月丙戌朔,从表侄具位苏轼,谨以清酌肴果之奠,昭告于故太师兖国文忠公安康郡夫人之灵。呜呼,轼自龆龀,以学为嬉。童子何知,谓公我师。昼诵其文,夜梦见之。十有五年,乃克见公。公为拊掌,欢笑改容。此我辈人,余子莫群。我老将休,付子斯文。再拜稽首,过矣公言。虽知其过,不敢不勉。契阔艰难,见公汝阴。多士方哗,而我独南。公曰子来,实获我心。我所谓文,必与道俱。见利而迁,则非我徒。又拜稽首,有死无易。公虽云亡,言如皎日。元祐之初,起自南迁。叔季在朝,如见公颜。入拜夫人,罗列诸孙。敢以中子,请婚叔氏。夫人曰然,师友之义。凡二十年,再升公堂。深衣庙门,垂涕失声。白发苍颜,复见颍人。颍人思公,曰此门生。虽无以报,不辱其门。清颍洋洋,东注于淮。我怀先生,岂有涯哉。①

① 苏轼《祭欧阳文忠公夫人文》,苏轼著,孔凡礼点校《苏轼文集》,中华书局1986年版,第1956—1957页。

开头套语说是祭奠安康郡夫人，可是文中却从童年读欧阳修文章而景仰欧公、私淑其人说起。又充满深情地回忆其与欧阳修初次见面，及拜入师门之后的情况。甚至谈到了欧、苏二人私下的对话，欧阳修对苏轼的期许等等。而这些实际上与所祭奠的薛夫人并无直接关系。

相对而言，欧阳修的诸子与苏轼等人都有交往。如前引苏轼所说："既友诸子，入拜夫人。"欧阳棐的两位兄长过世后，苏轼都作有祭文，而欧阳棐自己则是在苏轼之后亡故。苏轼为欧阳发、欧阳弈所作的祭文也未离开对文忠公的怀思抒发。东坡祭欧阳发云："文忠之子，譬之孔门，则其高弟。其材不同，而皆有得，公之一体……公薨一纪，门人凋丧，我老又废。退而讲论，放失旧闻，日月其逝。欲操简牍，从伯和父，解发疑蔽。"[①] 这里以孔门譬欧门，孔子长子孔鲤过庭受训，欧阳发也是文忠长子，东坡用典甚为精当。继而以"公之一体"赞逝者，而在欧阳修逝世之后，东坡越发欲记述发扬师长的学说，而欧阳发是他最好的切磋者。所以苏轼感叹斯人已逝，讨论无人。虽然是在说欧阳发，可是几乎都没有离开过与欧阳修的关系。

苏轼祭奠欧阳弈也出现了这样的现象，其文开篇即云："文忠公之盛德，子孙千亿，与宋无极，人惟曰不足。仲纯父之贤，寿考百年，一岁九迁，人惟曰当然。"[②] 此处采用让步修辞，作者先说以欧阳修的盛德本该子孙昌盛、与国咸休，而欧阳弈却未满四十而亡。苏轼并不先提欧阳弈之贤，而是首先说明文忠公的道德影响。

---

① 苏轼《祭欧阳伯和父文》，苏轼著，孔凡礼点校《苏轼文集》，中华书局 1986 年版，第 1948 页。

② 苏轼《祭欧阳仲纯父文》，苏轼著，孔凡礼点校《苏轼文集》，中华书局 1986 年版，第 1940 页。

在本来应该祭奠薛夫人、欧阳发兄弟的祭文中，作者行文之间却处处为欧阳修留下了舞台。夫荣妻贵是当时的正常状态，所以欧阳修的地位就代表着薛氏的荣光。更重要的是作者们与薛夫人的交往应该是有限的，但由于薛夫人与欧阳修夫妻敌体的关系，作者们由薛夫人触发了怀念师长的微妙情感。对于祭文作者而言，她生前是欧阳修的未亡人，死后也是文忠公的影子。但欧阳发兄弟分明与苏轼及其门弟子是有交往的，在祭文中，苏轼仍然首先叙述欧阳修的德行。可见祭悼师长亲属在一定程度上是与师长怀思结合在一起的。尽管师长所属的社会资本已经转移到了亲眷手中，但对师长的敬重远远超越了对师长亲属的情感。所以师长亲属的祭文，甚至也可以说是怀念师长的另一种抒发途径。

三　笔落追怀，精神长存：祭悼文的书写笔法及师友形象构筑

祭悼亡者的祭文虽然是一种哀祭应用文，但在书写中却有作者强烈的主观意志，通常蕴含着生者对往生者的怀念与哀悼之情。由于祭文的作者多与往生者有各种社会关系，且不少作者与逝者生前有直接接触。因此，作者会按心中留存的亡者图像借祭文进行复原。对于有师友关系的作者而言，祭文是他们塑造师友形象的工具，而这又为师门凝聚提供了依据。

首先，祭文以对话形式直接抒发对往生者的哀思与评价、塑造往生者的正面形象。祭文是以“逝者有灵”为前提的，在时人眼中，死亡是另一种生命状态，逝者的“灵魂不灭”。因此，在开头套语中，他们向往生者献上祭品，对往生者“之灵”诉说。祭文通常是以第一人称和第二人称的对话形式展开，在生者对往生者的情感可以直接抒发。因此，经常可以看到师友祭文中祭悼者直接为往生者的生平品性、道德学术作评价的。王遹是苏轼、苏辙的学

生，又是苏辙女婿王适的弟弟，他辞世后，苏辙在祭文中说："伯氏不淑，殒于方春。君登丙科，又敏于政。惠于上官，民亦不病。矫然众中，气和而正。孝友之善，中发于诚。均其有无，以及孤惸。嫁女娶妇，期不负兄。"① 此处是以对话形式，称颂王子敏，认为他居官有为，不负于王事；又有孝友之义，照顾兄长的遗孤，为其嫁娶。齐家治国，是士大夫的理想，苏辙的称颂似以师长的身份与王氏的灵魂说话，提到他生前最重要的两大品行，以安慰亡灵。而王适为侄辈"嫁女娶妇"，作为受益者外祖父的苏辙显然也心有感念。

张方平逝世后，苏轼以门生身份祭奠他，作祭文三篇，其中有句道：

> 穆穆昭陵，二三元臣。惟公终始，高节迈伦。一恸永已，山摧川堙。公视富贵，如贱与贫。公视生死，如夕与晨。老不惰愉，疾不嚬呻。有化非亡，有隐非沦。我独何为，涕流于巾。②

这里说到张方平是仁宗朝的元老之一，赞颂他自始至终勤于王事，认为他淡泊名利，齐一生死。这些都是从逝者的品性入手，以诉说给对方听的方式讲出，在文中都隐含着一个接受对象，那就是受祭悼者。这种一人陈说，有两个人称代词的写法下例更加明晰：

> 轼于天下，未尝志墓。独铭五人，皆盛德故。伟欤我公，

① 苏辙《祭王子敏奉议文》，苏辙著，陈宏天、高秀芳点校《苏辙集》，中华书局1990年版，第1102页。

② 苏轼《祭张文定公文三首》其一，苏轼著，孔凡礼点校《苏轼文集》，中华书局1986年版，第1952页。

实浮于声。知公者天,宁俟此铭。今公永归,我留淮海。寓辞千里,濡袂有漼。[①]

这也是苏轼写给张方平的祭文,他先说自己对撰写墓志铭的慎重,而后颂美张氏的盛德要超过他所获得的名声,并再次陈述说自己在千里之外呈上祭文,泣涕沾襟。

祭悼者所颂美的精神与品质,实际上是他最为重视的部分。虽然其中也有社会共同判断标准,但将师门逝者抬到社会公认的品质位置,实际上也是表明师门对社会秩序的依从,表达逝者对社会的贡献。二苏所提到的王遹、张方平都是勤于政事、忠心国家的,而他们的品德都成了被突出表彰的重点。这种直接颂美的方式,体现了时人的价值观符合他们的判断标准。

其次,祭文以铺叙手法叙述往生者的生平,或与逝者交往的经过,圈点往生者在世时的闪光点,塑造其正面形象。祭悼者身份虽有不同,但均陈述往生者生平事迹,突出其重要经历,显示往生者的正面形象。曾巩祭奠欧阳修的文章就是如此,其文首陈欧阳修一代文章宗匠身份“当代一人,顾无俦匹”,是直接抒发对往生者的哀思与评价的写法。之后开始铺排欧阳修的生平经历,“谏垣抗议,气震回遹”,“紫微玉堂,独当大笔”,“帝曰汝贤,引登辅弼”,“年始六十,恳辞冕黻”,“放意丘樊,脱遗羁䩭”[②]。从欧阳修做谏官开始,叙述了他在内翰、宰辅任上的诸多忠于朝廷、勤政利民的表现,以及年介六十岁毫不恋栈,辞官后洒脱生活。而这些对于文人

① 苏轼《祭张文定公文三首》其二,苏轼著,孔凡礼点校《苏轼文集》,中华书局1986年版,第1953页。

② 曾巩《祭欧阳少师文》,曾巩撰,陈杏珍、晁继周点校《曾巩集》,中华书局1984年版,第526页。

来说，都是高洁品行，但曾巩并不是大声疾呼地直接做评价，而是通过铺叙陈述说明。同时，对欧阳修仕途中挫折的经历则避而不谈，让其为官的三个巅峰作为闪光点放大，借以突出欧阳修的光辉形象。

苏轼、苏辙兄弟都提到在欧阳修门下求学的经历，突出欧阳修的人格魅力。“昔我先君，怀宝遁世，非公则莫能致。而不肖无状，因缘出入，受教于门下者，十有六年于兹。”① 东坡在此处叙述到三苏获得欧阳修垂青的经历，凸显了欧阳修的识人之明，强调了自己与文忠公结缘之久。苏辙作文则更老实规矩，按部就班地陈述与欧阳修结师生之缘的经历，其文云：

> 嘉祐之初，公在翰林。维时先君，处于西南。世所莫知，隐居之深。作书号公，曰“是知予”。公应“嗟然，我明子心。吾于天下，交游如林。有如斯文，见所未曾”。先君来东，实始识公。倾盖之欢，故旧莫隆。遍出所为，叹息改容。历告在位，莫此蔽蒙。报国以士，古人之忠。公不妄言，其重鼎钟……号兹古文，不自愧耻。公为宗伯，思复正始。狂词怪论，见者投弃。踽踽元昆，与辙偕来。皆试于庭，羽翼病摧。有鉴在上，无所事媒。驰词数千，适当公怀。擢之众中，群疑相豗。公恬不惊，众惑徐开。滔滔狂澜，中道而回。匪公之明，化为诙俳。公德日隆，历蹈二府。辙方在艰，抚视逾素。纳铭幽宅，德逮存故。终丧而还，公以劳去。公年未衰，屡告迟莫。自亳徂青，迄蔡而许。来归汝阴，啸傲环堵。辙官在

① 苏轼《祭欧阳文忠公文》，苏轼著，孔凡礼点校《苏轼文集》，中华书局 1986 年版，第 1937 页。

陈,于颍则邻。拜公门下,笑言欢欣。杯酒相属,图史纷纭。辩论不衰,志气益振。①

苏辙从苏洵谒见欧阳修开始写,且将老泉与文忠的对白写入祭文。随后叙及当时文风和欧阳修对文风的革新,以及自己与众学子经过欧阳修主持的科举考试金榜题名。而后欧阳修登宰辅之位,又于未衰之年辞官,啸傲林泉。在苏辙的祭文中,处处有"我"。如"先君来东""与辙偕来""辙方在艰""辙官在陈"等,将自己与欧阳修的交往也写入了祭文。在苏辙的文字中,不但突出了欧阳修的识人之明、急流勇退,还提到他力挽文风于谲怪,为国抡才等欧阳修生平的闪光点。而这些闪光点也是祭悼者苏辙为老师树立的正面形象。

其三,比况笔法的运用,为逝者建构正面形象。比况不完全是比拟,祭文中的比况用法主要是比于自然、比于先贤往圣。如曾巩《祭欧阳少师文》有句云:

文章逸发,醇深炳蔚。体备韩马,思兼庄屈。垂光简编,焯若星日。②

曾巩从文章体式及思想深度颂美欧阳修,将其比作韩愈、司马迁、庄子、屈原。韩、马文章是汉唐古文的代表,而庄、骚精神则是带有浪漫色彩的审美精神。欧阳修兼备四人之长,自然能"文章逸发,

① 苏辙《祭欧阳少师文》,苏辙著,陈宏天、高秀芳点校《苏辙集》,中华书局1990年版,第431—432页。

② 曾巩《祭欧阳少师文》,曾巩撰,陈杏珍、晁继周点校《曾巩集》,中华书局1984年版,第526页。

醇深炳蔚”,此乃比况于先贤往圣。随后又称其文章“焯若星日”,则是比于自然界事情了。星光璀璨、日色夺目,以此比喻欧阳修的文章也可谓得其所。

又如彭汝砺哭其师倪天隐云:

> 嗟夫先生,其何之乎?其上浮而仙,或降而人,而为先知、为先觉,以济天下乎?其高明博厚、生育万物,疑而为泰山之千仞乎?藏蛟龙、育珠玑,汪洋汗漫而为江海乎?为景星甘露、凤凰应龙,以瑞太平乎?巉岩磊砢,为乔松乎?坚刚为金乎?温润为玉乎?呜呼!此不可知也……[1]

这里纯用问句,于问句中又用比况,将倪天隐比为各种各样美好的事物,认为其师具有这些事物般的品格。彭汝砺所塑造的是一个可以济天下、育万物、瑞太平,坚贞刚强、博厚温润的人物形象。

此类写法在祭文中并不罕见,不必一一举例。祭悼者借比况所塑造的人物正面形象,往往是寻其一点相似,而突出放大。随着作品传播,祭悼者所塑造的人物形象将得到更广泛的传播,而其道德品格也会随之传扬。这在一定程度上有助于师门形象的构筑。

要之,师门祭悼文的书写不仅仅是应酬文字,更饱含着对师长的记忆与追思。弟子对自身在师门的位序、与师长的情谊通过祭文的副文本隐晦地确证。师弟子的情谊还延及师长亲属的丧礼,他们“征调”祭奠师长亲属祭文的叙述空间,展开对师长的追怀。而在这些祭悼文中,作者们使用对话形式、铺叙手法、比况技巧等

---

① 彭汝砺《祭倪先生文》,《全宋文》第101册,第93页。

笔法，塑造师长正面形象。这些手段的运用造成了直接抒发师门情感，叙述往生者生平，追忆其人生价值，比附前贤往圣、自然造化，曲折表达追忆情愫。凡此，既是师门怀思书写的又一形式，又起到凝结师门的作用。

结束语

宋人承续前朝师法观念，在现实生活中重视学有师承，艳称前人师承，恪守师徒之礼。而师承关系的建立则受师生双方的诸多因素影响，师长学问水准的高下、社会声望之大小、经济条件的优劣、地域影响的远近均构成师长立教设帐的条件。这些条件也影响到师长授徒传业的质量。求学者的家庭条件、学习趣尚、学习态度、传承意识也是师承关系建立与维系的重要力量。而师承关系并非一成不变，生平际遇、学术观念、理念冲突、政治立场变化、社会背景变迁等内外因素皆会影响其变化。师门的凝聚力、离心力之所以产生，也多与这些诱因息息相关。同时，宋代科举制度成为文士上行流动的重要途径，“执文就谒”作为文士上行流动的重要现象，也会产生师生关系。主流文坛的活动者因事也可能向下流动，其跨地域流动同样有产生新的师承关系之可能。文人跨地域流动，实现空间流转，有了构筑新师承关系、传布文学创作经验等可能，并形成主流文坛与地方文人之间的互动。

对士人而言，师承关系拓展了文人的社会人际网络。通过师承，他们结识新朋友，进入新的社交圈；他们结姻娅，成亲戚。形成较为明确的群体，同时又因为打上了明显的群体印记，他们在社会活动、政治场域中难以置身事外。而在这个社会关系网络中，他们的日常活动又自具面貌。师友间的赠诗馈物、同题创作既是师门日常交往的方式，也是宋代诗文在日常化、交际化方面的表现。这种创作倾向还体现在师门真赞、祭悼文的书写方式上。北宋士人以文学的方式怀思、追忆，也以文学的方式凝聚师门，构筑师友形象。

本书试图描述北宋士人师法观念之渊源，讨论其师承关系建立的原因与形态，探索其师门活动的文学意义。通过散点透视、例证归纳，已可了解北宋师承谱系的一些重要侧面，但由于社会关系网络本身的复杂，师承关系可以讨论的问题还很多。比如，师承谱系与文学立派。江西诗派之前，文学流派的自觉程度不高。那么北宋师承谱系在文学立派过程中起过何种作用？北宋师门创作理论、师门权威、群体成员、文艺作品等等对江西诗派的成立有何影响？北宋文坛其他文人群体、被后人追认的文学流派是否也与师承谱系的构筑有所牵涉？此其一。

其二，师承谱系与文学思潮。北宋文人在交往中，对诗文技法、文学观念的讨论是否呈现出师门特点？苏轼反复强调于稠人中得黄庭坚、秦观等人，这与他的文学观念是否有影响？又有何种影响？从师门文人群体的角度去讨论文学思潮的兴起变迁，也是一个值得期待的视角。

其三，师承谱系中的传承性与独立性。作家往往具有自身的知识结构、学术背景、信仰观念、创作倾向等内在修养。这些个体修养对师门建构和发展有何意义？尤其是在这些修养与师门主流观念相对立时，文人如何自处？例如北宋理学家对文学大致是排斥的，理学家弟子们如何面对此前积累的文学素养？邵雍、二程等理学大家的诗文又如何影响弟子的文学观念？

其四，师授方法及其活动空间。师授方法因人而异，习得效果也多不相同。此问题可讨论师生间以何种方式授受及其影响。如曾巩授陈师道文法,只教读书妙悟,陈师道习得之后又以其法传晁冲之兄弟。师授活动的空间多元而自由,其间创作交流之效果如何?

总之,师承关系是古代中国重要的人际关系,其作为知识传承的主要途径,对中国的文坛状貌产生着深远的影响。我们不仅需要厘清师承谱系的纵横结构,也需要了解文人在谱系中的位置与活动,更需要探索他们对文学、学术发展的影响与意义。

参考文献

何晏等注，邢昺疏《论语注疏》，阮元《十三经注疏》本，上海古籍出版社 1997 年版

郑玄注，孔颖达等正义《礼记正义》，阮元《十三经注疏》本，上海古籍出版社 1997 年版

杜预注，孔颖达等正义《春秋左传正义》，阮元《十三经注疏》本，上海古籍出版社 1997 年版

韩婴撰，许维遹校释《韩诗外传集释》，中华书局 1980 年版

班固《汉书》，中华书局 1962 年版

范晔撰，李贤等注《后汉书》，中华书局 1965 年版

房玄龄等《晋书》，中华书局 1974 年版

魏收《魏书》，中华书局 1974 年版

姚思廉《梁书》，中华书局 1973 年版

李延寿《南史》，中华书局 1975 年版

魏征、令狐德棻《隋书》，中华书局 1973 年版

脱脱等《宋史》，中华书局 1977 年版

李焘撰，上海师范大学古籍整理研究所、华东师范大学古籍整理研究所点校《续资治通鉴长编》，中华书局 2004 年版

李心传撰，徐规点校《建炎以来朝野杂记》，中华书局 2000 年版

徐梦莘《三朝北盟会编》,上海古籍出版社 1987 年版

黄以周著,程继红、汪超点校《续资治通鉴长编拾补》,黄式三、黄以周著,詹亚园、张涅主编《黄式三黄以周合集》本,上海古籍出版社 2014 年版

刘琳、刁忠民、舒大刚、尹波校点《宋会要辑稿》,上海古籍出版社 2014 年版

永瑢等《四库全书总目》,中华书局 1965 年版

郑樵《通志》,中华书局 1987 年版

潜说友《咸淳临安志》,《宋元方志丛刊》本,中华书局 1990 年版

李士元等《(嘉靖)铜陵县志》,《天一阁藏明代方志选刊》本,上海古籍书店 1962 年影刊

陈舜俞《庐山记》,东方学会 1928 年重刊日本元禄本

秦镛编,秦瀛重编,吴洪泽校点《淮海先生年谱》,《宋人年谱丛刊》本,四川大学出版社 2002 年版

黄宗羲著,全祖望补修,陈金生、梁运华点校《宋元学案》,中华书局 1986 年版

李清馥《闽中理学渊源考》,影印文渊阁《四库全书》本,台湾商务印书馆 1984 年版

王先谦撰,沈啸寰、王星贤点校《荀子集解》,中华书局 1988 年版

吕不韦著,陈奇猷校释《吕氏春秋新校释》,上海古籍出版社 2002 年版

程颢、程颐《二程全书》,《四部备要》本,中华书局、中国书店 1989 年影印中华书局 1936 年版

程颢、程颐撰,潘富恩导读《二程遗书》,上海古籍出版社 2000 年版

吕本中《童蒙训》,《丛书集成续编》本,上海书店 1994 年版

朱长文《墨池编》,影印文渊阁《四库全书》本,台湾商务印书馆

1985 年版
刘道醇《宋朝名画评》,影印文渊阁《四库全书》本,台湾商务印书馆 1985 年版
唐志契《绘事微言》,《中国书画全书》本,上海书画出版社 1992 年版
惠洪撰,陈新点校《冷斋夜话》,中华书局 1988 年版
司马光《涑水记闻》,《全宋笔记》本,大象出版社 2008 年版
苏轼撰,王松龄点校《东坡志林》,中华书局 1981 年版
晁说之《晁氏客语》,《全宋笔记》本,大象出版社 2008 年版
江少虞《宋朝事实类苑》,上海古籍出版社 1981 年版
陈鹄撰,孔凡礼点校《西塘集耆旧续闻》,中华书局 2002 年版
陈师道撰,李伟国点校《后山谈丛》,中华书局 2007 年版
张耒《明道杂志》,《全宋笔记》本,大象出版社 2006 年版
邵伯温撰,李剑雄、刘德雄点校《邵氏闻见录》,中华书局 1983 年版
沈括著,胡道静校证《梦溪笔谈校证》,上海古籍出版社 1987 年版
邵博《邵氏闻见后录》,中华书局 1983 年版
李献民《云斋广录》,《全宋笔记》本,大象出版社 2018 年版
范镇撰,汝沛点校《东斋记事》,中华书局 1980 年版
范公偁撰,孔凡礼点校《过庭录》,中华书局 2002 年版
方勺《泊宅编》,《全宋笔记》本,大象出版社 2006 年版
沈作喆《寓简》,《全宋笔记》本,大象出版社 2008 年版
施彦执搜证,补正《北窗炙輠录》卷下,《丛书集成新编》本,新文丰出版公司 1985 年版
赵希鹄《洞天清录》,影印文渊阁《四库全书》本,台湾商务印书馆 1983 年版
赵彦卫《云麓漫钞》,《全宋笔记》本,大象出版社 2013 年版
曾敏行《独醒杂志》,《全宋笔记》本,大象出版社 2008 年版

苏籀《栾城先生遗言》,《全宋笔记》本,大象出版社 2008 年版
洪迈撰,何卓点校《夷坚甲志》,中华书局 1981 年版
王铚撰,朱杰人点校《默记》,中华书局 1981 年版
王栐撰,诚刚点校《燕翼诒谋录》,中华书局 1981 年版
朱弁《曲洧旧闻》,《全宋笔记》本,大象出版社 2008 年版
叶绍翁撰,沈锡麟、冯惠民点校《四朝闻见录》,中华书局 1989 年版
叶梦得《避暑录话》,《全宋笔记》本,大象出版社 2006 年版
叶寘《爱日斋丛钞》,《丛书集成初编》本,商务印书馆 1936 年版
魏泰《东轩笔录》,《全宋笔记》本,大象出版社 2006 年版
文莹撰,郑世刚、杨立扬点校《湘山野录》,中华书局 1984 年版
文莹撰,郑世刚、杨立扬点校《湘山野录续录》,中华书局 1984 年版
吴曾《能改斋漫录》,《全宋笔记》本,大象出版社 2012 年版
吴子良《荆溪林下偶谈》,《历代文话》本,复旦大学出版社 2007 年版
周煇撰,刘永翔校注《清波杂志校注》,中华书局 1994 年版
周密撰,张茂鹏点校《齐东野语》,中华书局 1983 年版
朱彧撰,李伟国点校《萍洲可谈》,中华书局 2007 年版
吴处厚撰,李裕民点校《青箱杂记》,中华书局 1985 年版
吕希哲《吕氏杂记》,《全宋笔记》本,大象出版社 2008 年版
王辟之撰,吕友仁点校《渑水燕谈录》,中华书局 1981 年版
王得臣《麈史》,《全宋笔记》本,大象出版社 2008 年版
陆友仁《研北杂志》,影印文渊阁《四库全书》本,台湾商务印书馆 1983 年版

萧统编,李善等注《六臣注文选》,中华书局 2012 年版
李昉等编《文苑英华》,中华书局 1966 年版
严可均《全上古三代秦汉三国六朝文》,中华书局 1991 年版

曹寅、彭定求等《全唐诗》,中华书局1960年版
陈子昂著,徐鹏校《陈子昂集》,中华书局1960年版
卢照邻著,李云逸校注《卢照邻集校注》,中华书局1998年版
杜甫著,钱谦益注《钱注杜诗》,上海古籍出版社2009年版
白居易著,谢思炜校注《白居易文集校注》,中华书局2011年版
韩愈著,刘真伦、岳珍校注《韩愈文集汇校笺注》,中华书局2010年版
柳宗元撰,尹占华、韩文奇校注《柳宗元集校注》,中华书局2013年版
石介《徂徕文集》,《宋集珍本丛刊》本,线装书局2004年版
欧阳修著,李逸安点校《欧阳修全集》,中华书局2001年版
苏舜钦著,沈文倬校点《苏舜钦集》,上海古籍出版社2011年版
张方平《乐全先生文集》,《宋集珍本丛刊》本,线装书局2004年版
苏洵著,曾枣庄、金成礼笺注《嘉祐集笺注》,上海古籍出版社1993年版
王安石撰,刘成国点校《王安石文集》,中华书局2021年版
王令著,沈文倬校点《王令集》,上海古籍出版社2011年版
曾巩撰,陈杏珍、晁继周点校《曾巩集》,中华书局1984年版
苏轼著,孔凡礼点校《苏轼文集》,中华书局1986年版
苏轼著,王文诰辑注,孔凡礼点校《苏轼诗集》,中华书局1982年版
苏辙著,陈宏天、高秀芳点校《苏辙集》,中华书局1990年版
黄庭坚撰,任渊、史容、史季温注,刘尚荣点校《黄庭坚诗集注》,中华书局2003年版
黄庭坚著,郑永晓整理《黄庭坚全集辑校编年》,江西人民出版社2008年版
张耒撰,李逸安、孙通海、傅信点校《张耒集》,中华书局1990年版
陈师道撰,任渊注,冒广生补笺,冒怀辛整理《后山诗注补笺》,中华书局1995年版
陈师道《后山先生集》,《宋集珍本丛刊》本,线装书局2004年版

秦观撰，徐培均笺注《淮海集笺注》，上海古籍出版社2000年版
沈辽《云巢编》，《宋集珍本丛刊》本，线装书局2004年版
胡寅《斐然集》，影印文渊阁《四库全书》本，台湾商务印书馆1983年版
杨时撰，林海权校理《杨时集》，中华书局2018年版
叶梦得《石林居士建康集》，《宋集珍本丛刊》本，线装书局2004年版
唐庚《唐先生文集》，《宋集珍本丛刊》本，线装书局2004年版
吕祖谦著，黄灵庚等编《吕祖谦全集》，浙江古籍出版社2008年版
周必大撰，王瑞来校证《周必大集校证》，上海古籍出版社2020年版
欧阳澈《欧阳修撰集》，影印文渊阁《四库全书》本，台湾商务印书馆1984年版
张孝祥撰，宛敏灏校笺《张孝祥词校笺》，中华书局2010年版
黄叔琳注，李详补注，杨明照校注拾遗《增订文心雕龙校注》，中华书局2000年版
阮阅编，周本淳校点《诗话总龟·前集》，人民文学出版社1987年版
潘淳《潘子真诗话》，郭绍虞《宋诗话辑佚》本，中华书局1980年版
计有功撰，王仲镛校笺《唐诗纪事校笺》，中华书局2007年版
祝尧《古赋辩体》，影印文渊阁《四库全书》本，台湾商务印书馆1986年版
刘师培著，舒芜校点《论文杂记》，人民文学出版社1959年版

傅璇琮、孙钦善、倪其心、陈新、许逸民主编《全宋诗》，北京大学出版社1995年版
曾枣庄、刘琳主编《全宋文》，上海辞书出版社、安徽教育出版社2006年版
唐圭璋编《词话丛编》，中华书局1986年版

吴文治《宋诗话全编》,凤凰出版社 1998 年版
于安澜编《画史丛书》,上海人民美术出版社 1963 年版
云告译注《宋人画评》,湖南美术出版社 1999 年版
陈寅恪《唐代政治史述论稿》,上海古籍出版社 1982 年版
程千帆《唐代进士行卷与文学》,上海古籍出版社 1980 年版
程章灿《魏晋南北朝赋史》,江苏古籍出版社 2001 年版
戴伟华《唐代使府与文学研究(修订本)》,广西师范大学出版社 2007 年版
邓乔彬《宋代绘画研究》,河南大学出版社 2006 年版
邓小南《宋代文官选任制度诸层面》,河北教育出版社 1993 年版
傅璇琮《唐代科举与文学》,陕西人民出版社 2003 年版
姜伯勤、项楚、荣新江等《敦煌邈真赞校录并研究》,新文丰出版公司 1994 年版
李零《兰台万卷:读〈汉书·艺文志〉》,生活·读书·新知三联书店 2011 年版
刘成国《荆公新学研究》,上海古籍出版社 2006 年版
刘海峰《科举制的终结与科举学的兴起》,华中师范大学出版社 2006 年版
刘学《词人家庭与宋词传承——以父子词人为中心》,百花洲文艺出版社 2008 年版
刘学斌《北宋新旧党争与士人政治心态研究》,河北大学出版社 2009 年版
钱穆《论语新解》,生活·读书·新知三联书店 2002 年版
沈冬梅《茶与宋代社会生活》,中国社会科学出版社 2007 年版
沈松勤《北宋文人与党争》,人民文学出版社 2004 年版
唐圭璋《宋词四考》,江苏文艺出版社 2009 年版

王佺《唐代干谒与文学》,中华书局 2011 年版
王水照《王水照自选集》,上海教育出版社 2000 年版
吴熊和《吴熊和词学论集》,杭州大学出版社 1999 年版
肖庆伟《北宋新旧党争与文学》,人民文学出版社 2001 年版
熊海英《北宋文人集会与诗歌》,中华书局 2008 年版
徐规《王禹偁事迹著作编年》,商务印书馆 2003 年版
曾枣庄《宋文通论》,上海人民出版社 2008 年版
张剑等《宋代家族与文学研究》,中国社会科学出版社 2009 年版
郑永晓《黄庭坚年谱新编》,社会科学文献出版社 1997 年版
祝尚书《宋代科举与文学考论》,大象出版社 2006 年版
包亚明译《文化资本与社会炼金术》,上海人民出版社 1997 年版

[日]内山精也著,朱刚等译《传媒与真相——苏轼及其周围士大夫的文学》,上海古籍出版社 2005 年版
[法]热拉尔·热奈特著,史忠义译《热奈特论文集》,百花文艺出版社 2001 年版
[瑞士]荣格著,李德荣编译《荣格性格哲学》,九州岛出版社 2003 年版

程继红《辛弃疾师承述考》,《南昌大学学报》2002 年第 4 期
崔铭《从少公之客到长公之徒——论张耒与二苏的关系》,《求是学刊》2002 年第 3 期
丁进《汉代经学中的家法和师法辨析》,《湖南大学学报》2011 年第 5 期
丁进《经学师法、家法与〈汉志·六艺略〉的家数问题》,《中国哲学史》2012 年第 1 期

董建和《先秦家学探微》,《浙江师大学报》1993 年第 6 期
郭润涛《中国幕府制度的特征、形态和变迁》,《中国史研究》1997 年第 1 期
侯体健《"王安石字介" 说》,《古典文学知识》2008 年第 2 期
胡传志《稼轩师承关系与词学渊源》,《安徽师大学报》1997 年第 1 期
蒋国保《汉儒之"师法"、"家法" 考》,《中山大学学报》2011 年第 3 期
李才栋《曾巩师承关系考》,《抚州师专学报》2003 年第 1 期
李金荣《黄庭坚谪居戎州行迹生活考述》,《宜宾学院学报》2009 年第 2 期
李希运、马斗成《略论宋代眉山苏氏家学》,《聊城师范学院学报》1999 年第 4 期
李真瑜《文学世家的文化意涵与中国特色——以明清吴江沈氏文学世家个案为例》,《社会科学辑刊》2004 年第 1 期
李志茗《离异与回归——中国幕府制度的嬗变》,《史林》2008 年第 5 期
梁建国《北宋东京的士人拜谒——兼论门生关系的生成》,《中国史研究》2008 年第 3 期
刘成国《关于王安石的师承与后裔》,《河北学刊》2003 年第 4 期
刘乃昌《试论山谷诗与王安石》,《文史哲》1988 年第 2 期
吕肖奂、张剑《酬唱诗学的三重维度建构》,《北京大学学报》2012 年第 2 期
马斗成等《苏轼与张耒交谊考》,《泰安师专学报》2002 年第 1 期
马良信《师承东坡　技道两进——论秦观与苏轼词风相似之作》,《湘南学院学报》2006 年第 1 期
马纳、马斗成《宋代澶州晁氏家学试探》,《天津师范大学学报》

2004 年第 4 期
彭国忠《张耒生平考辨》,《文学遗产》(网络版)2012 年第 1 期
钱建状《糊名誊录制度下的宋代进士行卷》,《文学遗产》2012 年第 3 期
宋荟彧《北宋神宗时期徐州文人活动研究——以苏轼、秦观、陈师道为中心》,《江苏广播电视大学学报》2011 年第 4 期
王兆鹏《宋词作者的统计分析》,《文艺研究》2003 年第 6 期
徐红《北宋进士的交游圈对其家族通婚地域的影响》,《史学月刊》2008 年第 12 期
杨胜宽《陈师道与苏轼交谊考论》,《乐山师范学院学报》2004 年第 3 期
衣若芬《北宋题人像画诗析论》,《中国文哲研究集刊》第 13 期
曾明《"师法"与"活法"——苏轼"活法"说初考》,《西南民族大学学报》2010 年第 6 期
曾维刚、王兆鹏《南宋中兴诗坛的师承与文学史演进》,《江西社会科学》2005 年第 8 期
张海鸥、谢敏玉《悼祭文的文体源流和文体形态》,《深圳大学学报》2010 年第 2 期
张海鸥《王介甫又称介卿、介父》,《阴山学刊》2001 年第 3 期
张继定《戴复古师承陆游考》,《浙江师大学报》1999 年第 2 期
周裕锴《诗可以群:略谈元祐体诗歌的交际性》,《社会科学研究》2001 年第 5 期

郭明玉《宋代文坛师承现象初探》,武汉大学 2004 年硕士学位论文
刘俊丽《宋诗作者的统计分析》,武汉大学 2004 年硕士学位论文
张欣然《苏轼与秦观交游述略》,吉林大学 2007 年硕士学位论文

周国平《宋代幕府研究》,河北大学2003年硕士学位论文
朱志学《两宋“写真”的社会功能研究》,首都师范大学2007年硕士学位论文
张丽华《苏门六君子交谊考论》,浙江大学2005年博士学位论文
左志南《龟山学派道论与文学研究》,武汉大学2012年中国语言文学博士后流动站工作报告